献给人生路上一路陪伴的亲情、友情、爱情

献给为之共同奋斗在工程建设战线的同事、同仁、朋友

凌宏亿／著

二

路上有你

作家出版社

第一章

深秋的太阳从满天绚丽的朝霞中升了上来，万道光芒洒满大地，灿烂的霞光渐渐隐去。天际边也缓缓地悬挂起了一抹如洗的湛蓝天幕，碧空蓝天下时而飘荡着几朵流云，更显得苍穹的浩瀚和深邃。

大海匆匆地吃好早餐，随即非常麻利地拎提着作为行囊的一个帆布双肩包走进了子柏的车库，他驶出了子柏另一台路虎吉普越野车。按照既定的行程安排，他今天开始启程巡视自己亲自主持建设的最后一个工程项目，并且回老家向年近八旬的父母辞行。他娴熟地驾着路虎，七拐八拐地徐徐驶出凤凰山庄，一会儿就进入通往山外的快速大道。大海心急一踩油门，路虎犹如一匹被猛抽一鞭的烈马，“嗖”的一下，风驰电掣般向前冲去，只留下一连串“嚓嚓嚓”的摩擦声，转眼间路虎车就消失在大道的尽头。

大海谨慎地驾着车，小心翼翼地穿过了繁华热闹的街市，终于来到了距城区近三十公里远的西郊的长风立交桥大互通枢纽。这个枢纽大立交占地近千亩，是中西省南北和东西大通道在省城的十字交汇点，在江南区域也算得上数一数二的规模，颇有名气。互通立交鸟瞰下如一只展翼的美丽蝴蝶，而工程术语则称为标准的苜蓿叶形，即分别由两条主线和四个内匝道及四个外匝道组成，整个立交互通均为高架桥联结一体，分为上、中、下三层，显得蔚为壮观。南来北往和东西穿梭的车辆在这里被分流得井井有条，畅通无阻。大海缓缓地驶入了外匝道，并很快地进入号称中西省第一高速路向北而去的主干道了。大海望着渐渐被抛在身后的长风立交互通枢纽和旁边高楼林立的长风古镇，他心里颇有几分感慨和欣慰。回想当初建设时，这里是一片荒山野岭的不毛之地，而如今却呈现一派欣欣向荣、生机勃勃的景象。还是应了那句老话“要想富，先修路”“房屋建筑紧挨路”。更使大海记忆犹新的是当初施工时，省长视察现场，满眼尽是弯弯和圈圈，一脸茫然和疑惑，询问不知来往的车辆究竟如何分流通行？这下可难倒了不少陪同的领导，还真不知道用怎样通俗易懂的方法来向这位纯属外行的大领导解释清楚呢。倒是负责工程建设的大海用树枝在地面上比画着从各个方向在此交会时哪些车辆直行，哪些车辆走内匝道，又有哪些车辆走外匝道等，说了个清清楚楚、明明白白，乐得省长兴高采烈地拍着大海的肩膀大声调侃道：“嘿，还真没看出来，大海，你看来还是有点文化嘛！”为此，大海这个有点文化的指挥长就这样被大家传开了。省长善意的调侃也使大海一时名声大噪。

中午时分，大海终于抵达与邻省交界处号称中西省高速公路北部第一门户——太平山管理处。太平山地处邻省长江南岸的九宫山山脉的中端。一条近二十公里的特长隧道从埋置深度一千多米的大山深处穿越而过。从此，两省相隔了千年的山水，本要绕道几百公里的遥远崎岖路途，现在只需一二十分钟车程的时间就把彼此紧密地连接在一起了。

太平山管理处是一处规模较大的建筑群，占地三百多亩，是集高速公路收费、桥梁、隧道群养护管理和服务区（车辆加油、修理保养、餐饮、购物、汽车旅馆、观光旅游、度假休闲、娱乐等）全部功能为一体的大型综合管理中心。当初在规划设计时，大海他们就为此煞费苦心，光选址一项大海就曾三次率领设计人员到现场实地勘察，更不用说在建设期间所倾注的心血了。说起来还真有点奇怪，不知是造物主冥冥之中早有安排，还是上天的指引，在线路初步设计阶段选线实地勘察时，大海和设计人员就发现在这大山深处竟有这么一大块地理地貌十分独特的风水宝地。大家不约而同想到：如果不在此处借机弄点什么实在是辜负了神明和造物主呀！

这是一块由北向南地势走向的山谷盆地，从北端的几乎近九十度陡岩峭壁的山脚下且以百分之一的坡率缓缓向南延伸，而东西两侧的山脊也沿着盆地紧紧抱着它，似乎不让其挣脱怀抱。就这样依偎着一路向前行进了一公里远的距离，盆地又渐渐膨胀扩大，而两侧的山脊也随之放任其向外扩展。造物主真是神奇而伟大，这样反复了两次造山运动，致使三公里多长的狭长盆地竟形成了北小南大的宝葫芦形状的两个山谷盆地。针对这一奇特地形地貌和周边环境，设计人员大胆创新且十分巧妙地将整个管理中心根据不同的功能要求和建筑体量进行了合理的划分和调配，即将办公、生活、管理机构和设施放在小葫芦地块；将其他设施和机构安排在大葫芦地块上。在平立面的设计上，则以从北面峭壁突穿而来隧道高速公路的中心线为整个建筑群的中轴线，且所有的建筑单元均以对称布局，从而比较完美地体现了我国传统的对称美学观念和习惯的审美情趣。而高速公路左右两侧的联系则采用地下通道的连接方式，保证了整个建筑群的完整、简洁和流畅的线条。更令人称道的是，设计人员独具匠心将北端悬崖峭壁上跌落下来的一条小河，果断地一分为二，即分成东西两股且北南走势的溪水，并沿着高速公路两侧继而又环绕着整个葫芦形状的建筑红线界内石砌而成，可作旅游漂流的明水渠槽。这样一来，整个建筑群与周边的自然环境无意间又勾画出了一条十分明了清晰的分界轮廓线。一边是挺拔参天的肃穆繁茂森林，另一边则是轻盈潺潺的流动水带，一静一动，自然天成。同时也赋予了整个建筑群风生水起的灵性和飘逸，更增添了与周边环境的和谐自然。站在山顶上往下俯视，犹如漂浮着的一只硕大宝葫芦。为此，当地大多数群众更习惯把它称为宝葫芦庄园。但年轻人和外地游客想象力则更为丰富，他们认为鸟瞰整个建筑群和与之毗邻的山岭树木，再配以穿心而过的高速公路乌黑路面笔直的四条安全防护栏和多条喷涂的安全分道行驶的醒目标线，则更像搁在大地上且已配齐了琴弦的一把巨大的小提琴，所以又给它取了一个更为文艺的雅号——琴岛。而此时的琴岛更是美煞撩人，几十栋具有现代建筑风格的漂亮建筑错落有致地点缀在秋色浓妆的半山坡上，显得格外耀眼炫彩。在艳阳的照耀下，远远望去疑是坠落在大山深处的一个童话世界。

当大海驾车来到管理处办公大楼前时，只见万小山处长率着一班人早已在门前恭候他的到来。

“小山子，什么意思呀？”大海故意板着脸大声叫道。

“领导，老爷子有指示我哪敢怠慢你大海叔呢！”万小山满脸堆笑地应道。

“哦，你老爸什么时候来的？他倒有雅兴来这里赏秋呀。”大海感到有点意外，万小山连忙答道：“前两天来的，你不是不知道，他行伍出身哪有这份闲情，主要是来看小孙子。现已在饭厅等你。”

“啊！那多不好意思，让老领导久等了，我们快进去吧。”大海在万小山一班人的簇拥下急匆匆地迈进大楼。

风尘仆仆的大海在万小山一班人的引领下走进了机关食堂的大包厢。万山立即迎了上来握住大海的手调侃道：“哈哈，小老弟，今天到底刮什么风，才把你吹来了。”是啊，这条路通车快两年了，自己今天才来回访。

大海显得有点尴尬，讪讪答道：“还不是你这股老东风把我引来的嘛。”

“我看未必吧，你到底还是舍不得自己的‘孩子’，丢不下这份牵挂呀！说真的，我也有同感。”万山似乎有些伤感地说。

“姜还是老的辣，老领导还是洞察秋毫，廉颇岂止能饭否？”大海仍面无表情淡淡地回着话。

万山正欲再说，这时只见小山大声喊道：“老爸，你今天怎么这般话多，这不影响大海叔和我们大家的食欲吗？”后生可畏，也管用，万山和大海会心相视一笑不再言语了。

上席位置本是安排大海就座的，可大海却坚辞不坐硬要让给万山，并解释理由：“此时不讲职位，只以长幼论辈，长者为尊，天下才公。”无奈之下万山才坐了上席。

为大海接风洗尘的宴席无疑是十分丰盛的，甚至连茅台酒也拿了上来。说真的，今天吃什么对大海来说并不重要，因为近两年来，他几乎谢绝所有的宴请和应酬，这并不是说大海有多高尚伟大，而是为了避免宴请方和自己彼此间的尴尬：一是因为自己毕竟不在其位，也不是处在上升趋势的领导，反而是处在颇受争议的地位，致使宴请方对他的接待标准难以把握；其二是大海天生一副倔强脾气，用他自己的话形容是茅厕里的顽石——又臭又硬，他不想因自己的处境造成人家的不便和负面影响，所以一般情况下都会婉言谢绝。即使是他与令狐南和万山被人们一致认为的铁三角关系，大海和他们几乎也没有太多联系了，只在这纷扰的尘世中享受一份孤独。

大海一边咀嚼这桌山珍美味，一边又来者不拒频频举杯，心里不免又泛起一阵涟漪，他感觉得出这桌接风洗尘宴不是应景之作，大家对他的情感是诚挚的，对他的领导地位是尊重的。这些都使他十分欣慰，心里也渐渐舒坦起来了，随之话也多了起来。

“我这次回访，一路走来，确实感慨良多，看来往事不是不堪回首，而是值得细细品味欣赏。尤其是这个管理中心应该算是一个比较完美的作品，可以自豪地说二十年内也不会落后。广告词上所说的：‘春看山花、夏漂流，秋赏红叶、冬踏雪’应该是恰如其分的，决不为过。小山子，能在这样的自然环境中工作你要倍加珍惜哟。”大海语重心长地对小山说。

“是的！我会珍惜，我能在这里坐镇，全托你大海叔的福，我岂能辜负了你呢！”万小山谦卑地回应道。

“是啊，小山，你大海叔不仅因为你，乃至在整个工程项目的建设上都受了不少委屈。唯有好好工作，精心管理，力创最好的经济效益和社会效益，才能报答这些历尽艰辛的建设者们。”万山也深情地接上话茬。

大海叹了口气接上说：“唉，事情就是这样的，工作总有前台和后台之分，我们在前面搭戏台，而你们则在戏台上演戏，埋头苦干的是我们，而抛头露脸却是你们呀。再说你们父子俩原来也是专门搭戏台子的，可以说是搭戏台之世家，如今调换一个出来到戏台上演戏也不为过嘛。至于我……”大海见大家带着迷惑的眼神望着自己连忙把话顿住了，他不愿把自己那些不健康的牢骚怨言传染给大家，以免破坏这欢快的氛围，他马上改口问道，“小山子，一天的收费额是多少？”

“报告领导，从十月份开始，光我们这个主线收费口子就已突破日收二百万元的大关。”万小山得意地回答道。

“是吗？”大海有点惊喜地说，“这简直是台印钞机呀，比我们原来预测的还要好，看来提前还贷是肯定的了。”大海兴奋地大声提议，“来，请一起举杯，为日进二百万元共同庆贺一下，干杯！”

“干杯！干杯！”大家纷纷响应，一时瓶杯全干了。

大家几杯酒下来，大海不知是昨晚没有休息好还是有其他什么情况竟有些醉意，睡眼惺忪到几乎难于自控。万小山见状连忙带着两个壮小伙子帮扶着将大海送到设在楼顶层的招待所里歇息，不一会儿大海就响起鼾声。

“大海叔平时不会这样呀，今天到底咋啦？”万小山带着疑惑的眼神问已经跟着进来的父亲。

万山苦笑一下说：“醉翁之意不在酒啊，即使今天喝凉开水他也会醉。”

“这又为什么呢？”小山仍不解。

万山点燃了一支香烟不紧不慢地对儿子说：“人只有在两种情况下最容易醉，即最兴奋和最愁闷的时候。”

小山紧接着又问：“那大海叔是属于前者还是后者？”

“我看应该属于前者吧。”万山作了肯定回答。

“何以见得？”儿子仍穷追不舍。

“儿子，老爸是过来人，你知道吗，当一个人失去了（当然也包括离退休）权力地位以后最害怕的是什么？是失落、寂寞和冷落，最受不了的是‘人走茶凉’的世俗和尴尬；而最想得到大家的理解、尊重和应有的礼遇。但事实上正像有人调侃的‘你在台上时，朋友都认识你；你在台下时，你才认识朋友’。话虽然说得有点绝对，但你老爸我却深有体会。社会上确有不少人见到你就扭头避开假装没看见，甚至在路上要碰面时他却宁可拐弯绕开，就是不愿跟你打招呼。更令人可恨的是有极少数人以怨报德，更有甚者恩将仇报。”万山越说越气，声音也越来越大了。

“好了，老爷子，也不要牢骚太盛，从看不惯到习惯也要有个过程嘛，不论谁都要到这一步。”小山安慰着父亲，轻声劝道。

“但我们家决不允许出这样的小人，你知道吗？当我听说你大海叔要来时，为什么提前来打前站，就是怕你也变成了势利小人怠慢你大海叔，遭别人戳脊梁骨，我们万家丢不起这个人。”万山一脸严肃对儿子喝道。

“我怎么可能呢，我是谁的儿子你不清楚吗？”小山不甘示弱争辩道。

万山满意地点了点头小声对儿子说：“你先去忙你的，你大海叔在这里我陪着他。”

“你自己也要注意休息，那我就先走了。”万小山转身离开了。

血红的残阳快要坠落在远处群山下的时候大海才醒来。“好像睡得挺香的？小老弟。”万山开心地向大海问道。

大海揉着眼睛打着哈欠回答说：“唉，人老了真是不中用，怎么一下子就不行了呢？真不好意思让你老领导陪坐了一个下午。”

“算了吧你，还敢在我面前逞老，我看你到底还是割舍不下对这个‘孩子’的牵挂吧。”万山一边说一边向大海递去一杯茶水。

大海接过茶水轻轻地抿了一口，接上话说：“还是老领导了解我呀，我自己也弄不清楚为什么还会产生这样的情愫。以前是刚出道时，每经过一次自己所修过的一段路、造的一座桥梁和隧道心里都会不由自主产生一股自豪感和成就感，感到十分欣慰与高尚，有时甚至会觉得自己很伟大。但三十多年过去了，随着岁月的流逝，工程越做越多，项目规模越来越大却反而麻木了，更不以为然了。今天却怎么又会重现当初的这份感觉，你说这是为什么呢？”

万山点燃了一支香烟接上话茬说：“是啊，我也有同感，我认为以前刚出道时，年轻且血气方刚，新鲜好奇，求知和表现欲望特强，心智也不是很成熟，年轻人的虚荣心还是有的，哪怕是取得了一丁点儿成绩也会兴奋得好几天睡不着觉的。但我又觉得我们今天重拾的这份感觉却不是当初那种意义上的感觉和理解，我想你应该比我更清楚和明白。”万山又把问题抛回给了大海。

“是啊，说穿了，这就是我们这一辈人的一种失落，一份不甘和一份牵挂，因为我们已经丧失这样的机会，已经没有下一次或下一个工程建设项目了，再也无力亲手去缔造这群大大小小的‘孩子’了，剩下的只有这份缅怀、牵挂和不舍。这也许就是我们这班工程建设者们的宿命和不解情结。作为我们这辈人的事业，就如现在这般光景，‘夕阳无限好，只是近黄昏’呀！”大海指着已触山顶的残阳叹声说道。

万山记不起来大海到底是什么时候起把每一个工程建设项目比喻成自己的孩子。但他却十分清楚地记得在进入新世纪以来，大海曾在不同场合多次提出了这种理念和观点。给万山和广大工程建设者们留下最深刻影响和记忆的是在本项目开工动员大会上，作为指挥长的大海那番深情的讲话：

“……历史发展到今天，我国的工程建设领域方面已有了质的飞跃，其施工能力和装备能力起了翻天覆地的变化，技术水平和试验检测手段都有了长足的进步和提高，而建设的规模更是空前的、世界瞩目的，每年我们国家有几万亿元的资金投入到基本建设项目上来。这样，从客观上就不断地激发和催促着广大建设者们，为了适应这种形势的发展要求，必须要有创新精神，创立新的管理理念和新的技术。这几年实践证明，经广大工程建设者们的顽强拼搏和锲而不舍的钻研，我国在这方面取得了丰硕的成果和世人瞩目的成就。就土建工程而言，我们的高速公路建设、桥梁施工技术和高速铁路施工技术等均处于世界领先水平。因此，作为新时期的工程建设者们，我们首先既要有敢为天下先的勇气和胆略，也要有排山倒海、摧枯拉朽般的气势，还须有诗人、艺术家的气质，对自己的作品做到精雕细琢、精益求精、臻于至善；与此同时，更要有母亲般的博大胸襟，精心呵护好自己的孩子，让他们健康茁壮地成长。”

大海这个比喻在某些人看来或许并不十分恰当，但万山和令狐南他们一帮人却高度认同大海这一说法。事实上也只有长期坚持在生产第一线的，对事业有着无限忠诚以及对其专业技术执着到几近疯狂痴迷程度的人，其思想境界才有可能达到这一层次。这样的人或许就有这种情愫和感悟，他们几乎完全超脱那种只追求经济效益，只管挣钱的传统狭隘观念。他们把自己的全部心血、聪明智慧和精湛技艺都毫无保留地奉献在工程建设项目上，把自己的一生都融入工程项目。其体现与反映的就是其人生观、价值观，甚至把事业和爱情、友情、亲情等都寄托于这个载体。所以就不难理解为什么当初这个项目在组建指挥部班子时，早已退休了几年正在家享受天伦之乐的万山和令狐南在大海的召唤下都义无反顾地加入进来了。

万山望着这个曾经是自己属下而后却又成了自己的领导，而此时正处于心不甘、气不平，同时也还有点颓废的大海，一时也没有弄明白这个把事业和工程建设当成生命来看待的人怎么会发出如此哀叹？“黄昏离天黑不还有一段时间吗？怕什么怕。”万山想用诙谐的口吻来开导他。

大海苦笑，用感激的眼神凝视着这个老搭档回答道：“是啊，即使天黑了还有月亮，月亮下去了还有星星呢，我何尝不明白这个道理呀。”

“既然如此，又何必这样呢？”万山又反问道。

这时大海伸手向万山要了一支香烟抽，他轻轻地吐了口烟对万山说：“唉，我此行的目的本来是为了忘记这一切，彻底地忘却，也可以说为了这忘却的纪念吧。但我发现这是根本不可能的，就像一位母亲永远也割舍不了她对孩子的牵挂，可以说生命不息，牵挂不断。”

“这就对了！”万山大手一挥，不等大海把话说完就抢着说，“你忘不了，我也忘不了，令狐南也忘不了，上星期他还从香港打电话给我询问这条路的营运情况呢。我看他呀，对这条路的关心牵挂绝不亚于我俩，因为它毕竟是我们所谓‘铁三角’共同组织和参与的第一个也是最后一个工程建设项目，感情深着呢。更何况我与令狐南还是在退休以后再返聘回来帮助你完成了你这个收官之作，其意义和感受更非同寻常。”万山非常激动和动情，一双深情的双眼远眺着已变成黛色的群山，那神情似乎又沉浸在工程建设的艰苦岁月里。

大海深受感染，上前双手紧搂住万山的双肩说：“说实话，这个项目还真难为你和令狐南大哥，不仅让你们受苦受累，最后还让你们跟着我受气受委屈，每当我想起这些心里就感到十分内疚。”

谁知万山并不领情，大海话音刚落，万山有点不高兴地叫道：“你这话我就不爱听了，你这是谁跟谁呀，你难道不清楚我们都得了同样的‘病’吗？不知道你算过没有，我们三人的党龄加起来差不多有一百五十年了，你也太小瞧我跟令狐南了。”

“你们俩在一起几十年了，怎么还有那么多的话呢？我看还是先去吃晚饭吧，晚饭后我给你们再泡一壶上好的大红袍继续接着聊。”这时万小山进来了。

晚饭后，深秋的明月早已悬挂在琴岛的上空，而此时夜晚的琴岛与白天相比则是另一番景象。服务区的停车广场及收费广场灯火通明，几十栋建筑的屋顶上、房檐下和近百米长的收费大棚顶端和四周闪烁着耀眼轮廓标识灯，地面上喷涂的反光标线和镶嵌在路面、安全防护栏杆上的反光道钉在各种灯光和汽车的探照灯的照射下，不断闪烁出红色、黄色、白色和绿色的光芒。一时地下与地上路灯、标识灯和高杆灯等各种光线交相辉映，更显得整个琴岛流光溢彩、璀璨夺目。尤其是监控中心大楼安装的那些激光灯，更是令人惊叹称奇。十几束如箭簇般的红色和绿色光芒可直射到几百米外的茫茫夜空，也可直射在旁边的黑幕森林里，折射出森林树木的一种叫人感到诡谲的颜色。它们时而直射，又时而交叉，不停地翻滚着、嬉逐着和缠绕着，这种特殊的光芒在大山深处的浩瀚夜幕里既添了几分神秘，同时又融入现代时尚的元素，似乎使这个远离喧嚣都市的庄园不经意中又披上了一件摩登的外衣。

大海和万山两人端坐在阳台上，一边品着小山为他俩泡制的大红袍，一边观赏着脚下这如诗如画的琴岛。万山望着收费广场仍旧川流不息的来往车辆不禁赞道：“看着这繁忙的景象，真叫人振奋，对于我这个退休的人来说也是一种欣慰和享受。”

大海见万山发出如此感叹，似乎也激发了他的谈兴，他接上话说：“你这是发自肺腑之言，还是应景之言？我猜你不会是爱屋及乌，因为自己的儿子在此坐第一把交椅才感到如此骄傲和自豪吧？”

万山见大海对自己这番感叹不以为然，甚至感到大海有点贬自己的意思，心中有点不快，于是反驳道：“非也，老夫虽然不及你高尚伟大，但也有五十多年的党龄了，还不至于像你想的那么狭隘吧？”

大海听出了万山对自己善意调侃的误解，他大度地笑了一下端起茶杯对万山说：“老领导，我还不了解你呀，我是自己提醒自己，我们不能落入那种旧套‘老婆是人家的好，儿子是自己的好’。抱着自己做的工程项目就是比别人更好这种观点和包袱，就怕会迷失自己，故步自封、停滞不前，如何去谈创新发展呢？来，以茶代酒敬你一杯。”

“老夫岂能不明此理，当然知道世上已建成的工程项目几乎都可以说是遗憾的作品，总是还有值得去完善和改进的地方。当然相比较而言，我和令狐南都认为我们这个收官工程项目还是比较满意的。再则，我与令狐南今生今世都不可能再有下一次了，但你大海也只是存在理论上的可能，实际上也等于‘金盆洗手’，隐退江湖了。今天你却还有心思去谈创新和发展，你可真是‘贼心不死’，壮心不已！敬佩！敬佩！”

大海听了万山这番话，还真无法去判断对自己到底是褒是贬。

大海冷冷地望着万山一时也不知怎么开口了。万山见状自觉失口，又连忙为自己打圆场说："按理说我不该这个时候在你的伤口上撒盐，你也要想得开、看得透，世上哪有千里不散的筵席呢？如今我们这个铁三角已被令狐南去了一角，你马上也要去掉一角，最后只剩下老夫这独角了，想起来也确实使人心酸、唏嘘。"

"我岂止是心酸，冥冥之中感觉到这是最后一顿'晚餐'似的。"大海凝视着茫茫的夜空冷冷地答道。

万山听罢心里猛地惊了一下，略一沉思接上说："你这乌鸦嘴，别瞎说！这回难道非要过去不可吗？"

大海仍望着夜空无奈地叹道："这既是情债也是孽债，自己不亲自去又怎能了断呢？"

万山哪能不知道大海的苦衷和无奈，望着这个和自己风雨同舟几十年的老伙计冷峻的面容，一股怜悯之情油然升起，抖动的双唇慢慢挤出了一句安慰的话："既然非去不可，那就义无反顾地去吧，见了子涵请代我和令狐南向她表示歉意并希望得到她的谅解。唉，造成今天这种尴尬的局面，我和令狐南客观上多少都有一点干系，我们毕竟也是'始作俑者'之一分子呀。"

大海望着万山那张饱经风霜又不失刚毅的脸庞，听着这位老哥诚挚的话语也深受感动，他动情地说："这与你们二位无关，这也许就是我的宿命吧。既然是命运的安排，那就必须勇敢去面对。在这点上，我应向令狐南大哥学习，自己酿的酒再苦再涩也得喝下去，这一页书再重再难也要翻过去。"

万山见大海有如此心境和襟怀，心里也释然许多，他有意乘机寻找新的话题使彼此走出这悲戚的氛围，便接着问道："老伙计，我们搞工程建设已几十年了，也可以说是一辈子了，你有文化，有知识，说说看你感受最深的是什么？”

大海见万山抛出这般沉重和深刻的话题顿感有点意外，这也确是一个无法用统一标准来回答的问题。“这样的问题你自己最有资格来回答，因为你是前后两个三十年的见证者。”大海已恢复到原来的平静常态。

万山端起茶杯轻轻地呷了一口茶水，从容说道：“给我感受最深的是，我国工程建设方面经过半个多世纪的不懈努力，其施工技术和施工装备能力得到了突飞猛进的发展和提高。尤其是改革开放以来，其施工能力和水平以及其规模和速度都有了翻天覆地的变化，有了质的飞跃，在某些方面和领域甚至可以说是具有划时代、树里程碑的深远意义。就拿我们这个‘千里跃进’收官项目来说吧，五百多公里，投资二百多个亿，只用了三年不到的时间就一次性地建成通车了，这简直就是奇迹了。”

听得出来万山的话已带有几分自鸣得意，大海看他已完全沉浸在这自我陶醉的氛围中，本想给他泼点冷水，但又于心不忍。是啊，这位曾参加过青藏公路建设的老战士且又干了一辈子工程的筑路人，是我国公路工程建设的历史见证者。这一路走来，其峥嵘岁月的印痕早已镌刻在他那块苦涩的心田里。从他那历尽沧桑、沟壑纵横的脸庞和那青筋凸鼓、铁掌钢枝的双手，就不难看出他曾经所受的艰辛苦难。毫不夸张地说，他把一生心血都耗在了工程建设上，如今只剩下别人看来一文不值的这仅存的一点自豪和欣慰罢了。大海一直视万山和令狐南为自己的领路人和同行者，共同的事业与相近的秉性以及对专业（行业）的热爱和执着，早已把他们紧紧地铸就在一起了。惺惺相惜、气味相投，万山的感受大海岂能不知呢？但大海与万山和令狐南他们毕竟不生于同一个年代，况且各自所受的教育和成长经历也不尽相同，所处的位置和职责也不同，所以对同一问题就难免有不同的理解、感受和诠释。大海不想把自己的感受强加于万山，他抓过茶壶给万山续上茶水呢喃道：“老领导，你说得一点也没错，但如果这个问题只求唯一的解的话，那我的感受就高度概括为一个字。”

万山一下子被大海吊起了胃口，急忙问道：“哪个字？”大海却平静地回答说：“难！”

“啊！什么呀，就一个‘难’字？”万山疑惑地问道，很显然，万山愣是不满意大海这样的答案，心里直犯嘀咕：原以为自己能听到他慷慨激昂、言词华丽且又具高屋建瓴的陈述呢。万山用十分失望的眼神看着面容凝重的大海，用有点嘲讽的口吻说：“我看你的心早已飞过去了那边，今晚似乎有点心不在焉，听起来好像跑了主题，答非所问似的。”

大海听了只是苦笑一下说：“瞧你说的，我怎么是迫不及待呢，而是万般无奈啊！我哪会跑题呀，我只是看问题比你更深刻罢了，你习惯传统思维，而我却能另辟蹊径去思考，这就是我们之间的差距。这也好理解，毕竟层次不一样嘛！”

万山听罢大海大为不服的反讥，却也大声反击：“去吹吧，你还真能狡辩，今晚我倒要洗耳恭听，再长长见识，哪怕马上要带进棺材里去，我也愿闻其详。”

大海见万山这般较真，已经把自己逼到了墙根并且无退路了，只好硬着头皮娓娓道来：“曾记否？当年你们修建青藏公路和川藏公路时，在那荒无人烟的高原上，大家使用着几乎原始的劳动工具，却凭着坚强的意志和毅力，奇迹般修建成了世界上最艰难的公路，据说每一公里路就有一个战士倒下，献出了自己宝贵的生命，可以说脚下的每一寸路都浸透着广大筑路员工的鲜血和汗水呀！即使这样，有关报道称，该路自修通以来时至今日半个世纪过去了，却从未停止和间断过对它的完善和改建，你说难不难？”

大海的回答引起万山的痛苦回忆，仿佛又回到了那艰难的岁月。“这样说来那倒确实是个‘难’字，怎么我又被你绕进去了呢？”万山有点迷惑。

大海接着说：“我没有把你绕进来，只是我感受到的这个‘难’字，不是你那个意义上的‘难’字，但本质是一样的。你看，历史发展到今天，生产力的提高和社会文明的进步早已不能与过去同日而语了。以前这样的难和那样的难已成为历史的陈迹了，自然不在话下。”

“既然这些都不算难了，还有什么难呢？我怎么就没有感受到呀？”万山自言自语，既是在问自己，也像是在问大海。

大海端着茶杯，轻轻地呷了口茶水，静静地品尝着，一副若有所思的神情望着这位满头白发的曾经的老领导，并没有急于打开话匣子。

万山也是个急性子的人，对大海这种欲言又止的行为颇为不悦，他用带有一点不屑一顾的眼神大声对大海说：“你端什么架子，摆哪门子谱，我看你也未必有什么真知灼见，充其量也不过是一串听起来有点冠冕堂皇的牢骚怪话而已。”

这时候的大海并没有去计较他的态度，用十分平稳的语气接着说：“老领导，不知你关注了没有，我们国家发展到今天不能不使人感到惊叹，其经济总量在翻番般增长和积累，发展速度也一直保持着高水平。作为拉动内需，保持高速发展，占 GDP 重要比重的国家基本建设，正以前所未有的规模向前推进。你知道吗？我们国家每年都要投入几万亿元到这个板块上来。就我们高速公路和高速铁路以及其他领域的工程建设每年也是成千上万个亿呀。面对这样一个丰盛的‘大蛋糕’，其诱惑力就可想而知了。各个大区域、各省（市）、各部门和各行业都会使出浑身解数为自己去争份额。谁争到了项目，谁就争到了资金，份额越大资金越多，谁就赢得了发展的机遇和基础，这是傻瓜都明白的道理。而如何分切好这个蛋糕也是颇费心机的，怎样做好全盘统筹和规划呢？既要考虑到各地的发展条件，同时又要照顾到各种特殊情况，怎样切分才算公平、公正、合理？总之，得者不满足，不得者更不满意。所以说，第一难是分‘蛋糕’难。同理，各大区域，各省（市）所争到的蛋糕又如何切分给各地（市）县也是一道难解的题，手心手背都是肉，‘斤斤计较’‘你争我夺’是在所难免的了，究竟如何布局才算正确？这是第二个难。接下来是跑项目的难了。有了规划和计划并不完全等于有了项目，并不是常人想象的那么简单，好比是到百货大楼或菜市场购物，你也要有‘过五关斩六将’的能耐，因为有一整套严密的基本建设程序和繁杂的工作流程。你必须按部就班、循规蹈矩，来不得半点马虎和遗漏。同时，你还得恭恭敬敬倾听和接受各‘衙门’的教诲与指点。嘴甜和笑脸加上一双不怕跑断的腿，这也是一项跑项目的基本公关技能和最低的要求。以致有人感叹跑一个项目其难度绝不亚于建设一个项目，由此可见，跑项目之难也。这也才是第三难。项目跑下来了（即工程可行性研究报告得到批复）后，接踵而来的就是无休无止的、各种各样的干预和纠缠。大家都把项目看成是‘唐僧肉’，各利益集团、各单位（企业）、各行业部门和个人均想去割一块肉或分一杯羹。于是，形形色色的各种人物随即粉墨登场，这期间你所谓的‘亲朋好友’将达到历史的最好时期，真可谓‘朋友遍天下’了。能全部应酬过来的话，你已不是人了，而是‘神’了。这就是第四个难了。项目实施阶段协调难，我的体会是能把一条高速公路的建设协调好，那其他任何方面的协调都不在话下，这话或许过了点，但也确实道出了它的难度。它的特点是线长、面广、点多，涉及众多部门、单位和行业，同时都有各自切身利益的诉求。况且项目本身就必须要得到各级地方政府（包括单位、社会团体等）的积极配合和广大人民群众的理解支持。再则我们的对象又大多是弱势群体，如何正确处理好国家、集体和个人之间的利益关系，这既是一项政策性很强的经济工作，也是一项关系到社会和谐稳定的敏感政治任务。因此，要做好这篇文章，交出一份皆大欢喜的答卷也并非易事。这就是第五个难。在工程建设管理方面也向我们管理者提出新的要求，由于种种原因，当今人们的价值观已严重偏位，直接影响到施工企业的价值取向，甚至极个别企业和团体为了追求不正当的利益，挖空心思、绞尽脑汁，不惜采用违法、违规的手段去牟取非法收入。这无疑给建设市场的净化敲响了警钟，同时也给管理者在工程进度、工程质量和造价（成本）控制方面提出新的挑战和考验。在新的形势下，如何确保向社会交出一条严要求、高标准、高质量的高速公路，这是值得我们去继续探讨的课题。这就是第六个难了。最后一个难，也是我们这个收官项目做得很欠缺的廉洁工程。如何确保高速公路建成通车了，工程建设管理者仍傲然屹立着，没有倒下去，这一点是最难做到的。教训是深刻的，代价是沉重的。我们所谓的‘一世英名’和‘光辉形象’则因此蒙羞，大打折扣，逊色许多。真是羞愧到家了。”大海苦笑了一下，用近似诙谐的腔调终于结束了他的话。

“嘿！老小子，真有你的，要么不说，一说竟说出了七个‘难’

字的这么一大堆话。这样看来，你的归纳、概括能力确实比我强，你感受到的层次和深度也比我高得多，扪心自问，我咋就达不到这样的高度和层次呢？难道这就是天生的愚钝吗？”万山由衷地骂起自己来了。

大海见万山埋怨起他自己来了，急忙接上说：“非也，是因为你从来就没有处在风口浪尖的位置上所致，有些事只有亲身经历过了才会有感触，一些事越复杂、越尖锐，使人的感悟就会越深刻些。我们两人的感受不一样，是因为各自所处的位置不一样，并不是说谁比谁行的问题，你不要自责。”

万山听得出来，这是大海对自己真诚的安慰话，他用诚服的眼神瞧着大海，大声笑着说：“这回我总算是明白了，我这一辈子为什么没有当过一把手，一直在副手的位置上，看来组织是英明的，这样的位置对我是适宜的。”

大海何尝听不出来万山在变着法子给自己戴高帽、唱赞歌。话虽是诚挚的，感情也是深挚的，但自己怎么能就这样心安理得地接受比自己大一轮的长辈的恭维呢？他故作正经说道：“唉，老领导，这可不是你惯有的做派和性格呀，我们铁三角之间还用得着这样吗？叫人听了就觉得有生分之嫌呢。”

万山打心里佩服大海的聪明和反应，仍笑着说：“也不至于这样吧，我是诚心服了你这个‘难’字，一个‘难’字，道尽了我们筑路人的辛酸苦辣、荣辱沉浮啊！”

“是啊，推而广之，也许不仅我们这个行当如此，其他行业恐怕也好不到哪里去，家家都有本难念的经。如果再钻牛角尖下去的话，不但工作难，做人难，人生就是难的过程，难的一生。正如现在有人调侃的那样：生下来容易，活下去难。”大海接着万山的话但又借题发挥说了起来。

大海话音刚落，不知咋的，万山的心里蓦然觉得大海有一股人生即将走到尽头的伤感情绪，一种从未有过的恐惧袭上心头。他愣愣地望着仍沉浸在思索中的大海，故意用较轻松诙谐的口气劝道：“你的遐想也太丰富了点吧，怎么也变得像林妹妹那样多愁善感，你应该是岳飞那种壮怀激烈的人呀！好了，不要去想那么多了，易也罢，难也罢，统统随它去吧。我记不起来是谁说过这样的诗句：‘躲进小楼成一统，管他冬夏与春秋。’说句最不中听的话，剩下的事都是‘外国人’的事，我们犯不着再去操那门子心。所以我建议你也不必再去视察这个所谓的‘千里跃进’收官项目，以免再勾起那伤心的‘难’事来。今天也累了，早点休息吧。我已挺不住了，就不陪你了，想早点回去睡觉。”万山也没有想到此时自己怎么能把话说得这般顺溜。他不知道大海到底在不在听，即使在听也不清楚到底听进去了多少，因为这时的大海像座雕塑似的站在晚风习习的阳台上，双眼凝视着茫茫夜空。

不知是受了感染还是同病相怜，万山竟冲动地走了上去，用从未有过的方式，双手从后面搂住大海的双肩，但也只是象征性地拥了拥，最后竟脱下了自己的外套披在大海的身上，再也没有说什么，慢慢转身离去了。殊不知，今晚竟成了他们之间单独在一起聊人生的“绝唱”和永远。

大海望着万山有些佝偻离去的背影，陡然想起了朱自清那篇《背影》。这也是位差不多父辈一样的前辈，从年龄差距上来说或许不妥，但从两人的情谊来看，大海早已把他当作自己的父辈。他那副结实宽厚的肩膀曾经为自己分担过多么沉重的重量，还有那份羞辱和委屈。现在背也驼了，腰也弯了，头发也白了，岁月像一把雕刻刀一样，把曾经的苦难和沧桑淋漓尽致地镌刻在他的身上。如今他已步入风烛残年的阶段，可却一如既往地默默地关心和支持着自己。大海本就是性情中人，喜怒哀乐溢于言表，这时他心里顿感有一股酸楚涌了上来，双眼开始湿润了，最后竟控制不住，眼泪还是流了下来。他自己也说不清楚这泪水是为万山还是为自己而流。或许有一份是为万山对自己有着父辈般的关怀而感动和感激，或许还有一份为自己也要不可避免地步万山的后尘而感到的无奈和伤悲。

万山的悄然离去，并没有减轻大海心中的惆怅，反而增添了几分沮丧的愁绪。心情也随着夜幕的加厚而变得更加沉重。万山刚才的那番话再次在耳边响起，他在推敲自己是否要接受万山的建议。也许自己本就不该来，既然来了，就充分说明自己并没有真正从这个“千里跃进”的收官项目中解脱出来，这片阴影仍在笼罩着自己。看来，自己表白的此行目的是为了忘却的心迹是假，对这个“孩子”念念不忘，千般牵挂、万般不舍才是真。因为他早已把事业和项目铸进了自己的生命，那是生命中不可或缺的一部分。更何况这是一个特别难产的“孩子”，就像一位临盆的女人要遭受刻骨铭心的分娩阵痛一样，岂能说忘就能忘呢？此时大海全无半点睡意，凉飕飕的夜风轻轻地拂着他刚毅坚定的脸庞，像是给他涂抹了一层清凉油似的，使他更加清醒和兴奋。望着依然忙碌着的收费广场和那依然川流不息的车辆以及闪烁在群山深处时隐时现的车灯，还有那夜空下广袤的安详大地，大海的思绪在翻腾翱翔。“千里跃进”项目的点点滴滴一下子全部涌入了他的脑海。

第二章

光阴似箭，日月如梭。历史的滚滚车轮在人们的不经意中已驶入了新世纪的第四个年头了。大海早在上世纪的90年代中期就执掌着这个全省最大的工程施工企业，其麾下有一万多名员工，年产值也在百亿元以上。这是一个以大海原来的建筑总公司为母体，经多次整合、兼并和改制而组建成全国有资产的工程建设集团。坐在集团的第一把座椅的大海，此时正处于所谓踌躇满志、大展宏图的巅峰时刻。他像一台永不停歇的引擎，仍然保持着夜以继日的工作狂劲和不知疲倦的激情。风尘仆仆刚从外地视察工地回到家的他，晚饭后就一头扎进了书房，紧关着门，埋头翻阅各种报表和资料。

“叮……”客厅的电话响了好大一阵子，但大海并未觉察到。生病卧床休息的马琴只好披衣下床蹒跚地走到客厅拿起听筒：“喂，哪里？”

“哦，是弟妹呀，我是基建委主任刘杰，大海出差回来了吗？”

“回来了，正在书房呢，要叫他接电话吗？”马琴轻声问道。

“让他忙吧，请转告他一下，明天上午八点准时赶到省政府第二会议室开会，不得迟到更不准请假，切记哟！”随即刘主任挂断了电话。

马琴放下听筒，迈着沉重的步履来到书房门前轻轻推开门，她对仍在聚精会神看资料的丈夫说了刚才来电的内容，大海听罢，愣了一下，抬头望了一眼面容疲倦的妻子，一股愧疚之情涌了上来。他立即起身离开办公桌，嘴里说：“会有什么事呢，这般紧急、重要。”他双手按着夫人的肩膀柔情说道，“走吧，我也不看了，我们早点休息吧。”

翌日清晨，大海匆匆吃完了马琴抱病起床为他做的蛋炒饭早餐，自己驾着车迎着初冬的薄雾小心翼翼地驶进了省政府大院，差十分八点，大海随着与会人员鱼贯而入走进了会场。大海走进会场就用眼光去搜索自己的座位牌，这时已坐在前排的基建委刘杰主任站立起来向他招手示意叫其坐在自己旁边的座位上。大海急忙挤了过去一看果然自己的座位牌子与刘主任的并列，一时觉得诧异并调侃道：“没有弄错吧，我怎么能和你这级领导在前排就座呀？以往我只能在后面几排嘛，这是历史上的第一次哟。”

刘主任听罢用有点神秘的眼神朝大海眨巴几下，但却用十分平静而又很严肃的语气回应说：“你以为前排就那么好坐？这意味着要担当更大的责任，懂吗？这回可够你受了！”

大海听刘主任这么一说，不禁一怔，暗思道：难道这次会议真的对自己有着特别重要的意义吗？大海用急促的眼光扫视了一下人挤得满满的会场，好家伙，不得了，省政府绝大多数的部门领导或负责人都到了场，同时还有十多个地（市）级政府市长们，其会议的规模和级别也是相当够分量的。但主席台上只坐了三个人：陈新常务副省长，分管基础设施建设、公交系统及重点工程项目建设的罗耀宗副省长，省政府汤森副秘书长。看到这阵势，大海心里不由忐忑不安起来了。

八点整，会议准时开始。会议由汤森副秘书长主持。汤森用手扶了扶他那副宽边的大眼镜朝着会场巡视了一番随即开口道："今天的会议我们将要采取倒装式的方法进行，因为陈新常务副省长等会儿要赶去参加省委常委会议，所以只好先请他对这次会议作重要讲话和指示，现在让我们以热烈的掌声请陈副省长作重要讲话和指示。"他的话音刚落下面就响起了一片热烈的掌声。掌声远远超过了会议的规模，这是因为大家都十分喜欢和欣赏他的演讲风格。尤其是他那条理清晰、层次分明、高度概括的能力，干练简洁同时又不失机智、诙谐幽默的语言，以及那爽朗洪亮的声音都得到了大家的高度认同，几乎每次会议都会流出经典的语录来，他是省政府领导里最受大家欢迎的人之一。与其说这掌声是热烈的欢迎，倒不如说是大家的迫切期盼更恰当些。

陈新面对大家的热烈掌声十分有礼貌地站了起来并点头弯腰答谢，同时又微笑地朝台下说了一句："等下让我讲完以后，有人喜欢有人愁哟，我敢断定掌声就不会有刚才那么热烈了。"于是台下又是一阵会心的笑声。

"同志们，上午好！今天这个会议说到底就是一个部署重大基础设施建设的工程项目任务的会议。它是我省历史上至今为止一次性投资规模最大的一项基础设施建设项目，也是我省'十一五'规划中必须首要完成的特别重大的基础设施建设任务。据省发改委初步测算其概算投资规模将近300亿元。这是省委、省政府做出的重大决定：即用三年的时间修建一条纵贯我省南北的高速公路大通道。全长500多公里，一次性建成，其建设规模我不敢说空前绝后，但我能说最起码是空前的，这话决不为过。”陈新常务副省长用他那高亢洪亮的声音开门见山地说出了这次会议的主题。他的话音刚停顿，台下一片惊叹唏嘘，瞬间却又爆发出一阵雷鸣般的掌声。“是啊，刚才大家的热烈掌声说明了什么？”他接着说，“这充分说明了省委、省政府这个重大决定得到了全省人民的坚决响应和拥护，吹响了我们要快速崛起的号角。改革开放已经二十多年了，纵向比，我们取得了令人瞩目的伟大成就，我省的经济实力有了很大的增长，广大人民群众的生活水平也得到了极大的提高。但从横向比，与经济发展较快的其他省、市相比，尤其是与经济实力雄厚、发展迅猛的改革开放最前沿的沿海经济特区相比，又让我们感到羞愧和汗颜哟。那我们根本就不具备同一个量级的可比性的资格呀。打一个未必恰当的比喻，人家已是一辆宝马或奔驰车了，而我们充其量也不过就是一辆桑塔纳而已。不是存在较大的差距而是有了悬殊的差距。当然，究其原因是多方面的，像我们这样历史上以农业为主的内陆省份，家底子薄、经济实力十分薄弱这是不争的事实。要想短期内赶上去并挤进全国前十位那是不现实的。但就基础设施建设这一块，却显而易见暴露出我们经济发展的短板，这已严重地阻碍和制约了我省经济快速增长的步伐，尤其是道路不能快速畅通已成为我们经济发展的瓶颈，也是我们必须短期内要有较大动作进行突破的重点。尽管我省的高速公路建设起步较早，但发展却十分缓慢，像裹小脚的女人步履蹒跚，其规模和动作也是零打碎敲，小打小闹，犹如一锅永远也烧不开的水，无法让其沸腾起来。在新的历史发展机遇面前，我们决不能错失良机，要率先实现和发挥我省地处长江三角洲和珠江三角洲以及沿海经济区腹地的独特区位优势。因此，想要率先在中部崛起就必须甩开膀子，大迈步伐，大动作、大手笔，奋起直追，确保挤进全国高速公路建设里程前十位座次，实现‘十一五’期间我省高速公路建设通车里程达到3000公里的目标。实现不论从我省任何一个地方出发到任何一个地方去四小时都可以到达的梦，岂不幸哉！”陈新常务副省长用了一句诙谐的调侃结束了自己的开场白，下面又是一阵哄笑。

“同志们！”陈新常务副省长端起茶杯喝了一口水，清了一下嗓子继续道来，“‘十五’规划我们的时间只剩下一年了，‘十一五’规划即将到来。面临新的一轮历史发展机遇，我们必须进一步解放思想，创新发展理念，积极探索新的发展思路，准确把握住我们国家实施积极的财政政策的机遇，使我省在基础设施建设方面，必须有跨越式的发展，力争近期内在质与量上有较大的飞跃，为我省的崛起奠定坚实的基础。任务艰巨而紧迫，真是天时人事日相催呀，‘一万年太久，只争朝夕’。我们必须自我加压疾奋蹄。使命所在，万死不辞。我将与同志们共勉。现在，我就我们省基础设施建设这个‘天字第一号’，称之为‘千里跃进’的高速公路工程项目建设先谈几点意见——等会儿耀宗副省长和汤森副秘书长将会作较为详尽的部署。”

会议很快就进入到了实质内容的阶段了，台下一片寂静，急迫地等着他的下文。

“今天，我共讲四点意见，即管理模式必须创新；工程建设理念必须转变——我们既要‘金山、银山’，更要‘绿水青山’；树立全局意识、大局意识；坚定信心，工期目标不动摇。现先讲第一点，管理模式必须创新。我们将改变过去那种临时组建指挥部进行项目实施和管理营运的模式，结束政府行政干预和包办代替的行为，将全面走向市场运作化的方向。把政府职能从日常事务中解脱出来，施行政企分开。为此，省政府决定该项目归属省基建委监管，委托省基本建设工程集团公司代为项目建设管理单位。从工程可行性阶段开始，工程设计、筹资融资、建设和营运管理以及收费还贷，将由这家具有独立法人资格的国有企业全方位负责。同样，项目的收益和风险也将按国家有关法律规定和法定程序由该企业享有与承担。这不是我们政府在推卸责任，正是政府利用经济杠杆进一步撬动我省基础设施建设的一个重要尝试。这是加快我省基础设施建设步伐，改变落后于其他省份的一项重要举措，也为我省的大型国有企业发展和壮大提供一个新的平台。

“这种管理模式的创新，事实上也为工程建设管理带来了极大的便利。这就是让懂行的人去管专业的事，其办事效率的提高和管理成本的降低不言而喻。同时也对项目建设管理机构的组建和责任的追究有了明确的要求和界定。要一改过去那种庞大而臃肿的指挥部式，人浮于事、因人设岗、因情设岗，导致间接费用直线上升的状况，要用行家里手去管事，不能用七大姑八大姨去滥竽充数。要一改过去那种‘黄鼠狼咬蛇见人一份’的平均责任追究，还有过去那种指挥部式的，说起责任来似乎人人都有份，而认真追究起来却变成了人人都没有责任，甚至有的人因故却无法追究。而这次采用的是项目建设单位法人的概念，你到天涯海角都无法逃避法律责任的追究，即使跑了和尚也跑不了庙，因为项目建设的法律责任与法人单位同生死共存亡。所以，从这个意义上说，项目建设单位的压力恐怕是前所未有的。大海老总，这次你不会被吓到吧？”陈新常务副省长讲到这里停了下来，微笑望着坐在台下第一排的大海。

大海突然被问，一时蒙了，不知如何作答。这时，刘杰主任马上站起来替大海回答说："请省长放心，他胸有成竹。"

说心里话，大海是人生第一次在这样的场合接受这样的任务，更何况又是这么一个艰难而责任如此重大的任务。他压根就没有这个思想准备，弄不清楚自己是该惊喜接受还是该知趣推卸。接下来陈新说的第二点、第三点和第四点他根本就没有再用心听下去，这迷糊的状态，直到最后响起雷鸣般的掌声他才惊醒过来。

会议十二点结束了。刘主任一边收拾记录本一边用不容置疑的口吻对大海说："你也不要回单位去了，就到我们这边吃饭吧。下午刚好列席我们特为这个项目召开的专题会议。"

"哎哟，你抓得可真紧呀！"

"不紧不行呀老弟，我们还能坐得住吗？省里下了死命令，我们还要立下军令状。难道你还真想得个'就地正法'的奖励吗？噢，对了，你马上通知一下你的党委书记国政同志也叫他列席这次会议。"刘主任又嘱咐道。

"好的。"大海屁颠屁颠跟着他走出了会议室。

晚上七点多钟大海才回到家里，夫人马琴正坐在饭桌前静静地等着他呢。望着夫人仍旧十分疲惫的面容，大海关切地问道："今天去看医生没有？"

"没有，哪能这么娇贵，不会有什么大问题，只是有点疲倦，全身乏力而已，不要紧。我们先吃饭吧。"马琴轻描淡写地回应道。

大海心里有事，没有再问什么，端起饭碗狼吞虎咽地吃了起来，片刻就放下了碗筷，嘴里还嚼着饭就匆匆走到客厅电话机旁拨通了公司办公室主任刘维家的电话："小刘，请马上通知所有党委成员，尤其是还在外省和外地项目上的那几位副总，明天无论如何必须赶回来，参加后天的紧急会议。不准请假缺席！”

“后天不是星期天吗？哪有这么紧迫，你不想休息人家也不要休息？”马琴一边收拾碗筷一边有点不满地咕哝道。

大海用凝重的口气对夫人说：“老婆，你不知道今天我们接了一个‘天字第一号’的大项目，这下我可要着急上火了。你身体不舒服，早点上床休息吧。今晚我还得赶出一个初步方案来。”大海说完就径直走进了书房。

“唉，嫁给你们这些搞工程的人，就从来没有过好一个安稳的节假日。”马琴还是埋怨地反驳道。

“这有什么办法呀，要怨就怨我们自己吧，当初我选错了职业，你呀却进错了门。”大海的语调似乎有点得意。

“你，乡下人……”马琴不甘示弱。大海“啪”的一声关上了门，马琴无可奈何地苦笑一下，就此打住。

集团公司的党委扩大会议开得十分成功。会议上传出去的信息更像一枚重磅炸弹，引起了公司上下的强烈震动，员工们群情激奋，士气高昂，迸发出一股仿佛看见高粱地，就想喝老酒的豪情。坐在集团公司的第一把座椅的大海，也曾沉浸在有些踌躇满志、壮怀激烈、自豪亢奋的状态之中，但这也是瞬息消逝的欣慰。大海已经是一位成熟的领导干部了，是个麾下有着千军万马的统帅。不是像一个小学生一样得到了老师的表扬赞许和高度信任，就会兴奋得几天几夜睡不着觉那么单纯、幼稚。更多考虑的是面对如此巨大的工程项目建设如何组织实施，保质保量地完成省委、省政府所交给的重任，向党和人民，向全社会交出一份满意的答卷。他深知，历史发展到今天，成就任何一项事业光有激情、决心和信心那是远远不够的（甚至可以说在某种意义上还不是主要的），此时此刻他感觉压力山大。所以，当会议结束后，他给夫人通了个电话告知晚上不回家吃饭，约了人谈话并要很晚才能回家。他在机关食堂草草用完餐就急匆匆地走了。

大海今晚急着要会见的人不是别人，正是曾经是自己尊敬的老领导而后又成了自己副手的万山。大海预约了坐落在江边公园依傍在月亮湾码头参天大榕树下那个名叫望江楼的茶楼。而此时的江边公园已经再也不是当年大海与子涵和马琴初次约会的样子了。转眼间二十多年过去了，真是沧海桑田，几经改造和建设，周边环境已经变得更加美丽漂亮，更加宜人舒适。基础设施得到了更进一步的完善和发展，就连人们的休闲方式都有了根本性的转变。原先江对岸的简陋小渔村和偶尔游弋的几盏渔火，秋水共长天一色的景象已经一去不复返了，取而代之的却是一大片高楼林立、万家灯火，还有号称江南最大的一处音乐喷泉、摩天轮和其他标志性建筑的现代化新城区了，据说还要打造出中西省的外滩呢。大海一边欣赏着江两岸的美丽夜景，一边大步流星地走进了茶楼。不知为什么大海对这个茶楼情有独钟，整个省城茶楼不计其数，但凡是他约人会面却几乎全在这里。冥冥之中在他的潜意识里似乎有着说不清道不明的某些情缘在里面，不敢揣摩大海内心深处到底来这里究竟是享受茶楼的古色古香、雅致幽静这份超然脱俗的空灵，还是在追忆与子涵或马琴的曾经过往，打捞岁月的陈迹呢？大海要了三楼临江的一个包厢，泡上了一壶万山十分喜爱的大红袍，悠闲地吸着烟，静静地等着万山的到来。

海关大楼八点钟的钟声刚敲响时，万山恰巧健步跨了进来。“嘿，老领导你可真行啊，健步如飞赛过小伙子呀，幸甚福甚也！”大海连忙迎了上去。

“这些年承蒙你老弟的关照，也托你的福，还不至于到‘廉颇能饭否？’的地步。”万山也不甘示弱反讥回答道。

“看来老领导平时也看了不少古书吧，说起话来也之乎者也，文绉绉的有点书卷气了。又进步了，可喜可贺也！”大海继续调侃道。

“不瞒你说，我还真学会使用电脑，还能上网查阅资料，甚至会发依妹尔，怎么样你没有想到吧？”万山不由得有点得意起来了。

“真的吗？”大海睁大眼睛吃惊地问道，“你真叫我们做后辈的感到汗颜。”

俩人喧闹了一阵子总算开始品茶了。万山端起茶杯喝了一口并不停地赞道：“好茶，好茶，知我者大海也。遗憾的是我们‘铁三角’却缺了令狐南这老家伙。”

“不，马上我们又会在一起了。”大海平静地接上他的话说。

“你拉倒吧，兴许这老家伙现正在香港他女儿家里喝他妈的什么狗屎、猫屎咖啡呢？”万山不以为然地咕哝道。

“管他什么咖啡，哪有我们的大红袍和金骏眉好喝，我猜想只要他闻到了这种香味，就会情不自禁地赶过来陪我们一起喝，你信吗？”大海仍不动声色地轻松说道。

万山用眼瞄了一下大海反问道：“难道香港就没有吗？非要回来喝不可？”

“有，肯定有，但决不会有我们在一起喝的那种舒畅的氛围。”

万山不懈地又问：“何以见得，又因为什么呀？”

“因为我们都得了一种共同的‘病’呀！”大海一本正经地回答说。

“什么‘病’？我怎么自己都不知道？”万山吃惊地问道。

“什么‘病’，你真的自己都不知道？作为一个征战多年的老战士，即使休整了几年，难道你就能一下子完全泯灭他还想继续打仗的欲望吗？”大海终于初露端倪了。

“噢！我现在明白了，公司刚接下‘天字第一号’工程项目建设任务，你不至于又打我们两个老家伙的鬼主意吧？”万山瞪着大眼问大海。

“是呀，你以为今天晚上的大红袍就这么好喝吗？”大海笑着说道。

“你小子也太‘缺德’了，手段太‘阴’了点吧，哪有你这样‘算计’人呀！”万山懊悔不迭地大声叫道。

“老领导你这话就言重了，今晚我只请你喝茶闲聊的，我可没有多说一个字呀，‘天字第一号’是你自己先提的嘛，你这叫‘自投罗网’，认了吧。”大海好不得意地反讥道。

万山叹气说道：“算我上辈子欠你的，碰上你这个‘大魔头’。难道就非要我们参与不可吗？我们在你们眼里一下子就真的显得那么重要了吗？值得摆出一副‘舍我其谁也’的阵势吗？”万山一连三个问号还在找理由要推辞大海。

“我是那种‘伪君子’吗？”大海穷追不舍地反问道。

“我知道，就凭我们‘铁三角’的关系，你是真心诚意想关照我们，想法增加我们一点收入，你的心意我们领了。再说我们都这把年纪了，这些对我们还有意义吗？”万山紧接着又打出感情这张牌来抵挡。

大海一听连忙接着说：“老领导，你这恐怕有点误会我们了，这不仅是我个人的意见，也是党委的一致决定。如真的如你所说的那样，那就不仅仅辱没了你们自己的人格，更是狠狠地打了我们党委一帮人的脸呀。让人讥讽我们这个班子就这般政治素质和境界吗，党的一级组织竟沦落成了一个‘帮会’似的，你不愿意来我们理解，但要让我们背这样的‘黑锅’这是我们万万不能接受的！”

万山见大海口气这般凝重，也觉得自己有点过了，对着大海歉意一笑又说：“我们不一直还是单位的顾问吗？如果项目上有什么需要我们协办的话，我们保证做到随叫随到不成吗？非要跟随你到下面去冲锋陷阵不可？”

大海见事情有了转机，顿感身轻几许随即端起茶杯一饮而尽，清了清嗓子，这时才正式向万山详尽地传达了省政府、基建委和公司党委会议的主要精神与决定。大海讲得声情并茂，万山因受其感染也听得十分认真。最后大海用十分诚恳的语调说道：“老领导，这下你就很清楚了我们接的任务是何等的艰巨，时间是何等的紧迫。我们班子的压力有多大呀！虽说这个‘天字第一号’工程项目，当前必须摆在我们集团公司第一位这是无疑的，但它毕竟是一次性的，对一个企业而言它就是我们企业壮大发展过程中的一次新的历史发展机遇、一个加速器、一个加油站，与公司今后几十年的稳固不断壮大发展的战略构建相比，虽不能说是芝麻，充其量也只能算个土豆而已。我们不能因此而丢掉今后的西瓜。我们既要顾及和看重当前的利益，更要谋求今后长期发展的战略利益。因此，为这个项目搭建临时指挥机构时，我们就必须从整个集团公司这个高度来考虑，尤其是决策层和管理层人员的构成要有一个恰当、合理的考量，其他各种资源的配置也要全面考虑，统筹予以解决。‘不能把所有的鸡蛋都放在一个篮子里’这个道理我们还是懂得的。不能顾此失彼，因小失大。再说，在组织运行这个项目管理实施方面也要创新和突破、针对高速公路建设线长、面广、点多的特点，我们的指挥必须前移，决策人员和管理人员也必须深入到前沿阵地，深入到施工生产的第一线去，增强和提高施工现场处置问题的决断能力。为此，党委决定：在现有集团公司的班子成员中不能超半数领导抽调到项目决策层去；管理层偏重抽调具有现场施工履历的人员，但人数不能超过在编人员的三分之一。这就是为什么还要请你和令狐南不但要再度‘出山’，而且还要随我到下面冲锋陷阵的缘由。在这种情况下，你们都不帮我，还找谁去？”大海说完也没有再看万山一眼，径直走进洗盥间小解去了。万山见此也只好闭上眼睛倚靠在靠椅上似乎在思索着什么。

过了片刻，大海回到了座位上，万山睁开眼俯身对着大海说：“小老弟，你既然把话说到这个份上了，我就答应你吧。就算为国家、为单位再发挥一点余热吧。请不要忘记我也是一个有五十多年党龄的老共产党员，这点觉悟还是有的。我尊重党委的决定，说句‘自私’的话，我的退休工资还有一半多是公司发的呢。现在单位有难处，我出来帮一把也是应该的嘛。”

大海见万山回应得如此干脆，如释重负，情不自禁地走上前去握住他的手说：“还是老领导理解我们啊，但不知道他会怎样？”

万山知道大海说的是令狐南，马上接上话：“你就不要再去为难人家了，你把我忽悠过来了也就罢了，令狐南和我不一样，他几十年孤身一人，现在好不容易和女儿在一起，才享受了几年含饴弄孙的天伦之乐，你怎么就忍心呢？还是积点‘德’吧！”

“你这话差矣，我这哪是缺德，我分明是给他老人家提供最后一次积大德的好机会。你没有听说过吗？造桥修路，行善积德；功在当代，利在千秋。再说，此一时彼一时，说不准他现在正被外孙烦着呢。我相信他，也了解他，身虽在境外，根却永远留在这里。

这个机会我们一起给他留着。怎么样？”

“好吧，但愿如此。”万山无可奈何地长叹一声算是给了大海回应。

当大海把万山送到家再回到自己家的时候，墙上的指针已到二十二点一刻了。马琴没有睡，一直坐在沙发上边看电视边等着他呢。“还没有休息？”大海进门就问。

“最近也不知咋了，你不在家里，总觉得心里不太踏实，想睡可却怎么也睡不着。”马琴起身给大海打洗脚水去了。

“这下可麻烦了，最起码这三年恐怕我在家里待的时间要更少了，那咋办呀？”大海朝着马琴的背影说道。

马琴把水盆放在大海的脚下诙谐地问道：“怎么了？想要‘离家出走’吗？”

“哪能，这样的好老婆谁舍得呀？”大海心里装着事无心思与夫人继续贫嘴下去，就简要地把“天字第一号”工程项目说了一下。

“这有什么办法，几十年不就这样过来了，我先上床去了，你也利索点，早点休息，不准进书房去。”马琴仍旧十分关心地命令道。

“遵命！”大海也十分干脆地应道，话音刚落，大海却又随即用手机拨通了令狐南在香港家里的座机。

“这么晚，你还打人家家里的电话？”马琴听到动静又出来干涉，口气十分不满地埋怨大海。

“不晚，那边时兴夜生活，就一会儿，好吗？”大海恳求马琴说。

“你呀，无可救药了，屡教不改。”马琴骂了一声，随即重重地关上了门。

“老哥，休息了吗？真不好意思，又打扰你了。”大海小声说道。

那边立即传来了令狐南熟悉而又亲切的声音：“还没有呢，小老弟，又有什么新的指示？”

大海一听心中窃喜，心里揣摩这老兄看来心情还不错，分明流露出还想调侃的迹象呢。“有件事，我也不知道该怎么给你请示啊，哎，就是，就是……”大海还是有点犹豫，不敢一下子明说。

“你吞吞吐吐，我就猜到了什么事，是为那个‘天字第一号’工程项目吧？”令狐南大声问道。

大海一听异常惊诧反问道：“这就奇了怪，你咋这么快就知道？”

“傻了吧，怎么会想不到呢？现在是什么时代呀，你说？现在是高科技的信息时代，虽然我已离开内地好几年了，但我还是很牵挂你们的，我自己也说不清楚这种情缘怎么也割舍不了呢？这几年来我几乎每天上网都会去浏览我们中西省和我们单位的网页，我这也是老朽不出门，能知天下事呀。这个项目就是今天下午上网浏览得知的。怎么样？你告诉我是向我显摆还是要我发贺电为你捧场？”

大海万般没有想到令狐南竟有这样的好兴致调侃自己，于是也放下疑虑斗胆地表明来意：“这些都是小玩意，我不看重，我们想请你再次‘出山’，帮我和单位一把，老兄，意下如何？”

“你算了吧，你可不是那种‘叶公好龙’式的人物呀，你不至于碰到这样大的工程项目就被吓得慌了手脚，乱了方寸吧？”

大海特别欣赏令狐南这种举重若轻，什么都不在话下并带有点狂傲的风格，马上接着说：“这倒也不至于，你已经知道了，这个项目省里要求和以往的不一样，在项目管理模式上有新的创新和突破，我们是从工可（工程项目可行性研究）开始，包括勘察设计、资金筹措、施工建设管理，直至运营还贷一条龙。你难道还不清楚我有几斤几两吗？尤其是勘察设计这一块，是我们的软肋、短板，也正是你的强项，与你相比，省里无人可敌。俗话说：勘察设计是工程项目建设的灵魂。如果这个项目少了你，恐怕会留下更多的遗憾。所以我们对你十分期盼，也请你认真考虑一下。”

“哈哈，老弟你也不要净给我戴‘高帽子’了，我来也未必能起多大的作用，但帮一点小忙倒是可以做到。”令狐南谦逊回复道。

“我和万山以及整个班子都向你发出诚挚的邀请，同时也考虑到你的实际情况，请你和丹枫好好商量，认真考虑一下。同时也代我向丹枫问好！好了，时间也不早了，刚才马琴还怪怨我说，这么晚了还去打扰人家令狐叔呢。”大海最后又补充说道。

“我看这样吧，老弟，我跟女儿、女婿商量好了，再明确告诉你行吗？也代我向马琴侄女问好！”令狐南随即挂了电话。

第三章

大海蹑手蹑脚溜进卧室，他怕惊醒马琴，一声不吭摸摸索索地上了床，掀开被子背朝马琴侧身躺下，不大一会儿就响起来了鼾声。事实上马琴就根本没有睡着，她本来睡眠就一直不好，她侧过身来对着丈夫嗔骂了一声：“真是没心没肺，倒下便睡。”说心里话马琴倒十分佩服丈夫的睡功，不仅入睡快，而且睡得沉，睡得香。这反映出丈夫光明磊落、胸襟坦荡，心里不藏事，里外一个样，且是一个沉着冷静、坚忍不拔，泰山压顶而不惧，充满自信的男人。只要他在就觉得心里踏实、有底气，很有安全感。从这个意义上来讲，马琴倒也十分享受这种别样的幸福和满足。马琴一直也是这样的感触和看法，所以也理解与宽容丈夫跟自己逐渐减少的温存和亲昵。她恨自己怎么就不能和丈夫一样什么事情既拿得起又放得下呢？她怎么也弄不明白，自己为什么生就一副热心肠。真如丈夫经常调侃自己：“你呀，‘草根的命’，却要去操‘中南海的心’。”马琴想到这里，不由“扑哧”一笑，对着进入梦乡的丈夫咕哝道：“做你的美梦去吧，令狐叔肯定会被你搅得睡不着觉呢，令狐叔真能这么爽快答应你吗？”马琴带着这样的疑虑又转回身睡了过去。

女人的直觉往往是准确的。令狐南搁下电话并未走进卧室，他坐在客厅的沙发上拿出烟斗并装了满满一烟斗烟丝，但却没有及时点燃，他用眼扫了一下顺着旋转楼梯从二楼过道透出的淡淡光线，马上反应过来此时家人已全部休息了。他轻轻拉开了客厅通向观光阳台的大门走了出去。阳台刚好正面对着维多利亚海港，而此时的维多利亚海湾依旧灯火灿烂，光怪陆离。岸上、海里交相辉映，流光溢彩，海湾的夜景真是美丽。现代化都市的气息和元素在这里更是得到了淋漓尽致的展现。他吧嗒着烟斗，淡淡的烟雾不时飘荡出阳台，慢慢消失在朦胧的夜空下。他用那双深沉而又犀利的眼光凝重地远眺着前方，这默默的神情既像是若无其事的茫然，也似乎是在对往事的追忆或是在对一个问题的深深思考。今晚这情景，无疑应该是后者了。面对大海出的这个题目自己该如何解答？亲情、友情、事业三者交织在一起该如何选择？“好小子，这个三元方程你叫老夫怎么解呀！”令狐南叫苦不迭地自言自语道。

随着深夜的临近，喧嚣的都市也渐渐趋于平静，依然闪烁的万家灯火似乎也没有那样张扬和炫耀，从海面偶尔传来的几声低沉的汽笛，也觉得十分悦耳，犹如一首都市的催眠曲，更像一位打更的老人反复告知和提醒人们该进入梦乡的呢喃。伫立在海湾岸边的那些高大建筑，仿佛一个个着装华丽，对着宽阔平静的镜子梳妆打扮的含情脉脉的雍容美妇，也像是一群充满朝气活力而又翘首眺望等待黎明和迎接曙光的亭亭玉立的青春靓丽少女。美丽的东方之珠沉浸在一片恬静祥和的氛围里。这些年来，令狐南一直默默地享受着这一切，也许是时间久了，习惯自然了，一切都显得那么顺理成章，心安理得。可是今晚却不知为什么竟会涌现和以往不一样的感触。回首自己一生多舛的命运，竟也有今天的天伦之乐和幸福？这既有上苍对自己的青睐和眷恋，更有大海、单位和组织的……想到这些，他心潮逐浪，再也无法平静，痛苦而又欣慰的心绪一下子全涌了上来，是他们在自己濒临绝望的关键时刻拯救了他和这个家族。于是，回忆这张犀利的铁犁把自己最不愿提起而又不得不提起的历史荒原翻了个遍。

时间老人蹒跚的步履终于走到二十世纪的九十年代中期，孤身一人的令狐南已经到了法定的退休年龄了，大海也从副职的岗位上接过了集团公司的帅印。作为自己的老上级、老领导，这位似父又像兄，且从未分开过、一起打拼几十年的老同事，他的去留安置问题已经不可避免地被提到议事日程上来了。大海目睹令狐南临近退休时很是糟糕的状态，好像突然变成了另外一个人，整天沉默寡言，心事重重，饱经风霜的脸庞透露出一股冷漠、茫然而又绝望的神情。大海见了也十分心酸难受，心里再也清楚不过，令狐南并不是不明白任何一个人都有退休的时候，更不是留恋和不舍几十年来的总工程师这个位置，而是……说来也是人之常情，可是对令狐南而言，意味着他内心深处蛰伏几十年的那几乎仅存的一丝期望，已变成了绝望。精神支柱瞬间坍塌，这个纠缠他一辈子的心结，就要成为永远无法解开的死结了。所以，上午的党委会一结束，候在外面的基建委组织部王部长正欲找他谈话时，令狐南冷冷地看了他一眼说："这有什么好谈的，我还有什么想不通的吗？你们也太小看我这个老共产党员了。"说完头也不回地走了。按照组织惯例，每位领导干部退休之前，组织都会找其本人谈一次话，以示对领导干部的肯定和尊重。谁知令狐南并不领这个情，弄得王部长十分尴尬地站在那里，用惊诧的眼光看着大海说不出话来。

大海见状，淡笑了一下说："王部长，你就不要再去找他谈了，你看这样行吗？你们就委托我履行一下组织程序吧。"

"好吧。"王部长一脸不悦地转身走了。

晚饭后，大海对正在收拾碗筷的马琴说："我到下面令总工家里去一下，今晚你也不要出去锻炼了，在家待着，可能会有事。"

"为什么？"马琴有点吃惊。大海讲了上午有关令狐南的事。

"你算是哪根葱？你怎么有资格找令总工这一级领导干部谈这方面的事？"马琴在农业厅从事人事管理这方面的工作，所以很懂组织管理的权限和程序。

"我得到了上级部门的口头授权呀！"大海接上话头，"令总工这一辈子真可怜，现在上班还好一点，那退休以后怎么办？孤苦伶仃一个人，在家连个说话的人都没有，更不要说头痛脑热生病之类的事了。"

马琴同情地叹道："我看他退休以后如何安置的问题还不是最主要的，你们单位和组织要想尽一切办法和可能，尽早尽快找到他女儿才是根本。"

"夫人所言极是，这是医治他心病的唯一良药。"大海一直很敬佩夫人这种富有同情心且又很主动帮助人的善良品格与胸襟。

大海来到楼下，见令狐南家的门并未完全关上，门虚掩着还留有一条细缝。他轻轻推门走了进去，只见令狐南坐在客厅的沙发上，两眼怔怔地只盯着对面墙壁上那幅照片，那还是大海第一次到他家时看到的、现在更加发黄和陈旧的全家福。尽管令狐南目光是呆滞麻木的，但神情却十分专注。即使大海这样不请自来，他也没有移开双眼来看一眼大海，更不要说请坐上茶了，甚至连欠一下身子的举动都免了，纹丝不动地僵坐那里。看出来这老兄恐怕这样坐了一个下午。大海迅速地瞄了一下厨房的冰锅冷灶，直觉告诉他这家伙肯定还没吃晚饭呢。于是他拿起放在茶几上的内线座机拨通了自己家里的电话："马琴，令总工还没有吃晚饭，请马上煮一碗蛋汤面条端下来。"谁知令狐南并不领情，仍然一言不发，依旧保持这个姿势。弄得大海十分尴尬地陪坐在他旁边的沙发上。为解窘境，大海只好点燃起一支香烟独自抽了起来。

还算马琴手脚利索，不一会儿她就端着热气腾腾的一大碗蛋汤面条进来并放在饭桌上。这时令狐南还是没有表露出对马琴的半点感激之情，他嘴唇颤抖着说："没有希望了，没有希望了，小梦，我对不住你了……"也许他真是感到了绝望的恐惧，眼眶里盈满已经断流了多年的泪水。

女人的心还是要软些，马琴的眼圈早已红了，情不自禁跟着令狐南流下了泪水，并安慰劝道："令狐叔，千万不要灰心，您现在最重要的就是好好保重自己的身体，只有这样我们才有等待奇迹出现的机会。报纸和电视上不也报道过有亲人失散几十年最后终于团聚了吗？何况这次有组织上和单位帮助您寻找，我看是有很大把握。退一万步讲，您不仅是大海的老领导，也是我父亲的老搭档、老同事，如不嫌弃的话，就认我做您的女儿吧！现在就先吃饭好吗？吃好饭后，大海会详尽给您讲，他们商量怎么重新寻找的方案供您参考，那我就先上去了。"

不知是马琴的实在话起了作用，还是女性的温柔感化，或许两者兼而有之，令狐南一抹泪水，在马琴的搀扶下走到饭桌前吃了起来。大海用十分感激的目光目送夫人离去，心里由衷地赞道：“这点比老公强多了。”

待令狐南的情绪逐渐平静下来，大海又是沏茶又是递烟，借机用近乎调侃的口吻笑着说：“老领导，说心里话我真不忍心，但还是要批评你几句了，你的心情和遭遇我们大家都十分理解和同情。你有满腹苦水和怨气我们大家谁不知道呢？平时偶尔借机宣泄一下郁积在心里的几十年来的悲伤，不满也罢，怨气也罢，牢骚也罢，甚至愤慨也罢，这一切我们大家不都宽容了你吗？可是上午你真不该在那样正式的场合给王部长他们吃闭门羹，的确有点不妥了。”令狐南双手抱着头搁在桌子上沉默不语了。

片刻，眼里还残留着泪花的令狐南抬起头，并没有看着大海，自言自语说道：“原来总以为退休前或许能找到女儿，看来终究是幻想了，现在连幻想都破灭了。”

大海见他终于开口说话了，急忙试探性问：“老领导，你是找到什么地方就断了线索，无法继续找下去？方便讲吗？”

令狐南抬眼望着大海诚恳而急迫的眼神，随即又低头沉思着，两行热泪终于忍耐不住顺着腮帮子流了下来。这泪水在大海看来既包含有这位老领导寻找亲人的辛酸，也掺和了彻底绝望的恐惧。大海的眼睛也红了，他不敢正面看令狐南的眼睛，他害怕控制不住自己的泪水，把头扭向一边默默看着墙壁上挂着的那幅全家福相片，静静地等着令狐南的叙述。

原来令狐南当时与叶岚和女儿丹枫离别时就约定：迫于当时的形势和环境，也为了使小丹枫的幼小心灵避免再次受到伤害，在形势没有根本好转之前，断绝一切联系和交往，双方都把对对方的牵挂和思念深埋在心底。甚至到“文化大革命”结束，双方也还不敢贸然主动联系彼此，一直坚持到一九七九年。他清楚地记得，那天接到组织上给他彻底平反的正式通知时是何等激动和兴奋，庆幸自己头上戴了二十多年的紧箍咒终于解除了。为此，马锐、万山以及在家的领导特地在机关食堂为他设了一桌晚宴，以庆贺他获得新生。宴席上他泪流满面，情绪难以自控，几度哽咽，甚至失声恸哭。他的心情是复杂的，既有落单孤雁终于归队的欣慰，也有对过去一切的释然，更有像伫立在一艘长期颠簸在茫茫大海的航船船头上的水手，仿佛看见港湾闪烁的灯火般的急迫和喜悦。是啊，也许是明天，也许是后天，总之马上就要和自己失散多年的至亲骨肉相聚了，也能和天下普通人一样享受天伦之乐。所以当大家举杯向他庆贺时，他毫不犹豫照单全收。何况他本就是性情中人，不仅来者不拒，最后还逐个回敬一杯，以感谢大家多年来对自己的不离不弃之恩。那晚他喝得酩酊大醉，不省人事。害得马锐和万山以及卫生所的大夫们几乎守候了他一宿。

次日，令狐南就匆匆地登上北去的列车。此时的列车在他看来犹如一匹知性的骏马，不知疲倦呼啸向前。他静静坐在日夜奔驰的列车上，脑海里不停地跳出丹枫天真无邪、活泼可爱的画面。也许女儿已经记不起父亲的模样了，但父亲对女儿却是刻骨铭心永远也不会忘记。他不断反复设计和女儿相见那一刹那的场景——美丽大方、亭亭玉立的女儿扑向自己怀里的时刻是多么幸福和满足啊！

一天一夜的颠簸，列车终于抵达北京。令狐南怀着无比激动的心情，迈着急促的步伐走进他阔别二十多年的母校。他很快就找到了人事管理部门，尽管受到他们的热情接待，但得到消息却犹如晴天霹雳——叶岚教授在一九七〇年春（也就是他们离别后的半年左右）下放去了南疆边陲（海边）。“九·一三”事件后，中央开始着手考虑落实知识分子的有关政策，叶岚教授他们一批人本安排在一九七五年春返回学校，可当时叶岚教授的外孙女还寄读在当地小学上学，本学期课程尚未结束，因而就没和其他人一道返校。直到暑假结束还不见叶岚教授回来，为此学校有关部门还专门派人重去寻找，他们还以为叶岚教授早已返校了，不知为何就这样突然“失踪”了。时至今日，已经五年的时间，从来就没有获得过叶岚教授的任何消息和相关材料。听完介绍，令狐南大脑一片空白，呆若木鸡。他万万没有料到自己苦苦等待了十五年的光阴竟然会是这样的结局。他仰天长叹、欲哭无泪。他不知道自己是怎么离开母校的，又是怎么回来的。他的精神支柱瞬间坍塌了，精神崩溃了。

时至今日，大海这才知道令狐南为什么无法再继续寻找下去的原委了，但令大海纳闷和不解的是：为什么叶岚教授也不主动与令狐南联系？按理说她找令狐南应该更方便更好找呀？“是啊，这也是一直缠绕在我心里疑惑和不解的地方。”令狐南两眼含着泪水对大海说，“当时我已经彻底绝望了，真想一死了之，失去了再活下去的勇气，我能坚持守候到今天，说起来还得感谢你岳父马锐。在我寻短见的那次，他把我骂了个狗血淋头，‘你这个糊涂蛋、懦夫，你这样死对得起谁？从大道理上讲，你这样对得起组织上为你们平反所做的一切吗？这是一件多么艰难的事啊！从小道理讲，你这样对得起你姑妈和你女儿吗？她们不是人吗？她们难道不是跟你一样吗？何尝不想与自己的骨肉早日相聚？你想死也要死在等候她们的路上，这样你才死得其所，才会问心无愧！懂吗？’”

大海仔细认真听完令狐南的叙述，心中唏嘘不已，既为令狐南在寻亲路上遇到的波折而感叹，也为自己敬重的岳父在令狐南生死攸关的时刻所做的一切而骄傲，更为令狐南重新爬起能够坚守到今天而欣慰。“老领导，既然事情都到了这一步，我帮你分析一下，看对不对好吗？”大海见他慢慢地恢复平静，小声问道，“第一点，之前彼此中断一切联系，目的都是为了保护对方不再受到伤害，这就是伟大的亲情使然，无可非议，不存在谁对谁错的问题。第二点，她们祖孙俩很有可能已经不在境内居住了，改革开放都已经几十年了，在寻亲方面不存在任何阻碍，否则哪有不主动和你联系的理由呢？第三点，她们一定是回到香港叶岚教授的家族里，至于为什么还没有跟你及时联系，只有一个原因，还是在等待适当的时机，但客观上又失去了一次时机。第四点，等叶岚教授觉得是时机的时候（你不要说我是乌鸦嘴），我猜测你姑妈她已经走了，而且走得很匆忙，来不及和自己的外孙女交代后事或提供更多的相关信息。如果假设真是这样的话，你女儿即使火急火燎地想要找到你，但她也毫无头绪啊，叫她如何着手？说不准她还在幻想着自己的亲生父亲主动来找自己呢。”

令狐南一听觉得大海的分析很有道理，两眼又闪出了一丝希望的光芒，对大海说：“也许正是这些阴差阳错，才闹成今天这个地步。”

大海见状，更有信心地对令狐南说：“今天下午，为你的事，我和国政书记商量了一下，我们这次以组织出面，重启寻亲之路，我们这次的策略是主动出击，不能再这样守株待兔下去了。初步方案是先从你的母校以及当地群众与叶岚教授熟悉的人开始了解摸底，看能否找到一些线索，然后通过相关部门的支持帮助，再到香港去。我相信有组织上的关心和支持，我们一定会找到她们的。至于你目前的安排，我们是这样考虑的：按组织程序给你办好退休手续后，集团公司返聘你和万山他们一伙人回来继续为企业出力做贡献，成立一个顾问委员会，决定你当主任。”

令狐南一听连忙摆手说道：“你们这样考虑恐怕欠妥吧，我们按规定年龄退休既不是空前也不是绝后，千万不能因人而设，今后组织上怎样来摆平衡嘛，使不得，使不得。”

大海轻声笑着回答：“你误会了，我们也是从集团公司的实际情况出发通盘考虑的，你也看见了，这几年企业发展迅速，壮大很快，规模也越来越大，摊子也越来越多，我们的技术力量和管理力量有点吃紧，快跟不上企业发展的步伐了，不仅是完全必要，而且还要尽早尽快，正所谓‘未雨绸缪’。再说像你们这些技术过硬、管理经验丰富且身体又强健的老小伙子弃之不用，岂不惜哉！当然，这也得走一下组织程序，明天国政书记就会去给上级党委汇报。好了，时间很晚了，老领导也早点休息吧。”大海起身告辞了，令狐南望着比自己年龄小了两轮多的大海，却能如此关注和关心自己，心里十分感激和温暖，大海转身离去的背影，又牵出了他两行热泪。

第四章

丹枫半夜起来先到两个小孩房间巡视一番，又轻轻推门走进了父亲的房间。这是贤惠和孝顺的乖乖女才能养成的习惯，不论有事无事，都会去瞧一瞧，看一看。一看父亲不在床上，先是一怔，立即她就下意识地拿了一件披风悄悄走下楼直奔观光阳台，只见父亲像根木桩似的站在那里凝视着前方。“爸爸，这么晚怎么还不睡呢？你这样会着凉的。”丹枫轻轻地为令狐南披上披风。

令狐南这时才从痛苦的回忆中走出来。他缓缓地转过身来，望着女儿比她母亲还要俏丽的脸庞深情地说：“谢谢你，乖女儿，没有什么，今晚我没有睡意。”

丹枫见父亲眼里还残留着泪花，吃惊地问：“怎么，又是两个淘气包惹你生气了吗？”

“没有，十一点钟左右，你大海叔给我来了个电话，说那边家里有事，决定要我再过去帮一下忙。”令狐南故意说得轻松，叫人听了，觉得有点满不在乎似的。

俗话说“知父莫若女”，丹枫咋会不明白父亲的心思呢。虽然与父亲才相处了十年的时间，但在现实生活的感触中却觉得彼此好像从未分开过，这种血缘之间的爱自然而然流露，这种与生俱来的心灵感应往往会使人觉得有时竟能达到匪夷所思的高度契合，使我们不由惊叹这种基因遗传的血缘关系具有那么神奇伟大的力量。所以，当听到父亲有点漫不经心的话语时，她马上故作心不在焉似的接上说：“爸爸，那边家里有事，过去不就行了吗，现在交通这么方便，不就是三五天的时间嘛。”

“不，要三四年的时间。”令狐南神情开始凝重起来了。“啊，要三四年的时间？”这是丹枫没有想到的，怪不得老爸心里纠结睡不着觉，他正处在进退维谷之中。好在自己早已习惯了父亲把那边也称为家，也从来没有觉得有什么别扭和不妥。她真佩服父亲有本事，能把相隔千里之外的两个家既分得那么清楚同时又能揉搓得那么融合和自然。就像是一个卓越的工艺大师，在塑造这个“家”的时候，既注入了抽象概念的元素，也掺入了实实在在的原料，做了一个类似太极图腾的“家”圆。在这个圆里，阴阳两极看得清清楚楚、明明白白，既“泾渭分明”，又黏得那么紧密，似乎“天衣无缝”，显然也无法扯开，因为半边有你，半边也有我。是啊，这里是一个看得见摸得着、当下正享受着天伦之乐的祥和之家，而那边却深藏着血脉之源，家缘之根，孕育自己生命的处女地，承载着故乡、事业和友情以及堆放历史陈迹的地方，这难道能说不是家吗？有时丹枫自己也感到纳闷，自己已到中年，为什么童年的情景却时而会进入自己的梦乡，那可是一个充满苦难和屈辱的年代，一段往事不堪回首的岁月啊！可是，回想起十年前在父亲和大海夫妇的陪同下去枫林湾祭奠妈妈、容爷爷、许奶奶的时候，当走进这个美丽的小山村顿时感觉却是那么亲切，站在妈妈、爷爷和奶奶墓前，尽管只记得他们一点模糊的面容和跟他们在一起的画面，但感觉却是那么温暖和满足。从此，对这块自己的出生地，常常会想起，同时也多了一份思念。所以她十分理解父亲为什么还常常观看内地的电视频道，时时关注着中西省的时事动态，不厌其烦地浏览着单位的网站。那是他一辈子也不会忘怀、永远惦记着的地方。她走上前去，挽着父亲的手，依偎在父亲的肩膀上说："爸，我理解你，不管你做出什么样的决定，我们都会支持你。先去睡好吗？"

"谢谢你，好闺女。"令狐南点了点头，在女儿的搀扶下轻轻地上楼去了。

丹枫轻轻走进卧室，这时唐山已醒了，他爬起坐在床沿上问："阿枫，这么长时间干吗去了？"

"爸爸现在有'心事'了，心里很纠结。"丹枫有些伤感地回应说。

唐山瞪着大眼吃惊地看着夫人："啊，什么心事？"丹枫见问，就简要地把事情的来龙去脉讲了一遍。

"唉，这有什么大不了的事，婉言谢绝不就得了。"唐山不以为然笑道。

"不，你不是出生在内地，在那边也没有生活过，根本不了解他们这辈人的情怀，对故土的眷恋是那么强烈，对生于斯、长于斯的地方是那般痴情，'落叶归根'的观念是那样根深蒂固，尤其是对自己认定的信仰是那般坚定不移，对事业的追求是那样孜孜不倦，对彼此凝成的友情是那样牢不可破。总之一句话，他们的人生观和价值观有时是我们后辈人简直不能理解的。"

“哎哟，老婆，还真没有看出来，你这个建筑师，今天有这么多的感悟呀！”唐山由衷地赞叹道，“你说了那么多，我也听不懂，但‘落叶归根’这个观念我倒有同感，当年我父亲去世时，再三嘱咐我们，一定要把他的骨灰葬回那边老家去，说什么要回去陪我们唐家的列祖列宗。尽管我们感到不解，但最后还是遂了他老人家的心愿。”

“是的，作为子女尽量满足和遂了父辈的心愿，这也是在尽孝道。爸爸和我们也相处了十年，说长也不算长，说短也不算短，一家人和和睦睦、平平安安也算是幸福美满。可是，这些年来我总觉得父亲的内心深处和骨子里乃至他的幸福观里似乎还缺少点什么，或者说还需要点什么。”丹枫还在煞费苦心地想着。

“好了，我的姑奶奶，我们既不是社会学家，也不是伦理学家，怎么弄得清楚呢？我看就遂了他的心愿吧。”唐山打着哈欠劝道。

“好的，爸爸为什么在这次的契机面前犹豫不决，我总算明白了一点点，那就是一个家庭的美满幸福，仅仅靠亲情来维系还是不够的，还需要另外一些东西来填充的……这样吧，到时我陪爸爸过去，也顺便到枫林湾去回访一下我们捐赠的希望小学和敬老院。”

“好的。”唐山应了一声，他已经躺下了，不一会儿就响起了鼾声。

那天晚上，除了令狐南睡不着觉以外，还有一位也辗转反侧难以入睡的就是常被大海调侃为“操心婆”的马琴。她一边听着大海的鼾声，一边想着大海曾经给自己讲述过如何帮令狐南寻亲和当时陪令狐南去深圳认亲的情景。那是一九九五年的春天，大海跟随省政府有关领导去香港举办一场颇大规模的招商引资活动。在活动期间，先大海半个月抵达香港的寻亲小组向他汇报：几番周折，在香港有关部门的支持和帮助下，最后的线索基本可以锁定在香港叶氏家族投资集团。事情也真是凑巧，这个叶氏投资集团正是这场招商引资活动的重要客户之一，这真是喜出望外的大好事。按照活动的组织安排，明天大海就要与叶氏投资集团进行洽谈合作事宜。第二天上午洽谈会按时举行，更让大海惊奇的是，不知为什么叶氏投资集团对参与内地投资建设表现出极大的兴趣，董事长叶茂中不顾高龄亲自带队参加洽谈，让大海深受感动和敬佩。谈判的氛围很好，进展也很顺利，一上午的时间双方就草签了投资意向协议书。大海一看表，距答谢宴会还有一点时间，他走到叶茂中跟前轻声说道：“叶老先生，我还有一件私事，想单独跟您聊聊，行吗？”

“好啊。”叶茂中十分爽快答应了。

“那我们就到里面的茶室去吧。”大海拉着他的手走了进去。他们找了一个靠窗口的座位坐了下来。“叶老先生，我向您打听一个人，您家族里有没有一个名字叫丹枫的女士？”大海首先开口问道。

“哈哈，有啊，她就是我的侄孙女呀。”叶茂中爽朗地应道。

“她现在情况怎么样？还好吗？”大海接着问。

叶茂中见大海提起自己的侄孙女顿时兴奋起来，夸奖道：“我这个侄孙女可真行，是个建筑师，年纪不大，可在业界却很有点名气，你看这个建筑，那个大厦，还有那幢大楼都是她的手笔。”他一边手指点着窗外那些高大建筑，一边对大海津津乐道，“她目前正在经营我们投资集团麾下一家建筑设计事务所呢，且业务还做得很好的，大家都很满意。”

大海抑制住激动而兴奋的心情仍小声笑着问：“叶老先生，您还记得她是一九七五年从内地过来的吗？当时也就十来岁左右吧。”

这下可轮到叶茂中大惊失色了，他似乎突然想起什么抓住大海的手急迫地说："是啊，是我五妹带回来的呀，怎么啦？"

大海见他如此激动，担心他年事已高发生意外，就用自己的手不断抚摸着他手背说："叶老先生，请不要激动，没有什么，只是有点太突然罢了。你这个侄孙女很有可能就是我的老领导失散了三十多年的女儿。我这位老领导可也不得了呀，几十年来一直孤身一人，苦苦寻找和等候，可以说几乎寻找和等候了一辈子呀！"

"不可能吧？你们是不是弄错了，听我五妹说，她们在那边早就没有什么人了呀！"他还是有点不敢相信这突如其来的信息。

"老先生，没有弄错，收留她们的那一对老人家在上个世纪八十年代初就走了，但孩子的父亲却实实在在地活着，当了我们单位几十年的总工程师呢。"

"那你们还有什么证据和信物吗？"这时叶茂中想起了五妹走时留下的几样东西又反问大海。

"其他东西有没有我们不清楚，孩子的母亲我们也没有见过，只见过照片，但我听孩子的父亲说过他们离别分手时，那位老奶奶送了一个手镯给孩子留作纪念。我想如果是真的话，叶岚教授应该还保存着。据孩子的父亲讲，当时在现场知道这件事的人，除了孩子本人就只有他们四个大人了。不知道当时只有四岁多的小丹枫能不能想起。"大海也只好实话实说了。

叶茂中听完大海的话，心里也明白。他含着泪水拍着大海的手说："这是我大哥唯一的一滴血亲呀，压了我一辈子的内疚这下终于可以释怀了，有一天到了那边也可向大哥作个交代了。苍天有眼啊！这样吧，今晚你们到我家里来，先和孩子他们一家人见个面，初步确认一下，同时大家一起商量一下如何安排让父女俩先见面，确认时间和地方。你看这样行吗？大海先生。"叶茂中向大海征求意见。

“好的，我们听从您老的安排就是了。”大海紧紧握住叶茂中的手。

晚上十点钟，大海和寻亲小组的几个人从叶茂中家里出来后，立即回到下榻的酒店，他马上给国政书记打了个电话，通报了情况并商量好了相认的方案。后又拨通了家里的电话，这时马琴已经睡了。

马琴拿起听筒埋怨道：“这么晚了，你还打什么电话呀？”

“老婆，告诉你一个特大的好消息，令狐南的女儿找到了，我们刚从她家里回来的，见到了她本人，和她妈妈几乎长得一个样。”那头大海兴奋地大声说道。

“真的吗？那谢天谢地，老公，你们可做了一件天大的好事。”马琴受到感染也兴奋得流出了眼泪。

“这样，还得辛苦你一趟，明天由办公室主任刘维、工会主席罗玉珠和你陪同令狐南到深圳来，我们安排后天他们父女俩见面。”大海又接着说。

“好的，理所当然，理所当然。我的妈呀，你们是怎么找到的？”马琴再也不肯放下电话。

“好，那你就仔细听着吧。”大海开始向马琴讲述。事情基本上和大海事先分析得差不多。新的线索是从丹枫寄读的那所小学找到的，原来那所小学有一位黄姓的校长，见小丹枫长得聪明伶俐，又懂事乖巧，且学习成绩更是了得，在班级里面从来就是第一名，无人敢比肩。同时这个小女孩是这个偌大的干校唯一的一个寄读生。以此推测这个小女孩一定有着不同寻常的身世，所以对她格外关注。通过家访和平常的接触，彼此间不断增进了解和建立友谊。也许是共同的命运和遭遇使彼此间更加紧密地联系在一起，最后黄姓校长和叶岚教授以兄妹相称。当叶岚教授托他打听自己已失去音信几十年的大哥时，竟发生了奇迹，天下竟有这般巧合之事：自己的大哥竟然是黄姓校长一位亲属部下的爱将并获得了少将军衔，但却在淮海战役时阵亡了。并得知自己的大哥不仅和这位校长的亲属关系甚密，而且自己在香港的家族也与黄姓校长的亲属私交颇深。同时还透露出消息说，他们这批人很快就会获得政府的帮助返回香港。并表示回香港后，马上帮忙为她与香港取得联系。由于叶岚教授思亲心切，按照其内地的亲属可以随迁的政策许可，叶岚教授祖孙俩借机与黄姓校长夫妇（无子女）一起以随迁回到了香港。

就这样，叶岚教授带着小丹枫回到了香港。这时叶岚教授的父母亲早已过世，叶氏家族还有二哥、三姐、四哥和小妹，叶岚教授排行老五。整个家族由二哥叶茂中统领，经几代人的打拼，其家族企业发展迅速，颇具规模，积累的资产可谓不菲。对突然从天而降的叶岚祖孙俩，自然欢天喜地呵护有加。叶岚教授很快就谋求到一份职业，在香港大学任教，小丹枫也进了一所贵族中学继续上学。按理说这个时候叶岚教授应该设法与令狐南取得联系，但她鉴于自己出境的方式，又犹豫不决了，害怕会给令狐南带来新的麻烦，她在等待合适的时机。这一等又过去了近五年的时间，直到一九八〇年初，才知道内地已经发生了翻天覆地的变化。

一九八〇年正月下旬的一天早晨，寄读在校的丹枫正准备去上课时，却被自己的二奶奶接回了家并告知从小与她相依为命的叶岚教授因脑溢血已撒手人寰。丹枫扑在叶岚教授冰冷的身上，悲恸地喊了一声："姑奶，你怎么也这样狠心把我丢下来不管了呢。"随即昏了过去。就这样，叶岚教授或许带着一生中最大的遗憾和对晚辈的万般眷恋与内疚悄无声息地永远走了。

当丹枫陪着家人在清理叶岚教授的遗物时，在跟随了她几十年的一个很旧的小皮箱里发现了一个小布袋，里面放着几套小女孩的衣服和一个手镯。很显然这就是丹枫扑朔迷离身世的唯一信物了。叶岚教授也许是出于种种考虑，自从回到香港后，在家人面前几乎从不提及在内地的事情，尤其对丹枫身世的具体情况更是缄口不语。小丹枫在小时候根据自己的一些模糊不清的记忆，偶尔提起关于父母亲、大胡子老爷爷和老奶奶的事时，姑奶总会冷冷地说一句："他们早已走了（死了），今后不要再去想了，知道吗？"叶岚教授这个善意的谎言，倒也十分及时地让小丹枫从小就摆脱了心灵上的阴影。虽然当时处境艰难，生活艰辛，但在姑奶的小心翼翼的呵护下，她也享受到了和其他普通小孩子一样快乐的童年。但从客观上来说她这一举动也给丹枫和家人造成了极大错觉。所以当大家面对这几件信物时，就会自然而然地认为这是她替侄孙女精心保存的一份纪念物而已，压根儿就没有想到这是她留下为自己的侄孙女今后有机会与亲生父亲相认的唯一信物，谁也没有理解和明白她的良苦用心。殊不知，这一错觉让丹枫与亲身父亲相认的时间又往后推了十五年……

深圳的春天，阳光明媚，百花齐放，呈现一派生机。在罗浮桥海关出口处的广场上人头攒动，人流熙攘。马琴和令狐南一行四人怀着既激动兴奋而又紧张焦急的心情在这里等候着。大家不时翘首眺望着出口处，而令狐南则更是伸长脖子，睁大眼睛，愣愣地盯着出来的每一个人。大家也十分理解他此时此刻的心情。尽管已相约好上午十点钟左右，但他们却在九点钟就早早守候在这里，这短短的六十分钟，在无限的时间里是那么短暂的一瞬，然而在人生的历史长河中却是那样漫长，这一等就是三十年的光阴。

激动人心的时刻终于来临了，大海身边是一位身材修长、美丽端庄的少妇，一位俊美男子手牵着一双儿女，他们的身影蓦然出现在出口处。无须介绍，不用喧哗，人类与生俱来的血脉亲情和心灵呼应是那般准确无误，犹如两块神奇而巨大的磁铁自然而然地粘贴在一起。“爸爸！”“丹枫！”彼此间的一句先有眼泪后有声音的称谓，凝聚了多少人世间的酸甜苦辣。女儿喊出了三十年来的第一声“爸爸”是何其艰难啊！同样，父亲又何尝不是呢！两颗破碎的心同样滴着血，割着痛。丹枫的头埋在父亲宽阔厚实的胸脯上尽情恸哭，令狐南的手抚摸着女儿的秀发，老泪纵横跟着恸哭。此时，也许只有眼泪和恸哭才能释怀这一切。站在一旁的马琴和许多驻足看客一样，都情不自禁地流下了泪水……

黎明时分，大海刚醒来，就听见马琴的抽泣声，他连忙侧过身坐了起来，用手拍着她的肩膀心疼地说：“老婆，你咋啦？还没有睡啊！”

“睡不着，我又想起他们父女初次见面的那些场景……”马琴抹着泪水回应道。

“你也真是的，快点睡吧，早上我起来做早餐，你就多睡一会儿。”大海为夫人拉了一下被角又躺下了。

第五章

“千里跃进”项目前期工作正在紧张有序展开，转眼间就到了秋天，更为紧张和忙碌的设计工作开始了。设计，通常被人们称为工程项目建设的灵魂。面对如此艰巨而技术复杂的庞大工程设计，作为指挥长的大海感到压力山大。大海、万山与令狐南率领着指挥部有关部门和包括自己麾下的设计院在内的其他部属四家顶级设计院的有关设计人员，分乘十多辆越野吉普车在千山万壑的崇山峻岭中，跋山涉水转悠了近半个月的时间。这天傍晚，大家拖着十分疲惫的身躯，风尘仆仆地终于返回了设在距省城二百多公里之外的指挥部。入夜，会议室灯火通明。“千里跃进”工程项目建设真正意义上的设计工作现在才算是正式拉开帷幕，会议由大海亲自主持。他首先传达了陈新常务副省长的讲话精神并就有关工程设计方面作了较为详尽的解读：“各位专家、同仁，省委和省政府给我们出好了‘题目’，如何贯彻和执行这些指示精神？如何交出一份令人满意的答卷？如何使这项造福于子孙后代的工程项目尽量不留下一些遗憾？这是经济发展，社会文明进步的客观要求，也是我们设计人员应尽的一份神圣责任。大家知道，设计是工程建设的灵魂，控制投资的关键，是集中运用各项规范、标准，把科技学术成果转化为现实生产力的桥梁与纽带，设计单位能不能正确贯彻执行国家经济建设的方针政策和有关强制性技术标准，落实节省和环保措施，做出最佳的设计，不仅影响工程建设的速度与质量，也将长久影响到投产和交付使用后的全社会的综合效益。这不仅是技术问题，也是政治问题。任务是艰巨的，困难是很多的，时间又是紧迫的。经过这些天的转悠，大家都十分清楚，从路线两头的崇山峻岭到中间地段的平原微丘的水网地带，其地形和地质情况复杂，设计的难度可想而知。各家设计单位都有各自的设计经验、设计理念和思路以及自己的传统习惯与做法，但根据本项目的特点以及一些特定条件的实际情况，考虑到整个设计的完整性、统一性、条理性和衔接等因素，所以在今晚的会议上，一些设计原则、设计思路以及共性问题的一致性等必须统一和明确，以便大家在各自的设计工作中共同遵循。为此，请各路“诸侯”畅所欲言，发表自己的见解和意见。请大家放心，不要有所顾虑，我们这里不是武大郎开店。”

大海用了一句诙谐的话结束了他的开场白。接着首先发言的是大海麾下的设计院长东生，这是一位四十岁左右的白胖书生，毕业于国内一所名校，年纪不大却获得了“设计大师”的称号，在业内是个颇有名气的人物。也许是用脑过度，东生早早就谢顶了。他习惯地用手捋了捋脑袋上仅存的一缕头发缓缓道来：“这次我们省院接受的任务是西北部一百多公里的山岭重丘地段，从目前所掌握的情况来看，估计桥隧的比例高达百分之七十左右，其勘察设计难度是我院有史以来最具有挑战性的一次。况且又是我院首次进入这么长线路的山岭重丘的设计，积累的经验不多，借鉴的案例不够，其设计难度很大，因此我们很想能借此机会，希望得到各兄弟设计院的大力支持和帮助。尤其是西南设计院的同志，你们积累了更为丰富的经验，到时也请多多指教。尽管我们同吃一碗饭，但你们可要大度一点，不能搞技术封锁啊。”东生半开玩笑地对西南设计院的扎西院长诚恳地说。

扎西院长是位中年少数民族汉子，精瘦精瘦的，但个子很高，身高将近一米九，看得出来，这是一个性格开朗、快人快语、干脆利索的专家。此时，大海很想借此机会再活跃一下会议的气氛，他接上了东生的话有意调侃扎西：“哎哟，扎西院长，一看到阁下这副身段，我就会想起你们西南地区一座座高耸入云的桥墩，也只有像你这样的人才配拿出许多在世界上都叫得响的桥梁杰作，真是大手笔呀，叫人十分仰慕。”大海话音刚落，台下就响起一阵笑声和掌声。

扎西情绪受到感染，激动地站了起来，抱拳作揖十分谦逊地说：“各位前辈在上，在下不敢不敢。这也是特定条件使然。我们虽然在山岭重丘地区的设计积累了一点经验，但和我们这次接受南部这一百多公里的崇山峻岭的设计相比还是有很大区别的，尤其是地质情况，我们也还是第一次接触到这种江南红层及丹霞地貌，况且我们初来乍到，什么情况都不了解，外来的和尚也未必都会念经。这样吧，我们大家都互通有无，相互学习，共同提高。至于说到针对本项目的特点和实际情况，就初步设计而言，我们还希望能得到业主方某些具体的要求和指示。”

情绪上来了，身材魁梧高大、微胖的华北设计院李明院长接着说："是的，我们从华北平原过来的，这次我们与华南设计院共同承担这段二百多公里的平原微丘的设计任务。通过这次现场勘察，你们这里的所谓平原和我们那里相比，可不是一个概念呀。况且水系发达、水网纵横、湖泊众多、植被繁茂，土地类别复杂，村落零散等诸多因素，因此涉及具体的选线、布线和展线以及构造物形式的选择、占地的多寡，等等。我们都希望能得到业主的明确指示。"

"听得出来，此平原非彼平原，言下之意，其设计难度不亚于你们。"会议一下子又沉闷起来了。只剩下华南设计院的孙浩院长没有发言了。这是一位衣着时尚，举止优雅的绅士，现代元素在他身上体现得够充分。他长着一副典型的岭南人相貌，中等身材略显单薄，微微前凸的额头下嵌着一双溜溜转的大眼睛，透出南方男人特有的精明能干。四十多岁的年纪却显得相当沉稳自信，乍一看上去，与其说他是一位顶级设计院的院长，还不如说他是一位腰缠万贯的成功商人更为恰当些。

大海用指头轻轻地敲了几下桌子算是点了他的名："孙浩院长大人，你是号称'桥梁博物馆'故乡来的人，来自我国改革开放最前沿阵地，是敢立潮头的江湖浪子，想必你有很多新的设计理念和思路，我们也很想听听你的高见。"大海善意地开着玩笑。

孙浩见兄长般的指挥长这样看重自己，倒有点不好意思了。他笑着说："刚才几位兄弟设计院都说了，我也和他们一样，深有同感。你这里的'江南水乡'和我们那里的'水乡'相比，既有相同之处，也有相异之别。据我了解，这一地带的地质构造和我们那里就有很大的不同。这里地下基本上是喀斯特岩层，且发育成熟、溶岩溶洞遍布，甚至有暗河。当然，这些也可以不算，但我感觉最大的不同是，我们 money 多，你们 money 少。我们也很想在这里展示一下自己的设计风采。大家知道，有些新的东西和技术那是要‘money’作支撑的。东西要好，‘money’要少；既要马儿跑又不让它吃草，我们大家都难啊！”孙浩说的倒也是实情，但也透露出一股财大气粗的霸气。

作为“千里跃进”工程项目主导核心地位的建设单位这时必须发话了。大海与令狐南交换了一下眼色，大海朝令狐南微微点了一下头示意他可以开始讲了。令狐南用他那特有磁性的嗓音娓娓道来：“这些天我们在指挥长的率领下，自北往南沿线溜达了一遍，这也是我们这个项目路线的基本走向，根据我们预先在纸上定线所初步确定的控制点，只要人能上去的，我们也基本到了现场，大家有了一个初步的感性认识。我们从墙上挂着的由省测绘局提供的地形图和航拍图可以看到整个路线走向，地形地貌的轮廓以及相对应的植被情况。从路线走向纵断面图又可以看出五百多公里的线路大致可以分为三段，且南北端高中间低，即南北凸中间凹，恰似一个马鞍形。为了方便各家设计单位初步设计工作的顺利展开，作为本工程项目建设的总工程师，我着重从技术层面上提出意见和要求，仅供大家参考。下面我就这三个段落分别作个介绍，首先我从北端谈起。这一地段崇山峻岭山峦起伏大，大小驼峰连绵不断，山体坡率小，非常陡峭，很多地方是悬崖绝壁人都无法上去。根据地质部门所提供的地质资料来看，这一地段其岩质虽然坚硬，层状分明，但比较破碎，裂隙很多，一旦松动，容易跌落。且地下水相当丰富，泉眼密布。山体的土层覆盖较厚，植被很好。通过我们这次的实地勘察也同样印证这一根据。在这群山起伏的山坳里，到处都是这些大大小小的‘大脚盆’‘小脸盆’，就是所谓的水塘、洼地。大家注意到没有？虽然都有水，但积水都不深，况且这几百平方公里范围内也没有什么堰塞湖之类的东西，再说，纵观全域也没有形成几条能称得上河或江的水系，绝大多数是陡峭狭窄的沟壑，最宽处也不过二三十米，正好是一整幅高速公路的位置，而且几乎没有一点滩涂过渡地，山脚直插沟底，河底水量不多，充其量也就是水过石而已。河水干净清澈如镜，没有一点沙砾。即使山洪暴发，从遗留下来的水痕迹来看也不过一米多。气象部门多年的记载资料清楚地表明，这一区域的年平均降雨量比全省年平均的一千七百多毫米还要多出一二成。这么大的水量哪里去了？都渗入地下去了。这就不难理解为什么这一区域古树参天，高大挺拔的乔木虬枝繁茂，竹林郁郁葱葱，植被如铺，几乎没有一丁点冲刷。其森林覆盖率高达百分之八十，居全省之冠，被誉为中西省的‘九寨沟’。这些说明了什么？说明这一区域岩层破碎，裂隙发育相当成熟，脚下蕴藏着巨大而丰富的地下水。在这种生态环境几乎完美极致的地方，要修建一条现代化的高速公路，即便是多砍一棵树，多割一根草，多铲一斗土，都会使我们感到‘罪过’和‘造孽’呀。尽我们所能，最大限度地保护好这块‘风水宝地’，把对她的影响和破坏降到最低限度，这不仅是我们设计者，更是我们建设管理者乃至施工者应尽的天职。我们必须怀着敬畏之心对待这尊‘山神’，因此动她的一草一木，一土一石，要做到慎之又慎，权衡再三。我们最终的目的是：它建成以后使人感觉它是自然而然生出来的，而不是留下太多的人工痕迹造出来的。为了达到这一目的，首要条件是我们设计者必须拿出高超的设计技艺来。因此这一段的设计理念和思路无疑是以生态环境的保护为上，并要唯此为大，唯此独尊。据此，我谈几点意见：首先在贯彻执行设计规范和设计技术标准方面要灵活掌握运用，比如设计时速，平面和纵面指标等的选择上均取下限；在构造物的选择上无疑是桥梁隧道。刚才我们东生院长说桥隧比例可能较高，这个不要担心，就是要坚持桥隧相连的思路，哪怕高达百分之八十以上也要在所不辞，严格控制在此区域内土石方路基的设计，非要不可的路段也必须对其建筑体量和长度作出明确的限制，力求做到可挖和可不挖的坚决取后者；其次，在选线上首选是沿溪线，方便布线和展线的多样化，在平面布置上，可以一幅是穿山体隧道，另一幅是狭谷桥梁，反之，也可是半幅也可是全幅。隧道如此，桥亦如此。根据实地情况上下行道能分则分，能合则合，同时允许分了再合，合了再分；在横断面的高程控制上左右两幅可以不设一个水平面上，允许彼此有高差之别；另外，在构造物的结构形式的选择上，先说桥梁结构形式，建议优先考虑现（悬）浇连续梁结构，而且跨径要大，所有桥墩原则上都要落在河（谷）床里，因为根本不会存在壅塞河水的问题。这样就可以避免大规模的预制构件场地建设对地面的破坏，是有效保护生态环境的积极措施和手段。至于隧道结构形式的选择在此就不宜展开说了，因为其影响的因素很多也很复杂，采用分离式、双连拱、小净距也好，还是分岔式也罢，但它们都涉及一个共同的前提，就是必须摸清围岩情况。所以建议在地质钻探时点要加密，提高频率。在这里需要提醒的是：在确定隧道的具体位置时，千万不要忽视头顶上那些类似水库、水塘的洼地，躲避裂隙的直接渗水洞内，同时，洞内的防排水的设施必须有超强的设计。否则会留下洞内‘水帘子’和路面‘水漫金山’的无穷后患。最后强调一下，沿线的边坡防护设施原则上基本取消像‘万里长城’一样的大板块的硬防护。即使你设计得再好，工艺水平再高，哪比得上原生态的自然与和谐。因此必须引进和推行挂网喷播的绿色防护新技术和措施。刚才虽然讲完北端的情况，但一些共性问题同样适用于全线类似的情况。因此，再往下讲我就不再重复啰唆了。中间这块凹地，是我省最为富庶的地区，也是工农业发展最好的区域，是我省的粮仓、棉仓以及其他经济作物的主要产地。它的GDP总量（包括省会城市）几乎占到全省的一半，是我省名副其实的‘聚宝盆’。因此，我们的设计只能为她‘锦上添花’，插翅安翼助她腾飞。根据这一地区的实际情况，它的土地（尤其是耕地）的保护就显得更为突出了，虽然还说不上寸土寸金，但和其他地区相比较，不言而喻，更要珍惜。建议在选线（布线）时要绕开那些重要的工业园区、大面积的良田和经济作物区，多沿着旱地、荒滩走。除了跨越水系必须架设桥梁等构造物外，在既能填筑路堤亦能架设桥梁的地段也应优先选择桥梁结构；在路基边坡的坡率的取值也宜取下限。这样看来，桥梁等其他构造物所占比重有较大提高的趋势。在桥梁结构形式的选择上应多选择简支装配式加上桥面连续式结构形式，但要考虑大型集中方式预制，切忌那种‘遍地开花’破坏、浪费占用土地的小型预制构件场地的出现。这一区域的桥梁结构设计的难点就是基础设计。地下喀斯特地质构造的特点是蜂窝状的大小不等的溶洞（岩），因此要求设计单位必须逐孔、逐墩、逐桩都要进行钻探。根据我们以往的经验，往往同一座桥墩下面其每一根桩基的地质情况大不一样。坚决杜绝‘估计’‘可能’‘大概’‘也许’等那些侥幸心理。除此之外，我还得提醒你们这两家设计院注意，在设计桥墩（台）的形状时，最好是同一座桥梁同一个式样，或方或圆，千万不要弄得五花八门，更不能乱插花。因为这里不是山区，四周都是可视面，我们应该讲点美学嘛。最后我还要向华南孙浩院长交代一件事，你们设计院有幸承担设计全线最长最大且又跨越号称我省母亲河的源江特大桥的任务，这座桥梁的桥址我们初步定在两座沿江对望的县城附近。自古以来两岸的交流全靠码头轮渡，历史上曾经发生过几次大的沉船事故，造成了人民重大的生命财产损失。我们这次虽然能够彻底把轮渡消灭掉，解决了‘隔河千里’的车辆通行问题，但两座县城十几万人的日常便利交流通行问题依然存在。因此，我们想借助这座桥梁一并解决人行通道问题。这也许不难解决，它难就难在，从安全角度考虑，这个通道又不能设置在桥面上，必须设在桥面下左右两侧，且功能要求又能遮风躲雨，安全舒适，必须是与主桥相对独立的一条空间通道，它既要借助主梁（边梁）结构，但又不能影响主梁（边梁）结构的安全。这是一个‘别有匠心’的创新设计，很有挑战性，恐怕也很适合你们的口味。

“至于南端，扎西院长，以上我所讲的，也基本上涵盖到了，所以也就没有必要再讲了。但也有一个地方值得关注和重视。那就是北纬二十四度至二十五度之间，我们这条主线将穿越这一区域，横跨三四个县，这是一块具有种植柑橘和脐橙的得天独厚的气候条件的地方。那里漫山遍野地种植着柑橘和脐橙等，是全国最大规模的生产基地，被人们誉为中西省的‘果园’。已经成为当地经济发展的主要产业了。所以我们在选线、布线（展线）的时候，尽量避开那些颇具规模的生产果园。不能因修了这条高速公路，而使这项支柱产业蒙受重大经济损失和影响它的长期发展。这样就得不偿失了。”

令狐南还真行，一口气就把它讲完了，还博得了大家的一片掌声。“老家伙，真有你的，丢下十年了，怎么还没有落伍呢？”总指挥部临时党委书记万山首先调侃他说。

东生院长也接着夸奖道：“我们的老前辈，真钦佩你！思路还那么清晰，掌握的情况和信息资源恐怕比我们还多，这次有您老的指导，我们的信心就更足了。”

这时连孙浩院长也情不自禁地赞誉道：“这位老先生，我看您的理念够潮头的，没有想到一个内陆专家却有这么前沿的思想，真是佩服、佩服！”

令狐南十分谦逊地站起来向大家回礼道：“哪里，哪里，权当抛砖引玉罢了！”

“老领导，先休息十几分钟，让大家消化一下吧！”大海以商量的口吻对令狐南说。

会议要接近尾声了，大海清了一嗓子开始作总结：“今天晚上这个会议开得很好，想必大家也十分满意。会上大家踊跃发言，提出了自己的意见和看法，我们合同双方进行了卓有成效的交流与沟通。就工程项目设计方面的有关问题，统一了思想，达成了共识。为了使设计工作更好地展开和具体掌控——即提高现场的决断能力，我把它归纳出几条原则。在山岭重丘地段，纵向选线上：如挖（填）土石方超过五十米深度的，长度超过一百米的，遵循‘逢山钻洞，遇溪（狭谷、涧）建桥’的原则；在平面布线上，桥梁与隧道的选择上，遵循‘桥隧相权，取于桥’的原则；平原微丘地段，遵循‘逢河（江）必架桥，在可筑路堤也可架桥的路段，路桥相权，也取于桥’的原则。全线的共性问题，例如构造物结构形式、施工工艺的选择、使用的工程建材、设备的采购等，也请遵循以下几个原则：繁简相权，取于简；同价相权，取于质（量）；同质（量）相权，取于廉（价）。另外，为了全线的设计文件的一致性、统一性，尤其是工程量清单所涉及的，如内容的描述、定义、解释、名称、目录、项目的归类与分项，计量单位等，现在就明确都由我们省院东生院长这里来统筹形成。同志们，我们大家都知道搞工程建设有三难：设计难，施工难，管理则更难。幸哉，我们克服第一个‘难’，有了一个良好的开局，希望各设计单位精心组织，精心设计。争取接下来的设计评审能获得一致性通过。大家清楚，设计评审可不像今晚这样轻松，到时各有关单位和部门，各相关学科的专家学者们则是横挑鼻子竖挑眼，其结论只有肯定与否定。为了这个目的，让我们携手并肩，为早日解决第一个‘难’而共同努力。”

会议终于在十一点钟左右结束了。

会议虽然结束了，但指挥部各办公室依旧灯火通明，一派忙碌。大海轻轻推开令狐南办公室的门，只见他正埋头翻阅着地质资料。“老领导，还没有休息呀，可不能把这副老骨头累散架了，到时我怎么向丹枫交代啊！”大海一本正经地关心问道。

令狐南抬起头对大海说：“还不至于吧，毕竟丢下十年了，还得抓紧时间温习一下功课和学习一点新知识。再说，有你这个催命鬼在此坐镇，老夫哪敢怠慢，也承蒙你们看得起，老朽只有鞠躬尽瘁，死而后已，以报知遇之恩。”听得出来，令狐南心情尚佳，或许还沉浸在刚在会议的亢奋之中，才会有此心思调侃。

大海也认为他今晚发挥很好，心里很满意，也正想夸奖他几句。“看来姜还真是老的辣，你这是宝刀不老！‘刺破青天锷未残’，说你黄忠，那是欺你老，说你赵子龙正刚好。但话又要说回来，你还得感谢我们给了你这个机会，否则你那一堆好经验、好技术、好东西那不都统统地要带进棺材里去了，岂不惜哉？”

两人正调侃着，这时常务副指挥长赵平洋推门进来了。只见他手里捧着厚厚的一大沓资料对大海说：“老板，我就猜你会在令总工这里，这是刚刚编写出来的项目建设管理大纲，请您先审阅一下，以便最终定稿。”说完就大步流星地出去了。

“唉，小老弟，你不能太自私了，不要把单位的精英都挑走了。你要搞明白这里里外外都是你的，手心手背都是肉。千万不要顾此失彼呀。”令狐南也很了解赵平洋，所以才如此这样对大海说。

“我知道，我心里有数，你不用担心。哎，刚才我见万山办公室灯也亮着，想必这家伙也在忙着什么。那就不打扰你了，我到他那里去转一下。”大海说完也走了出去。

不出大海所料，万山在办公室墙上挂着的沿线地形图前，时而驻足凝视，时而在房间里来回踱步。大海见状，不禁感到好笑，对着他的背影打趣地笑问：“你干吗呀，弄得像马克思写《资本论》的情景。”

万山转过身来反驳：“还不是你干的好事，把这个伟大而光荣的征地拆迁任务交给我。我的妈呀，这么长的线路，这么大的量，情况又是那么复杂。这是一份多么艰难的差事你知道吗？一想到这，我头都大。我想，把这个项目跑下来，我两条腿都要断，两条腿到时要变成三条腿了。”

“这方面你经验最丰富，办法最多，与地方打交道你最擅长，政策你把握得最准确，只有你最适合这项工作。说真的，这回真是难为你了。”大海一连说了多个“最”字来肯定他的过去和现在。

“好了，好了，你也甭给我戴‘高帽’了。说实在话，没有这个金刚钻也不揽那个瓷器活儿。甭管咋的，我一定要把这块硬骨头啃下来，我要好好琢磨出一个切实可行的征拆方案来，当好你的‘先行官’。”万山信心十足地回答道。

“那敢情好，你好好琢磨吧，首功记在你头上。那才叫实至名归。”大海调侃了他一句，不再干扰他，转身走了。

紧张而忙碌的工作使人亢奋，时间也似乎过得更快。设计评审工作进行到一半时最终还是碰到了否定的事情。那天上午大海正在省城开会，他接到了负责主持评审会议的赵平洋的电话，告知评审工作目前无法再进行下去，请他务必尽快赶过来商讨并拍板。于是大海火急火燎地当晚深夜就赶回了总指挥部。

第二天上午，评审会继续进行，会议还是由赵平洋主持。大海走进会场，就感觉气氛不对劲。以东生院长为首的一帮设计人员与国家环保、林业部门一行专家们面对面地正襟危坐、冷眼相对。看得出来，昨天的交锋是相当激烈的。

“今天，我们指挥长亲自到场，还是先把具体情况再捋一下吧，东生院长你先来怎么样？”赵平洋去掉了惯例的开场白直奔主题。

东生冷冷地看对方说：“我不想讲了，昨天说得够多了。”会议一开场就显得尴尬。

这时，只见对方一个年纪较大、秃顶且又戴着一副老花镜的专家站了起来，并随手把一张硕大的地形平面图摊在大海的桌面前，气呼呼地说：“指挥长同志，我们不是成心要刁难你们，这个九岭峰自然保护区是国家级的，在这上面我标明的四个区域分别是核心区、缓冲区、实验区和外围保护地带。国家有关法律条文明确规定在核心区和缓冲区内是万万不能搞工程建设的。可你们却置之不理，还在其内挖洞、修路造桥、开山放炮，这是在违法和犯罪。所以我们的评审意见是不通过，你们必须绕道而行。”

大海一听，吃惊不小，随即反驳道：“有那么严重吗？你这位老哥也说得太轻巧了吧？绕道你知道是个什么概念吗？那要增加几十公里长，每公里造价平均都在六七千万元以上，那得多花多少钱呀！再说这样一改线，就意味着我们相邻的两个县基本上没有高速公路通过了，这样也不符合我省高速公路建设的路网战略规划，省委省政府是坚决不同意的。因此，我们必须穿过这里的禁区。”

“那如果你们要一意孤行的话，我们今天就走，到时国家发改委批准项目时，我们就压着不给意见，反正发改委也不会批复的，冒天下之大不韪那是你们的事，我们没有责任！”对方仍不甘示弱。

会议一时陷入了僵局。大海点燃了一支香烟，深深地吸了一口，又漫不经心地问：“你们要我们花这么大的代价，我一时还没有完全弄明白，在这保护区里面究竟要保护些什么东西？据我所知，里面好像没有什么特别的珍稀动植物物种。”

“不，有一种特别珍稀的野鸡。”

大海一听，大笑起来说：“哎哟，争了半天，就为那一大群野鸡呀。”

“你们也许不太了解，我们不怪。它是迄今为止，在全世界范围内发现的一群濒临灭绝的珍禽，且不是之一，而是唯一。这也算是你们中西省三生有幸，有此宝贝。”

“就算它是唯一的吧，鸡命也没有那么值钱，看来还真是‘鸡犬升天’了，跟几十万人相比，和十几亿元相比，那还算什么？它要死，就让它死，死了拉倒。”下面不禁响起一阵会心的笑声，大海这句带点调侃的话语，终于打破这种有点剑拔弩张的肃默氛围。

对方也禁不住笑说道：“指挥长同志，你在认识上还是有误区，哪有你这样打比方的？如果成立的话，我们谁也说不过你，我看连法律、法规也要在这里望而却步了。但我反问你一下，如果你这条高速公路随随便便从这里穿过，这些珍禽必死无疑，从此世界上再也不会有此物种了，如果不从这里通过，你们几十万人也会死吗？”

下面又是一阵笑声。会议又逐渐融洽起来了。

大海必须抓住机会继续深入下去。他问东生："像这些资料信息我们都没有搜集到吗？"

"都搜集到了，这也是必做的功课呀，哪会疏忽。"东生小声回答道。

"那直接穿隧道过来不就行了，还弄得这般复杂？"

"不行呀，我的指挥长，我们也进行了多方案的比选，如果采用一洞穿越的话，那就成为一个特长大隧道，其长度要达到十公里左右。这样的话，根据设计规范要求，就得设计若干个竖井或斜井，以满足隧道内的通风要求，迫使在核心区或缓冲区内进行工程施工，同时也不避免地出现安装通风设备以及动力线路架设等构造物。显然这样的设计他们是更不能接受的。"东生边诉苦边摇头。

"哦，原来是这样，清楚了。"大海一边沉思一边看着对方提供的地形图和相关法律法规。少顷，大海开口说话了："这样吧，我先提出一个新的设计思路，看你们两个部门的专家能不能接受好吗？首先我们还是坚持路线从这里穿过，但放弃隧道、路基、桥梁的连接方式的设计，采用一洞穿越过境的隧道设计方案，同时增加隧道的埋置深度，以确保隧道在核心区域内不露头不见光。隧道的长度控制在既按设计规范要求，又在可设或不用设通风竖井或斜井的界定内取不用设，这样也许会导致隧道的进出口很可能会落在缓冲区内。也同样取消路堤，以高架桥梁结构的方式，通过缓冲区、实验区，连接外围保护地带。大家看怎么样？"

令狐南首先表态："这个办法很好，我赞成。"

接着对方也说话了："指挥长，根据我们的要求，隧道的进出口最好也不要落在缓冲区内，看看还有其他什么办法可以解决。"

“没有办法了，这已经是黔驴技穷，没有办法的办法了。虽然多花了不少钱，即使这样，技术上还不一定可行。我也仔细地阅读了一下你们有关规定和要求，在核心区内的措辞是绝对禁止项，但在缓冲区内只要不影响保护区的被保护的物种还是可以的。连你们自己的研究所和管委会驻地不也放在缓冲区内吗？我们保证在你的缓冲区内不动一方土，不砍树，不破坏植被不就行了吗。我也知道，各有各的职责和难处，大家相互理解，支持通融一下怎么就不可以呢？”

也许是大海实在诚恳的话语打动了对方，他们也接着表态说：“指挥长同志既然把话都说到了这个份上，我们也无话可说，接受你这个方案。”

谁知话音刚落，东生院长开口说话了：“这个方案其他我倒没有什么意见，就是对隧道长度的控制上和不设竖（斜）井通风我持保留意见。

“为什么？”大海不解地问他。

“因为，界定这种长度人为因素和经验占很大成分，再则，采用自然风能否满足隧道运营时的通风要求现在无法验证。影响通风效果的因素也很多，比如，隧道的纵向坡度、洞内照明的热度、车辆通行时的速度和燃烧的排污量、室外的气流、大气压等不确定因素。我们现在这样做似乎有点试探性，大理想化了。万一建成开始运营时，通过检测无法达到设计要求时那又怎么办？到时再回过头进行改造那就麻烦大了。”

大海听完也觉得他说的有道理，也很了解这个人的秉性，他技术上十分过硬，同时也是一个固执己见的人，他认定的东西很难主动放弃，较起劲来也同样是个出类拔萃的角色。

于是大海对令狐南说：“令总工，你有什么办法给他指点迷津？”

令狐南接上话说：“东生院长，你有这样的顾虑也是对的，我们谁也不是算命先生。我建议先作这样的考虑，把隧道的双向纵坡设计成单向纵坡，坡率取到极限，形成进出口两端有较大的高差，以此也使两端洞外的气压和气流形成较大的压差，促使下坡的车辆能够携带更多的气流涌入洞内，增强洞内气流的流通和流速。其次，为了确保万无一失，我们还可考虑设计引进一种新型的洞内环流通风系统即所谓的内置式环流通风系统。同时加强洞内轴流风机的设计，缩小轴流风机的排列距离，以增加轴流风机的数量。这样在实际运营时，如果自然风能够满足通风设计要求，则可以关停内置式环流通风系统，反之则开启。灵活转换使用，既能达到设计要求，也不浪费能源。你看这样行吗？”

“嗯，听懂了，可以这样去考虑。”东生算是接受了这个新的技术措施。

大海松了一口气，感到一阵欣慰。他不由得对令狐南赞誉道：“教授级就是教授级，教授，教授，授业解惑也。幸哉！”

第六章

也不知什么时候，原本繁星点点的夜空却被乌云遮住了，不一会儿竟下起了雨，这时大海才从回忆中惊醒过来，他一看表已是凌晨了。赶紧从阳台上回到了房间，一阵倦意袭上身来。再也懒得洗漱便和衣躺下，片刻就响起了呼噜声。随即窗外也下起了噼啪哗啦的大雨。

清晨，艳丽的太阳从远处的群山背后缓慢地升了上来。大海有个习惯，哪怕晚上睡得再晚，一般情况下他都能在第二天这个时间段醒来。他匆匆洗漱好以后，又从小冰箱里拿出了两袋饼干和两听可乐塞进包里。而后，掏出笔在一张纸上给万山父子俩飞快地写了几行字并压放在桌子上，急忙下楼走了。大海来了个不辞而别，驾车很快就驶出了管理区，经匝道进入了主线车道。秋雨后的早晨，灿烂的阳光，显得特别亮丽而柔和，大地一片清新如洗，空中还弥漫着潮湿气息，使人身上还感觉有那么一丝凉意。漫山遍野的苍松翠竹显得更加郁郁葱葱，厚重的叶片上沾满了雨露，在阳光的照射下折射出一片闪闪光亮，微风拂过，轻摇柔摆，水珠纷纷坠下，犹如抖落一片碎银。向阳处，金涛翻滚，背阳处绿波荡漾。时令虽已中秋，却无一丝秋色。大海小心翼翼地驾着车穿行隧道——桥梁——桥梁——隧道，接着又是桥梁——隧道——隧道——桥梁，在这反复交替的道路上，不知为什么他一点也不觉得枯燥、单调、乏味和不安，反而激起他的亢奋和喜悦。这些大大小小的桥梁和长长短短的隧道，使他感到是那么亲切、欣慰和自豪。毫不夸张地说，全线几百座桥梁、一百多座隧道，他几乎都能叫出它们的桥名和洞名，包括它们的大致长度和结构形式，尤其是那些具有特殊情况的构造物，甚至还能讲出相对应的里程桩号。作为一个指挥长，能做到这一点，不由叫人佩服和惊奇。足见他当年所做的功课有多足，亲临施工现场的次数有多少。大海一边驾着车一边扫瞄着沿途的每一段路堤，每一座桥梁，每一座隧道，每一件构造物，在它们身边所经过的时间也许是几秒，也许是几十秒，也许是几分钟，也许是几十分钟，但它们形成实物永远坐落在这里的过程是那么艰辛和漫长，这是七八万建设大军窝在这里三年的心血和汗水所铸成的丰碑。与其他著名建筑物相比，或许它们没有那么高大、伟岸，或许它们没有那么精致、美丽，那也是七八万建设大军呕心沥血，倾尽了聪明才智的杰作，是建设大军默默耕耘、朴实无华的形象展示。正因为在这神州大地上有着千千万万个平凡的不显眼，才构成了今天四通八达、畅行无阻、快速便捷的现代化交通网络，奠定了国家经济快速发展的基石。这也是亿万普普通通劳动者为中华民族的伟大复兴和崛起而顽强拼搏、无私奉献的真实写照和缩影。这就不难理解大海为什么对此会有如此的眷恋和不舍，总会想起建设期间的日日夜夜、点点滴滴。尤其是今天，不知为什么冥冥之中总觉得恐怕是自己最后一次的告别。他自己也知道这样开车是很不安全的，可又忍不住不去想。当他快要驶出北端最后一座隧道时，猛然想起自己身上带着一张省电视台录制的真实反映工程建设期间的多媒体光盘。这是一张制作精良，有专业配音演员的高水平、高质量的宣传片。大海把它插入了车载播放机，一会儿就传出了声情并茂的解说声音。

挟惊雷以震天下

——中西省高速公路跨越式发展标志性工程

千里跃进高速公路建设纪实

你像一匹神奇的骏马从深山野林处呼啸而来，

你像一股滚滚的洪流从险峰狭谷中奔腾而出，

你像一位美丽的少女从天边彩霞里飘然而至，

你更像一声震天的惊雷将我们崛起的决心与豪情传遍天下……

1. 踌躇满怀　剑胆琴心

中西省“千里跃进”高速公路是国家高速公路网规划中的自北向南一条重要的“纵贯线”穿越我省全境的一段，也是我省高速公路规划网中公路主骨架的主要组成部分，也是我省一次性投资额最多、建设里程最长、施工难度最大的重点建设项目。“千里跃进”高速公路北起邻省的九宫山脉，南至邻省的南岭山脉，途经我省五个区

(市)、二十个县（区)、八十多个乡镇（场)、三百六十多个行政村。路线全长五百八十公里，总投资二百八十六亿元。本项目的顺利建成，开创了中西省第一次南北贯通高速公路的历史。同时，对于完善国家和省内高速公路网，加快我省通往改革开放前沿阵地经济走廊，后方大花园建设和旅游资源的开发，全面推进农业农村现代化、新型工业化、新型城镇化、经济国际化和市场化，实现中西省在内陆地区崛起都具有十分重要的意义。

她的顺利建成为我省高速公路的工程设计、建设模式、施工管理、运营方式等添写了新的篇章，标志着我省高速公路建设又跨入了一个新的发展时期，更彰显了中西人民在省委、省政府的正确领导下，勇于开拓创新、顽强拼搏、不甘落后、奋起直追、率先在内陆地区崛起的决心和力量。

“地为棋盘星作子，路为琴弦谁敢弹。”这是何等的襟怀！何等的气概！可谓壮志凌云。作为经济欠发达的省份，如何将中西的经济发展速度尽快赶上去，率先在中部地区崛起，这也是我们建设者应尽的一份责任和义务。“中西要发展，交通要先行。”尽快尽早开辟与周边邻省的快速通道，这对中西经济的快速发展，无疑具有十分重要的作用和意义。对此，省委省政府始终十分关注和重视我省高速公路的规划与建设。“十五”期末，在我省高速公路通车总里程已达一千公里时，省委省政府就果断作出决策：在“十一五”期间，我省高速公路通车里程必须突破三千公里目标。而规模恢宏的“千里跃进”高速公路建设项目无疑是一个重头戏。重任在肩，使命在身。建设者们群情激奋，士气高涨，并郑重发出“如有辱使命，将跳进源江以死谢罪”的铮铮誓言。可见其决心之大、意志之坚。豪迈的胆略和严谨的作风，永远是我们战胜一切困难的法宝。

中西的冬天是寒冷的，西北部更为甚之。岁末的一天，在满天飘舞的雪花中，有几辆越野车颠簸在崎岖的山路上朝着深山老林进发。这群平均年龄都已超过60岁的老专家、技术前辈不辞辛劳地赶赴沿线实地勘察路线基本走向控制点。他们怀着对事业高度的责任感，迈着坚定的步伐，艰难地跋涉，踏破了深山的积雪，惊醒了寂静沉睡的山林，由此拉开了“千里跃进”高速公路工程建设的帷幕。

元旦的钟声刚刚敲响，承担“千里跃进”高速公路勘察设计任务的四家设计单位两千多人与此同时开了进来。任务是艰巨的，工作是艰辛的。全长五百八十公里竟然有百分之六十属于山岭重丘，森林茂密，山路崎岖，有的地方荒无人烟，甚至根本就没有路。个别地方还是野兽出没、虫蛇游荡的危险之处，令人心惊胆寒，魂飞魄散。这样的险境曾使不少设计人员叹息：“设计这碗饭也是不好吃啊！”真是行行有困难，业业有难处。面对重重困难，他们毫不气馁，“明知山有虎，偏向虎山行”。钻探设备上不去，干脆拆散部件，化整为零，肩扛人背，连拖带拽，真有一股“不到长城非好汉”的英雄气概。自带干粮，早出晚归，钻山林，蹚河流，衣服划破了，手脚刺伤了。一天下来伤痕累累，筋疲力尽。晚上又要挑灯夜战，核对数据，整理资料。天天如此，月月如此，人似乎一下子都变成只会说话的机器。为了赶时间、抢进度，四家设计院干脆将设计工作场所搬到了勘察现场。于是几百台计算机进入了沿线的村村寨寨，昼夜不停地运转。为了拿出高质量、高水平的设计资料和图纸，他们仿佛又变成了另外的一个人。有时往往为了一个方案的比选，一座桥涵的取舍，一种桥型结构选择，一段路基的填筑展开了激烈的争论，各抒己见，言辞激烈，声如洪钟，脸红脖子粗。甚至闹到拍桌子、摔椅子的地步也是常有的事。每当看到这种情景，我们不由从心里为他们对工作高度的责任感，强烈的事业心，精益求精、力求至善至臻的精神所感动和敬佩。是啊，一个团队，一个集体有这样一群襟怀坦荡、光明磊落、崇尚科学、崇尚真理的人组成，何愁工作不好，何愁事业不成。

如果说项目建设设计阶段的工作是艰辛的，那么项目建设的前期筹备工作即用现代白话所说的“跑项目”，与之相比其艰辛程度有过之而无不及。国家的基本建设是有着十分严格、严密的基本建设程序的。一环扣一环，环环相连；一级压一级，不能越级。省是省，部是部，职责明确，权限明确，流程清晰，程序到位。涉及的部门很多，内容、资料很多，手续很多，程序很多，总之一个“多”字道尽了“跑项目”的甜酸苦辣。为此指挥部派出一名副指挥长带队，领着一班人专司其职，经常往返于北京、省城。为了尽快地“跑下项目”，他们也是早出晚归找有关部门的相关人员介绍项目情况，补充和完善相关资料，联络沟通，座谈交流，接受咨询、质询，反馈信息。有时国家相关部委的同志出差远行，他们硬着头皮，堵人家的家门，候机场，守码头，蹲车站。精诚所至，金石为开，国家部委的同志为他们的敬业精神和执着所感动，经常加班加点审核报批的材料，有的甚至出差也要带上材料抽空审阅，分分秒秒不放松。为了支持地方的工程项目建设，国家部委的同志这种呕心沥血、废寝忘食、孜孜不倦的精神同样可敬可佩。

2. 顽强拼搏　豪情冲天

2005 年的春天是个山花烂漫的时节。漫山遍野的杜鹃绽开了灿烂笑脸。群山环抱的小小村落伸出了热情的双臂拥迎来自全国天南海北的筑路大军。寂静多年的小山村顿时喧闹起来了。“千里跃进”高速公路有一半处在崇山峻岭之中，可谓千山万壑，其森林覆盖率居全省之冠。这个地区雨量充沛，植被茂密，自然风光旖旎，被人们誉为中西的“九寨沟”。这里是观光旅游、度假休闲的绝好去处，然而要在这里破天荒地修建一条现代化高速公路却并非易事。

“没有金刚钻，岂能揽瓷器活。”转战南北、具有丰富施工经验的中铁筑路大军承接了最为艰难的施工任务。他们誓言要在这片神奇的红土地上充分体现铁兵的坚强意志和精神，展示自己精湛的技艺和“欲与天公试比高”的风采。地处北端境内的标段是全线施工环境最为恶劣的路段之一。工程量浩大，任务十分艰巨，其桥隧比例高达百分之七十以上，险峰相接，狭谷陡峭，桥隧相连，自北向南延绵100多公里。当地流传的民谣“脚下一条羊肠路，抬头一线云雾天。想过巍峨九宫山，除非几双鞋来穿”。其艰难程度可见一斑。真是“侧身一望肠堪断，天似穹庐碧四垂”。凡到过此处的人都不禁摇头咂舌，惊呼：险也！难也！

“开弓没有回头箭。”危难时刻方显英雄本色。大家知道搞工程首先要实现“三通”（即路通、水通、电通），而三通之首为路通，路不通则一窍不通。于是一场修筑施工辅道、施工便道的会战全线展开了。中铁华南工程局硬是沿着狭窄的溪谷充分利用塞河堵道的石渣铺就一条长达六公里的标准的三级路直至落差四十多米的隧道洞口，全线第一家到达施工现场。中铁西北工程局、中铁北方工程局、中铁华北工程局面对着几十公里的陡峭险谷毫不畏惧，就地安营扎寨，于是在山顶上、山腰上、山脚下搭起一座座帐篷，有的甚至在陡峭的悬崖壁上搭起了一排排吊脚楼，可见其决心之大、意志之坚。施工船舶无法运送到处在水库中的大桥施工现场，中交建设集团硬是用电焊把船舶一截为三，用竹排（筏）运到现场再次拼接而成。近万名筑路员工就这般大模大样、甩胳膊伸腿地在狭长的地带拉开了架势，呼啦啦一大片，到处彩旗招展，人欢马叫，整个工地在沸腾。他们南腔北调操着不同的口音，打着不同的手势，有的只穿短裤背心，更有甚者赤膊上阵。劳动的号子声、吆喝声、呐喊声、哨子声汇集成一曲粗犷的群情激奋的劳动旋律。每天在施工辅道、施工便道来回奔跑的成百上千的车流更是五花八门，进口的大卡车、国产的大卡车、小四轮、中卡、手推车；有几十吨重的大吊车，也有撬棍、杠杆、扁担；有现代化的压路机、挖掘机，也有人工夯锤；有风钻孔凿岩，也有身系吊绳站在悬崖陡壁上的工人手工放炮钻孔。现代的、文明的、原始的，甚至有点“野蛮”的在这里交融、糅合，反差是那样强烈、悬殊，同时又显得那样和谐、协调，浑然天成。工地乍一看上去，似乎显得有点“乱”，然而，“乱”得是那样顺理成章、意气奋发，那样豪情冲天，那样陶醉忘我。

昼夜交替，斗转星移。经过近两个月的奋力拼搏，路终于修成了。据不完全统计，为近百公里长的隧道和一百五十多公里长的桥梁服务的施工辅道、施工便道长达四百多公里。甚至为了一条一公里长的隧道、一座五百米长的高架桥，其施工便道就有九公里。其间的坎坷和艰辛是很难用笔墨来描述的，真是“谁知脚下路，寸寸皆辛苦”。

施工辅道、施工便道通了。各筑路大军“八仙过海、各显神通”的时机到了。七万多名筑路员工上来了，一万多台（套）现代筑路机械上来了。“可上九天揽月，可下五洋捉鳖”的豪情迸发出来了。指挥部提出的“不让一个人闲着、不让一寸土地空着、不让一根桩基埋着、不让一根墩柱长时间站着、不让一条大梁底座朝天躺着”的“五不让”原则得到了大家的积极响应。于是近千台钻机昼夜不停地旋转，近千台发电机组在轰鸣，近千台吊机傲然耸立，一万多辆运输车不停地来回穿梭，还有数不清的挖掘机、推土机、压路机，等等。此起彼伏的轰轰炮声，昼夜不息的机械轰鸣声，交织在一起谱写了一曲雄浑、粗犷、战天斗地劳动的乐章。每一寸土地都在燃烧，每一个角落都在沸腾。大地在为之颤抖，人们在为之疯狂。五百八十公里长的战线像一股滚滚的洪流，大气磅礴，雷霆万钧。当省领导视察“千里跃进”高速公路施工现场时，直面如此恢宏的场面气势，感慨万千，情不自禁当场吟诗一首颂之：

横刀立马驰南北，挥师七万战千里。

力拔山兮气盖世，英雄鞭指傲苍穹。

入夜，天上繁星点点，皓月当空。地上全线四百多座桥梁工地、近100多座隧道里灯火通明、弧光闪闪。这里是灯的世界，灯的海洋，随着山峦起伏，宛如银河闪烁。远远望去，时而飘浮在山顶，时而躺在谷底，时而盘绕在山腰，一片片，一团团，一簇簇，真是“星光灿烂，若在其里”，蔚为壮观。曾几何时，一处处突兀高峻的绝壁被穿透，一条条深沟险谷被填平，一座座高墩立柱直指云天。

省委常委、常务副省长陈新在视察“千里跃进”高速公路施工现场时，触景生情，不由惊叹道：“这就叫‘愚公移山’，这就是‘人民创造历史’‘劳动伟大、光荣’。”此情此语，深深地感染着、激励着、鞭策着所有在场的建设者们。

一场抢时间、争速度、比质量、比安全的竞赛已在各施工单位之间悄然进行。每当夜幕降临时，各项目经理部都要找出理由派人到相邻标段侦察“敌情”，了解进展情况，唯恐自己落后。为了抢时间，中铁西北工程局、中铁北方工程局、中铁华北工程局硬是将饭送到施工现场。更绝的是中铁西南工程局，干脆搭起几十座帐篷，吃喝拉撒睡全在施工现场。在他们看来，分分秒秒是多么重要和珍贵。

项目经理作为项目工程的核心人物，是项目管理的中心，是施工队伍的“三军”统帅。他们所受的艰辛或许会比其他人更多一些、更重一些。他们克服了许多常人难以想象的困难，割舍了家庭的幸福与欢乐，执着地、默默无闻地在工作岗位上奉献着自己的光和热。中铁西北工程局项目经理，人高马大，活像一尊“黑金刚”，是一条典型的西北汉子。他们所在的施工地段是全线环境最恶劣、条件最艰苦的地段之一。他曾非常动情地说：“我转战南北几十年，在这样的条件下搞工程也是十分罕见的。我拼死拼活也要把它搞上去，决不能在这片神奇的红土地上丢人现眼。”君子一言，驷马难追。他自进场以来，一连半年都泡在施工现场。素有“拼命三郎”之称。在他的率领下，他们的施工进度和施工质量、安全生产也一直名列前茅。

无独有偶。中铁华南工程局项目经理和中铁中原工程局集团公司经理，也是两位彪形大汉，是隧道工程施工赫赫有名的战将、“名人”。他们承担了号称“千里跃进”第一洞九峰岭隧道的主攻任务之一。该隧道全长5.4公里，是我省隧道长度之最，也是制约全线能否如期贯通的关键工程之一。工程量浩大，地质结构复杂，任务十分艰巨。面对如此巨大的压力和挑战，他们曾自嘲地说："这真是一块烫手的山芋啊，能承担这个任务是我们的荣幸和光荣。万一攻不下来将是我们的耻辱，愧对中西人民对我们的厚望，遗恨终生呀。"这两位汉子最大的特点就是敢于亮剑，并努力将这种"亮剑精神"发挥到极致。他们硬是凭着超人的胆略和气概，作风硬朗，措施果断，下重药，大手笔，凭借自己坚韧不拔的意志，顽强拼搏、无私奉献的精神和精湛的技艺，一上来就干得热火朝天，轰轰烈烈，壮士断腕，荡气回肠，好一派鏖战景象。他们的工作进度一直走在隧道工程施工的前列，分别创造全线第一个隧道进洞掘进，第一个做二衬支护，第一个日掘进超 10 米等多项辉煌业绩，受到省委省政府、交通厅领导多次赞誉和褒奖。

在众多的项目经理中，承受压力最大的莫属中铁中南工程局的项目经理和中铁南方工程局的项目经理了。这两位文质彬彬的"秀才"，却要承担全线第二特长隧道即紫岭山隧道工程施工任务。隧道全长 4.5 公里，也是制约全线贯通的咽喉工程。其岩石破碎，构造裂隙发育，地质结构特别复杂，围岩类别全线隧道中最差，同时要穿过多条岩层破碎带。时而掉渣甚至发生塌方，因此安全生产的压力特别大。眼睁睁地看着其他隧道标段跑步前进而自己却像蜗牛似的艰难爬行，真是心急如焚，日不安，夜不眠，搜肠刮肚，绞尽脑汁，想尽办法，如何加快施工进度。

“只为成功想办法，不为失败找理由。”这句话时刻在他俩脑海里回响着、翻腾着。人往往会在走到绝境时突然有意想不到的新想法、新点子。为了加快工程进度，必须增加新的掌子面，以多的工作面来弥补掘进慢的矛盾。因此他俩积极主动地再次勘察现场，科学论证，大胆向业主提出隧道的一侧选择适当的位置增设一个辅助斜井，插入隧道深处增加新的掌子面。方案很快被采纳并付诸实施了。士气高涨了，干劲上来了，低落叹息的情绪全没了。他们脸上绽开了笑容。曾一度落后的局面终于扭转了，以更加高昂的斗志奋力追赶着、超越着……在“千里跃进”高速公路工程建设中，这些项目经理为了加快施工进度、提高工程质量、确保安全生产提的建议、出的点子还有很多、很多……

“千里跃进”项目的经理尽管他们的性格、工作风格迥然各异，圆有圆的伶俐，尖有尖的锋芒，方有方的风范。有的如大江东去、铁板琵琶；有的似小桥流水、秋雨杏花。但他们都有一个共同的外貌特征，即又黑又瘦，黑得发亮，瘦似芝麻秆。乍一看，与民工无异。难怪指挥部领导给各施工单位项目经理所提出的奖励标准，恐怕是世界上最原始、最直观、最简单的两句话十个字，曰“黑而优则奖，瘦而优则奖”。对耶？错耶？以致每当各管理部召开生产调度会时，不明就里的人总是感到纳闷：“指挥部怎么啦，怎么老是找民工开会。”是褒是贬，天知道！但也总有人调侃“中国的‘非洲人’在开会”。赞哉！壮哉！美哉！

“强将手下无弱兵。”正因为有这样一大批吃苦耐劳、率先垂范的项目经理，带出了一支支英勇善战的施工队伍，影响着一大批人的理想追求和价值取向，留下了一连串令人为之震撼、难以忘怀的镜头。

全线一万多根墩柱仿佛一夜之间竞相拔高——如雨后春笋！

全线二万五千多片大梁争先恐后出槽——囤积如山！

全线四百多座大桥相继凌空飞越——气贯长虹！

全线一百多公里总长的大小隧道穿越险峰绝壁——犹如蛟龙。

有人赞曰：一座桥墩一个故事，一片大梁一道赞歌，一座隧道一部史诗。

3. 八方支持　和谐共建

高速公路工程建设事实上也是一项庞大复杂的系统工程。尤其像“千里跃进”高速公路这样规模恢宏的工程项目更是如此。全线全长 580 公里，纵贯 20 个县（市）、70 多个乡镇（场）、300 多个行政村，共需征用土地 6 万多亩，拆迁房屋建筑物 40 多万平方米，电力线路一千多道，线路总长 50 多万米，通信线路 1000 多处，线路总长 20 多万米。涉及土管、电力、通信、农业、林业、矿产、水利、水产、水保、环境、文物、交通、能源、公路、铁路、航务、航运等部门。方方面面，林林总总。可想而知，其工作压力之大，协调力度之难也。国家的利益、集体的利益、行业部门的利益、群众的利益在此交汇、碰撞、磨合。法与理、情与法、法与利，政策的掌控，补偿标准的制定，事实依据的核准，数量的准确等，既是国事也是家事。总之都是天下事、和谐事。要事事办实，件件办好，人人称心，家家满意，确非易事。有人曾调侃道："千难万难，征拆最难""千搞万搞，征拆别搞"。面对如此敏感、压力如此大、任务如此艰巨的困难，沿线各级征拆部门和工作人员毫不退缩，勇敢地面对现实，全线800多名征拆人员在分管征拆工作的万山同志的带领下，几乎每天都是"倾巢出动"，起早摸黑，风里来雨里去，在山林里，在沃野中，在河流边，在果园旁到处都有他们辛勤的身影，他们的足迹遍布了沿线的山山水水、村村寨寨。可谓历尽坎坷，千辛万难。

"功夫不负有心人。"经征拆人员做了大量艰苦细致的工作，全线的征拆工作如火如荼地开展了。短短的几个月，该征的征了，该拆的拆了，该迁的迁了。全线迅速营造出当地政府、群众与施工单位良好的相互理解、相互支持的氛围，为全面开工创造了良好的外部环境，为大干快上奠定了坚实的基础。曾经是秋收起义策源地的秀山县、湘铜县的人民群众对高速公路工程建设的理解、支持、帮助更是令人敬佩。他们识大体、顾大局，舍小家顾国家，以最大的努力为施工单位排忧解难，受到施工单位的普遍赞誉和感动。他们由衷地感叹：这两个县，真不愧为革命老区，人民群众觉悟和品德就是高，与其他地方就是不一样。中铁华东工程局集团项目经理非常深情地说："真没想到，这里的人民群众对高速公路的工程建设这么支持，如果我们不把工程搞好，实在愧对中西人民。”这是真心话，肺腑之言。

人同此心，情同此理。路地和谐相处，日久生情，彼此之间的关系胜亲戚、似兄弟。于是出现了一幕幕当地群众积极主动帮助施工单位处理协调各种矛盾的动人场景。与此同时，施工单位充分利用自己的优势和实际经济承受能力，尽量为地方多做好事，多做实事。修水利、造农田、修道路、打水井、架电线等，最大限度地为当地人民群众提供生产、生活上的便利。据不完全统计，沿线施工单位为地方留下永久性能上等级的农村道路高达 500 多公里，输电线路也有 300 多公里、通信线路 200 多公里，以及其他数不胜数的生产、生活设施。真是修了一条路，富了一方民。为此省里一位领导高度称赞道：“‘千里跃进’高速公路是路地和谐共建的光辉典范。”有此评价足矣。

4. 精心呵护　路上有你

伟大的革命先行者孙中山先生曾经说：“道路者，文明之母也，财富之脉也。”可见道路对于人类的文明发展、国家的经济建设有着何等重要的地位和作用。因此，修建好一条高质量、高标准、高水平的现代化高速公路，最大限度地发挥它的经济效益和社会效益，造福于民，这是一项功在当代、利在千秋的伟业。以最大的热情、智慧，高超的技艺努力使之成为至善至臻的精湛作品，尽量不留下一点缺憾，不仅是每一位建设者的共同追求和心愿，更是建设者们一份沉甸甸的社会责任。

大凡从事过高速公路工程建设的人都会有这样一种体验，即要真正修建好一条高速公路，设计难、施工难，而管理则更难。作为“千里跃进”高速公路建设的责任主体——“千里跃进”高速公路建设指挥部，被历史推到风口浪尖。这架高速公路工程建设管理机器能否高效运转，其运转好坏将决定项目的成败。

所谓高速公路项目管理，教科书这样开宗明义地写道：在高速公路项目建设中，以项目管理的理论和方法为基础，为有效达到项目的预期目标，在各种外部和内部条件约束下，通过组织具有该项目特色的管理机构，严格招投标，依靠合同管理，控制建设期质量、进度和费用以及完善项目管理信息系统，实现项目综合动态管理的全过程。由于“千里跃进”高速公路具有“建设里程最长、投资规模最大、施工难度最大”这三大特点，就意味着指挥部要承受更大的压力和挑战。据统计：全线土石方工程量竟有1.2万万立方米；主要工程材料中，钢材近百万吨，水泥600多万吨，沥青50多万吨，柴油40多万吨，炸药几万吨，全线所需沙、石料近4000多万立方米。所涉及的工程项目有隧道、桥涵、机电、消防、照亮、通风、收费、通信、监控、安全防护、标志标线、房屋建筑、供水、供电及其他服务设施等，真是包罗万象。与项目办有直接合同管理关系的施工单位高达400多家。这是任何一条高速公路都无法与之比拟的。千头万绪，从何抓起。而衡量一个项目的成功与否、好与坏，尽管有各种不同的评判标准、方法、角度，可谓“仁者见仁，智者见智”，但有一个共同永恒的观点，那就是质量——工程的生命。要使每根钢筋、每一方土、每一块石头、每一台机器设备等都要求安放到最恰当的位置，每一道工序、每一个环节、每一个工作界面之间衔接都必须做到天衣无缝。确保每个构件、每个部位均能达到精品，这是项目管理者孜孜以求的目标。为了达到这一目标，采取何种管理方式、方法、措施来确保这一目标的实现？指挥部大胆创新，建立了一种新的管理模式，即将监管的阵地前移，增大管理跨度，加强对施工现场每一个工作点、每一个环节、每一道工序的工程质量的监管。加强施工现场的协调、指挥，使工程质量监控的视觉不放过任何一个盲区、盲点、死角。因此，指挥部在沿线前沿阵地分别设立了四个现场工程管理部，并将设计代表处、监理工程师代表处三位一体合署办公。极大地提高了办事效率，大大地增强现场解决、处理具体问题的能力。协调、指挥更顺畅、更和谐。

“政治路线确定以后，干部就是决定的因素。”伟人毛主席这句话放在“千里跃进”高速公路工程建设管理者身上是再恰当不过了。分管A、B两段和C、D两段工程管理的两位副指挥长分别亲率四个管理部长自进场以来，就一直泡在施工现场，几乎从未休过一个像样的节假日，长年累月坚守在施工生产的第一线，谁也说不清楚每一个工点究竟跑了多少遍。所管辖段内的山山水水、一草一木几乎都认识他们。这绝不是恭维话。一个副指挥长一直到儿子结婚前夜，还坚守在施工现场；另一副指挥长也无法抽空送儿子上大学。据财务报账反映：他们所用的车辆在三年时间内竟换了12条以上的轮胎，其艰辛可见一斑。

监理，被誉为工程卫士。“千里跃进”高速公路全线的监理人员有3000人之多。他们是监管工程质量的第一道守卫者。他们所受的艰辛也是常人难以想象的。他们几乎每天都要坚持与施工人员一同上班、一道下班，经常加班加点、跟踪旁站确保质量。在春天，要遭受风雨交加的鞭打；在夏季，要经受热焰火燎般的炙烤；在冬日，要面对刺骨寒风的侵蚀。他们就这样天天、月月、年年，默默地耕耘着，守卫着。

一位驻地监理工程师曾非常实在地说：“我们这些人虽然做不出什么惊天动地的奇迹，但我们要尽自己最大的努力监管好工程质量，当好名副其实的工程卫士。”他朴实无华的话语道出了成百上千监理人员的心声。每当我们看到一根根线条顺畅、棱角分明的桥墩（柱）、一片片光洁如镜的大梁、一段段平整如砥的路面时，不由对他们这种一丝不苟、尽心尽责的精神感到由衷钦佩。

指挥部主要领导在召开全线管理者大会上曾这样深情地说道：“我们搞高速公路工程建设既要有排山倒海、摧枯拉朽般的气势，也要有诗人、艺术家的气质，对自己的作品做到精雕细琢、精益求精、至善至臻；更要有母亲般的伟大胸襟，精心呵护好自己的孩子，让他们健康茁壮成长。”这个比喻未必十分恰当，但也充分体现建设管理者对路上的每一座桥梁、每一座隧道、每一段路面工程质量认真负责的心境和精神，这一点是无疑的、无愧的。所以每当指挥部主要领导或其他上级领导要了解工地现场什么情况时，不论你用何种方式联系，不论是分管领导还是管理部长、监理代表，或是一般管理者都能得到这样的信息回复：我在路上，我在现场，请你放心。这句土得掉渣的话语，却掷地有声，力重千钧。据不完全统计，光由指挥部主持召开各种形式的技术论证、专家咨询等会议就高达300次之多。可见其心之赤、其志之坚啊！“千里跃进”高速公路正因为有这么一大批脚踏实地、爱岗敬业的管理者守卫，所以无论路上有任何一点问题和情况都能得到及时发现，及时处理和解决。因此，“千里跃进”高速公路的工程质量一直处于良好的受控状态。他们认真践行了“把路放在心上，把心扑在路上”的庄严诺言。他们以高超的智慧、澎湃的激情、过硬的手段措施、顽强的意志，精心呵护“千里跃进”高速公路上的枝枝叶叶、点点滴滴。路上有你，“千里跃进”项目幸甚！工程质量幸甚！

5. 历史丰碑　大地作证

岁月匆匆，光阴似箭。转眼三年过去了。“千里跃进”高速公路的建设者们经受了风雨交加的洗礼，酷暑盛夏的煎熬，寒冬腊月的考验，几度耕耘，几番拼搏，历尽坎坷，终于踏上了胜利的坦途，享受丰收的喜悦。如今的中西大地发生了翻天覆地的变化，气势恢宏的高速公路以她特有的身姿展现在世人的面前，犹如一条彩虹静卧在广袤的原野中。全长580公里的高速公路，时而穿过峻峰陡壁，时而跨越狭谷险滩，时而平铺沃野。她呵护着静静的乡村，拱卫着喧嚣的城镇，环绕着绿水青山。她连接着过去，展示着现在，憧憬着未来。她是决策者的英明，是设计者的智慧，是管理者的心血，是施工者的汗水，更是建设者的丰碑。

这是一股什么力量、这是一种什么精神，保证了质量、安全、进度、绿色生态，创造了新的奇迹？省主要领导在视察“千里跃进”高速公路施工现场时非常动情地说：“‘千里跃进’高速公路建设里程长，隧道、桥梁特别多，施工难度特别大，全体建设者们不畏艰难、顽强拼搏、攻坚克难，真正做到了困难面前不低头，总体目标不动摇，充分体现了技术水平，体现了战斗力，体现了奉献精神，确保了工程质量、施工安全、工程进度，把高速公路建成了中西的崛起路、幸福路、小康路。你们是开路先锋，为中西交通建设和经济发展做出重要贡献。省委、省政府感谢你们。同时，还提出了新的要求和殷切的希望：要发挥中西绿色生态的优势，在进一步推进高速公路建设的过程中，要做到建设与保护并重，切实保护好生态环境，努力实现工程建设与自然的和谐统一，把高速公路建成生态路、景观路、文明路。”省领导这番话是答案的最好诠释。

是啊，当我们追寻着每一位建设者的生活轨迹时，都不难找出许许多多在平凡中蕴藏着伟大的感人事例。他们把浓浓的情、深深的爱都无私地奉献给了事业，奉献给了工地，奉献给了红红火火的交通建设。当个人利益、小家利益、集体利益不能兼顾时，他们总是毫不犹豫地舍弃前者，充分体现了中国当代筑路健儿崇高的思想境界和品德。他们用满腔沸腾的热血和宽阔厚重的襟怀在中西大地上谱写了一曲曲“筑路兴省”“筑路富民”的壮丽凯歌。

中西高速公路通车里程突破3000公里，“千里跃进”高速公路基本建成通车。中西高速公路正在崛起，她不仅仅意味着在中西这片神奇的红土地上只是又多了几条现代化高速公路而已，意义更深远的是她彰显了中西建设者们一种无私无畏的气魄和胆略；一种坚韧顽强的创新意识；一种纯洁可贵的奉献精神；一种青天可鉴的筑路神魂。

今天，省委省政府在这里为“千里跃进”高速公路基本建成通车暨中西高速公路通车里程突破3000公里举行了隆重的庆典仪式。这不仅是“千里跃进”高速公路建设者的喜庆日子，也是中西建设者们的大喜日子。为了路，为了这崛起之路、幸福路、小康路，他们倾其毕生的智慧、心血和力量。在经济欠发达的省份，却能把心中的梦想之路修得如此辉煌、壮丽。此时此刻，他们怎么能不欢笑？怎么能不流泪？他们笑得阳光灿烂，哭得回肠荡气。是的，他们有理由骄傲，有资格自豪，他们也值得骄傲与自豪。我们每一个建设者都无不感到欢欣鼓舞、心潮澎湃。

我们感叹，她的神奇般的速度；我们讴歌，她的创新与拼搏；我们赞美，她的与生俱来的自然与和谐；我们欢呼，她不甘落后、奋起直追，率先在内陆地区崛起的决心和力量。

从这些普普通通的建设者身上我们看到了力量和希望。正是这些平平凡凡的人组成了无坚不摧、敢打敢拼、敢于亮剑、剑锋所指、所向披靡的战斗群体。创造出一流的工作、一流的速度、一流的质量。他们将“凝固的音乐”铸进了公路，将永恒留给世间，他们“当惊世界殊”的伟绩将永载史册，彪炳千秋，大地作证。

激情澎湃、铿锵有力的解说词播完了，但大海仍像第一次听到时那样热血沸腾、感慨万千。他时不时都会拿出来听一听，自我欣赏，自我陶醉一番。这条高速公路得到人们的普遍赞誉，自己看到她从起步、迈步、成长、竣工通车运营的全过程。在他看来，一个个体建设者其结局如何并不重要，与这种造福子孙后代，促经济发展腾飞，方便亿万人民群众出行的伟大事业相比，那只不过是沧海一粟，太渺小，可以说是微不足道。芸芸众生，自己有幸能投入到这股滚滚洪流中来，就应该感到欣慰和满足。同时，让作为指挥长的大海感到特别欣慰的是，当这部宣传片在举行通车典礼仪式后的第二个晚上播出后引起巨大的社会反响，人们在欣赏这条如诗如画的南北大通道时，不仅赞誉她的美丽、自然与和谐，感叹她的恢宏、艰巨和复杂。人们看到建设者们由衷的欢呼，看到建设者胸前佩戴的红花和绶带，才第一次真正知道和了解修建一条现代化的高速公路会是那么复杂、艰辛和困难，建设者的故事会那样催人泪下；人们看到了他们的平凡与伟大，看到了他们的心血和奉献。大海还听到人们说：“这个工程规模那么大，投资额那么多，领导者权力那么大，会受到多少诱惑力，指挥部几个主要领导能做到清廉自律可真不简单，看来多数干部还是好的，值得大家信赖……”听到这样的议论，大海感动不已。是啊，就当下这种人们习惯思维多半会是：一提起工程马上联想到腐败工程、豆腐渣工程；一提起领导干部就联想到贪官污吏。在这种社会舆论环境下，对干部确实是一个巨大的挑战和考验。在这样的情形下能得到群众的肯定，正所谓“金杯银杯，不如老百姓的口碑”。这不就是最高的奖赏吗？每当想到这些，大海心里就会释怀许多，欣慰许多，自己受点委屈，甚至受到错误的指责也就坦然和淡定了。想到这里，大海的心情渐渐趋于平静，本来不想在源江特大桥做停留，那曾是他心中的隐痛，是他的伤心和沮丧之地。从某种意义上来说，也是有人借机做文章，终结了他的政治生命和仕途的重要一笔……大海拿起手机拨通了大桥管理所长徐大明的电话，告知自己中午在他那里用餐。这时车子已完全走出山岭重丘的北端，进入平原微丘的中段。大海加大了油门，路虎车飞快地向前奔驰。

第七章

中午时分，大海驾车驶入大桥管理所的院子，徐大明带着几个人早已恭候在这里等着大海的到来。“老领导，今天怎么有此雅兴突然光临寒舍呀？”徐大明笑着迎上前紧握住大海的手。

“我对它感情深着呗，恐怕一下子也难以忘怀。”大海不喜也不悲地回应道。

“若要论感情，最深的恐怕就数老领导和我了，其次就是万书记和令总工了。”也许受到大海的情绪感染，徐大明也冷肃地接上话。

大海拍着他的肩膀说：“小伙子，还是你好，有幸具体负责这座千里源江第一桥的建设，要知道不是每一个人都有这样的机会。”徐大明原是指挥部工程管理部的一名副部长，被大海派遣作为业主代表兼管该桥建设。桥建成后就留在这里任所长。

大海草草地用餐后，在徐大明的陪同下，顶着热烘烘的秋阳，迈着轻盈的步伐向大桥桥头走去。他俩随着熙熙攘攘的人流走进大桥上水右侧的宽阔的人行通道。“大桥运行的情况怎么样？”大海问。

“通车运行已经两年多，情况好得很，尤其是上下水两侧的人行通道设计得真好，不但风雨无阻，而且光线充足，通风气畅，结构牢固而轻巧，凡是从这条道路经过的老百姓无不啧啧称赞，一个劲地夸我们做了一件功德无量的大好事、大善事。”徐大明滔滔不绝地回答道。

“是啊，当初也真难为人家了，看来华南设计院不愧为一流的设计院，你看设计人员真是独具匠心，竟能想到从主梁的边梁的横断上伸出预埋构件来，又从边梁的翼檐板下面相对应的位置预埋伸下的构件来，构件相接就非常简单地形成了一个与主梁结构相对独立（基本上可以说完全独立的）的安全可靠的空间。这个边梁的翼檐板利用得真好，简直就是一个天然的遮雨篷，这是充分利用主桥空间的一个典范，可以说做到了极致。真叫人佩服。”大海由衷地感叹道。

两人不知不觉转到下水左侧人行通道的中央。大海伏在栏杆上，极目远眺远方。金秋下的田野，硕果累累。一江两岸呈现一派丰收的景象。右岸是一望无际的稻田，即将成熟待割的稻穗，沉甸甸地低着头，一片金黄闪亮，原野犹如覆盖了一床巨大的金毯。而左岸却是白花满地，这是中西省传统种植棉花的一大片土地。今年的棉花吐絮时间特别整齐，似乎是接到统一号令，几乎每棵棉花树都适时绽放，湛蓝如洗的碧空下，没有一丝浮云，疑是飘落其间。苍茫大地，一黄一白，仅仅两个单色，却构成了世间最美的景色。

大海的目光慢慢移到了平静流淌的满江秋水，望着碧波荡漾的江面和两岸茂密的垂杨柳发呆，神态也渐渐凝重起来，看上去像茫然，也像沉思。此时，大明不敢去打扰领导，他也默默地在一旁陪着，眼睛也出神地望着涟漪的江面。作为见证者，他怎能忘记这平静的流水曾经掀起的惊涛骇浪曾经是那样刻骨铭心、惊心动魄，对领导的打击和伤害到了无以复加的严重地步。

那是紧张的工程施工到第二年的八月中旬，气候反常，按以往的年份，源江的汛期和长江流域的汛期相比通常要提前一两个月，而今年却几乎与长江汛期同步。连续一周的暴雨，使源江河水暴涨，整个源江流域低洼处全部积水壅堵，一片汪洋泽国，所有的水文测站均超警戒水位，形势异常严峻，经气象部门预报这将是一场百年不遇的大洪水。省防汛指挥部发布了红色预警，全省人民都投入到抗洪救灾的战斗。而源江特大桥工地更是首当其冲，万分危急。驻守在施工现场的徐大明和承担大桥施工任务的中交桥梁公司经理周波从来没有看到过这等凶险的阵势，好家伙，一个晚上河水竟暴涨二三米。虽说有预案，但没有想到突发情况如此严峻和紧迫。

第二天天还未亮，徐大明赶紧给大海打电话告急。情况原来是这样：大桥自开工建设以来，工程进展一直比较顺利，工期虽然过半，但工程量却完成了百分之八十，超额完成任务的百分之二十之多，其施工速度一直全线名列前茅。为什么会有如此快的工程进度？正是他们采用了新的施工方法，即改预制安装为现场整跨（孔）浇筑。四套移动模架分别从两头开始起，逐孔往中间浇筑。而现在四套移动模架刚好已到最后中间两孔位置，并已安装就位了正准备进行最后的合龙浇筑。眼看就要大功告成了，却遭遇到这场突如其来的洪水的袭击。大海带着万山和令狐南一行人昨晚也是一宿没有合眼，根据省防汛抗洪指挥部的指示，正在沿线逐段布置抗洪救灾工作。因为“千里跃进”这个项目早已列入了省里防汛抗洪的预案中，并考虑到该项目建设的特殊性，把指挥长也纳入进了省防汛抗洪指挥部的领导班子成员之一。大海接到告急电话，冒着雨马不停蹄在早晨七点钟赶到了这里。大海一行到现场一看，大吃一惊。此时的江面波涛汹涌，浊浪排空，比正常水位高出了近三米，并且还在继续上涨。大海伫立在桥头，看着已经安装就位的两孔整体钢木组合式模板，心里万分焦急。面对这近三万平方米的庞大结构，怎样以最快的速度拆除以保万一呢？

“钟勤，请你现在就派专人给我监测上升水位，每隔一个小时给我报告一次。”大海对大桥工地的监理下达命令。“走，到会议室去，赶紧制订方案。”大海大手一挥，带头走下了桥头直奔工地会议室。大家刚坐下，大海就接到了坚守在长江防汛抗洪大堤现场指挥的陈新常务副省长打来的询问电话，大海立即把这里的严峻形势作了简要报告后并摁下了免提等待他的指示。

“刚才我接到气象部门的报告说，午后还会继续下暴雨，到晚上十二点左右最大的洪峰将要通过你们那里，说直观一点，就是在目前的水位基础上还要上涨三米以上。你们千万不能掉以轻心，必须严阵以待，你们不但要保护好自己的桥梁，而且还要保护你们下游这座铁路大桥，工地上一根木头、一块木板都不能冲下去，连同上游冲下来的树枝等较大的东西也必须拦截下来。我已经协调好了，武警部队有几艘冲锋舟将调用过来，协助配合你们。另外，铁路局有几位同志也会马上赶到你们那里协助，由你统一指挥。”陈新常务副省长果断地下达了命令。这时，钟勤向大海报告：水位又上涨二十多厘米，目前大约以每小时二十多厘米的速度上涨。

“设计水位在什么位置上？”大海问。

“主梁底部下来一点五米。”徐大明肯定地回答。

“整体组合模板高度是多少？目前水位距设计水位相差多少？”大海接着问。

“模板高度三点五米，距设计水位相差四点五米。”周波张口就说。

看来周波情况掌握得还是比较准确，是个称职的项目经理。而令狐南在大家相互询问中，却在纸上迅速地画着比较线条，画完递给了大海。“如此看来，模板底部距现在的水位只剩下两米了，按这样的上涨速度测算，最多十个小时洪水就冲刷到模板。不管洪峰通过时究竟水位会是多少，我们按施工图提供的大桥设计水位考虑是最安全可靠的。这就意味着如洪峰达到设计水位时，我们的模板的阻水深度将要达到两米。因此，模板是必折无疑的事实了。这近三万平方米的庞大构造物在短时间内要拆除的话，那是不可能的，简直就是天方夜谭。所以我决定现场就地采用氧焊割除的方式。同时为了确保下游五十米处的铁路大桥的安全，我们必须进行分段割除，每一段的长度应小于铁路大桥二十米跨径的二分之一，也就是说长度不能大于十米，而且必须在天黑前全部切割完。因为铁路大桥毕竟是二十世纪六十年代修建的，其设计标准不高，抗洪、抗撞击能力不强，受不了任何外界所带来的冲击，否则后果不堪设想。这个方案大家还有什么补充意见吗？”大海征求意见。

这时周波立即站起来说：“我对这个方案持保留意见，我的指挥长同志，我这可是几千吨钢材呀，其造价成本近两千万元。就这样被你们所设想的那种严重、毫无事实根据的情况下无缘无故损失掉，你叫我这个项目经理如何向我的领导和单位交代？你知道吗，在这种不可抗拒的自然灾害所造成的财产损失保险公司是完全免责的，是不会赔偿的。这损失你们能补偿吗？”

大海一听火冒三丈，用手拍着桌子大声说：“你这位大经理，好不明事理，现在什么时候了，还给我提这个那个的。我们的分析和采取的预防措施是完全有科学依据的，并不是故意在这里危言耸听，如果真像你所说，万一铸成了事实的话，那我们都得去坐牢了。至于所涉及的工期和损失由我们业主买单总可以了吧。”周波见指挥长如此坚定，也不好再吭声了。

稍顿，他又为难地对大海说：“指挥长，光靠我的力量是远远不够的，要在天黑前全部完成任务是根本做不到的，我认为我们把整体组合模板模向联接割断就可以了。因为这些模板都是以铁件为主的，一旦冲倒，它很快就会沉到江底，不至于影响下游的铁路大桥。这样行吗？”

大海断然否决：“肯定不行！你是真糊涂还是假糊涂，你看不见吗？现在洪水的流速有多快，不说一泻千里，我看每秒足有十米开外，洪水的比重要比平常的清水大，况且模板体积大，本身就具有很大的浮力，一眨眼就到了，根本就不可能即倒即沉。我敢与你打赌，洪水消退清理河障时，这些模板绝对在几百米外的江里。事情既然都到了这一步，我们为什么就不能做彻底一点呢？为什么还要有一丝侥幸心理呢？为什么还要去赌博算命呢？那样做，只会有前功尽弃的结局。还真说不准倒桥之时正有一列客车通过，那可是一千多个鲜活的生命啊！到那时，我俩只有跳江以死谢罪了。好了，其他问题不再讨论了。我现在就下达命令：第一，就按既定方案实施，决不动摇。第二，请万书记立即打电话给赵平洋，责成他协调落实邻近几个标段所有的氧焊机，连人带马在十点钟之前必须赶到这里。第三，所有参加切割任务的操作人员和现场管理人员必须穿上救生服和系上保险绳。第四，每条切割横断面上至少配备 4

台套氧焊切割机，做到一箱一台套。第五，桥面上现有的电器设备机具全部关停并切断电路。第六，组成以周波为首、徐大明和钟勤为副的现场指挥调度小组，全权负责此项任务的圆满完成。我、万书记和令总工在此坐镇，坚守到洪峰安全通过。请大家抓紧时间，各自安排好自己的工作。散会！”紧急会议在大海坚强有力的语气中结束。

午后，暴雨如注。大海、万山和令狐南焦急地守候在工地的会议室里，大海来回不停地踱步，一会儿望着窗外的雨帘，一会儿盯着电视里播放的全省实时汛情画面和报道。“我看你还是离开这里，到其他地方去吧，这里有我和万山替你守着！”令狐南平静地对大海说。

“对，我也认为我们还是分开好。”万山附和。

大海不解，反问道：“为什么？现在还有哪里比这里更吃紧吗？害我担当临阵脱逃的罪名吗？还是对这个方案的可行性信心不足，想替我担责任？这样看来倒是你们两位老兄离开这里才对。”

万山苦笑，接着说：“我们俩倒没有什么，反正早已退休了，无所谓，就这么一回事，我们能分担一点是一点。”

“是啊，到目前，工期过半，任务完成也过半了，实现省委省政府既定的工期目标看来是有把握的。这既是我们意料之中也是我们意料之外的事情……”令狐南欲言又止地叹道。

大海顿感迷惑不解，问道：“老兄，此话怎讲？”

令狐南见问，并不看着大海，把头扭转过去向窗外看着依然滂沱的大雨自言自语地说道：“有时我就纳闷，这样一个大项目建设，涉及方方面面的利益，尤其是当今这样的形势下，怎么可能风平浪静呢？应该是‘山雨欲来风满楼’才对呀。”

“哎哟，老夫子，看来你也是学错了专业，该去做哲学家了。你不至于希望出点什么事吧？再说现在不正是狂风暴雨、惊涛骇浪的时刻吗？难道你还嫌不够吗？”大海一连三个问号，用一种不以为然的口吻调侃令狐南。

万山见状，马上接上话说：“哎，小老弟，令总工说的不无道理，‘树欲静而风不止’，应该‘未雨绸缪’才是上策。”

大海见万山也如是说，不觉一怔：“难道你们真听到了一些风声不成？”

万山接着说：“任何事物都要一分为二去看，一个问题两个方面，社会岂能真空？偶然隐含着必然。你能做到不合污已经不易了，但要做到不同流就难了。一件事能做到不犯法，不犯罪，但不敢保证做到不犯错。在当前这种体制和机制下，要找到你的错那是分分钟的事。用‘欲加之罪，何患无辞’这句词语都高抬你了。”

“嘿，你什么时候也玩起了哲学啊。”大海愣愣地看着他。

“万书记比我讲得透彻。”令狐南接着说，“这个蛋糕那么大，多少人都想吃上一口呀？我们还不知道你吗？你从来就不是一个处世圆滑、八面玲珑、投机取巧之人，当然也包括我和万山，你我之辈从不苟同这些勾当。人家吃不上，连尝的机会你都不给，他人岂能罢休？同样一件事，站在不同的立场就会有不同的解读，产生不同的观点和结论。往往有些事尽管合情合理，但未必就完全合法合规。就拿今天这个事来说吧，你的决策无疑是对的，但严格遵循合同条款和管理大纲这个意义上来说还是有漏洞的，这样一笔大资金的支出由业主买单的话，想找你麻烦的人，总会找到空子为难你的。姑且不论这笔资金到底能不能由业主买单，但最起码我们在决策程序上还是不完善的。”

大海一听急了，大声说："在这种紧急情况下，我指挥长没有这个决断权吗？谁还敢在细枝末节上拿来说事？哦，你们叫我走就想替我担点责任吧？你们的好意我领了，但你们也糊涂呀，这是兄弟情义能替代得了的吗？这是位置（职务）和权力赋予的责任与风险，懂吗？"这下令狐南无语相对了。

万山接着说："兄弟，我们三人共事几十年，这个我们懂。你知道吗？这个项目自正式启动以来，我们两人也给你挡了很多，但还是有不少问题都推给了你。现在我们只是想尽最大努力减轻你身上越来越多、越来越重的包袱，使你轻装上阵，带领大家圆满完成任务。我们担心或者说害怕这个项目最终对你造成'成也萧何，败也萧何'的尴尬局面。"

关键时刻，足见患难之情。大海深受感动并动情地说："谢谢你们，我心里有数。"

时间不知不觉已到傍晚时分。暴雨也许下累了，终于停了。这时，周波打来电话告知：艰难的切割任务即将全部完成。

"走，再到现场去一下。"大海带头走出了工地会议室，直奔现场去了。

大海一行伫立在桥头上，平生第一次这么近距离凝视源江肆虐的洪水，目睹了什么才叫排山倒海、摧枯拉朽的场面。满江奔腾着酱黄色的浊浪，一波接着一波，一波追着一波，一波未平一波又起，翻滚着，旋转着，咆哮着滚滚向前；汹涌澎湃的波涛夹带着的草根、树枝、毛竹和腐朽树蔸等杂物在人们的视线里一闪而过，眨眼间波涛已在几十米开外了，还真有一泻千里、惊涛骇浪的感觉。由武警战士驾驶的负责巡逻和打捞（导引）大树枝的几艘冲锋舟时而漂浮在浪尖上，又瞬间吞噬在浪涛里，时隐时现更叫人心惊肉跳，人们阵阵揪心、不断惊呼。随着夜幕降临，岸上十几盏探照灯全部开启，强烈的光束不停地来回交叉监视着浊浪排空的江面。人们屏住呼吸，静静地等着这关键的一刻。河水急骤上涨，不一会儿就壅到模板的底部，并发出令人胆寒的声响，片刻，这个庞然大物开始支离破碎，相继坍塌淹没在翻滚的波涛里。大家睁大眼睛，跟随着探照灯追索的光束，看到时隐时现、模糊不清的模板轮廓，十分顺利地漂浮过了铁路大桥下的桥孔，岸上顿时暴发出一片欢呼声。成功了！也终于放心了！大家情不自禁地流下欣慰的泪花。

“老领导，走吧，您还要继续赶路呢！”徐大明提醒倚靠在栅栏边眼里噙着泪水的大海。

大海从往事的回忆中走了出来，异常平静地说了声：“好嘞，走吧。大明，你在这里倒是安逸，可你才三十多岁呀，应该走出这口小天井，去追寻更加广阔的大天地呀！”

徐大明一听，心里为之一震，他万般没有想到老领导在这样的情况下还在关心和教育着自己曾经的属下。这种情怀和气度确让他感动，他默记着老领导这句意味深长的话，似乎明白了点什么。心里叹道：这是多好的一位领导呀，可是一直到现在他也没有弄清楚，为什么这件事情也成了老领导被贬的原因之一呢？想到这里，他心头一热竟淌出眼泪。这眼泪他一时也不知道是为老领导受到的委屈而不平，还是为老领导一如既往地关心和教诲自己的感激而流。他默默跟着大海，随着川流不息的人流走下大桥。

大海告别了大桥管理所并拒绝了徐大明的陪同，仍旧一个人驾着车欢快地奔驰在高速公路上。这个时段，路上似乎更繁忙了些，南北来往的车辆如织如梭。随着时间的推移，这条中西省南北大通道越来越凸显在全省经济发展中的突出地位和发挥的重要作用，成了中西省新时期快速发展、迅速崛起的引擎、助推器和前进路上的加油站。他感叹当年省委省政府所作出的决策是多么正确与伟大，这条南北大通道的影响和作用又是那么巨大和深远，是铭刻在这片神奇的红土地上的一条深深的印迹，是烙嵌在历史长河中一道永远不可磨灭的标识。这是一项多么神圣而伟大的事业，任何个体及其荣辱得失、委屈怨气在这项事业面前相权显得那么渺小和卑微。对有幸投入到这项伟大事业中的每一个人来说都应为之骄傲和自豪。他想起俄国著名作家奥斯特洛夫斯基那段名言：

人生最宝贵的是生命，生命属于人只有一次。一个人的生命应当这样度过：当他回忆往事的时候，他不致因虚度年华而悔恨，也不致因碌碌无为而羞愧；在临死的时候，他能够说："我的整个生命和全部精力，都已献给世界上最壮丽的事业——为人类的解放而斗争。"

大海小时候第一次读到这段话时，他只觉得词语很美，情感真诚，韵律铿锵，却并未真正理解它的含义。直到经过这么多年的人生历练，才真正理解和懂得了这段名言的全部含义。所以面对这一切，他就坦然了，释怀了，淡定了。这就是一个真正的革命者、战斗者和共产党人的襟怀和信仰，也是人生意义上的一块基石和人生观、价值观最根本的体现。

人在心情舒畅时会感觉时间走得很快，不经意间，大海的车子已经驶出了广袤的中部平原，一下子就进入了南部山岭地区了。南部山岭虽然没有北端陡峭巍峨，但也是层层叠叠，此起彼伏，连绵不断。虽属江南红层地带，但由于覆盖层厚，加上雨水充沛，纬度较低，气候温暖偏热，阳光充足，所以植被固然很好，林木茂密，满山遍野苍翠欲滴。沿线两旁则是挂满了金灿灿、黄溜溜的金橘、脐橙、柑橘和柚子的百里长廊，来往的车辆仿佛进入了四处飘香的果园。

西斜的太阳还挂在半空中，大海就风尘仆仆地赶到了与邻省南岭山脉中段交界处的管理所。这个管理所建造得很有特色，当时大海和设计人颇费了一番心思。它打破了房基设在同一基准水平面位置上的传统理念，而是根据山形地貌将五幢建筑结构分成为四级阶梯，错落有致依山而建。但它的外形设计又吸取了民族传统的楼台廊阁的典型格式，加上具有现代色彩和装饰材料的外观格调，在苍松翠柏的环绕中既显得典雅古朴又凸显亮丽现代色彩。尤其是建在山顶上的观光台，更是吸引观景客的眼球，激起人们非登上不可的欲望。它是仿造古长城墙而建造的一处结构，城墙角上还安置了几台高倍望远镜，而遮阳雨篷则是一只造型巨大的白色耀眼鸟翼，远远望去恰似一只展翅翱翔、俯瞰着青山绿水的天鹅。使人不禁赞叹：美哉！壮哉！

大海在管理所长云鹏一行人的陪同下拾级登上了观景台。登高望远，心旷神怡。“一眼望两省，眼界可高，实在是高啊！”大海情不自禁大声吟叹道。而此时的南岭山脉依旧雄浑苍茫，山峦起伏，横无际涯；在缓慢飘浮的云雾中犹如万马奔腾，眼及之处，满目清新墨绿，肃穆静寂，似乎在沉睡，又似乎隐约能听见山下泉水叮当的声响。远处的群山则成了一抹黛色，犹如成了大地与蓝天的一道分割线。眼望山下，连接两省的高速公路像一条狭长的黑色绸带系在逶迤的山腰上。

大海望着匆匆而过的车辆，问云鹏道：“你这里一天的通行费能收多少？”

云鹏张口就说："三百多万。"

大海大吃一惊："嚯，这么多啊！要比北端省界多好多呀！"

云鹏自豪地回应道："那当然，那里是远隔千里之外的内地省界的地方，我这里可是改革开放的前沿之地，自然要比那里多得多嘛！"

大海感叹道："是啊，距离产生了效益，距离优势，这是必然。"

"你们经常去那边吗？"大海接着问。

"是的，距离很近，一个多小时就到了。那地方可不得了呀，发展真快、真好，那氛围和气势真叫人热血沸腾、心潮澎湃啊！每去一次都让人感慨万千，我越来越认识到小平同志真是高瞻远瞩，英明伟大，真不愧为改革开放的总设计师。"云鹏不无骄傲地回答道。

"可不，光羡慕不行啊，我们还应奋起直追，必须抓住新的机遇，加倍努力，早日实现跨越式发展。从这里走出大山，走向大海，走向世界。你们年轻，有时间、有机会去拼搏，去开拓创新，做出无愧于这个伟大时代的一番事业。"大海坚定地说着。

云鹏听罢心里一阵热乎乎的，他敬佩这位领导无论在任何情况下，给人传递的都是积极向上、鞭策鼓励、催人奋进的正能量。他一边为老领导走出了阴影而欣慰，一边也为老领导还夹带着一丝无奈与惆怅而担忧。他故作轻松状对大海请求道："今天就住这里吧，也好让大家有机会再一次聆听老领导的教诲，怎么样？"

大海摆了摆手笑着说："那不行，谢谢你们的好意，我得赶回老家去，我也半年时间没去看望他们二老了。"大海说完带头走了下去。云鹏看着老领导迈着坚定的步伐，挺直的背影，不知不觉眼睛却潮湿了。

第八章

这样，大海按照预定的计划，用了两天时间终于巡视完自己这个收官项目，也算了结一桩心愿。掌灯时分他驾车驶进了自己老家的院子。年近八十岁的父母和围在他们身旁的妹妹正站在院门口等着他的归来。人也许到了一定的岁数对故乡的思念会越来越强烈，对亲情的眷恋情感会越来越浓。以前也只是一年当中回来那么一两次，待的时间也不过一两天而已。说工作忙，抽不出时间也未必是全部的理由。不知为什么，亲人之间由于不常在一起，久而久之，心灵的距离会越来越远，即使偶尔在一起，其思想和情感的交流，心灵的碰撞也就只剩下一点象征性的意义了。自从那年中央电视台春节晚会上播出《常回家看看》的歌曲以后，人们才好像一下子幡然醒悟过来似的，对亲情的感触和理解，有了新的诠释。亲情一旦永远地失去了，才会使人们更加懂得它的珍贵，才会更加珍惜今天的拥有。所以就不难理解人们普遍都会发出“时间都去哪儿了”的感叹，为什么一下子就能引起大家的强烈共鸣与追问。这是人们对亲情回归的心灵渴望和呼唤，也是中华民族灿烂文化和文明的一种传承和衍连。

片刻，大海和父母以及三个妹妹携三个妹夫一起围坐在十人的大圆桌前准备共进晚餐。大海望着父母亲早就做好的一桌丰盛可口的菜肴，心中又是一阵感动。多少年来，无论什么时候回来，也无论是自己一个人还是拖儿带女一家人回来，每次都能得到父母亲无微不至的关爱和照顾。这时他又想起那句话：“孩子的家，不一定是父母的家，而父母的家却永远是孩子们的家。”这是我们这个民族亲情维系的传统而真实的写照，淋漓尽致地体现了长辈对晚辈这种与生俱来的舐犊之情。

今晚这桌团圆饭自然没有像以往那样其乐融融了，因为十人坐的大圆桌如今只有九人了，一贯坐在大海身旁的马琴这个位置空着，只剩下一副空碗筷了。大海心里清楚这是母亲用她那特有的方式在惦记着自己这个十分满意的儿媳妇。尽管在当时，她对子涵更满意一些，但经过这几十年的相处，当年的一丝不快早已云消雾散了。马琴用她那勤劳善良、正直无私、豁达大度、谦卑孝顺的举止言行赢得了整个大家族的极大信赖和尊重，成了维系家族几十年来和睦相处的轴心，在妯娌、姑嫂和兄弟姐妹之间树起了一把标杆。就连当初持反对意见的三妹也敬佩得五体投地，竟成了最好的姐妹姑嫂。如今她却永远地离开了，留下的只是大家对她无尽的怀念和叹息。直到今天，母亲还未完全走出马琴怎么突然就失去了的阴影。大海永远也忘不了那悲痛欲绝的一幕：

半年前他只身回到这里时，母亲一把抱住他，在大声哭泣的同时手不停地拍着大海的背埋怨道：“你怎么不把她带回来呀，这么狠心把人家扔下不管呢？人家生病一年多，你们竟敢瞒了我们两个老的大半年，连见最后一次面的机会都没有了。”

晚饭后，三个妹妹和妹夫都各自回自己的家去了。偌大的一个宅院就剩下年龄相加起来二百一十多岁的三位老人了。如今这个宅院是十年前在老宅基的基础上翻新改建起来的，在大海的坚持下，仍保留着客家人传统的建筑风格和情调，虽然增添了许多现代建筑元素，但它散发出来的韵味却还是传统的，其底蕴还是怀旧的。当时大海的考虑在一定程度就是针对老两口儿哪里也不肯去，哪个子女也不愿跟的想法，揣摩两老就是想把这里变成家族的大本营、根据地和漂泊在外的儿孙们的一处归巢。

大海和父母亲坐在院子里的小桌上，沐浴着皎洁的月光，品着茶在闲聊着什么，这是多年来不曾有过的情形。“真的想过那边去吗？漂洋过海那么远，想着就累。”母亲小声地问儿子。

“老婆子，现在是什么年代，这几十年来，我们普通老百姓感触最深的就是通信和网络的发展，现在我看手机和电脑比人口还多，你看连我们两个老人家都会使用手机了，其次就是交通出行太方便了，那么多的高速公路和高铁，就连我们农村公路也修到家里来了，还有什么不方便出去呀。”父亲反驳着母亲。

“是啊，我心里也很矛盾。”大海叹气说道。

母亲提议道：“仔仔，要不这样，你先过去待一阵子，以后你再叫子涵跟你回来怎么样？”

大海还来不及回答，父亲早就抢着说：“这恐怕不妥吧，将心比心，人家一家人在那边生活得好好的，又把人家拆散开来，你怎么忍心呢？”

母亲叹口气说：“说的也是，子涵这孩子也真是犟，如果早嫁人结婚的话，哪会又生出这么一档子事情来呀！”

“是啊，这也许就是命吧。”父亲也叹气说道，“儿子，你看这样行吗，你现在这个样子，说老也不老，说少也不少，你就打定主意不过去算了，刚好我去年承租了五百多亩山地，我们父子俩就拾掇拾掇这片荒地吧，种上一些金橘、脐橙和柚子什么的。不过，你却要放下身段，不要不好意思难为情了，提前退下来算了，再做一回地地道道的农民。再说，你已经为我们这样一个大家族争气争光了，好歹也是个官，而且还是个清官，这是我们最引为骄傲和自豪的。我现在去赶个集，进个城，照样挺胸抬头，没有人敢在我后面指指点点，我们知足了。”

“是啊，你爸说得对，就留下来吧，我和你爸也老了，说不准哪天说走也就走了。但话又要说回来，你这一辈子也不容易，也不要太委屈自己了。总之一句话，无论你做出什么样的决定，我和你爸都赞成。夜这么静了，我和你爸就先去休息了。”

大海望着父母离去的背影心里不免又涌起一股酸楚。虽然曾经多次目睹父母离去的背影，但这次和以往的感受却大为不同，不仅酸楚且还夹带一丝悲伤。他心里很明白，这一次次的离别，也就意味着一次次离别在减少，直至永别。这既是人生的无奈，也是自然规律和人生的必然。空旷而静谧的宅院此时只剩下大海一人呆坐在那里，陪伴他的只有月亮的清辉，还有墙角上那几棵散发着沁人心脾香味的桂花树。他的心情颓萎到了极点，甚至连“举杯邀明月，对影成三人”的兴致都没有，只是死命地抽着烟，一缕缕的青烟不停地从他嘴里喷出，在月光的照射下，又像一丝丝的薄雾在弥漫、飘荡。曾经在这里肆无忌惮地说学逗唱，心无芥蒂地打骂戏弄，甚至还有偶尔上演的“大闹天宫”，虽时隔多年，现回想起来，其声仍旧是那么入耳，其景仍旧是那么悦目，其情仍旧是那么温馨。岁月流逝，光阴蹉跎，这里的一切在大家的不经意中慢慢在减少，渐渐趋于安静直至消失。原本“人满为患”的空间却显得那么富余宽阔，一群叽叽喳喳的“雏鸟”早已振翅高飞，飞向东南西北，甚至海外，在异国他乡安营扎寨，生息繁衍。曾经多么热烈向往的家乡，如今已演变成了遥远回忆的故乡。

时间在大海紊乱浑浊的思绪中已到凌晨，郁孤台已敲了千年的晨钟飘了过来，绵长的钟声更显得乡村的寂静，静得好像一切都睡着了，但又似乎还能听见源江流荡的涛声。以前他和马琴回来时，两人常会倚靠在阳台的栅栏上，在灿烂的星空下，遥望着夜幕下岸边黑墨色的丛林，默默地静听着源江永不停息的涛声，尽情地享受着这世界的宁静和安详。而今晚只有自己孤身一人了。这时他猛然想起了《涛声仍旧》里面的歌词：“流连的钟声，还在敲打我的无眠。……涛声依旧，不见当初的夜晚……”也许是触景生情吧，大海早已泪水盈眶，痛苦地叹道：“今天的你我是永远也无法重复昨天的故事了。”

世上有些事情也真是说不清楚，如此巧合的事情也竟屡见不鲜。大海潜意识地看了一下手表，惊骇得说不出话来。天哪！时针却也刚好指在二十五年前的时刻。当年在初步做出取舍子涵的决定也正是这个时候，其情景也正是当年的翻版，或者说按下了复制键更确实些。所不同的只是再也听不见鹧鸪鸟声了，而要面对抉择的不仅只是一个子涵，还有一个与自己相濡以沫二十五年的夫人马琴了。一个是一直埋藏在自己心灵深处的初恋，另一个则是刚刚离世的夫人。对于前者而言，如果不是后者的突然变故，也许是永远被尘封着，决不会有再重新开启的可能。而对于后者而言，正因为有了前者矢志不渝的坚守，才有了后者了结对丈夫最后祝福的心愿。凡世红尘中正是因有这些因果和那些所谓“阴差阳错”，才有了使人感叹发问的那句“问世间情为何物？直教人生死相许……”的千古绝唱。

马琴的病是“千里跃进”高速公路建设项目通车运行半年过后的事，也正是大海在政治上最落魄、最难煎熬的时刻。从某种意义上来说，也许正是对大海的忧虑过度而诱发出来的，也正如她曾自嘲说自己是一个“操心婆”，有着在劫难逃的宿命。那天，马琴下班回家得知丈夫新的任命时，简直有点蒙了，作为一个管人事劳资方面工作的副处长，她再清楚不过这样的一个任命意味着什么。她不满地对丈夫大声道：“他们凭什么呀，也真像有人说的那样‘干的不如看的，看的不如钻的’，这不等于‘卸磨杀驴’吗？”马琴表现出极大的偏激情绪，甚至为丈夫遭受的不公和不平流下了眼泪。她目睹自己的丈夫在这二十多年来，为了事业，为了企业单位，于家不顾，没日没夜拼命工作，真正做到了“披肝沥胆”“呕心沥血”。就这样一个把事业看得高于一切，并一心扑在上面的“工作狂”，到最后却得到这样被忽视和贱薄的结果，她心里实在不甘。是的，她为了支持丈夫全身心地投入工作，自己独自承揽下了整个家族大量的管理协调事务，为了这个家和家族可以说是操碎了心，是位名副其实的“贤内助”。每当想起这些，大海心里就会感到十分内疚和自责。时至今日他真想抱着马琴真诚地说一声：“老婆，辛苦你了，对不起！”然而他却没有勇气，尽管有马琴这样的坚强后盾，可自己并没有给她带来多少荣耀和欣慰来馈赠马琴的无私奉献与付出，这是这对患难夫妻一生无法医治的伤痛。

事情的发展远没有马琴想的那么简单，随之而来却是不同版本的传说和八卦，各种各样的议论、评论、猜疑和分析也一时尘嚣四起。朋友和亲人们特别“关心”的问候也应接不暇，似乎感觉到人们对自己的眼光都和平常有点不一样，甚至连日常礼貌性的相互问候和招呼也少了许多似的，仿佛一夜之间竟成了人们关注的焦点。更让他们夫妇意想不到的是，各种各样的所谓调研、检查小组也相继进入了原单位和“千里跃进”项目建设留守处。这下可砸锅了，按照人们的习惯思维，即使再迟钝的人这时也会意识别：恐怕剩下的只是“时间问题了”。大海倒是沉得住气，和往常一样，抬头看天，低头看地，该吃的吃，该喝的喝，该睡的睡，和事前一个样。因为他自己最清楚自己的事，再说也亲身体验过当前普天下老百姓最为关注的这些事，同时也经受住了历史的考验。也正是有了这份底气和自信，才会如此镇定和淡定；也正是有了这份豁达和无私，才有了这股坦荡和无畏的精神气。因此，也消除了曾经的领导、同事、属下和朋友们不少的担心和疑虑。然而，马琴却不行，有形的或无形的各种压力、忧虑、担心，把她压得喘不过气来。

女人的心往往是脆弱的，马琴并不是不相信丈夫，也不是没有经历过类似的事情，远的不说，就在“千里跃进”高速公路建设中期的“那场大地震”，目睹了身边几个家庭的“毁灭”，丈夫几个同事和属下铸成了终身悔恨的结局，至今还历历在目。也正是有了这样的经历和体验，一方面，自己更加信任丈夫；另一方面，自己更加懂得亲情、友情和爱情在“重大变故”面前的真诚和无奈，更看清了“变故”所折射出来的脆弱和卑鄙，也更加珍惜今天的拥有与满足。从理智上来说，她完全相信丈夫，相信组织；但从情感上来说，她怎么也不愿意看到丈夫一次又一次经受这样的“折腾”。她十分清楚自己丈夫天生的秉性，一些既是优点，同时也是缺点，为人处世刚则过，柔不足，注重原则，忽视变通。这样也就难免工作中得罪人怠慢事了。这也正是马琴最为担心和忧虑的，害怕有人借机趁势“为难”和“委屈”，甚至“陷害”大海。马琴了解大海，看出了大海表面若无其事，事实上下面还藏着一颗滴着血的心，她明白大海用这种方式来抚慰她那颗忐忑不安、担惊忧虑的心。这就是亲情间“相依为命”的诠释和解读。所以，马琴苦思冥想，夙夜不安，总觉得这个时候应该为大海做点什么，帮大海过了这个坎去。

入夜，大海鼾声阵阵，马琴却怎么也没有睡意，辗转反侧，异常不安和烦躁，她回想起最近一段时间胃部老是有些不舒服，时而胀痛，食欲不佳，体重也有了明显的下降，晚上好不容易能迷迷糊糊睡上一会儿，却不知为什么又会突然惊醒过来，全身大汗淋漓，浑身乏力，人感觉疲惫不堪。她轻轻摇醒了熟睡的大海，大海睁眼一看，见马琴还没有睡，心疼地对她说道：“老婆，你这样可真不行，会熬坏身体要生病的，不要去想那么多，既来之则安之。”

“可你也不能不当一回事呀，有些事可先去找找有关领导和部门去解释和说明情况，也可以去和万山和令狐南他们去沟通和交流看法，听听人家的意见。”马琴再三提醒大海，“往往有些事提起来就是千斤重，放下去也就四两轻，这个道理，你不懂吗？”

“你呀，只知其一，不知其二，你也是心急一时犯傻。你仔细想想看，现在这个时候去找领导合适吗？领导又能怎么说？叫人家撤回去，不要来了？或者停下来？这不是‘此地无银三百两’的逻辑吗？既然自己没有事，那又为什么还去找人呢？这反而让领导对你失去信任了。还有现在去找有关人员沟通和交流，更会引起人家的猜疑和误解，说不准人家还真以为你们在搞‘攻守同盟’呢。这岂不是‘烧香引鬼’吗?”大海耐心地给马琴解释着。

马琴听了也觉得大海说得在理，但还是忧虑地说：“我是害怕你这样的自信和坦荡反而会被人家误解为自负、倔傲、蔑视，不近人情世故，激发人家的‘斗志’，最终还是于己不利。”

“你也不要太忧虑了，还是要坚持‘实事求是’的。现在我们当务之急是先要保重身体，明天我就陪你看病去。”大海安慰道。

“不行，我现在哪有心思和时间看病，等你的事情过去后再去看病。”马琴断然拒绝了丈夫的提议。

一个多月的时间过去了，流言蜚语越来越多，“关心”和“问候”的电话却越来越少了。大海开始被找去谈话说明情况了。马琴更是心事重重，忧虑和焦急更为严重，身体更加疲惫。大海看在眼里，痛在心里，但自己也一时无法说服她，怎么开导和规劝都无济于事，她仍旧坚持自己的固执。

周五下午，大海从调查组约谈后下班时分回到了家。只见马琴正在厨房手脚麻利地准备着晚饭，看神情似乎更欢快了一些，大海受到感染，心里既欣慰又有点纳闷。

晚饭后，大海走进了书房，根据调查组同志的要求，尽快提交一份就有关情况的书面报告。大海正要动笔，这时马琴悄悄地进来了，带着十分神秘但又夹带着一丝尴尬的神情对大海说：“你慢点写，我给你说件事，但你听了不能生气，让我一口气说完。”大海“嗯”了一声，算是默许。马琴这才开口说道：“今天上午，我给袁通打了电话，他也知道了你的情况。我把你的生辰八字报给他，委托他去西山大佛寺找那个法号叫天成大师的住持帮你化解一下。刚好那个住持和他又是很好的朋友，袁通满口答应了，并说下午就去。同时我再三交代他，千万要注意保密，并实事求是地告诉他我是背着你干的，不要让你知道。我本来是不想让你知道的，但听袁通讲，他以往也曾经帮人做过类似的事，根据他的经验，大师给出的化解办法是当事人必须参加其中的一些活动，所以我才提前告诉你，让你有个思想准备。”

大海万般没有想到马琴背着自己做了这样的事，不由拍案而起，厉声喝道：“老婆，你这是急昏了头吧，这种荒唐至极又十分可笑的事亏你想得出来啊！你不觉得我们自己可怜到了极点吗？不要忘了，我们两人都有三十多年的党龄，不管怎么讲，也不至于堕落到这个地步呀！再说，新闻媒体也披露过不少贪官污吏曾到处去求神拜佛，来逃避组织的审查，结果有用吗？只留下被世人所不齿的笑柄。我告诉你，马琴同志，当今社会，每个人都不可能全身披着盔甲保护自己，只有‘无私’才是最好的保护，懂吗？这是在自损自毁我们的人格，明白吧？我的老婆。”这是马琴有史以来第一次听到大海对自己的斥责，一时也蒙了，竟委屈地哭了起来。

就在这时，马琴的手机响了。马琴一看来电显示是袁通的，随即摁下免提键，意思很显然就是让大海听到袁通当场证实自己刚才所说的事实。“嫂子，我本来不想给你打这个电话的，我刚从天成大师那里回来，大师把化解办法、祭祀的要求和程序已写好了，现就在我身上。本来我想替大哥办了算了，不要让大哥知道，知道了他肯定会发毛的，这一点我了解他的。但是其中有一个念化解箴言的环节必须要当事人做。所以这样看来，我们还是不能背着大哥的，请你想出办法怎么给他说，时间倒是来得及，定在后天（星期天）的晚上，地点也较偏僻，在南山公园……”

还没等袁通把话说完，马琴就抽泣着打断了他的话说：“兄弟，恐怕不行了，我刚被他骂哭了呢。”

对方一听急了："啊！这怕什么嘛？纯把它当作一场游戏来做罢了。大哥在旁边吗？我来给他说。"

马琴把手机递给了大海。大海接过电话抢先数落起袁通来："我说你这位'好事佬'也真是的，你好歹也算是个文化人，还是一个赫赫有名的民营企业家，你这档次也未免太低了些，你怎么会和那些江湖术士们混在一起？你也真相信那些把戏吗？"

袁通争辩道："大哥，话也不能说得那么绝对。你知道我是学哲学的，从大嫂这个角度来看，也是可以理解的，也不是什么大逆不道的事情。人生中既然碰上了这样一档子事，现在任何人也不好去为你做些什么，这个我咋会不懂呢？我倒很赞成你的观点。但从大嫂这方面来说，作为你的夫人，与你相濡以沫几十年，这情分硬摆在那里，况且现在身体状况又那么差，又能为你做些什么呢？人家也不就是想求得一份心灵上的慰藉和宁静吗？表面上看，这个方式是有一点荒诞，但也是大多数人都会采用的心灵自我救赎的传统习俗。设身处地替大嫂想一想，如果你们两人反过来的话，你又能为她做些什么？大哥，你也不要太顾忌了，这也只是一个形式而已，你就权当陪大嫂去医院看一次病罢了，咋就不行呢？"袁通真不愧是学哲学的，大海一时也无言以对，沉默了。

是夜，大海和马琴九点半就到了南山公园。夫妻俩随着稀稀拉拉的人群快步走进了园门，此时大海更是用手拉低了戴在头上的棒球帽，挽着马琴的手匆匆忙忙走向与袁通事先相约的地点。大海的心开始扑腾扑腾跳着，他最害怕的就是碰到熟人，脑子里一直在盘算着，万一碰到了将如何搪塞过去呢？很快他们夫妻俩就与袁通会合了。袁通选择了坐落在南山公园西北角的如意湖的北岸一处临水的空地。袁通从口袋里掏出几页纸并从中抽了一张递给大海说：

“大哥，你就坐在旁边的椅子上，先看一下要念的偈言，其他准备工作我和嫂子就行了。”大海接过一看，这是一张用黄色纸张印刷的所谓祭祀的偈言：

地点：南山公园北岸，面向西南方

时间：晚上十点

1. 第一排一双中号红蜡烛，点燃后面向西南方左右间隔各两尺（66 公分）用瓶插住固定。

2. 高度白酒（一瓶）。

3. 用面粉做：猪头、鲤鱼、公鸡（各一样），蒸熟点红。

4. 第四排：需要六套官保通表，对（堆）成塔型。

5. 先点燃九支香，分三组，插入同一只沙瓶，面向西南方向，跪地朝拜三下，磕三个头。

6. 先点燃官保通表，再跪拜的后方（即原先跪拜的地方）面向西南方合掌念：黄天后土，西向官杀神，对弟子 ××× 工作、生活、游玩运行中，有误撞惊扰之处，请多海涵，并多多保佑弟子 ××× 大事化小，小事化无，逢凶化吉，遇难成释。转祸为福，巧遇贤贵，上通下达。左右逢缘（源），胆破（魄）归心。处乱不惊，答问巧宜，风（峰）回路转，柳暗花明，阴阳之合，气血流畅，首足根健，运道享通，福寿安康，共享太平。借助贵方杀神之力，成弟子心中之事，收复弟子命途上的妖魔鬼怪，渡弟子 ××× 排除干扰，解除官纠，穿出谋（魔）云，迎接日出，定达健康、长寿、富贵、平安之彼岸，确保应验。弟子及全家将永记贵方官杀神之思（恩）点（典）。（边烧

边念，完后放鞭炮）

大海浏览着这篇有几处表述不清，还有很多处错别字的偈言，大海有点哑然失笑，不知作何感叹。准备工作很快就做好了，大海这下就要“粉墨登场”了，他既紧张又窘迫，在五月初的时令夜晚，本就有点凉意，大海却不禁冒出了虚汗。也许游人很少见到这种场面，或许根本就没有见过这种场面，都感到新鲜好奇，引来了不少游人驻足围观，还有几对情侣索性坐在旁边的凳椅上好奇地看着，其中竟有一对问大海说：“大叔，这是在干吗啊？”大海羞得满脸通红，恨不得找个地洞钻进去了。好在袁通在旁解围说：“我家的老人家生病住院了，我们在这里为他祈愿，请不要打扰我们好吗？”就这样，在皎洁的月光下，在众目睽睽的注视下，这位曾经心潮澎湃，郑重发出铿锵有力誓言的热血青年，今晚却是一个半老头子，佝偻着腰，低着头，跪在地上，双手抖动拿着一张纸，发出连他自己也听不清的声音呢喃着。此情此景，叫人唏嘘不已，窘迫尴尬无比，不知叫人如何感慨。大海头脑一片空白，他不知道自己是如何走完这些程序的，也不清楚自己究竟念了什么。当鞭炮还在噼里啪啦响的时候，他却早已大步流星走出现场，逃之夭夭，把按照公园管理人员要求及时清扫现场的工作丢给袁通。

大海独自开车先回到了家。此时他的心情是复杂而迷茫的，既有终于完成一项重大任务，卸下一身重负似的轻松，又有像盗贼逃离作案现场庆幸没有被抓到但仍旧紧张害怕的不安。

马琴和袁通清扫完祭祀现场，袁通送马琴回到家时已经是深夜了。大海望着马琴异常清瘦的面容和疲惫不堪的身子，心里也一阵酸楚，他端起一杯热茶迎了上去。马琴接过茶轻轻地抿了一口对大海说："老公，对不起，今天晚上真难为你了。"大海一听就愣了，叫了丈夫几十年的"乡下人"，今晚怎么就突然变了呢？而且还是那么自然和顺耳。大海表面看上去给人一副豪爽、倔强、大大咧咧，什么都满不在乎的样子，可骨子里却是一个感情细腻且丰富而敏感的男人。称谓的改变，大海马上就捕捉到了这一细微的变化，在心里引起一阵涟漪。他想去探究这其中到底寓意着怎样的玄奥，意味和昭示着什么？还是她缺少点什么，渴求点什么？她还想填补及完善点什么呢？大海冥冥之中似乎意识到了什么，可是又说不清楚到底意识到了什么。

"老公，不知为什么最近这段时间老是想着你和儿子他们的事情。"马琴无精打采地靠在沙发上，闭着眼睛又说。

大海："你这个'操心婆'不一贯都这样吗？再说他们都已长大了，你就少操点心吧。"

"那又有什么办法呢，生就了这个命，为了你们我什么都可以不要了。"马琴仍一动也不动地，但这下却流出了眼泪。

大海看在眼里，心里一惊，蓦然省悟了，只是不想点破，或者说更不敢去面对这个无情的现实更确切些。他冲动地走上前握住马琴的手，把她搂在怀里，流着泪对她说："老婆，对不起，那天我不该发脾气，今晚我更不该撇下你先走了。"在这一刻大海才真正读懂这个以亲情和爱情为一切的夫人。为了这些，她可以承受任何委屈和痛苦，甚至生命。从家庭、亲情和爱情这个意义上来说，马琴比自己更高尚和伟大，反衬出了自己的虚荣和卑微。同样的人，也有自己的自尊，自己的人格，然而为了对方，为了爱，却能义无反顾地放下和舍弃，使自己真正懂得了"休戚与共，荣辱与共"的亲情和爱情的真谛。他为自己的自私和狭隘行为感到深深的内疚与自责。大海抱着偎依在自己怀里还在哭泣的马琴用不容置疑的口吻说："无论如何，明天我们必须到医院看病去。"

第二天早饭后，大海陪马琴走进了省人民医院。夫妇俩挂上了前邱副院长女儿邱频的专家门诊。邱频继承父业，也很有出息，已是该院的一位副院长。她医术精湛，造诣甚高，成了该院消化科的权威人物之一，享有很大的名气。这位大夫给病人看病有一个很大的特点，特别有耐心仔细倾听病人的叙述，且态度十分谦逊、热情、和蔼，没有一点权威专家的架子。当她平静听完马琴的自述后，又详尽询问了马琴的其他一些有关情况。随即让马琴躺在病床上例行一遍临床检查，最后笑着对马琴说："大姐，我看今天你就先做个血常规检查和一般的 CT 检查吧，我给你约好明天再来做个 B 超和胃镜检查。请你在今晚十点钟以后不要有任何进食，要空腹检查好吗？明天做胃镜检查时可能还要取些活体出来做切片检查。"

大海和马琴一听，心里一惊，脸色突然凝重起来了。邱频见状，立马笑着说："大姐，请不要太紧张了，用不着害怕，明天我亲自给你做，这下你可要放宽心了。"

马琴听了，倒觉得自己有点难为情了，接连说："那敢情好，谢谢你了，我一定配合好。"

晚饭后大海和马琴斜躺在客厅的沙发上，两人反复查看着今天已经做了的各种化验单和检查报告。由于夫妇两人多年来身体状况一直也没有什么大碍，平时也不会对此有太多的关注和重视，因此对这方面的知识也是了解甚微。对这些检查和化验单上所列示的项目的名称和指标也是似懂非懂，有些甚至完全没有听说过，更谈不上什么了解了。夫妇俩还真有点"书到用时方恨少"的懊悔。"老公，邱院长说还要做切片检查是不是怀疑得了什么癌症？"马琴忧心忡忡地问大海。

“乌鸦嘴，不要乱说，哪会有这么严重，人家做切片检查目的就是要准确排除这方面的情况。不要胡思乱想了，还是早点上床吧，听人家说做胃镜检查是很难受的，一定要休息好。”大海宽慰着马琴。

马琴的检查经过一上午的折腾终于结束了。临走时，邱频仍带着笑容平静地对马琴说：“大姐，切片检查估计要等个把礼拜的时间才能出结果。你们给我留下一个联系电话吧，到时我再约你们过来好吗？”

大海抢先留下了自己的手机号码。大夫一句看似漫不经心的话，却在马琴和大海心里引起种种猜疑和不安，两人不约而同地涌出了一丝不祥之兆的预感，心里一阵酸楚。在回家的路上，马琴伤感地对大海说：“老公，我有预感，这次恐怕会有大问题了。”

大海不敢说出自己的预感，装出一副满不在乎的样子安慰着马琴道：“我猜不会有什么特别严重的病，否则怎么事先没有什么明显的反应和征兆呢？这个星期请假不去上班了，就在家好好休息，安心地等结果吧。从现在开始所有的家务事都由我来做了。”

通常人们等待疾病诊断的结果时心情是复杂而矛盾的。既想知道真实的结果但又害怕会是不好的结果。既想早点知道结果，又害怕不好的结果来得如此突然。大海与马琴和普天下患者一样，整天都惶惶不可终日，不知道自己要做什么，也不清楚自己做了什么。夫妇俩就是怀着这样忐忑不安的心情煎熬到第五天的下午。傍晚的下班时分，大海突然接到了邱院长打来的电话，大海摁下了免提，随即传来了邱院长仍旧平静的话语：“大哥，你好！大姐所有的检查结果都出来了，大姐得的病，按照我们医学上分类是属于血液疾病的范畴。这样，你们明天上午可直接挂血液科李茹主任的专家门诊号，具体的情况她会给你们讲清楚，好吗？”

这下，两口子终于松了一口气，激动地相拥在一起。“老婆，我说不会有什么大问题吧？”大海兴奋地对夫人说。

马琴也似乎受到了丈夫的感染，也会心一笑接着说：“哎哟，吓死我了，我原以为得了什么癌症呢！但血液疾病又是怎么回事呀？”

“傻丫头，这还不知道吗？我们不是看过日本那部《血凝》电视连续剧嘛，就是白血病呀，你肯定不是白血病，我看就是一点小毛病，放心吧，没有事的。”大海抢着回答道。

这也难怪，他们本来对这个领域了解甚少，尤其是关于血液疾病方面的知识也只是通过这部电视剧才知道，而且只具有把血液疾病完全等同于一种白血病的认知程度，这方面的知识贫乏得简直就是幼稚，甚至完全可以说是“无知”。然而，当大海现在回想起马琴整个治疗期间所经历过的一切，他真懊悔为什么自己和马琴没有坚守和实际运用这剂“无知”良药呢？也许马琴还没有走，即使要走也不至于走得这般匆忙。这就不难理解为什么那么多目不识丁、文化水平与知识并不高的癌症患者竟能创造痊愈和延长多年生命的奇迹。原来只知道“无私”才能无畏，殊不知“无知”却也能发挥另一个意义上的无畏精神，迸发和具有任何药物都不可替代的能量和作用。

大海和马琴虽然不能说带着兴高采烈的心情，但至少可以说不是带着沮丧的心情再一次走进了省人民医院。李茹主任是一位年近五旬的中年大夫，不知是因为邱院长的推荐还是其他什么原因，人显得很热情和蔼。她一边翻阅着一大叠马琴的检查资料，一边指着电脑上显示的影像图片，对坐在她对面的马琴轻轻地说道："大姐，根据我们对你进行的这么多的检查和切片检验，很不幸，我们诊断你患的是淋巴细胞恶性肿瘤。"

因为大海和马琴也是第一次听说这个病名，并不知道这究竟是一种什么病，更不知道它的严重性。两人依旧一脸茫然，马琴不解地问道："这是一种什么样的病？危险吗？"

李茹主任看出来了，这对夫妇对这样的血液疾病的了解几乎为零，所以才没有出现一般病人当听到自己得了癌症时所表现出那种绝望的神情。说心里话，作为医生，她倒希望自己的病人能一直这样"糊涂"下去，这无疑对治疗有着十分关键的作用。据此，她想采用一种让病人似懂非懂的心理来减轻其精神压力来叙述病情。

"这样给你说吧，大姐，你这种病在我们医学上叫非霍奇金淋巴细胞瘤，归属于血液疾病的范畴。而淋巴细胞瘤又有几十种类型，你只是其中的一个类型，还可以细分下去。但那太专业了，一般病人未必听得懂。"

马琴一听开始紧张了，又问："是癌症吗？到了晚期吗？能动手术吗？有治吗？"

李茹主任看着马琴开始变色的脸，仍旧用平静的语气回答道："我们这里不叫癌症，只分为良性肿瘤和恶性肿瘤两大类。你属于恶性肿瘤类。我们这里也不分什么早期、中期和晚期，依据病情只分为一期、二期、三期和四期，你是三期，到了一定严重的程度。但无法动手术，因为你不仅胃里有，颈下、腋下、腹部和脾脏等很多地方都有。目前只能先做化疗。治是肯定能治，但必须马上住院治疗，再也不能耽误。"

李茹主任真不愧为一名好大夫，是位经验丰富而又十分懂得病人心理的专家。在回答马琴的四个问号时回答得如此巧妙，且又那么合情合理，既遵循了医德，又让病人知道了自己的严重病情。而且完全避免了病人最忌讳的癌症、晚期、没法治等字眼儿。愿天下大夫都能这样对待自己的病人。大海打心眼儿里十分感激这位大夫，她很有智慧地没有把这层薄如蝉翼的窗户纸捅破，这对马琴接受往后的治疗起到了巨大的作用，大海将一生铭记。

时至今日，大海怎么也回想不起来自己当时是怎么离开医院的，夫妇俩又是怎样回到家的。回到家的大海和马琴，大脑一片空白，一脸茫然，完全蒙了。古人云："天有不测风云，人有旦夕祸福。"昨晚夫妻俩还带着无所谓的平常心态调侃第二天会有怎样的检查结果。然而，才过去了多少小时，却得到了一张等于死亡的判决书，仿佛一头栽下了万丈深渊。死亡，原本夫妻俩认为是那么遥远的事，如今却来得那么突然和现实。夫妻俩从来也没有想过，人们谈之色变的癌症，它有一天竟会无情地降临在自己头上。更让大海感到沮丧的是，在这个节骨眼上又摊上了马琴这样与生命攸关的大事，这又如何得了啊！真是"屋漏偏逢连夜雨"，真正体验到了什么叫祸不单行、雪上加霜的人生无奈和悲恸，大海恨苍天对自己的不公，恨自己的命运多舛和残酷，与此同时，更激起了他对马琴的无限愧疚和自责。这个把丈夫的一切视为比自己生命更为重要的女人却反而要承受这般痛苦和几乎绝望的压力，他甚至想，如果能把这个灾难降落在自己头上，心里或许会更好受些。大海望着躺倚在沙发上不断流着泪、叹声怨气的马琴，顿觉肝肠寸断、万箭穿心般痛疼，不禁又流下了大把的眼泪。

突如其来的灾难，犹如晴天霹雳。不仅使大海和马琴措手不及，对整个家族也是一次沉重的打击。然而，痛苦和眼泪尽管是人的一种本能自然的反应和宣泄，但却得不到死神的一丝同情和怜悯。从某种意义上来说，溺于这样的氛围中不仅于事无补，反而会产生危害极大的消极负面影响。理智必须战胜痛苦，既然躲不过又绕不开，那就要勇敢去面对这个现实。作为家庭的主心骨，乃至整个家族的核心人物，他马上意识到下一步应该怎么走，而当前迫在眉睫的是怎样迅速控制住或平息马琴的极端情绪。这无疑就是亲情、友情和爱情的关心、关怀、关注，是鼓励、支持与呵护，是医治疾病最有效的第一剂良药。大海擦干眼泪，即刻拿起手机，依次拨打了远在千里之外的滨海市工作的儿子、儿媳和在本省城工作的马啸和小凤、小龙和弟媳以及马琴的密友玲玲和珠珠的电话，简要地通报了马琴的病情。

最先来到家里的是马啸和小凤夫妇俩。马啸现在是大学的一名教授，小凤已是省城另外一家医院的外科医生。马啸和小凤刚踏进家门，马琴就扑上去一把抱住弟弟痛哭着说："啸啸，姐怎么就这般命苦呀，为什么会得这样的病。爸爸和妈妈怎么就不佑护我嘛。他们在世时，我可孝顺了。"

马啸搂着姐姐的肩膀，眼睛也红了："姐，这也是没有办法的事，爸爸和妈妈也一直在佑护着我们，这不让我们提前发现了吗？既然得了，那我们就坦然面对它，我们还有时间治，现在我们就要好好配合医生，抓紧治好，以告慰父母的在天之灵。"

"是呀，大嫂，啸啸说得对。既然发现了，就抓紧时间积极治疗吧。"在一旁的小凤也流着泪劝说着，"我在医院也一二十年了，这种情况也看得多，只要积极配合治疗，有着良好的心态，很多人也是治好了。我相信你也一定可以治好的。"

这时，玲玲和珠珠结伴一起进了门。玲玲比马琴大两岁，而珠珠却比马琴小两岁，她们既是知心朋友，也是机关的同事。彼此之间交往也最为密切，情同姐妹。玲玲是一个性子直率、快人快语、泼辣敢为的人，颇有几分男人的性格。而珠珠则恰恰相反，十足的小女人。这时，玲玲看见马琴还在抹眼泪，便大声叫道：“琴子，我当是什么呀，你这样要死要活的，这有什么了不起的？怕什么怕，你又不是不知道，我老公怎么样，都已经七八年了，现在还不是活得好好的。没有事，好好治就是了。再说，现在的医疗水平越来越高，技术越来越好，那就更没有什么问题，你自己一定要振作起来。”

“琴姐，玲玲姐说得对，千万不要太吓自己了，就拿我的老外婆来说吧，那年她已经七十岁了也是这样，连医生都说了她坚持不了一年，可我外婆就是不信这个邪，结果治好了，十几年过去了，现在八十多岁还好好的。更何况你现在又不老，那就更没有什么问题了。”珠珠也一旁轻轻帮腔。

大海心里十分佩服马琴这两个密友，拿让马琴看得见、摸得着的事例来开导她，且说话的技巧和措辞也相当艺术，自始至终并没有出现过绝症病人最忌讳的“癌”和“死”的字眼儿。他感叹马琴没有白交这样的朋友，真是幸甚。马琴在大家的开导下，情绪逐渐平静下来了。

小凤趁马琴与玲玲和珠珠交谈的空隙，悄悄把大海拉在一旁小声说：“大哥，我昨天上午刚从滨海市金仁医院进修回来，在来这里之前，我去了省人民医院李茹主任那里询问了一下大嫂的病情。情况不容乐观，大嫂得的这个病的类型叫套细胞淋巴瘤，是最凶险的一种类型，一至两年的生存率还达不到百分之二十。而且得这种类型的人概率很低，可大嫂却偏偏撞上了。你们千万要注意不能让大嫂知道是这个类型，不能再增加她的思想压力，病人要有强烈的生存欲望对治疗的效果才会达到最佳。所以我建议大嫂还是去滨海市的医院治疗，从目前来看那边的治疗经验、技术水平和医疗设施还是比较好的。我们要尽最大的努力，延长她的生命，也希望大嫂能创造奇迹。”

这时候病人是异常敏感的，马琴见大海兄妹俩在交头接耳，很警觉地问：“你们俩人背着我叽叽咕咕说什么？”

小凤机警地回答道：“我正在和大哥商量，到哪里去治疗最好。”

事情也真是凑巧，这时儿子打来了电话。儿子真聪明，电话是直接打给妈妈的。大海也很懂，他摁下免提把手机递给了马琴，随即传来了儿子平静的声音：“老妈，我和卿卿（儿媳妇）刚接到老爸这个电话时，虽然也感到很意外，但我们很快就镇静下来了。随即我们咨询好多这方面的专家，都说这是血液疾病里的一种慢性病，三期也就相当于其他类似肿瘤的中期，抓紧时间治疗，还是可以治好的。目前我们国家治这方面的病，小姑进修的那家金仁医院是最好的医院之一，它们已有很多成功的案例。卿卿已经和那家医院取得了联系，我也买好了明天上午的机票，我来接你和老爸一起过来。老妈，你一定要有好的心态，不要害怕，要有信心。哦，顺便再告诉你一声，我已和卿卿商量好了，她暂时先辞职一下，和老爸一道全力以赴来照顾你。其他的事情，明天见面再说。”儿子这个电话无疑起了定海神针的作用。这下马琴的情绪又安定了许多。

这时，玲玲又接着大声对马琴说：“琴子，这下你可就更放心了吧，你看这些亲人们这么关心你，考虑得那么周全，事情安排得那么妥妥当当，真是占尽了‘天时、地利、人和’，你就权当去滨海旅游一趟罢了，一边好好治病，一边又能和儿孙们聚在一起，尽情享受天伦之乐，岂不快哉！”玲玲的这番话也道出了大家的心声。这时，同在中学当老师的小龙和媳妇蓉蓉也赶了过来。

就这样，大海和马琴带着对生命的渴望和祈求，终于走进了滨海市的金仁医院。马琴和大海与绝大多数病人一样怎么也弄不懂，为什么已经确诊了的病情到了另一家医院还得如法炮制重新折腾一遍。到底是大城市、大地方，其医疗水平、经验技术设施和手段等比其他地方医院确要高出一筹，否则，就不会有这么多外省和外地的病人慕名而来汇聚于此。马琴不但重复在省人民医院的所有检查，同时还增加了核磁共振和最新的一种全身透视检查。这一切，都是在静默中进行着，面对一大堆各种检查和化验资料数据，既听不懂，也看不懂，即使想去找有关专家咨询，也是大脸盆盛稀饭——无从下口。只有怀着忐忑不安的心情，等待着专家权威的宣判。夫妇俩心里明明知道其结果只会比原来的更为精准和全面，但却仍然幻想着大夫们能给出否定和情况不是原来想象的那么糟糕的结论。大海耳边还会时时响起马琴在临走的晚上收拾行囊时忧郁问他的一句话：“老公，我还能回来这个家吗？”

“不要瞎说，乌鸦嘴，我们一定能回来的。”大海安慰道。

马琴流着眼泪说：“老公，到时恐怕只有你一个人能回来了。”

大海见状，一把抱住马琴，一边给马琴揩拭着泪水，一边自己流着泪说：“不会的，我们两个人必须一道回来。”谁知马琴一句潜意识的问话，竟一语成谶。万般没有想到，这是他们夫妇俩踏上了人生长河中共同走过的最后一程旅途。

马琴很快就住进了金仁医院的血液科病房。金仁医院的血液科是我国开创治疗血液疾病最早的学科之一，有着悠久的历史，积累了较为丰富的临床经验和精湛的治疗医术，培养和造就了一批又一批精英人才，出了很多知名教授和大夫。事实上，往往一些颇有名气的医院和有名望的医生，都会成为绝症患者心中顶礼膜拜的圣人和救星，值得把自己的生命托付于此，重新点燃生命之光。负责马琴治疗的是张娴雅副主任医师，人如其名，是一位长相秀美，举止优雅，说话细声细语的四十多岁的中年大夫。从她每天例行病房巡查的工作可以看出这是一位态度十分和善，认真耐心倾听病人陈述，很得病人尊敬和信赖的医生。入院后的第三天上午，张娴雅大夫带着其他几位医生例行查房时又一次来到了马琴的病床前。马琴和大海都意识到该是宣布最终诊断结论的时候了，马琴和大海不由紧张地相互抓住对方的一只手，彼此都感觉到有些微微发抖。

“大婶，怎么样，这几天感觉还好吗？”张副主任一边翻阅着病历一边笑容可掬地问道。

马琴见了大夫的可亲笑脸，似乎紧张的心情有些放松了，也带着微笑答道：“这几天倒没有什么特别的反应，还算可以吧，只是心里还是很紧张。张主任，我就弄不明白，像我们这种心肠好，平常饮食都非常注意，性格又开朗的人为什么也会得这样的恶病，究竟是什么原因引发的？”马琴提了一个普天下绝症病人一般都会提出的疑虑不解的问题，听起来似乎让人觉得有些天真幼稚，甚至有点可笑，但也是迄今为止世界上任何一位医生也无法准确回答的问题。

然而，当你不把它当作问题时，它自然就不是问题了。张副主任也许是听多了类似的问话，早已司空见惯了，也就不足为奇了；或是历经多年的临床，早就练就一套烂熟于心，应对患者疑惑的台词。因此，她并没有因马琴提出的问题而感到有丝毫的窘迫，仍旧笑着说：“大婶，我这样给你说吧，从理论上说，我们每个人都携带有肿瘤细胞，与生俱来也有一套抑制肿瘤细胞的免疫系统，但每一个个体免疫系统都存在着不同的差异。因此，从这个意义上来讲，恶性肿瘤的发现，就意味着免疫系统失衡了。是什么原因导致免疫系统的失衡和损坏，情况也是十分复杂的，也是一时难以弄清楚的。至于这种淋巴细胞肿瘤，到目前为止，世界上还没有拿出准确的依据说明与人的品行、生活习俗、气候、饮食和情绪等因素有直接关系。我看这样吧，既然得了，就勇敢去面对吧。既来之，则安之。到了我们这里，你们就放心吧，我们医生总会有办法把它抑制住，直至痊愈。实践证明，我们这里也有很多患者治疗了好多年，现在还好好活着，还有不少病人已完全康复了。当然，要提高疗效还必须有你们病人的积极配合，千万不能再有原来那种怨天尤人、自责自悔、害怕恐惧、失望急躁的情绪存在了。它是我们恶性肿瘤患者最要不得的心理状态。记住，精神不倒，病才能治好。你这位‘资深美女’，首先自己要有信心，上帝也不忍心把你带走的。”张副主任望着马琴依旧俏丽的面容不由又调侃了一句，说得马琴有点不好意思了。

张副主任真不愧是一位智慧的大夫，这样严峻的难题疑惑在她的质朴的谈笑风生中化解了。大海和马琴心里暗暗地庆幸自己遇到一位既有精湛医术又有良好医德的大夫。

这是血液科一间大的病房，住了七八位病人，加上陪护的家属和护工，偌大的一个病房，却也显得有点拥挤。尽管地处大城市、大医院，但也同样存在和其他地方医院一样人满为患的现实。马琴这次是有生以来第一次真正意义上的生病住院，一切都感到那么别扭和压抑，尤其是看到这些病友被化疗摧残和折磨，拖着十分虚弱疲惫的身体在家属的搀扶下，蹒跚像企鹅走路的样子，心里就十分难受。最害怕看到的是一个个头上没有一丝头发，却还闪着青亮的晃动着的脑袋，一瞬间给人感觉仿佛走进了尼姑庵。马琴穿着一身雪白的病号服，倚靠在床头上，一双手不停地抚摸着自己那一头还是乌黑的瀑布似的波浪长发，两只眼睛失神地盯着天花板，不知什么时候起，一双美丽漂亮的大眼睛却溢出了晶莹的泪花。是啊，也许少则一个星期，多则半个月或一个月的时间，马琴身上将要发生翻天覆地的变化，彻底颠覆这个一生都爱臭美并一直引为自己骄傲和自豪的倩影美貌形象了。大海望着神情黯然的马琴，他再清楚不过，马琴马上就要加入到这支“尼姑”队伍里去了。他不敢去想马琴到底能不能做到坦然去接受这个残酷现实。想到这里，大海不禁流下马琴住院后的第一次泪水。

病人与病人之间比病人和不是病人之间更容易相处与沟通。这也许是“同病相怜”之故，同是“天涯沦落人”的遭遇使彼此更具有包容性、同情心。相互关心、鼓励和帮助，从食品、用物的共享，到医疗技术的探讨和经验体会的交流分享，这一切都是那么无私和真诚，尽管大家来自天南地北，操不同的口音，其氛围是那样融洽。就病友之间而言，我敢说这是世界上最为和谐与温馨的地方，是人们“人之初，性本善”发挥传统美德和情操最为淋漓尽致的场所。无可讳言，这里也是充满了痛苦、呻吟、叹息、失望甚至绝望的地方，更是考验人们亲情、友情和爱情的前沿阵地，是试金石和分水岭。

最先来到马琴身边安慰的人是住在对面病床的荷清老大姐。从病友的交谈中得知她是来自本市郊区的白血病患者，六十多岁，面容端庄，体格匀称而丰腴，性格开朗而坚毅，动作麻利而沉稳，看上去就觉得她是个原本身体素质较强的女人。据说她是这个血液科住院医治时间最长的病人之一，平时正直仗义、好善乐施，与医生、护士和病友相处极好，享受很高的声望，被大家封为“德高望重”的病友。她拉着马琴的手说：“大妹子，你要振作起来，没有大家想的那样可怕，我已经快六年了，做了三十八次化疗，我不都挺过来了吗？掉头发没有关系，还会长出来的，你看我都掉过了几次，现在不是又长出来了吗？”她说着用手抚摸着自己半寸长的头发接着说，“这几十年来，我悟出一个道理，人的一生中，唯有健康才是最幸福和最美丽的。看得出来，你白皮嫩肉的是位机关干部吧？你的身世和家庭条件还是很好的，不像我这般坎坷，我都坚持下来，更何况你呢？你看这里，比你大的有，比你小的也有，大家也都慢慢调整好了心态，勇敢面对。”

“是啊，阿姨，我都来不及做母亲就得了这种恶病，也已经两年多了，一直坚持到现在。我的头发开始也掉光了，你看现在长得多好，原来不是卷发，现在新长出来的却是大波浪卷了，你说神奇吧，怪不怪？坚持就能出奇迹，就是顺利。”住在邻床的一位八零后的俊俏姑娘也插话说。据病友介绍这是一位博士后研究生，家是东北一个大城市的，是血液科病房收治学历最高的一位病人。姓黄名莺，性格开朗直率、健谈，具有典型东北姑娘大大咧咧的豪爽作风。她是在妊娠期间例行检查时发现患了白血病的，据说这对小夫妻还有一段颇为传奇的爱情故事呢。

正当大家谈兴正浓的时候，住在另外一张邻床的病友曲大姐刚好做完 CT 检查回来了。这位年近七旬的老大姐依然保持着几乎近似少妇般的苗条身材，有着一副轮廓分明、表情丰富的美丽脸庞。岁月似乎不曾在她身上停留过多少，浑身上下都透出一股艺术家的气质，看上去也只有五十多岁的样子。骨子里分明还刻着清高脱俗、冷傲矜持和优雅自娴的贵族小姐的痕迹。从前两天与马琴的交谈中，我们得知她出生在滨海市一个大资本家的家庭，家产非常丰厚殷实，从小就享受得天独厚的教育环境和条件，酷爱音乐和文学，很有音乐天赋，尤其是弹得一手好钢琴，所以家人给她取了一个很文艺的名字叫曲雅琴，是滨海市颇有名气的钢琴演奏家，退休前是一所大学里的音乐教授。她患的是弥漫性淋巴细胞瘤。可能正是她自己本身就是艺术家的缘故，所以使她在病友中有点鹤立鸡群的感觉，阳春白雪和者寡也。一般情况下，她不太会主动去跟病友交流，可是不知为什么对马琴特别关注和关心。也许是两人都有姣好的面容，惺惺相惜吧。她一走进病房，见有人正在给马琴说教，也凑上前笑着对马琴说道："大美女呀，又有什么想不开呀？你要向我学习，我已治了两年了，都已经好了，可这次进来检查却发现又复发了。这讨厌的东西，我不喜欢它，可它却对我一往情深，赖着不走了。不但不走了，还生儿育女呢。这里有了，那里也有了。"她一边说着，一边用她那弹钢琴的细长手指指点着身上不同的部位说，"这有什么办法呢，来了就继续治吧，只要'生命不息'，就'治疗不止'。看来我要一辈子弹那首《命运交响曲》了。哪天弹不动，也就落幕的时候到了。"大海万般没有想到这位女钢琴家在这个时刻竟能用这种诙谐幽默的言语和口气如此轻描淡写地来调侃自己的病情，足见其修炼的功夫不是一般常人所能达到的境界和高度。大海由衷地佩服这位女艺术家的从容和淡定，豁达与超然。不禁对她肃然起敬，不愧为大师级。这些病友的现身说法，无可置疑地为坚定马琴和大海的信心起到了不可替代的作用。

说鬼来，鬼就会来。这句话还真应验在了马琴身上。马琴最为担心的就是胃口的反应，本来就一直胃口不好，就连平常生活中的一些伤风感冒、头痛发热之类的小毛病，基本上都是以呕吐为先导开始的。更何况这两天输了一大堆什么保肝护胃护肾的大大小小几十袋液，还外加一些口服的药物和药剂。不要说病人了，就是一般的正常人也是够受的了。马琴的剧烈呕吐是在输完化疗药物后的三小时后发作的。开始时是大海帮忙提着输液瓶隔三岔五去卫生间的，后来次数越来越多，时间的间隔越来越密，最后干脆就倚靠在床头上，卿卿端着洗脸盆坐在她的床前侍候着。大海目睹马琴这样愈演愈烈的状况和那张因呕吐不止而扭曲痛苦的脸庞，虽然心疼不已，但也束手无策，无计可施。有时甚至会天真幼稚地想，如果自己能代替她的话，也许心里反而会更好受些。所以有人就会抱怨造物主的不公，对人体不利的药物为什么就会来得如此之快，如此之猛；而对人体有利的药物却迟迟不见效果。医生输的止呕液和推的止呕针却毫无半点反应。更让人始料不及的是到了下半夜，马琴又开始腹泻了，且频率也越来越高了，最后没有办法只好长时间坐在马桶上，由卿卿端着盆子陪在旁边，一时上吐下泻，真是雪上加霜，不仅把自己折腾个半死，也把大海和卿卿折腾够呛，好不容易熬到了天亮。大海第一次体验到侍候病人是天下最累、最难做好的一件事。

清晨，春天里的和煦阳光照进了病房，给病人带来了许多温暖。寂静了一夜的病房又开始忙碌起来了。马琴有气无力地躺在病床上，苍白的脸上还残留着泪痕，她一只手抓住大海的手，另一只手拽住卿卿正忙着在给自己擦抹身子的衣袖失望地说："你们去和儿子商量一下，我想放弃化疗，太难受，真是生不如死。没有想到化疗怎么会是这般痛苦啊！"

卿卿含着泪花说："妈，千万不能有这个想法，只有坚持治疗才会有希望。”

“卿卿说得对，再难受也不能放弃。”大海鼓励马琴说。

这时荷清大姐端着冲好的一杯营养粉走过来说：“大妹子，不能说泄气话，凡是做化疗的人都要经历这一关，当初我也是这样，你只不过是比我们大家反应更强烈、更敏感一些罢了，再做下去就会慢慢适应了，反应也不会这样大了。折腾了一晚上，又吐又泻的，你先把这杯营养粉喝掉，要多补充一些水分，我们有经验了。再说大妹子，你以后要注意不能把消极的情绪传染给自己最亲近的人。从某种意义上来说，他们承受的精神压力和痛苦丝毫不亚于我们这些病人。我是有切肤、剜心之痛的体验啊！”她望了大海和卿卿一眼，欲言又止住了口。

“是啊，大美女，荷清老妹说得对，你应该更有信心才对，你幸运摊上这一个好老公放下工作，又摊上一位好女儿辞掉了工作一道来侍候你，这本身就是一种幸福，所以你要更加珍惜才是。”

这个时候，马琴才露出了一丝淡淡的笑容，不无骄傲地调侃了一句：“这位是老公不假，而这个却不是女儿，是我们的儿媳妇。”马琴话音刚落，全病房的人都瞪着大眼，感到太意外了。

荷清大姐首先感叹道：“真没有想到，我们一直以为是你们的女儿呢！真不简单，她也是独生子女吧？一个八零后，竟能始终洋溢着满脸的笑容，又那么尽心尽责侍候自己的婆婆，世上真是少有啊。我看可以评为天下最美的儿媳妇了。”

“可不是嘛，比我们亲生女儿做得都要好，这让我们既羡慕又妒忌。大美女，摊上这么好的儿媳妇，你哪有不好好活下去的理由呀！”曲雅琴老大姐也在乘机打趣。

同为八零后的黄莺，此时也对卿卿说：“小妹，你是我们八零后的骄傲，是楷模和标杆，我要好好向你学习。”大家由衷的赞誉，使卿卿一脸嫣红，笑容更加灿烂了。

一星期的时间终于挨过去了，对马琴来说也算是在癌症治疗的艰难痛苦征途上取得了初次胜利。大海和卿卿也总算喘了一口气，大家都感觉轻松了许多。马琴开始大把大把地掉头发了。为了方便护理，在卿卿的劝说和病友们的鼓励下，马琴终于同意全部剪了去。于是，卿卿当着全病房的人的面，在众目睽睽下将婆婆的那一头波浪长发理了个精光，少顷，马琴就变成了一个活脱脱的“尼姑”了。马琴对镜子照了照，不免有点伤感，是啊，伴随了自己十年来的一头秀发这一下子没了，一时还是难以接受的。卿卿也真是一个有心人，她知道婆婆爱臭美，随即拿出事先给她预备好的一个假发套给婆婆戴上了，马琴顿时又变成了另外一种风格的美。曲雅琴老大姐为了逗马琴开心，首先对她赞美道：“这美人呀，主要美在五官上，你看你呀，换什么发型都很漂亮，很美。即使刚才光着头，我们都觉得很好看。”

“是啊，阿姨，我看你还是走出病房再戴上，否则，你叫我们年轻人还怎么活呀，你太让我们感到自卑了。”黄莺也在一旁起哄。

说实在话，或许马琴出于无奈迫于接受这个现实，而大海确实还是感到非常别扭，自己今后要在很长的一段时间里面对这个突如其来的“尼姑”，心里还是有一股说不出来的滋味。因此他只是在一旁讪笑着，并没有参与大家的调侃。然而，黄莺却是一个聪明绝顶的姑娘，揣摩人的心理活动达到了惊人的地步，她也许早就看出了大海的一些端倪，于是笑着对大海说：“我看阿姨倒是想通了，大叔你恐怕心里还是有点疙瘩。”看得出来她同时还是一位情商很高的人，也许是想为了进一步活跃气氛，继续维持和巩固马琴这来之不易的好情绪，故意大声接着说，“大叔，不瞒你说，阿姨是我这两年多来见过最漂亮的病友之一，而你却不是最英俊潇洒的男人之一。所以阿姨以什么形象出现，配你也是绰绰有余的。”

大海本来就善于调侃，面对有如此一副好心肠的姑娘，也就借题顺势附和道：“姑娘，你说得不错，一直以来大家都说，我和你阿姨在一起，就好比是美女和野兽在一起。我有自知之明的，不像你们小两口儿，那可是天生的一对，地造的一双。女的天生丽质，男的英俊威猛，上帝也真是偏心，置天下苍生而不顾，却专钟爱你们小两口儿，真如有人说的：这哪还有‘天理’呀！”

大海这番调侃直说得黄莺老公——这位个头一米八几的阳光帅气的小伙子有点不好意思了，涨得满脸通红。而黄莺却没有一点难为情的样子，倒是一副很乐意接受这份恭维似的，并不无骄傲地说：“我倒真是摊上了这么好的老公，我之所以能坚持下来，全是因为有他。”她说完话，就紧紧地抓住丈夫的手放在胸口上。看得出，这不是故意做作，而是很自然的真情流露。

“可不是嘛，这小两口儿真了不起，这也是我一生中见证过最好的爱情故事之一，值得颂扬，使人们懂得什么是真正的爱情，并感知她的伟大和高尚。”

这时荷清大姐也凑过来参与闲聊。黄莺这下又谦虚地摆摆手说：“阿姨，你这样说可就过誉了，不敢当呀。”

这时荷清大姐一本正经地反驳说：“过分的谦虚就是骄傲和虚伪。你们俩是受之无愧的，我不但敬佩你，更敬佩这位小伙子，可以说是个绝世好男人。只可惜我不会写，如果能把你们的故事写成一本书那该多好。”

于是，大海通过荷清大姐的嘴，得知这对年轻夫妇有着这样一个大致轮廓的惊天地、泣鬼神的爱情故事。这对年轻夫妇均是沈阳人，都出生在普通家庭。两人是中学同学，高中毕业后，双双考取了沈阳的同一所名校，但所学专业不同。大学三年级时俩人就确定了恋爱关系。黄莺天资聪慧，学业十分优秀，是学校有名的学霸。大学毕业后夫君在沈阳找到了一份十分稳定的工作，且待遇不菲。而黄莺却轻而易举地考取了本校的硕士研究生。本来事先就商量好，大学毕业参加工作后就结婚的。为了支持和不影响黄莺的学业，夫君主动要求推迟到黄莺硕士毕业后举办婚礼。很快三年就过去了，他俩如期举办了婚礼，建立起了小家。也许黄莺天生就是一个读书的好料，也非常酷爱读书，原本只是抱着去试一下的想法，可是却不费一点周折，又十分顺利地考上北京一所名校的博士研究生。这样，小两口儿又从沈阳来到了首都，远离了双方的亲人帮扶，一切都得从头开始，小日子过得并不轻松。夫妻俩考虑再三，怎么也不敢有要孩子的想法，只有这样一直拖着。或许凡是会读书的、爱学习的人都可能会上瘾似的，黄莺一不做二不休在博士研究生读完后竟又考取了滨海市的一所名校的博士后。于是小两口儿又从北京一路南下来到了滨海市。黄莺读完博士后，被分配在滨海市一家高级研究所工作，漂泊了多年的小家总算安定下来了。黄莺参加工作一年后，终于怀上了自己盼望已久的宝宝，双双都沉浸在快要做父亲和母亲的喜悦中。谁知天有不测风云，在黄莺妊娠五个月的时候，突感身体不适，在夫君的陪同下来到一家医院做检查。小夫妻俩怎么也不会想到会是这样的检查结果，犹如晴天霹雳，一时蒙了。更令人可恨的是那家医院竟拒绝接受住院医治，只同意看门诊治疗。理由是没有治疗的价值，而且活的时间不会超过三个月，言下之意，等不到小孩出生就会走了。大人和小孩都无法生存下来。天哪，你叫一对年轻夫妇怎么接受得了这个天上突然掉下来的噩耗啊！黄莺精神完全崩溃了，或者说完全被吓傻了，竟流不出眼泪了。夫君也惊愕得说不出话来。至今这小夫妇也说不清是怎么回到家的，又是怎样向单位领导求助的。

第二天，在黄莺单位领导的全力协调下，终于找到了现在这家金仁医院。那天也算是凑巧，刚好碰到张娴雅大夫专家坐诊。她非常认真仔细阅读了黄莺在那家医院所有的各项检查和化验资料以及诊断结论，接着又详细询问了黄莺夫妇俩的一些情况，最后还是再次做了一遍临床检查。“从这些资料来看，那家医院的诊断结论基本上是对的，他们并非危言耸听吓唬你们，确实到了非常严重的地步。不要去怨恨他们，也请你们理解一下医院。”张娴雅大夫平静地说。

打锣听声，说话听音。谁也听得出来，他们也同样不愿意接受入院治疗的。眼看最后一根救命稻草也将失去，黄莺夫妇俩瞬时眼泪夺眶而出，几乎要昏厥过去。“我能坚持到生下孩子吗？”黄莺悲恸地问道。

“姑娘，我们也只是医生，不是神仙，那是绝对不可能的。”张娴雅大夫也用十分怜惜和无奈的口气如是回答道。

“大夫，我们不要孩子成吗？”黄莺丈夫立即哀求着。

“对呀，我们先保大人再说，她可是我们研究所最有才华、最年轻的研究员呀。他们毕竟还很年轻，还有机会的。”单位领导也在一旁焦急地恳求。

“即使这样，我们也不敢打包票确保她没有事，我们也只能尽最大的努力来延长她的时间而已，要再做母亲是不可能了。”张娴雅大夫开始有点松动了。

“这也行，大夫，只要有一线希望你就收下我们吧！”不知什么原因，张娴雅大夫终于动了恻隐之心同意接收了。但前提条件是：病人必须先通过引产这一关，如果这一关过了，我们才有机会给她延长生命的希望，这就要看她自己的造化了。

真是不幸中的万幸，小夫妻俩到底还是碰到了张娴雅这样的好大夫。也许是这小夫妻俩永不言弃的精神和心心相印、不离不弃、生死与共的情感感动了上苍，黄莺终于挺过了女人那刻骨铭心、撕心裂肺般的痛苦时刻，给自己争得了延长生命时间的机会。这两年多来，在夫君和亲情、友情的一路陪伴下，如今小夫妇俩满怀信心地携手迎接着充满希望的幸福明天。

马琴为他们的爱情故事感动得早已泪流满面，用颤抖的声音对大海说：“老公，你一定要把这小夫妻俩的爱情故事写进小说里去。”

大海连忙接着说：“好的，真是好题材，值得一写。”大海说完，就激动地走上前去，拍着黄莺丈夫的肩膀由衷赞誉道：“小伙子，你真不简单，真了不起。你做到了一般人难以做到的事，一个平凡的人却做出了不平凡的事，可敬可佩，可歌可泣。”

黄莺丈夫被大海夸奖得不好意思了，连忙谦逊地说：“大叔，过奖了，过奖了，这是每一个男人都应该做到的。我想，既然俩人走到一起来了，就该对她负责到底，再大的压力也要担当起来。”朴实无华的语言，却透出一颗红亮的心。这时，大海猛然又想起了不知谁说的那句话：一纸婚誓，是一个生命对另一生命的签约。

“大作家，你既要颂扬真、善、美，也要鞭挞假、恶、丑。像隔壁病房那个小李姑娘，多可怜啊。刚结婚不到一年，好在没有怀上小孩，也得了这种恶病，一个外地姑娘，嫁到这里，举目无亲。可她这个鬼老公，不但不来照顾老婆，那天还跑到病房来，逼着老婆闹离婚啊！你看这是人做得出来的事吗？我听说了，气不过特地跑过去不管三七二十一先撸了他一顿再说，也不知现在情况怎么样了。”荷清大姐知道了大海的另一个身份后，又特意对大海提供了这个反面题材。

马琴因是第一次化疗且反应又比较强烈，不像一般已进入正常化疗的病人那样，即每次化疗以后，只要白细胞、血红蛋白和血小板主要三项恢复到了正常范围指标时均可出院回家调养，等待下一个疗程。大多数病人基本上是间隔一个月左右的时间，这样来回反复进出医院的。所以有时往往同一时间住院治疗的病人，在下一个疗程时就未必凑巧又在一起了。

这天，荷清大姐和黄莺就要出院了，马琴既羡慕又有一点不舍，要知道能碰上气味相投，能敞开心扉交流情感的病友也是一件心情愉悦的好事，既是荣幸也是有缘，尤其是在这种场合下的相识相知更是令人一生难忘。荷清大姐到底是过来人、老病号，能洞察病人的心理。她热情主动地走到马琴的病床前拉着马琴的手安慰说：“大妹子，你也不要急，慢慢来，你也很快就会走出去的。说实话，我已经历这么多次了，都麻木了，没有什么感觉了，你刚开始化疗，我们两个肯定还会再见的，还是会碰在一起的。”

“是啊，阿姨，我们下一次相见时，我相信你一定会恢复很好的。”黄莺今天的嘴叫人感觉特别甜。

马琴深受感动也动情地说：“我真心希望你们赶快彻底治好，不要在这医院里相见，在这里说再见，叫人听了总觉得不是滋味，我们彼此相互道一声保重吧。”

“哎，大美女，你这个提议真好，你到底是个机关干部呀，我这个‘资深美女’怎么就没有想到用这个词呀，看来真是老了，不得不服输了。”曲雅琴老大姐首先调侃认可，同时也得到了全体病人的一致认可。

殊不知，马琴这一提议，竟成了以后病友们进出院的一句基本口头禅用语了。连大海都佩服马琴的智慧，曾一度认为这是世界上病友出院时彼此招呼告别最为贴切的一个词汇。相互间的一句“保重”，既道尽了患者彼此携手共同抗争命运的决心和渴望生存的期盼，同时又十分优雅地化解了此时此刻病人此种情况下心理复杂而又窘迫尴尬的局面。

以前有一句人们用来形容军营人员频繁流动的话：“铁打的营盘，流水的兵。”如果把它移用到现今的医院那更为合适了。不知怎么弄的，现在的医院不但门诊部人头攒动，熙熙攘攘，给人感觉好像不是在看病，仿佛是在逛百货大楼似的。在病房里也是挤得满满的，不但每个病房都加床，甚至连走廊和过道有时也安排了病人。住到原荷清大姐那张病床的是一个年轻的少妇，在一个瘦高个子男人的搀扶下，他们身后还有一个活泼可爱的小女孩屁颠屁颠地跟着，这无疑是一个三口之家无奈倾巢出动了。他们一走进病房就向曲雅琴报以一个微笑算是打了一声招呼，不用问，这又是一个老病友。曲雅琴悄声告诉马琴说：“这也是很可怜的一家子。托尔斯泰说得真对：‘幸福的家庭都是相似的，不幸的家庭各有各的不幸。’”从曲雅琴老大姐口里我们得知：这位个子不高，却又长得胖乎乎的病人姓王，也是来自滨海市的某郊县。小时候父母离异，她是由父亲一手带大的。父母离异后，母亲很快就再婚了，组建了新的家庭，而父亲则为了她，一生没有再娶。父女俩相依为命，艰难度日。父亲含辛茹苦把她拉扯大了，还把她培养成了大学生。大学毕业后，她放心不下自己的老父亲，舍不下给了她一切的这个温暖的家，谢绝了待遇更好的但离家更远的外资企业，毅然决然地选择了本地的一家企业。父女情深，永远也不想分开。最终说服了父亲，要招一个上门女婿一道来侍候父亲一辈子。天不负有心人，她最后终于相中了在同一单位的一个长相英俊的外地小伙子。婚后小两口儿恩爱甜蜜，一年后生了一个活泼可爱、聪明伶俐的小公主，老外公一天到晚都乐呵呵的。就这样，一家人和睦融洽，幸福美满地生活着，一转眼三年过去了。谁知乐极生悲，一天晚上，老父亲因心肌梗塞却突然离世了。伤痛还未完全抚平，又一个打击接踵而来，突然袭向了这对苦命的年轻夫妇。一年后，小王又不幸患了白血病，这已经是第二年了，她好在年轻还是挺过来了。曲雅琴唏嘘不已地说着，马琴和大海听了，用十分同情和怜悯的眼神默默地注视着这一家子人。马琴竟溢出泪花，这也许是在这种场景下，听着这样的故事，人类与生俱来的同情而善良的天性会来得更快、更猛些吧。

住到原黄莺这张床位的是一个来自大西北边疆的老太太。陪她来的是一男一女两个中年人，看得出这是姐弟俩，还可猜想到可能是位已丧夫的老太太。据说他们从遥远的边陲，千里迢迢地赶到这里只为两个目的。一是来这里进一步确诊；二是抉择在不在这里进行治疗的问题。从他们的衣着穿戴、举止言谈来看，这是一个普通家庭，家境不是十分宽裕。由此看来，第一目的肯定达到了，否则也不会住进来了。剩下的就是母子（女）三人将面临着最后的抉择了。老太太非常悲伤和失望，她和衣斜躺在床头，不停地抹着眼泪。中年男子是位身材高大魁梧的汉子，坐在母亲的床前，中年女子则伫立在母亲的床边上。姐弟俩脸上看不出有什么表情，不知什么原因，既看不出一般这种疾病病人家属会很自然表现出的紧张和不安神情，也看不出作为亲人的那种忧虑和愁烦。看这阵势，似乎在讨论抉择意见，但母亲却很少开口，主要是儿子不停地说，女儿也只是偶尔搭上几句话。分明是母子（女）三人，但从头到尾也没有听到过儿女叫一声“妈”的称谓，都是你、你、你的称呼。马琴和大海，还有曲雅琴老大姐见此心里十分不悦，投去一股蔑视的眼光。而姐弟俩好像并没有感觉到大家的异样眼光，或者说根本就不在乎这些，儿子仍喋喋不休地对母亲说着什么。

马琴和大海离得近，他们之间的话听得更为清楚些。儿子用非常冰冷的口气继续说道：“……你也知道，大夫说病情很严重，一时是治不好的，即使能坚持到一年半载，病人也是要遭受很大的痛苦，家庭也要承受巨大的医疗费用压力。再说你这么大的年纪了，能受得了这样的痛苦折磨吗？就算我们砸锅卖铁坚持个一年半载，到头来还是一样，人财两空还有什么意义呢？尤其是像我们这些外省外地的病人到这里治病更是困难重重，必须租房子，必须有人长期陪护你，侍候你。同时想给你弄点好吃的东西也不方便。你也很清楚，我和姐姐都有各自的家庭，也有一大摊子事情，怎么有时间长期陪护你呀，你总也要考虑一下我们子女们的实际困难吧？所以，我看与其把钱花费在这个上面，还不如把这些钱花在旅游上更好。这样，你想去哪里玩就去哪里玩，想吃什么就吃什么，外面不但风景好，而且空气又好，对病情也有好处，这样生活才有质量，在这里又是打针，又是吃药，每天还得接受这样的检查，那样的化验，把病人折腾够呛，这有什么生活质量可言。”这时，大家才发现这位老太太的儿子还真能说，真会说。愣是把老太太顶得一句话也说不出来了，只是一个劲地抹泪。这时，女儿说话了：“你这样开开心心到处去游山玩水，说不准你的病就好了呢？我们还听说过有不少这样的事情，最后发生了奇迹。”

“当然，这只是我和姐姐的建议，最终还是你拿主意吧。”儿子总算说了一句征求母亲的话。此时，母亲又能怎样说呢？更何况一个七十多岁的老太太，即使是一个大学教授恐怕也一时无言以对了。接着就是一段长时间的沉默。

“开饭了！”走廊里传来了给养员的叫声，令人有点窒息的沉默打破了。老太太的儿子如释重负地站起来对母亲说：“一上午了，也饿了，我们到外面去吃点东西吧。”老太太又抹了一把眼泪坐了起来，在儿女的搀扶下走了出去。

他们的身影刚离开，病房就响起了议论。已经办好了出院手续，回头跟病友作再次告别的荷清大姐首先叹道：“老来伴，老来伴，老了没有伴也可怜呀！如果她老伴在，恐怕也不会像现在这样尴尬了。怎么说呢？她儿子虽然句句说得也在理，可这些话叫人听了总觉得不是个滋味。”

接着马琴也有同感地说：“可不是吗，我们也做母亲，也做儿女。可她儿女对母亲的这份情感，用这种方式和口气来表达，我听了心里就是不舒服，堵得慌。叫人闹不清这一家子人究竟是怎么一回事。”

“哼！大美女，这还听不出来吗？这对儿女就是压根儿不想给妈妈再继续治病了，分明是劝母亲主动放弃治疗，在家等死嘛！谁不知道，人都有一死。照他这么说，还要办什么医院，还要医生干吗？根本目的不就是要解除病人的痛苦，延长病人的生命吗？听起来好像说得很有理似的，什么没有时间、旅游、吃好东西等，这些都是忽悠老太太的。如果自己能吃能睡，还能东奔西跑的，这还是病吗？旅游都能治好病的话，那我们这些病人待在这里不是傻到家了吗？再说，有这样去给母亲算经济账的吗？去外面旅游住宾馆怎么也比这里租房子要贵吧？吃的东西也肯定比在自己家里做要贵很多吧？唉，我真为老太太摊上这样的儿女而感到难过。”曲雅琴到底是个艺术家，骨子里还是透着一股正气。她一针见血，心里很是不平地数落着这对儿女。经她这样一反驳，大家又反而觉得她说得更对了。于是，大家又七嘴八舌地开始抨击这对姐弟的不是了。不言而喻，作为病人甚至包括陪护的家属，肯定曲雅琴老大姐的反驳更能引起大家的共鸣和认同。大海没有参加她们的议论，只是紧紧地握住马琴的手，因为自己的感受和马琴是一样的。他不敢去妄自揣测这对儿女的动机以及所提出的建议是对还是错，尽管得的病是一样的，但毕竟还是有个体之分，且每个病人家里的经济条件也确有很大的差别。那句“站着说话不腰疼”，土得掉渣的话，如果不是当事人，恐怕永远也体会不到它的无奈。

饭后，老太太一家三口没有回到病房，晚上也没有回到病房住宿，第二天查房前还是没有回来，从此，大家再也没有见到这位老太太了。她悄无声息地走了，就如默默而来时一样，大家甚至还来不及看清她的面容，只记得她不停地抹着眼泪的样子了。

马琴拉着大海的手流着泪说：“老公，他们就真的这样放弃了吗？”

大海用力抓了抓马琴的手，没有回答。他感叹马琴的伟大，自己都已经这样了，心里还惦记着他们。多么善良和具有同情心的马琴，怎么也会得这种不治之症呢？他在咒骂上苍的不公，“好人得恶病”的咒语怎么就应验在马琴身上呢？大海抚摸着马琴的手背，心里默默地念着：素昧平生的老太太，不管怎样，请你接受我和马琴送给您的深深祝福。

一人得病，全家不宁。这话一点不假。尤其是现今这个“谈癌色变”的年代，不仅病人要承受巨大的精神压力，也使骨肉亲人以及亲戚朋友增加了极大的思想忧虑和担心。也正是这个时候最能体现出血浓于水的亲情、纯洁牢靠的友情和坚贞如一的爱情。有钱出钱，有力出力，哪怕是一个电话的问候，一条信息的牵挂，更不要说亲临的探视和陪伴了，这一点一滴、一丝一毫都能给病人带来极大的慰藉和精神安宁。马琴的小姑、妯娌们几乎轮流着陪护，玲玲和珠珠来探视，万山来探视，尤其是令狐南竟从香港直飞前来探视，还有很多大海和马琴的属下、同事和朋友从天南地北前来探视。络绎不绝的探视人员引来全病房人员的羡慕，甚至有时还招致少数病人埋怨造成了拥挤的不满。曲雅琴老大姐却很感叹地对马琴说：“大美女，真不简单，你一个外地病人，竟有这么多人千里迢迢特地来看你，一般的人是做不到的。可见你们之间的友情是多么深厚。看来你们两口子平时的为人处世肯定也是很好的。尤其是你们在这种患难时候，大家都能做到这样真是不容易呀，这种感情是装不出来的，应该好好珍惜，我真羡慕你们。”

马琴说：“可不是吗，他们来看我一眼，陪着我说句话，拉一下我的手，甚至陪我叹口气，掉一滴泪，我心里都会感到十分欣慰和满足，也更有信心和希望了。所以我私下给老公说，万一我走了，你们都不能忘记大家这份情谊，一定要找个机会感谢大家对我们的关爱。”说完，马琴又流出了眼泪。

“你会好的，没事，好人一生平安！”曲雅琴老大姐又安慰着马琴说。

马琴的第一个疗程却给她来了个下马威，这样前前后后加起来竟折腾了二十多天，一下子也成了病房的“资深病友”之一了。这罪也遭受得够可以了，每天都得输入十多袋（瓶）各种各样品类的吊液，一个疗程下来总共竟高达二百多袋（瓶）。这天，终于等来了大夫准许明天出院回家静养，等待下一个疗程通知的信息了。马琴顿时感觉轻松了许多，真有一股挣脱牢笼的庆幸和愉悦。也许不是病人，根本体会不到这种心情。对于她们病人来说，哪怕是那么短暂而又很正常的一次出院，都意味着自己化疗任务的结束和成功，为自己的康复又走近了一步，又增加了一点生存的希望，所以她们都认为是值得庆贺的一件事。在曲雅琴老大姐的建议下，马琴和大海开始着手安排晚上请病友们意思一下。在医院请客，由于条件所限，也弄不了那么复杂，无非是叫病友们取消医院营养室预订的饭菜，从家里多烧几个菜，或者再从外面酒店购了些现成的菜而已。大家也知道，不在乎要吃多少好菜，主要是营造出这种轻松愉悦的氛围，让大家感受到“同是天涯沦落人”这份“萍水相逢”的友情，彼此相互鼓励，坚定信心，战胜病魔。说心里话，还真要感谢那位倡导者，在这种特定的环境中，促进病友之间相互激励，相互沟通交流经验和介绍心得体会，活跃气氛，这不失是个好方式、好办法。所以，这个倡导一经提出往往会得到大部分病人的响应。事实上也是病人们一种心灵的呼唤。渴望自己的存在感，并得到大家的关注和重视，尽情享受这份被亲人呵护的温暖和友情的温馨。对马琴请客响应最热烈的自然是曲雅琴老大姐了。她当即拨通了丈夫的电话，让自己的先生晚上多烧几个好菜送过来，如果不是医院有规定不准娱乐的话，她甚至还想让先生把家里的音响送过来，想为大家放几首世界著名钢琴名曲呢。

傍晚，卿卿带着一大盆蒸饺和几个菜，首先到达了病房。接着就是曲雅琴老大姐的先生也风尘仆仆地赶到了。他姓梁，是一位个头不高的男人，但十分精干，也很敏捷，虽然大了曲雅琴老大姐许多，却怎么也看不出是一个年近八旬的老翁，和曲雅琴老大姐在一起倒也般配，只是一对老婆高、丈夫矮的夫妇而已。据说他曾经是位具有教授级职称的电子专家，退休后还办过一家电子公司。夫妇俩只有一个女儿，而女儿早就移居去了国外，目前只剩下两老在国内相依为命。这次生病了，平常陪伴和侍候她的只有先生和她的也已经退了休的两个亲妹妹。

“大叔，您老执行大婶的指示倒是蛮坚决呀！”大海见了这位可爱的老头，忍不住地调侃起他来了。

“唉，有什么办法呢？这两年多来，我这两条腿都快要跑断了。现在一切都以她唯命是从了。”老先生苦笑着答道。

“老头子，说实在话，这两年确实是难为你了。以前我照顾你更多，现在是反过来了，这下有体会了吧。”曲雅琴老大姐也笑着说。

气氛开始活跃起来了，其他病人的送饭家属也陆续进来了。大海和老梁把两张移动的饭桌拼在了一起，上面摆满了菜肴。大海和卿卿忙着给那些起床不便的病人分送着蒸饺和菜肴。与马琴围坐在一起的只有曲雅琴老大姐夫妇和住在马琴对面的小胖姑娘。因为只有她的丈夫和小孩尚未到达。马琴历史上最寒酸的一次做东请客就这样开始了。

席间，平时性格开朗喜欢说笑的小胖姑娘却不知咋了，只是沉默不语，一脸心不在焉的样子应酬着大家的热情。曲雅琴老大姐见状，关心地问道：“小胖，今天怎么啦，碰到了什么不高兴的事情吗？”

“是啊，我也纳闷，你平时很爱讲话，今天却怎么一声不吭呀?”马琴也关切地问道。

这时，小胖放下筷子，声音有些哽咽说：“两位阿姨，首先谢谢你们的关心。我的命也真苦，怎么会摊上这样一个妈妈，本来家丑不可外扬的，今天，你们来评评理，我这样做是不是对的。”小胖姑娘欲言又止停了下来。

马琴拉着她的手说：“孩子，想说就说吧，不然憋在心里难受，看大婶能不能帮你点什么。”

“哦，怪不得昨天晚上看见你妈妈一脸不悦地走了，原来你们母女俩斗嘴了。小胖，事情都已过去了，做女儿的可不能记妈妈的仇。”曲雅琴老大姐也在一旁开导她。

小胖姑娘终于忍不住眼泪，十分伤心地说：“不是这样的，我还没有死，现在她就想闹着分我的家产。”

“啊，怎么会有这样的事?”大家瞪大眼睛，吃惊地望着她。

小胖姑娘在大家疑惑和关切的目光下，终于说出了令人唏嘘不已的一件事。事情的原委是这样的：小胖的家地处城区与乡村的交界处，因扩大城区建设的需要，被政府征用，根据国家政策规定，得到了两套住房的补偿。因为是属小胖婚前的房产，产权自然和夫君无关。如今，小胖得了癌症，说不准哪天说走就走了。所以自己身后的财产如何分配就自然被提到议事日程上了。母亲的意见是，将一套住房留给外孙女肯定是没有问题的。关键是另一套住宅，她不同意留给这个上门女婿，而是要女儿把这套住房过户到自己名下。理由是：房产本来就没有上门女婿的份，如果女儿万一走了，女婿肯定还要再婚组建新的家庭，因此他担心女婿会卷走家产，撇下外孙女不管而远走他乡。她心里十分清楚，即使滨海市一套普通的住宅，如果放到外省外地去的话，最起码能值一栋小别墅而且还绰绰有余，要知道那是有近十倍的差价呀。所以母亲死活也不同意把另一套住房留给女婿，一直坚持要求女儿过户到自己名下，由自己充当外孙女的监护人。可女儿小胖却不是这样认为的。从思想和感情上她根本就不相信自己这个亲生母亲。自从小时候父母离婚后，母亲就从来未曾过问过女儿的死活，从未关心过自己。远的不说，就拿这次自己生病了，她请求母亲辞掉这份退休以后再次被人聘任的工作，和自己的夫君一道来帮忙照顾这个家，但却遭到母亲的拒绝。即使这样，小胖姑娘还是理解母亲的，因为她毕竟还有另外一个家，知道有她的难处和不便。这一点，她还是原谅了妈妈的无情。还好夫君的妈妈从偏远的乡下克服了重重困难来到这里侍候了自己大半年的时间。一个有知有识的亲生母亲还不如一个文化水平不高的乡下婆婆。想想看，一个连亲生女儿都不太关心的女人，怎么可能会尽心尽职去呵护自己的外孙女呀。所以在这个问题上她再也不同意妈妈的这种做法，一定要把另一套住房留给自己的丈夫，决不能过户到自己母亲的名下。不管自己的丈夫以后再不再婚，组不组建新的家庭，她还是更相信自己的丈夫。“再说，从这两年多来对我无微不至和无怨无悔的照顾以及对女儿和这个家的呵护和尽责，我感受到了他的无私和坚强。他是真心爱我和女儿的，是个对家庭负责到底的男人。我庆幸自己遇到了这样好的男人，说心里话，我万分感激他。他不像你们，有整个家族的帮助和支持，我们几乎全靠他一个人，白天要上班，晚上还要照顾女儿，里里外外、上上下下都是靠他一个人打理，有多艰难啊！”小胖姑娘用手拍打着心口接着说，“没有这里，无论如何也是装不出来的。退一万步讲，即使那样，给他多留一点，作为夫妻一场的回报也是应该的，同时对女儿今后的成长和教育也是有帮助的。”

马琴被小胖姑娘感动了，动情地说：“你这样做是对的，阿姨赞同，真没有想到你小小年纪却有这般见识，了不起！了不起！”

曲雅琴老大姐听了她的讲述也不禁夸奖道：“小胖，还真没有看出来呀，平时嘻嘻哈哈的，到关键时刻却能如此理智果断处理这样的事，真是佩服，后生可畏，老阿姨也支持你。”

连平时不太吭声的老梁头也说了一句：“真要感谢你爸爸教育出来你这么一个好女儿，敬仰敬仰！”

大海也由衷地感叹道：“小胖姑娘，真难为你了，这样小小的年纪，又是在这样的时刻，却要面对如此残酷和艰难的抉择，真让大叔说不清，这是社会的进步和文明？还是社会的倒退和失落？但不管怎样，你能做出抉择，这无疑说明你们这一代人的成熟，有时往往会使我们这些所谓的大人自觉惭愧和汗颜。”

应该说，马琴还是幸运的，虽然经受了一般常人难以想象的痛苦折磨，身体素质也在下降，但经过三个疗程的化疗，身上有的部位肿瘤消失了，没有消失的也正在渐渐缩小或得到了抑制。这样的好兆头不仅给马琴带来了极大的鼓舞和信心，也给整个家族的亲人和朋友带来了欢欣。但要说到心灵感到最大慰藉自然应该是大海和卿卿了。自从马琴患病，他俩几乎放下了所有的一切，全身心侍候着马琴，无论在家里还是在医院里，两人轮流给马琴日复一日、月复一月地洗脸、洗脚、洗澡、擦身以及洗衣做饭。尤其是卿卿，与自己的儿子一样，同为八零后且又是独生子女却能做到毫无怨言、尽心尽力地侍候自己的婆婆确为罕见，马琴和大海深为感动，感慨万千，即使是自己亲女儿也未必能做到的啊！但如果光从做家务事这个意义上来说，进步最快的那就非大海莫属了。这个从前在家里一分钱的家务事也不做的大男人，这回也渐渐变成了家庭妇男了。

清早一起来就得挤进农贸市场去买菜，和普通百姓一样去对菜肴评头论足，去斤斤计较，去讨价还价，真是不当家不知油盐柴米贵。虽不能完全说斯文扫地，但也与市井俗人无异了。为了调理好马琴的食膳，做出可口的饭菜，他也买了很多各种各样的菜肴烧制方面的书籍和教材，也上网去查询和收看电视播放的有关资料，经过了几个月的实践和学习观摩，其厨艺也得到了很大的长进与提高，虽还不敢与令狐南叫板，但也做得像模像样，是那么一回事了。这还不算，变化最大的还是大海的脾气。平常说话，喝三吆四的，气壮山河，雄壮得很，这回乖了，在马琴面前细声细语，百倍柔情体贴。从前是一头雄师，如今犹如一只绵羊。以前听人说，好女人是男人的一所好学校，现在看来，夫人生病也能成为丈夫的一所好学校。然而这一切，在马琴看来，并不觉得自己庆幸，她曾不止一次对大海伤感地说："老公，这也确实太难为你了。我得这个病，对你唯一得益的是，迫使你自己学会了做家务，而且还学会了做饭。万一我走了，你也可以自己照顾自己了，这样我也就更放心了。"马琴虽然说的是大实话，也道出了对丈夫的万般牵挂，更加重了大海对马琴的愧疚和不安。

于是，医院到家里，家里至医院，不断反复循环，今天重复昨天的故事，明天将是今天的复制，生活规律渐成机械惯性。马琴的生活空间和范围被压缩成了两个圆点，大海则成了三点一线狭窄空间里一支流动的梭子，几乎每天都要在坚硬的路面上踏上万步以上的印痕。尽管大海是搞工程建设出身，早已练就出了一双不知疲倦的腿脚，这些自然不在话下。但心境却截然不同，那时，每天看到的都是在生长，一天一个样，日新月异变化的欣慰。什么高山峻岭，大江大河，千沟万壑全不在话下，大有一股舍我其谁的豪迈，憧憬的是大功告成的辉煌和自豪。而如今天天面对的是马琴疲惫不堪的身躯，消瘦而痛苦的面容，更可叹的是，明知道马琴犹如一匹驮着重物艰难爬坡的瘦弱骡子，而自己却只能在旁边起着不停地吆喝的作用，真正体验到了“病来如山倒，病去如抽丝”的无助和无奈。更令人可悲的是，这样的努力，这样的承受，其最终效果如何却始终是一个未知数。病人心里没底，大夫也没有绝对把握，亲人家属更是一片迷惘。看似一场救死扶伤的过程，却不知不觉演变成了一场赌局，而赌局的筹码却是人最宝贵的生命。于是，大家唯一能做的就是祈祷上苍的怜悯和庇佑，祈愿病人有否极泰来的造化，幻想着奇迹的发生。

马琴和大海夫妻俩就是在这样环境的煎熬下，以坚强的信念和顽强的毅力，携手并肩，从春走到夏，又从夏走到秋，再从秋走进了寒风凛冽的冬天。终于即将完成大夫们制定的所谓“六加二”的治疗方案（即六次化疗后再增加二次巩固化疗的治疗方案）。马琴还真应了黄莺的吉言，最后竟真的长回了一头乌黑浓密的大波浪长发。乐得马琴直嚷嚷道：“真是歪打正着，以后再也不用焗油和烫头了。”

当马琴走进病房进入到最后一个巩固化疗的疗程时，竟意外地又和荷清大姐、曲雅琴老大姐以及黄莺姑娘重逢了，并且又是同住一间病房。劫后余生的病友又巧遇在一起，自然又少不了一番感慨和唏嘘，大家都不容易啊！虽然大家都还活着，但各人的病情发展和疗效却有很大的不同了。马琴和黄莺姑娘是最幸运的，肿瘤细胞都得到全面的抑制，在做完这个最后巩固化疗的疗程后，均将进入到复查阶段（即每月来医院做一次例行检查）。而荷清大姐和曲雅琴老大姐的病情却在进一步恶化，疗效甚微。身体也更加虚弱了，气色和精神状态也大不如以前了。望着这两位可亲的大姐，大海和马琴又不免一阵心酸和叹息。但这两位大姐却一直言不放弃，默默地坚持着，抗争着，并还能一如既往地坦然面对和接受命运的残酷安排。其精神令人可敬可佩，说她们是英雄决不为过。

黄莺姑娘一见马琴竟情不自禁地扑了上来，用手抚摸着马琴的头发由衷地赞美道："阿姨，我说得没错吧，看你的头发长得多好呀，甚至超过了我们年轻人，真叫人羡慕。这个美啊让我都有点妒忌你了，哈哈！"

"可不是吗，你看她先生脸上都乐开花了。"这回住在靠窗户边上的曲雅琴老大姐也趁机打趣马琴，"这大半年没有见面了，开始我还以为自己认错了人呢。"

躺在她旁边病床边上还输着液的荷清大姐说："大姐，你说得对，病人稍微有点起色，亲人们都会感到欢欣鼓舞的，所以她老公喜溢于表是对的，这个我有切身的体会。"

病友们的调侃使马琴怪难为情了，她爽朗地笑道："这都是托你们的福，借了你们的吉言，我才有今天的开心。"马琴说完，在黄莺的陪同下来到了她们的床前，马琴拉着她俩的手自然又是一番问长问短，气氛十分融洽和亲热。这两位可亲的大姐虽然病情不见好转，但神情却依然如故，平静如水，看不出一点恐慌，就像大家经常在荧屏上看到的那些革命者、仁人志士从容就义那般壮丽。大海和马琴一直感到纳闷，凡是来自滨海市的病人，绝大多数人几乎都有这样的好心态，情绪一般都比较稳定，可是却不知道为什么。你说她们文化水平高、受教育程度普遍强也不是，你说她们经济条件好、生活水平高也不像，你说她们天生不惧死、不珍惜生命那更是无稽之谈。甚至你会惊奇地发现有些病人，从她们的举止言谈中，却分明能感受到从她的骨子里透出一股“哼！这种病只有我才够资格得，你们休想”的令人匪夷所思的气息来。真搞不懂，同样的病，怎么滨海市的人却能生出一种自豪感来呢？我们不敢妄自揣测，为什么全国的平均寿命最长的却是滨海市，一直长居榜首，且要高出全国平均水平一大截，这会不会也是一个重要因素呢？

中午时分，摆在病房中间的那两张加床住进了两位亭亭玉立的少女，一眼就可以看出都是在校的大学生。两个人都很漂亮，很美。仅以黄莺的眼光就可判断出是具有校花水平的大美女。但此时她们一点也不阳光，满脸愁云。眼神迟滞而迷茫，又从残留在眼角的泪痕和一些漫不经心的举止，可以看出这一对美少女或许并不十分清楚这种白血病对自己今后的人生有着怎样的影响和意味着会有什么样的后果，只是被这突如其来的病情，又一时无法接受这个现实而吓蒙了。从这两对夫妇所携带的行囊可以判断出这两个美少女肯定来自外省外地。这两对中年夫妇更是神色凝重，内心深处隐藏着无比焦虑和不安。毫无疑问，他们所遭受的痛苦和打击比起大海他们要更深沉些。因为他们极有可能将要迈进“失独”家庭的行列。可以这样说，对于生者而言，当今世上最不幸的莫过于此。从这个意义上来讲，这两对中年夫妇是不幸人群中最为不幸的人。马琴天生一副好心肠、热血肠。一股本能的怜悯同情心油然升起，她牵着黄莺的手，主动走上前去和她们搭讪。原来这个稍瘦一点的美少女来自西南边陲，是一位傣族姑娘，是滨海一所著名艺术院校的大三学生，学民族舞蹈专业。而另一位美少女则来自江南水乡，也是滨海一所著名大学的一位大四学生，学金融管理专业，且是一位学霸，正准备考研。天之骄子，天不惜之。马琴本是性情中人，这时，竟忘记了自己‘同是天涯沦落人’的身份，还特别有耐心地开导这两家人，看来马琴的思想工作做得颇有成效，或是还有自己和黄莺姑娘的现身说法，具有很强的说服力和感染力，使她们频频点头，引起了强烈的共鸣，也使她们深受鼓舞和感动。乐得在一旁静听的曲雅琴老大姐和荷清大姐一个劲地对大海说：“大兄弟，你夫人可真是一个大好人、有心人啊！”

大海笑着谦逊地回答道：“还不是你们两位大姐的教导好，受到了你俩的影响啊！”

傍晚时分，荷清大姐输液结束了。比荷清大姐更早结束输液的马琴坐在她的床前拉着她手说：“大姐，真的要好好向你学习，坚持住了这么多年，是我们这些病人坚强抗争病魔的榜样。”

“大妹子，今天给你说心里话，这次大姐感觉恐怕很难挺过来了。但我一点也不怕，这一路走来，有这么多的亲人和像你们那样多的朋友的陪伴，我很欣慰和满足。大家都不容易啊。人活得再长也终有一死，我能坦然面对。哎，大妹子，你这段静养的日子是准备继续留在儿子家里还是另有什么打算呀？在儿子家里觉得不太方便，如果你们不嫌弃的话，就干脆住我们家算了。我们家原来也是拆迁户，得到了两套住房补偿。共一个单元，门对门，生活用具齐全，反正一直搁置在那儿，闲着也是闲着，离这医院也不远，住着也方便。”荷清大姐用平静的语气发出了友好的邀请。她的话叫人听了真是感动和温暖，这不是客气话，是从内心深处流出的博大、善良的情怀。这患难之中结成的友情值得人们一辈子去怀念和珍藏。

马琴动情地说：“好大姐，你这份心意，这份情，我们领了，谢谢！我们商量好了，我们还是打算回到老家乡下去静养，离开也差不多一年了，也很想回去看看。不瞒你说，我公公和婆婆到现在也不知道我得的什么病，大家都一直瞒着他们二老。”

“哦，这样也好，乡下安静，空气又好，有利于静养和康复。”荷清大姐拍手叫好，这神情仿佛是她自己要去似的。

医院的晚餐早早就结束了，病人们在亲属或护工的陪护下都忙着寝前的洗漱。这时，荷清大姐的女儿带着一个七八岁的小男孩和荷清大姐的姐姐以及弟弟进来了。小男孩一进来就扑倒在床前很亲热地叫了一声：“外婆，你更好了吗？我好想你。什么时候可以回家了呀？”

荷清大姐用手抚摸着他的头，露出笑容说：“小毛头，今天乖不乖呀？没有淘气吧？要听爸爸妈妈的话，不要惹他们生气知道吗，要做一个乖孩子、好孩子。外婆好了就会回家，再陪你玩好吗？”

“我会的，外婆，我会听你的话。”小男孩很自然地把红扑扑的小脸蛋贴在了外婆的脸上，看得出这祖孙俩亲热得很。这种所谓的隔代亲在不经意的举止中演绎得淋漓尽致，这样温馨的画面使人永远都不会忘记。

这时，荷清大姐的弟弟已准备了纸和笔，坐在床头柜边上，神情凝重默默地等待着什么。大海见状，心里一惊，立马就猜到了荷清大姐今晚要立遗嘱了。或许事先通知了家人，女儿——这位年轻的少妇，她终于意识到自己失去双亲的时刻已经不远了。不知道她是不是还没有做好接受这个残酷现实的思想准备，还是不愿意看到母亲的这种无奈和绝望，她眼里淌着泪花，走上前去拉起还扑在外婆怀里的儿子，颤动着嘴唇说：“乖，外婆和舅姥爷还有事，我们先走了。”小男孩一脸茫然，惊诧地望着妈妈，有点不太情愿地站了起来。但令大家绝对想不到的是，不知怎么他却对外婆说了句：

"外婆，那你就自己多保重吧。"一个屁大的小男孩竟突然冒出了大人的口气，懂事乎？成熟乎？叫人百思不得其解。大家望着这对母子匆匆离去的背影，心里都有一丝说不出来的酸楚。

荷清大姐在她姐姐的搀扶下坐了起来，双臂互搭着搁在病床的小饭桌上，俨然像小学生在课堂上课的一副极其认真的模样。苍白而略有一点浮肿的脸庞下那张显出暗红色的嘴唇在轻轻地张合着，她弟弟专心致志地写着。也许是荷清大姐早就草拟好了腹稿，几乎没有什么停顿和斟酌，很快她弟弟就写满了一张信纸，并仔细阅读一遍后再递给了姐姐。荷清大姐接过弟弟的信笺，姐姐帮她架好了老花镜，于是她又认真地看了一遍，并拿起笔在上面圈画了几处。这架势像老师在批改学生的作业，又像领导在审阅秘书的讲话稿。这恐怕也是她人生的第一次，不用说也是她人生的最后一次。这场面被她弄得还很庄严，很肃穆的。看完后，她望着弟弟和姐姐说："花花（女儿的小名）走了，我还是誊写一遍吧！"

"对，这样更妥、更好。"姐弟俩立即表示赞同。随即荷清大姐又伏在桌子上抄写起来了。只片刻时间，荷清大姐就誊写好了，最后签署了自己的名字并郑重地摁下手印。她抬起头朝大海和黄莺姑娘的老公招了一下手说："大兄弟、小伙子，请你们两位过来一下，麻烦你们签个名字，摁个手印，作为现场见证人。"

大海和黄莺姑娘的老公从未经历过这样的事情，心里纳闷，你自己写的遗嘱怎么要素不相干的人签字画押呢？一时都蒙了，愣在那儿不敢向前。荷清姐姐见状，立即解释说："遗嘱人自己立的遗嘱书，必须要由与立遗嘱人及遗嘱书内容没有任何关系的人作为现场见证人签署，这样才能体现遗嘱人的真实心愿，才具法律效应。所以要麻烦你们一下了，等下我们还得找一位护工呢，以证明是在医院病房立的遗嘱。”经她这样一解释，大家才恍然大悟。大海和黄莺老公快步走上前去，郑重地签署自己的名字、住址和联系电话，同时也按下鲜红的手印。就这样，荷清大姐一生的心血，一生仅有的一点积蓄、所谓的家产以及对亲人的万般不舍和牵挂，在短短的一个小时内，在一张不满五百个字的信笺上，她就做了干净彻底的交代和总结。我们不知道是要赞美她的果断、她的坦然、她的从容、她的超脱，还是要同情她的不幸，同情她的身世，悯怜她的贫困，怜悯她的财产呢？但说实话，作为一个普普通通的处在社会最底层的平民百姓，对那些还在为生存拼搏和艰辛劳作的千千万万中的一员来说，他们哪有这个能力和本事把遗产弄得那么复杂和理不清的份上呢？要不要，就这些；得不得，也就这些。得之不喜，失之不怨。因为得失仍穷不富也。

荷清大姐终于完成了一件人生最难最大的事情，心情更加坦然和轻松了，她的姐姐和弟弟离开病房不久，她很快就进入了梦乡。可马琴和大海却怎么也睡不着，两人都想了很多很多，很远很远。尽管荷清大姐已作出了榜样，但此时此刻，榜样的力量并不像平时人们常说的“榜样的力量是无穷的”，在这里是显得那样苍白无力。从理论上来说，似乎每个人都要面对这样的抉择，更不要说这些即将走向死亡的病人了。但从情感上来说，谁也不想走到这一步，却祈祷这一天永远也不要到来。如果哪一天真的不可避免地来到面前的话，那就意味着你已踏上“人人都说天堂好，就是大家不想去”的那个地方的征途了。所以从这个意义上来说，我们又不得不佩服荷清大姐这份从容和淡定，或者说勇敢和无畏更为恰当。也许是荷清大姐今晚就感觉到自己的大限将至，所以匆匆地安排好自己的后事。天意也罢，巧合也罢。当马琴在大海的陪护下，第二个月来这里复查时，这位称得上好人的荷清大姐却真的永远地走了。留下的只是大家对她无尽的怀念和祷告。愿荷清大姐在天堂安好。

不知人的气数真的是不是在冥冥之中早就已定。马琴完完全全遵守医生的叮嘱，一丝不苟地按照康复教科书和相关养生资料的要求，从作息时间的安排到饮食结构的搭配，一切的一切，做得是那么中规中矩，不敢越雷池一步。可以说举全家之力，集全族之慧，尽了全家族之能，侍候得像呵护小孩那样无微不至。然而，乡村再好的清新空气，再美味可口的佳肴和再虔诚的祈愿与敬畏，并未得到上苍的怜悯和感动。马琴在不到半年的静养时间再次复查时，其病情竟突然又暴发了，迫使马琴不得不再次住进医院。

卷土重来的病情，更是来势汹汹，变本加厉。发展速度如此之快，病情形势如此严峻，使大夫们都感到吃惊和意外。大海和卿卿永远也不会忘记那天张娴雅大夫在征求家属制定新的医疗方案时的那番场景。这样的病情和病人，对张娴雅大夫来说，应该是司空见惯，既不是空前，更不会是绝后，正所谓见得多了，见怪不怪，处乱不惊，或者说麻木了，漠视了。所以一般情况下她们都不会带着任何表情和情绪来向家属叙述病人的病情的。可是那天上午张娴雅大夫却不知为什么，竟带着几分惋惜和愧疚的口气说："爷叔，夫人这次的病情已发展到非常严重的地步了，她的白细胞高得十分异常，血小板却一直升不上去，她的血液里、骨髓里都受到了癌细胞的严重侵蚀，且占了相当部分的比重。情况不容乐观，很危险了。我们虽已尽了最大的努力，但效果并不佳。更让我们医生感到无奈的是，像这种癌症病人，前面使用过的药物再次用时却没有效果了，这些癌细胞都有了顽强的抗体，因此我们只有尝试使用其他药物，但目前我国还没有生产出治疗这种癌症的靶向药。现在我们医生唯一能做的就是让她缓解和减轻她的痛苦。根据以往的经验，她很难挺过半年的时间了。”

天哪，这不就等于宣告了马琴生命的判决书吗？大海大脑“嗡”的一下，几乎失去了知觉，一股巨大的恐惧感如漫天盖地般的海浪压了过来，他感到快要窒息一样难受。随即，一眶难以控制住的泪水倾泻而出。他茫然地走出了医生办公室，把卿卿一个人留在那里继续听大夫的叮嘱，他不敢回到病房，不敢面对马琴焦急而又渴望能得到医生好的答复的眼神。他躲进了消防通道的楼梯间，一个人蹲在地上“呜呜”地哭了起来。

不知过了多长时间，卿卿已站在大海身边，轻声地说道：“爸，你也要多保重自己，这也是没有办法的事。我们千万不要在妈面前流露出半点绝望的情绪来，否则妈就会彻底崩溃。张主任说了，病人的精神力量才是最主要的药物。”

“那我们怎么给她说啊？就这样等死吗？明知道会死，但哪有不用药的道理呀！”大海极度沮丧地说。

“妈这边，我们暂时还是用善意的谎言去搪塞一下吧，张主任说在没有找到新药之前，先继续做一些辅助性化疗。不过她又提供了一个信息，她两年前在美国进修时，就知道美国正在研制这种病的靶向药，但目前不清楚具体情况，她现在也开始动手查阅这方面的资料了。”卿卿又补充说。

大海一听，仿佛又抓住了最后一根救命稻草，顿时又振奋起来了，犹如看见乌云密布的天空终于被撕裂了一个口子射出一道耀眼的光芒。“那我们想办法弄过来就可以了嘛！”大海一抹眼泪，带着卿卿若无其事地走进了病房。

“怎么样？这么长时间，医生怎么说？”马琴急促地问。

大海强撑着笑脸回答说：“大夫说，是复发了，这种病的特点就是容易复发，他们正在竭尽全力寻找一种新的靶向药。唉，叫什么药来着，那是外国药名，一大串很长，记不住。这药没弄到前，还是先做一些辅助性化疗，我们还是耐心等待吧。”大海自己也没有想到，怎么一下子会编得如此顺溜。

马琴也高兴地说：“哦，那就好，大夫还是有办法的。”

先马琴住进一个星期的曲雅琴老大姐，这时拖着更加疲惫的身体斜躺在病床上说：“大美女，老天爷就是偏爱你。柳暗花明又一村。可不像我，医生说了，我用尽了所有能用的药，但就是没有效果。”

“不会的，大姐，放心，大夫们肯定也会找到更好的药的。”马琴反而在安慰着她。然而，她哪会知道，大海和卿卿心里正滴着血呢。

是夜，儿子和卿卿在医院轮值陪护马琴。大海躺在床上辗转反侧，一时难以入睡。心情沉甸甸，脑海里总是翻滚着药物、时间。搜肠刮肚地过滤和甄选着到底通过哪些相识的朋友，用什么方法和渠道把药物弄到手？一个方案刚形成，很快又被另一个方案否决。反反复复，来来回回。夜已深，但却还是没有理出一个头绪。虽然心里焦急万分，但却束手无策。在这种时候，人往往也是最痛恨自己无能和悔恨的时刻，发出“要知火烧房，早搬水中住”的叹息和无奈。就在大海急得像热锅上的蚂蚁的时候，他的手机却响了起来。“这么晚了，谁还好意思打电话呀？”大海咕哝一声拿起电话，一看是令狐南从香港打来的，心里不由一怔，接起电话轻声问，“令老总，这么晚了有什么急事吗？”

接着就传来了令狐南的声音：“肯定有急事嘛，否则这么晚还打你电话。说到底还不是为了你和马琴这丫头，好了，长话短说：今晚我去参加一个小型的朋友聚会，偶然碰到了一位几十年未曾见过面的朋友，我不敢说这位朋友对马琴丫头的病情治疗能起到直接的作用，但我肯定能得到他很大的间接帮助，这个你要绝对相信。出于种种因素的考虑，我和朋友商量好暂时不便告诉你他的身份，特别要注意回避马琴这丫头，这样才利于治病。这几天他会去滨海市找你的。出于同样的原因，他也不会给你打电话，只会以我的朋友的身份给你发信息。记住，一定要热情接待，等你们见了面，自然你就明白这一切了。”

大海放下电话，翻箱倒柜却怎么也想不起令狐南的这位朋友。令他感到十分不解的是，令狐南这个即使烧成灰也不会忘记的老朋友，今晚却为什么打了一个这么跷蹊的电话呢？“这老夫子，都什么时候了，还有心思跟我玩神秘。”大海哼了一声又睡下了。

大海等令狐南的那位神秘朋友，一直等到第三天的下午，一点多钟才收到他发来的信息。大海向马琴说明了缘由，按照信息所提供的线路位置，打车终于来到了相约的地点。这是一栋高大挺拔十分气派的大楼，地处滨海世界闻名的新区，而且紧邻那条名声远播的滨江。外饰金碧辉煌，内装富丽堂皇。不知能不能说这是滨海市最豪华的酒店，如果说是之一的话，还真有点替它委屈。大海刚走进大厅，身材高挑、面容姣美的迎宾小姐笑容可掬地迎了上来，得知大海的来意后径直把大海引领到一间单独的电梯房，外面恭站着两位身体健硕、英俊帅气的男侍生。他们用有绳电话拨通了贵宾的房号，核对好来访者的身份后，才引领大海一同走进了电梯间。

大海也是第一次有这样的经历，好奇地问了一句：“你们这里怎么弄得那么复杂呀？”

小伙子笑着回答道：“因为约见你的这位先生住的是总统套间，为了安全起见，给你添麻烦了，对不起先生。”

大海一听，心里暗思：令狐南的这位朋友到底是哪路神仙？看来还是很有点来头的。不贵即富，大海是这样认定的。电梯很快就到了总统套房所处楼层，大海迈着轻盈而又急促的步子跨进了硕大的会客厅，几乎还未站稳，也来不及看清对方的脸庞，只觉得一座身材高大魁梧的身影压了过来，一把抱住自己，随即耳膜里传来了一声：“哥！”

大海蒙了，惊诧地觉得有点天旋地转了，这是真的吗？但心里他却再清楚不过了，真如令狐南所说的那样，见了面自然就会明白这一切了。此时此刻，这一切大海都明白了。

第九章

令狐南这位神秘朋友不是别人，正是子柏。就这样，彼此中断了二十多年联系，且没有任何一点信息的两个家庭，竟又遇上了，那根早已挣断了的亲情红丝线，在几乎完全没有希望的情况下又奇迹般续系上了，真叫人唏嘘不已，惊叹不已。两个大男人竟像小孩子一样，抱头扼颈，搂肩捶背，呜咽流泪，久久不能平静下来。

子柏望着大海疲惫不堪而又焦虑万分的面容，不禁又流出了眼泪，哽咽着说："哥，你老了。令大伯给我讲了你们的一切，这几十年来，你也真不容易啊！可我们却没有帮上你一点什么。深感愧疚呀！"

大海见子柏又要陷入自责和愧悔之中，他不想让这种情绪继续漫延下去，故强作笑脸轻松说道："可不，几十年过去了，我现在都是爷爷辈了，哪有不老的呀。再说也是我先对不住你们的。好了，事情都过去几十年了，我们都不再去提了好吗？"

“是啊，哥，我们几十年为什么没有一点联系了，你有你说不出的苦衷，我们也有我们说不出的苦衷啊！”子柏说完这一句又停下来了，用泪眼望着大海欲言又止。

大海是何等的机灵和聪明呀，他从子柏痛苦的眼神里，骤然在潜意识里似乎隐隐知道了一点什么。他不敢直视子柏的眼睛，把头深深地埋下了。

“哥，你知道吗？我姐时至今日也没有结婚，她压根儿就没有想过要把自己嫁出去啊！我姐这一辈子可怜吧？这就是我们最大的苦衷。你已子孙满堂，可她却依然孑然一身。”子柏这番话几乎是哭喊出来的。

大海大脑“嗡”的一下，一片空白，几乎失去了知觉。许久，大海才回过神来，万分痛苦地叹道：“子涵，我到底是哪辈子欠了你的，怎么就不肯放过我呢？你为什么要这样折磨我一辈子呀！”大海一股自责、愧疚的泪水奔涌而出，一时难以自控。

又不知过了多久，两个男人终于平静下来了。两人默默地坐在桌前，面对满桌的奇珍异果和冒着热气的咖啡，谁也没有心情去动一下，就这样静静地坐着，相对无言。刚才还狂风暴雨，现在却风平浪静了。几十年没有相见了，彼此分明有一肚子话要说，可却不知从何说起。寂静，除了寂静还是寂静，时间仿佛停止了，空气也凝结了，寂静得让人透不过气来。

“他们都还好吧？”大海首先打破沉默。

子柏见问，并没有正面回应，他端起咖啡轻轻地喝了一口，才开始讲述他们一家早已流逝的岁月……

子涵出院以后，大约个把月的时间，欧阳兴国的进京调令就下达了。新的任命是国家研究总院的副院长，官至副部级了。柳墨予随后也调入了北京一家外事部门，担任某局的局长，官也至正局级。子柏也顺利入学北京大学，学国际贸易专业，子涵则继续读硕。半年以后，国家为了集中科研技术力量，进行重点突破航空动力方面的研究，所以下设在中西省的研究分院就予以撤销了。这样一来，他们一家与中西省的联系就慢慢地中断了。他们一家人新的工作、学习、生活和交际圈也就自然以首都为中心逐步建立起来了。随着我国改革开放政策的进一步深入和发展，使他们与原在美国的家族血脉亲情关系也得到了很好的恢复和巩固，彼此的联系和交往也就更加紧密了。家族的关系由北京扩展到了美国、欧洲和祖国香港等地，是一个名副其实的国际化的家族了。姐弟俩学习也很努力，子涵硕士毕业后又考取了美国一所著名大学的博士，继续攻读和深造。取得博士学位后，在某资深金融研究所工作并取得了骄人的业绩。子柏更是不甘示弱，本科毕业后也考取了美国一所著名大学的研究生，最后竟来了个硕博连读，好生了得。不知道子涵是不是天生就有一颗经商的大脑，还是积累了丰富扎实的专业知识和技能，或者说确实掌握了发财的所谓秘籍，所以当子柏博士毕业后，她却毅然决然地辞退了这份酬金丰厚的工作，要和弟弟一起创办自己的贸易公司。刚开始，整个家族都为她这个突然举动吓了一大跳，最后大家见她一副稳操胜券的气势，纷纷给予支持和帮助。就这样，一个学国际金融的姐姐和一个学国际贸易的弟弟，破天荒创办起他们家族这一分支的第一个贸易公司。姐弟俩相得益彰，姐姐主内，弟弟主外，硬是凭着一股初生牛犊不怕虎的闯劲，一开始就把生意做得顺风顺水，随后乘势而上，风生水起，一发不可收拾。业务拓展迅猛，规模越来越大，资产似滚雪球般地增长。在短短的十年时间里，姐弟俩就把公司做成了一个名副其实的跨国公司了。经营的足迹遍布了世界各地，并把国外贸易总部设立在香港，成了整个家族的一面旗帜和成功创业的典范。其资产遥遥领先于其他分支，竟形成了一支独大的局面。他们的聪明才智、经营才干得到了大家的钦佩。更令人折服的是，在风云变幻莫测的经济市场上，子涵却能独具慧眼始终把经营的重点牢牢地盯住国内这个巨大的消费市场。资产能得到爆炸式的扩张，这是一个重要的因素。这恐怕与他们姐弟俩是从国内出来，对中国的国情和市场有着比较客观的深入了解不无关系。正所谓成大事者：天时、地利、人和也。三者占尽，岂有不成之理也。

本来这个家的最初构想并不是这样的。欧阳兴国和柳墨予夫妇这对爱国华侨，对做生意经商之类的事素来就没有一点兴趣，否则当初就不会回到祖国直接参加新中国的建设。尽管在“文化大革命”期间受到了很大的冲击和委屈，但对祖国这份赤子之心却始终矢志不渝。更因为改革开放以来，在政治上进一步得到了党和人民的高度信任，仕途一路顺畅，事业蒸蒸日上。社会安定祥和，人民安居乐业，全国上下，万众一心，团结一致，一门心思搞经济建设并呈现一派万象更新的大好局面。这一切，都在感染着自己，激励着自己，鞭策着自己。他们深切地感受到：只有在这块古老而神奇的大地上，才能体现出人民当家做主的那份神圣和光荣；也只有在这块古老而神奇的大地上，才能体现出中国人民真正挺直了腰杆子，抬头挺胸，俯视天下的那份豪迈与霸气；也只有在这块古老而神奇的大地上，让我们中国人享受到受世人尊重的那种眼神和仰慕。

“滴水之恩，当涌泉相报。”中华民族的这份传统美德，早已深深地植入国人的基因里。无论社会文明进步到什么地步，新的理念和思想出了多少，但我们中华民族为人处世，做一个真正大写的人的这份精髓和精神遗产却永远不会过时，值得世世代代去传承和不断赋予新的内涵。在他们看来，不管你为这块土地、这个国家和人民做出了多大的贡献，做出了多大的牺牲，这一切，你认为都是值的，你还会觉得自己做得不够、不多，因为你太爱这个国家和人民。以致当这姐弟俩商量决定把经营重点放在哪个区域时，夫妇俩一致建议要放在国内市场，为更好地报效祖国和服务人民。爱国之情，青天可鉴。

所以当他们一家人过着幸福美满的生活，尽情享受着改革开放和自己顽强拼搏挣来的丰硕成果，过上了和那先富起来的一批人一样的生活时，他们并没有忘记失去几十年音信的大海一家。他们永远也不能忘记那个家对这个家所能倾注的一切，这种无私和高尚足以称得上伟大。他们心里再清楚不过，从某种意义上来说，如果没有那个家，绝不会有现在这个家。应该说他们内心深处时时刻刻还在惦记着那个家，甚至可以说是与日俱增，无论那个家是贫穷还是富有。因为大家心里都明白，有部分当事人剩下的只有不多的岁月了。或许世界上什么事都可以重来，但唯独时间无法倒回。

他们之所以没有再与大海家联系，不是不想，而是不敢。说到底其主要原因还是为了这个宝贝女儿子涵。自举家迁到北京以后，原以为换了一个环境，远离了大海，眼不见为净，心不烦了，希望她尽快走出这片阴影。因此在半年的时间里全家人缄口不语大海家那边的任何一个字，甚至大家忌讳到连中西省三个字都尽量避免，为了子涵，真是煞费苦心。然而，半年过去了，大家见她又回到从前的状态，心里暗暗庆幸她终于走了出来。有时趁她高兴，向她提出或建议该解决自己的婚姻大事时，她却会突然情绪激动，大把大把的眼泪直流，又是一副肝肠寸断的样子，楚楚可怜，吓得大家更不敢轻易再提了。

那天，恰巧子涵过生日，晚上全家人兴高采烈为她庆祝，母亲也许是爱女心切，在子涵即将切蛋糕的时候，柳墨予乘机又提此事，谁知话音刚落，子涵捧起这盒蛋糕重重地砸在饭桌上，怒目而视，对母亲大声说："我到底是不是你们亲生的？就这样迫不及待地撵我走，这个家我怎么就不能待？难道你们要逼我离家出走不成？"

这一下把母亲吓了个半死，她流着泪连忙说："好闺女，妈不是这个意思，这个家你可以永远待下去。"

"好了，傻丫头，以后大家都不要提了。"父亲无可奈何地叹了一口气。

子涵"哼"了一声，谁也不理就走进了自己房间，"砰"的一声关上房门，为庆祝自己生日的活动画上了句号。从此，家里再也没有出现过，也不敢出现有关她婚姻大事的话题了。

"塞翁失马，焉知非福。"子涵经历那次风波后，尽管情感这扇大门被她关得死死的，但其他方面却未受到影响。尤其是学业更是突飞猛进，一路高歌。学习和读书几乎成了她生活的全部。弟弟子柏受其影响和熏陶，更是穷追不舍，其劲头比姐姐有过之而无不及。对学习的探讨，对知识的钻研，讨论对问题的看法和交流成了姐弟俩日常生活的主要话题。就这样，姐弟俩你追我赶，相互激励，相互鞭策，振翅比翼，双双成了同辈的翘楚。这点让欧阳兴国和柳墨予夫妇十分欣慰和自豪。

时间过得很快，转眼又两年过去了。欧阳和墨予夫妇俩原本是不太赞成子涵去国外攻读博士学位的，但又考虑到爱女的终身大事，希望通过换成国外的环境，来了结自己这块心病，也不枉为父母一场。然而，事情并没有得到原期望的效果，子涵似乎已忘却了自己还有这样的事情要做，以致当子柏到了考研的时候又不得不支持子柏也去国外攻读，以便与姐姐有个相互照应。好好的一个家，又一分为二，隔着重洋，成了遥远的“邻居”。

事情远不止于此，又几年过去了，父母的良苦用心再一次成为泡影。他们哪会不知，姐弟俩情深一点不假，子柏从小就十分敬重这个漂亮、聪慧的姐姐，同时又十分惧怕姐姐的任性、倔强和刁蛮。从小就养成了以姐姐为是的习惯。姐姐对的是对的，错的也是对的，一切唯姐姐马首是瞻，甚至有时捉弄和“欺负”弟弟，而此刻弟弟充其量也只有“敢怒不敢言”的本事罢了。当然，姐姐为爱护和保护弟弟，那也决不含糊的。记得有一次在大海家，子柏与一群邻舍家的小孩玩耍时，起了肢体冲突，子柏被打哭了，连在一旁的三风都不敢上去“救驾”，而子涵却能勇敢地冲上前去，不管三七二十一，抓住那个比她大一点的小男孩的胳膊上去就是一口，咬得那个小男孩哇哇大哭，随即她却若无其事地拉着弟弟的手，屁颠屁颠“得胜回朝”。为这事，弄得大海瞒着子涵的父母到邻居家去，不仅赔礼道歉，还要赔钱。这还不算，最后竟被小男孩的父亲抢白，那句话太伤人了，“这个外来的小女孩也太嚣张了，‘过路的叫花子，竟想撵走守庙的土地公公’”。岂有此理！害得大海也差点和他动手了。

想想看，在这样一个强势的姐姐面前，子柏能起到作用吗？他敢去撬开姐姐心灵深处那扇尘封已久的大门吗？她所能看到的姐姐依旧是那个嗜书如命、求知永不停歇的书虫。不但没有把姐姐影响过来，自己反而被同化了。这一点，更是老两口儿始料不及的。如果不是他们催得紧，子柏恐怕到现在也不会有那么一对活泼可爱的儿女了。最让人没有想到的是，子涵会是那么地喜欢小孩子，她把这一对侄子侄女视为己出，对他们的呵护、疼爱甚至超过了亲生母亲，几乎到了溺爱的地步。迸发出的女人天生的那份舐犊母性，简直叫人不可思议。而被人们习惯称之为“毛崽精”的这对儿女，却不知为什么从一生下来就十分黏糊这位姑姑，就是喜欢在她面前撒娇、发嗲和卖乖。最后竟发展到两个小屁孩，都争着晚上要和姑姑睡在一起，这股子嗲劲让子涵的骨头都酥了，而她却毫无顾忌，心安理得地享受着这世上最美妙的时刻，连子柏夫妇俩都好生妒忌和酸溜得掉牙了。但对子涵来说这是无法用语言和文字所能表述出来的一种愉悦和满足。大家原以为通过子柏的结婚生子，会触动她心里最柔软的那部分，可惜，事与愿违，子涵却沉溺于当下，不由得使二老和子柏更加焦急和愧疚。眼泪是往下流的。他们多想在自己的有生之年，能看见自己心爱的女儿穿上嫁衣，双双陪护着她与夫君牵手走进幸福的婚姻殿堂，了却心中的祈愿。所以他们一反初衷，本来就是不愿意啃洋面包，才从大洋彼岸回到了自己的祖国，可如今，却为了心爱的女儿，想做最后一次努力，在符合国家关于高级干部退休以后所需达到规定的年限后，又不得不再回去啃洋面包了，转了一圈以后，又回到了生命的原点，真叫人不知作何感想。更具讽刺意义的是，根子本在中国的一个大家族，竟在异国他乡的大洋彼岸团圆了。

欧阳兴国和柳墨予到了美国以后，虽然还不敢明目张胆对女儿重提婚姻大事，因为毕竟当年欧阳兴国代表全家做出了承诺的。还有当初她的“以死抗争”那次，对她的打击和伤害实在是太大了。那也是一段不堪回首的时光和不愿回想的地方，为此，子柏在与国内做贸易时，都会无意或有意避开中西省这个地方，甚至连向国内捐赠多项希望工程和慈善事业都没有中西省一丁点份儿，一二十年来与中西省的业务往来几乎是空白。但再次回来的根本目的就是冲这个的。于是老两口儿总会绞尽脑汁，挖空心思捕捉机会旁敲侧击间接提起。每当这个时候，子涵虽然不会像“庆生”那次情绪激动，但却一反常态，淡定得匪夷所思，好像根本就不存在曾经还有那么一回事。父母的话好像没有听见似的并一脸迷茫，使父母曾一度怀疑子涵在这方面是否得了失忆症。子涵越是这样淡定，越增加了他们的忧虑、担心和愧疚。更沮丧的是他们都不知道应该从哪里入手，已经到了无法可想、无计可施的地步。老两口儿十分懊悔，早知道会这样又何必多此一举，漂洋过海再次回到这里，连“眼不见，心不烦”这点可怜的自我救赎都无法做到了，却在这备受无限自责和无尽愧疚的煎熬。但最受痛苦折磨的应该是从小与姐姐相依为命，一生几乎形影不离的弟弟子柏了。天天面对年近半百、孑然一身的姐姐，尤其是每当看到她对自己的那一对儿女流露出那万般柔情的母爱眼神时，他的心就会颤抖、滴血。可恨的是自己竟不知道应该怎么去做，为姐姐去做些什么？这是他多年一直苦苦思索的，但是他始终没有找到答案。直到半年前，也就是在香港偶然遇见令狐南之前突然发生的一件事，才使子柏猛然省悟：姐姐身上还流淌着大海哥的血啊！生命不息，怎会枯竭？

那天，子柏和子涵姐弟俩在主持召开公司商量如何进一步拓展经营业务的会议上，子涵作为公司的董事长，不仅很有经济头脑，还有敏锐的政治嗅觉，很善于捕捉潜在的商机和市场。当她得知内地在制定新的“五年计划”，仍旧施行积极的财政政策，继续扩大内需刺激经济发展，有着数万亿元将投入到国家基础建设方面，加快推进城镇化建设的进程，面临这样一个巨大的消费市场，岂能失去这样的机会？她审时度势，做出了一项重大决定，即利用国际上正在新兴发展的一系列建筑材料及相关产品为契机，打入国内市场，并要求担任总经理的子柏在近期内制订出具体的营销方案。身负董事会的重托，子柏自然不敢怠慢，因此他决定亲自坐镇香港的国际贸易总部来谋划这一切。

晚上，大家为子柏明天的远差，按惯例为他饯行。在宴席将近尾声的时候，不知为什么，子涵却突然冒出了大家几十年最为忌讳的一句话："不知道大海哥他们的情况怎么样了？"

天哪，大家憋了几十年想说而又不敢说的话，竟被这个始作俑者又突然重提，一时让大家惊呆了，老两口儿几乎筷子都要掉在地下了。更让人疑虑不解的是，她在说这句话时的神情，却又是那么漠然，也没有看谁一眼，明明是一句问话，却更像是一句漫不经心的"自言自语"。甚至可以说她或许根本就不知道自己说了这句话，把它当作潜意识的一句梦呓来看也绝不为过。子涵说完就再也没有吱声了，随即一声不响地离席飘然而去。

由于问得突然，离去突然，大家来不及反应，事情刚开始却一瞬间便结束了。虽然来不及回应，也不知怎样回应，更不需要什么回应，答案已有了。欧阳兴国和柳墨予老两口儿望着女儿的背影，不约而同流下了泪水，终于找到了困扰几十年的根本原因。可叹这个被视为掌上明珠的女儿，却从未真正放下大海哥啊！夫妇俩不知是庆幸还是怨恨自己怎么就生了个这样一根筋的女儿。今天虽然找到了"病根"，可事到如今，又能怎样呢？又能为她做什么呢？夫妇俩又陷入了新的苦恼中。仰天长叹，老已去矣。而子柏不同，知姐莫若弟。阿姐的一个眼神、一个举动、一句话他都能揣摩到其真正含义。这下他知道应该怎样去为姐姐做点什么了。

子柏坐镇香港亲自组织筹划，由于积累了丰富的与内地的经营经验，一切都驾轻就熟，工作进展非常顺利。经过几个月的运作，一份大家都十分满意的营销方案制定完成，马上就可以正式实施了。为了答谢为此做出贡献的主要合作伙伴和有关专家及技术人员，子柏在前往内地前举行了一个小型的答谢宴会。说来真巧，叶丹枫的建筑设计事务所也是子柏制订营销方案的合作者之一，她不仅从建筑设计这个角度，而且还能从工程建设和施工这个方面提出很多有建设性的意见。当时子柏就很纳闷，一个中国香港的女建筑设计师，怎么对内地的建筑市场是那么了解和熟悉。甚至对这些新型的建筑材料，采用什么方式、什么方法，还有渠道引进推广到各个工程建设的各个领域都了如指掌、如数家珍，令人惊叹和敬佩。

叶丹枫在子柏再三恳切请教之下，才骄傲地说道："我主要得益于有一个在内地搞了一辈工程建设的父亲，是专家和权威，刚从内地过来不长时间。"

子柏这才恍然大悟。所以子柏在邀请叶丹枫时，再三嘱咐她一定要带父亲一道来，子柏想亲耳聆听这位老前辈的教诲。叶丹枫也为子柏的真诚和谦逊所打动。丹枫回到家，如实向父亲讲述了事情的缘由，没想到一向高傲的父亲竟十分爽快地接受子柏的邀请。否则，永远也不会发生后面那更具有戏剧性的一幕了。

晚上，子柏在维多利亚海湾一处高级酒店举行答谢宴会，子柏站在门口迎接着陆续而来的各路朋友。丹枫挽着父亲的胳膊款款走来了，子柏热情地迎了上去，握住令狐南的手说："老先生，久仰久仰。您可是一位德高望重的老前辈，还望您老多多赐教。"

"不敢，不敢，老朽不才，见笑了。"令狐南也客气地回敬道。

当时大家都不在意，权当是应酬的客套话而已。可当子柏就要松手的刹那，他望着令狐南的脸庞，突然感到心头一震，又眨了一下眼睛，随即不禁又叫了起来："我的天哪，您不是令狐南大叔吗？"

"哎，你是……"令狐南一怔，一脸惊诧，一时还是想不起来。

"还想不起来吗？我是子柏呀！"子柏激动地说道。

"啊，你真的是子柏？"这下轮到令狐南抱着子柏仔细端详并喃喃说道，"是，有印象了，还有欧阳教授和柳厅长的影子。"

得到确认的子柏更是惊喜万分、激动万分，他再次扑在令狐南的肩膀上，竟流出了泪花。找到了令狐南，就等于找到了大海哥。

令狐南的眼睛也潮湿了，感叹世界之大、世界之小，心里却默默地念着："马琴丫头，这回有救了，有救了。"

那天晚上，令狐南在女儿的陪伴下，向子柏详尽地讲述大海与子柏一家分离后的一切：曾经的艰难和无奈，曾经的成功和辉煌，曾经的惆怅和委屈，如今的彷徨和迷茫，如今的窘迫和不幸，如今的失望和无助。令狐南泪流满面，子柏和丹枫听得也是泪流满面，子柏有几度曾失声痛哭。连令狐南这样命运坎坷、情感自控力如此坚强的人都数次哽咽得说不下去，可见大海的一生与自己相比有过之而无不及。所不同的只是时代不同，原因不同而已。正如他自己所概括的那样："大海一路走来，我作为见证人，我真的不知道怎么来表达才合适。奋斗几乎一生了，还是一个领导干部，最后竟沦落到贱卖自己的住宅，才能支付马琴昂贵的高额医药费，到了居无定所的地步，多么令人沮丧和心酸啊！我、你大海哥和万山大伯我们三人的友情，可说不谓不深吧？可是，当我提出让他们住我那套在省城空闲的房子时，却遭到他的断然拒绝，还给我胡扯说那样做是他一生的耻辱，伤了他的自尊。他把自己那一点可怜的自尊看得比命还重要，也不知是中了哪门子邪。现在好了，也算是上苍有眼，又遇上了。大海已到了人生最艰难痛苦的时刻，也许他们愿意接受你们的帮助，你们也有这个条件和能力。”

“大海叔这个人就是倔强，我猜他未必会接受。”丹枫流着泪接上父亲的话忧虑地说。

“这回，可由不得他了！我明天就想飞过去接上头。”子柏抹了一把眼泪坚定地说。

“那不行，子柏。”令狐南马上就否定说，“都已经中断了几十年的联系了，也不在乎这几天。太突然了，别吓着他们了。再说，我们也得可怜一下马琴，这个时候大家不能再给她精神刺激了。弄不好，事情还没有开始就结束了。我给你们提个建议看行不行？子柏你先回美国去，把这里的情况通报一下并和家里商量，工作分两步走，美国那边着手先咨询或落实医院，弄清楚我们内地这边需要提供和做哪些准备工作。然后你直接飞到滨海去先与大海接上头，了解马琴的最新病情发展情况，征求内地大夫的意见再决定去否？但不管去否，这一切都必须瞒着马琴而为之。所以，我想，你们暂时都以是我的朋友身份去接洽。千万不要让马琴知道实情，否则我们不但不是在救人，而是直接去害她了。回到家，我就先给大海打个电话，含糊而笼统地说一下，让大海心里有个准备。我现在就在祈祷，打电话时，马琴不在大海身边。”

子柏没有想到令狐南能想得那么周全，更是佩服不已。子柏心中万分焦急，当即叫属下订好了第二天回美国的机票。

傍晚，子柏回到了洛杉矶家里。他们这个大家族虽然移民已经好几代了，家族的人员分布在美国的好几个大城市，生活方式早已融入了美国的主流社会，但有很多方面仍保留着古老中国的传统。

以家庭为中心，“父母在，不远游”的传统根深蒂固，这种传统已成了后辈人的习惯。子柏这一分支则一直坚守于此，且一家三代包括女儿子涵并住一处。进了这处豪华的宅院，给人感觉与国内无异，仿佛是国内的一座庭院搬到了这里，只不过没有像在国内那么鹤立鸡群而已，但在外人看来定可归属于低调的奢华一族。

晚上，一家人围着传统的大圆桌用膳时，子柏一反常态，不像往常一样蛮有兴致地向大家讲述一路上的所见所闻，而只是一个劲儿地埋头吃饭。父母、媳妇和孩子们总以为他旅途劳顿，身心疲惫所致并没有在意。而子涵却不同，她一眼就看出了弟弟心里有事，而且一定是大事。是什么事，她心里似乎已猜到了几分，她太了解这个相依为命几十年的弟弟了。子柏很快就吃好了，在迈出饭厅时，回头对大家说：“吃好饭以后，大人都到客厅来一下，我有事跟大家讲。”

来到客厅最早的是欧阳兴国和柳墨予老两口儿。他们一踏进客厅只见子柏头仰着枕在沙发上，闭着眼，连父母进来也没有睁眼示意一下。接着，子柏的夫人圆圆在安顿好了两个孩子后，也悄悄坐在子柏身边。现在只剩下这个最想知道事情始末的姐姐了。又过了片刻，神色凝重的子涵才姗姗进来，看上去似乎眼睛有点红了。事实上她已知道自己上次那项看似不经意布置的任务，弟弟心领神会又不动声色完成了，只是现在还不清楚具体结果罢了。子柏也分明感觉到姐姐心里已在澎湃。人生的喜悦和欢乐也许感受了一次就够了，就满足了。然而，人生的悲怜和苦难，哪怕你重复听过多次，引起人们心灵的震撼依旧强烈。这恐怕就是人类与生俱来的同情，善良的天性使然。

子柏开始很想控制住情绪，来向大家重述令狐南给自己所讲的一切。可是却不知为什么就是控制不住自己的泪水，未曾开口先有泪，几度哽咽泪流满腮。亲人间的情绪感染和传递会比旁人来得更快更猛烈些，老两口儿依偎在一起，早已泪流满面，长吁短叹不止，竖起耳朵，生怕落下一句话，漏掉一个字；就连从不知情的圆圆也盈着满眶的泪水，抚摸着丈夫的手哭道："我嫁到你们家也这么多年了，压根就没有想到家里还有这么个苦命的大哥呀！"

子涵把头伏在沙发扶手上已哭成泪人了。从她颤抖不停的双肩，可以看出她已到伤心欲绝的地步了，这也是她一生中第二次这样悲恸。第一次是为自己所受的委屈和不甘，而这次却是为这个曾经给自己造成致命伤害的男人。这源源不断的泪水既为自己从未放下过的初恋所遭受的不幸和苦难而流，更多的是为自己狭隘、自私和淡漠亲情的行为感到悔恨而流。子涵的恸哭一直没有停下来，也没有人去劝慰，因为大家的感受都一样，都觉得也许只有这样的宣泄才能忏悔这一家人对那一家人的亲情漠视与麻木。许久，只听子涵大声叫道："大海哥，你这个浑球，都什么时候了，你还在逞什么强呀？你为什么就不能放下身段主动设法联系我们呢？世界上就你伟大，高尚？这下你满意了？高兴了？骄傲自豪了？可以嘲讥我们的自私和绝情？亵渎我们的亲情？践踏我们的人格？我们拼搏得到的富有，在你眼里就那么不屑一顾？"子涵一连串正话反说的哭诉，更是道尽了自己的自责、内疚和悔恨。似乎只有这样，她才能稍微减轻一点自己的悲伤。

同样，欧阳兴国和柳墨予夫妇心里也早已翻江倒海了。子涵的哭诉引起了他们的共鸣，深深的自责和愧疚也绝不亚于自己的一双儿女，遥远的过去一下子浮现在眼前。女儿说得对，他们确实比我们伟大和高尚。事情不也正因为自己另一个意义上的自私才造成现在这个样子的吗？欧阳兴国到底是长者，他首先控制住了自己的情绪，擦干泪水，用十分沉稳的语调说：“再重再深的自责和内疚，都已无法改变过去的事实了，关键是现在我们该怎么做。说心里话，我开始是有点怨子涵的极端，但又要感谢你，感谢你终于又重提起了我们不敢提的事，才使大家又有了新的机会。”

子柏说：“爸，恐怕这机会太晚了些。”

子柏沮丧的话更让柳墨予焦虑，她仍旧眼泪汪汪说道：“哪怕只有百分之一的希望，我们也要做出百分之百的努力，这样大家心里才会好受些。”

墨予虽然说了一句人们通常说的老话、套话和官话，却也道出了她的诚挚和决心。子涵也更成熟理智了，也充分认识到了自己的任性、倔强和极端给亲情带来的伤害，这个始作俑者完全接受了大家对自己委婉、善意的怨气和指责。所以她的痛苦无疑是最重的。她抽泣着不停地说：“这一切都怨我，对不起大家了。更对不起大海哥。可我也不知道为什么，几十年了，那天我却突然想起他来了。”

“这就是两个相爱的人，心有灵犀一点通啊！”这时才知道原委的圆圆忍不住插嘴。

子柏不满地白了一眼圆圆，纠正道：“因为你身上还流着大海哥的血。”

子柏第一个失约当初的诺言，话一出口就后悔不迭，一脸煞白。子涵停止抽泣，一脸迷惘。

墨予见状，平静地对女儿说：“闺女，事到如今，再瞒着你已经没有任何意义了。”接着她把当时的情况说了一遍。

子涵听罢大叫一声：“大海哥，你就是我的魔咒，我怎么就还不清你啊！”随即一头栽在母亲怀里又“呜呜”哭了起来。

夜深了，大家的心情虽然还没有完全平静下来，但都意识到当前这家人为那家人所要做的第一件事就是竭尽全力拯救和延长马琴的生命。这是目前家族的第一要务，并唯此为大。而受伤害最重的子涵则最为理智和大度，竟能完全赞同令狐南的建议，暂时均以令狐南朋友的身份（除大海知情外）与他们进行联系和运作。强忍着对大海相思了几十年的痛苦，自己则亲自负责在美国方面所要做的一切准备工作。让子柏来做双方的联络人，又让自己失去了再次与大海相见的机会。

子柏含着泪讲完了这一切，大海也是含着泪听完了这一切。大海心里早已五味杂陈，在情感上很复杂，既为子涵对自己几十年的苦苦坚守，也为这近似天方夜谭般的重遇而惊诧，更为马琴将要抓到最后一根救命稻草而欣慰。要知道，那是人最宝贵的生命之光即将熄灭之际又出现能重新燃烧的一丝希望。这时，大海纵有千言万语，却不知道怎样去表达，只是对子柏轻轻地说了一句：“谢谢你们了！”

子柏却非常动情地说：“哥，不要这样说，我们早就是一家人了。这几十年的失联，就权当是一场梦吧。连我姐都走出来了，你还不能走出来吗？”

一下午时间过去了，丰盛的餐食送进了饭厅。面对满桌美味可口的佳肴，两人似乎也没有什么食欲。虽然是离别了几十年后的首次重逢，本该狂饮豪喝以示庆贺一番，可如今这般哪有心情为之呢？两人只是象征性动了几下刀叉罢了。两人心里都很清楚将要面临的是对另一个亲人生命的担当。

晚餐就这样草草收场了，大海要告辞回去，子柏也不宜再留大海。子柏走进里间提着一个旅行袋出来，并把包塞给大海，说：“哥，你先拿着应急。”

大海心里明白，摆了摆手表示拒绝。子柏见状，马上反应过来，说：“哥，你这样马琴姐她会相信令狐大叔有这样的朋友吗？”

大海无奈，只好拉开拉链取出两叠现金，说：“既然是演戏，那就演像一点吧！好了，明天与大夫们沟通好后，我再回来。”

大海迈着坚定的步伐走了出去。子柏望着大海离去的背影，泪流满面。

第二天上午，大海和卿卿满怀希望找到了张娴雅主任。大海把昨晚一家人商量好的打算和盘托出，目的就是尊重和征求这位主治大夫的意见。

谁知张大夫听完并没有表现出柳暗花明的欣喜。她平静地说：“首先，谢谢你们对我的信任。我也知道你们所说的美国休斯敦那家医院，我曾在那进修过。没错，那是世界上治疗这方面疾病的顶级医院，其设施和医疗技术水平是世界一流的，一直引领着当今世界最先进的医疗技术水平，许多研制的新药也基本上是那里最先临床使用的。但是，那里的医疗费用也是世界上最昂贵的，不是我们一般人想象得到的。我想没有好几百万人民币是不敢问津的，你们那个所谓华侨资助团体到时能否兑现诺言，我看是要打问号的（为了不让马琴受到刺激，故称华侨资助团体，这也是子涵的智慧）。即使经济上承受得了，也不敢打包票能治好。因为，世界上再好的医院也只能是治病，而不能治命。恕我直言，您夫人的病我最清楚，就她目前这种情况，是经不起这样出国治疗折腾的，我十分理解你们的心情。要不这样，既然你们有这样的条件和机会，能不能购一些最前沿的靶向药品进来，我们帮着配合一些辅助性医疗，也许这样，夫人的生命可能不会像我们所说的那样悲观。如果需要，我会以最快速度整理好一份病历资料，叫你的朋友带过去供对方参考。意见我说了，最终由你们家属和病人商量好后再作定夺。”

这还用商量吗？显而易见这是没有选择了，只有唯一。

大海和卿卿装着高兴的样子走进了病房。自然对马琴只是报喜不报忧，不知就里的马琴顿时兴奋异常，庆幸自己到底还是有药治。为了鼓足马琴的信心，大海当她的面给子柏打了个电话，约好下午再次会晤。而马琴在一边不停地对大海说，要代自己好好谢谢令狐南这位好心的朋友。

话分两头。当子柏飞往祖国后，子涵随即组织和动员了整个大家族的一切力量。一场拯救和延长马琴生命的战斗在异国他乡也拉开了帷幕。说来也是巧，子涵大伯亲家的儿子就是休斯敦那家著名医院另一学科的大夫。通过他的引荐，子涵在堂嫂的陪同下直接飞了过去。虽经几番周折，最后还是办好了近期迎接马琴一行到来的准备工作。可以说万事齐备，一家人只有万分焦急地等着子柏的归来。这边子柏哪敢怠慢，接到大海带来的有关资料后，又马不停蹄地飞回美国去了。

然而，子柏反馈回来的信息却是那么沮丧和无奈。仿佛给大家心上泼了一盆冷水，刚燃起的希望一下子被扑灭了，大家都为马琴感到惋惜和哀叹。尤其是子涵更是长吁短叹，又深深地陷入无限懊悔和自责。她含着泪自言自语地说：“哥，想不到竟让你一个人承受这样的不幸和无助啊！”她懊恼由于自己的任性、狭隘和自私，在大海哥人生中最艰难时刻，遭受人生际遇最失魂落魄的时段，心灵最需要得到抚慰的时光，自己的一家人却浑然不觉，没给予他一丝的同情和慰藉。如今，大海哥已落到身无栖身之所，差不多要寄人篱下的地步，而自己又那么富有，现在能为他做的，只有这个仅值两万美元的所谓靶向新药的机会了。想当年自己家的不幸际遇，人家又是怎样做的？相比之下岂不叫人羞愧万分，无地自容？

曾经的过往又一幕一幕涌上心来。子涵永远也忘不了大海哥当兵临走的那一刻，家里也实在穷，能给大海送行的礼物也只有母亲煮的十个茶叶蛋。这仅有的十个茶叶蛋，大海还从挎包里又拿出四个给了他们姐弟俩。哪怕家里只剩下一杯羹，也决不会少姐弟俩一口，这样的感情凝成的亲情，怎能是两万美元可以抵的呢？子涵抹干了泪，向子柏要过资料，不顾家人体恤自己的劳累，执意亲飞一趟休斯敦不可。她觉得只有这样，才能使自己心安。

一星期后，子柏再次飞抵滨海市。为了把戏演得更好，不让马琴看出破绽，以免引起她的警觉和怀疑，子柏这次是以令狐南朋友的朋友身份顺便把药品捎过来的。当子柏把药品交给大海手上后，他并没有作短暂停留，而又风尘仆仆地飞往中西省的省城。他只是简要地给大海说了一句要去那里办点事的含含糊糊话语，大海心里也着急，也就没有细问下去，手里提着药品，就在机场匆匆与子柏握别后，又火急火燎地赶回医院去了。子柏望着大海连一口水都没有喝就急着离去的背影，心里不禁又是一阵酸楚并由衷叹道：大海哥是一个多么负责的男人，只是太累了！是啊，负责任的男人都很累。自己何尝又不是呢？这次去中西省省城，他就是按照姐姐的嘱托，以海外贸易公司的名义，在中西省设立一个办事处的分支机构，购置一处高档住宅作为公司业务往来人员的落脚点，也可作为大海哥今后的一个栖身之地的选择，这就是姐弟俩不敢跟大海说的原因。

于是，在张娴雅大夫的指导和积极配合下，马琴开始服用所谓世界上最新研制出来的靶向药。不知是药物真的起到了作用，还是马琴有着顽强的求生欲，或许两者都有，他们心惊胆战地度过医生预期生存的三个月。虽然癌细胞得到了部分抑制，但生理机能却也受到了极大的损伤。像白细胞、血红蛋白和血小板等几项检查指标均不在正常范围值内。且副作用越来越严重，身体的不良反应也越来越强烈，迫使用药的剂量及次数减小与减少。这样服服停停，停停服服，跌跌撞撞又坚持了三个月。马琴也被折腾得死去活来，身体极度虚弱，完全是一副弱不禁风的样子。马琴的心情越来越沮丧，信心和毅力在逐步减弱，大海的心情也越来越沉重。从感情上说，他怎么也不愿意接受残酷的现实就这样临近。但理智上他却十分清楚马琴的生命真的开始步入倒计时阶段了。他曾几次背着马琴和孩子们流下了辛酸而又万般无奈的泪水。

深秋，万树开始飘零，马琴不得不要再次住进医院了。马琴在大海和卿卿的搀扶下跨进了停在楼下的车子，她回过头来凝视着这栋曾经进进出出近两年的大楼，神情是那样专注和留恋。嘴唇颤动着似乎想说点什么，但却始终没有说出只有大海才能读懂的那句话："恐怕我再也不能回来了。"大海永远也不会忘记马琴那黯然神伤的回眸一瞬。

马琴最后一次住进院来，不仅要对自己命运作最后的挑战，还必须直面几个要好病友生命的终极，这无疑加重了大家对死亡的恐惧。这几个要好的病友除荷清大姐半年前就走了外，其他几个病友情况并不好，几乎都到了生命的倒计时阶段。住在马琴对面床的曲雅琴老大姐已不能起床了。就连血小板降至五个单位还能够到处走动的小胖姑娘，现在也躺在隔壁病床上奄奄一息了，私下听人说她的时日也不多了。最幸运的就是再次住在马琴旁边的这位博士后黄莺姑娘，她康复得很好，听医生说她这次出院后可去上班了。这位好姑娘到底还是应验了那句话：“好人一生平安。”这真是一位热心又细心的姑娘，举止言谈彰显知识女性气质，为人处世拿捏恰到好处。她没有为自己的痊愈在其他病人面前表现出欣喜若狂，而总是用自己当初最糟糕的情况去鼓励大家，以自己的亲身体验和感悟去增添大家的信心和意志。大海清楚地记得她出院的那天与马琴告别的情景。她坐在马琴的床沿上拉着马琴的手说：“阿姨，你一定要挺住，没有什么了不起的。只要自己不想走，就一定不会走的。你看我都下过三次病危通知书，现在不就好了吗！”

“好姑娘，阿姨一定会好好向你学习，借你的吉言，坚持到最后的胜利。”马琴受到感染坚定地回答道。

大海从这个晚辈身上感受到，疾病虽然使人痛苦，使人备受折磨，使人身心摧残，但也是一所学校，使人懂事，使人成熟，给人勇敢和毅力，给人一份从容与豁达。

马琴的病情也在加重，白细胞居高不下，血小板一直徘徊在十个单位上下。随之她的护理也升级了，医生禁止她起床，禁止她刷牙。靶向新药也停服了。唯有每天十几袋的吊液仍在进行着。她的生活起居被限定在这张小小的病床上，因此，家属也必须二十四小时陪护。大海意识到马琴也许很难看到新年的曙光了，沮丧的心情顿时更加沉重起来，对死亡的恐惧也是与日俱增了。正像有人说的那样，在这种情况下，往往亲人比病人对死亡的恐惧更为紧张和不安。而令人更难受的是这种恐惧、紧张和不安的情绪又不能在病人面前流露出丝毫，必须仍然装着一副若无其事的样子，给病人以信心。

马琴也真是好样的，也许是经过了近两年的坚持，硬是闯过一道道难关，或许目睹了不少病人痊愈出院，尤其是黄莺姑娘的现身说法等，都给了她巨大的鼓舞和力量。她一直相信自己能创造奇迹，也一直认为死亡还是那么遥远的事，所以她很快就接受和适应目前这个现实，并没有把它当作是一生最后的一段旅程，权把它当作是治好疾病的一个必要的过程。因此，跟大海平常交流叙述的内容并不涉及身后事，而更多的是曾经的美好回忆和今后的憧憬。甚至还提出病好以后再到国外旅游一趟的打算，以了却从未走出过国门的心愿。还有一点连大海都感到吃惊和敬佩的就是，马琴都到了这种地步，还能以一颗博大的心去关注和关心每一个病友。

周六上午，隔壁病房忙碌起来了。医生和护士都拥了进去，各种抢救设备和监测仪器也搬了进去，小胖姑娘的抢救工作开始了。也许病友们有经验，或许都知道这种抢救工作也只是象征性的，于是，同住一室的病人只要能起床的在亲人们的搀扶下都纷纷走出了病房，坐在走廊和过道，瞪着惊恐的眼睛注视着一切。

马琴静静躺在床上输着液，不知为什么却显得很平静。事实上她是知道小胖姑娘在抢救的。大海紧紧地抓住她的另一只手，也算是给马琴的一份镇静。过了一会儿，马琴自言自语道："不知道她那套住房问题解决了没有？想想她也蛮可怜的。"

大海听了深为感动，夫人真是好心肠，还在惦记着这件事。他接着马琴的话回答说："应该解决好了，都到了这个份上，双方也会理解和谅解的。"

"这次小胖恐怕不行了，你代我去看看她，问候一下人家，也不枉为病友一场。"马琴对大海说完就闭上了眼睛。

大海也没有再说什么，他默默松开了手，转身走出了病房。大海来到小胖的床前，只见她身上插满各种管子，紧闭着双眼，眼角还残留着泪痕，已经不能开口说话了。医生和护士正在忙碌着，看这情形，小胖已到了弥留之际。一直流着泪的丈夫正忙着向外打电话。过了片刻，小胖的母亲带着小外孙女匆匆地赶了过来。对死亡完全没有概念的小女孩扑在妈妈的身上，大声哭着问：“妈妈，你疼吗？你怎么不说话呀？”她一边哭喊着一边用稚嫩的小手揩拭妈妈眼角残存的泪迹。然而，任凭丈夫、母亲和女儿怎样呼唤和哭喊，小胖姑娘却再也没有任何反应了，犹如沉睡般安静，就这样带着对亲人们的无限眷恋和牵挂永远地走了。

然而，对于住在病房的病人和陪护的亲人，尤其是危重的病人，似乎听见了死神脚步的患者而言，在他们的潜意识里都会担心下一个会不会轮到自己。对死亡的恐惧，恐怕是任何一个局外人都无法体验的。正如有人这样说：死亡本身固然可怕，但等待死亡则更可怕。小胖姑娘走了以后，曲雅琴老大姐和她丈夫都已意识到了这一点。这不仅是久病成医，而是久病有预知了。

那天傍晚，大海盛了一碗小米粥轻轻地走了过去，躺在床上的曲雅琴大姐强作笑颜对大海说：“谢谢！你还这么有心。只恐怕我也要跟着小胖姑娘去了。”

大海急中生智安慰道：“不会的，听说小胖姑娘这次住进来，是因为给女儿过生日拖了好几天，耽误了时间。可你一直住在这里，不会有事的，放心吧，医生总会有办法的。”

“但愿如此。”曲雅琴老大姐在她妹妹的帮扶下坐了起来，另一个妹妹用汤匙开始给她喂食小米粥了。

这时尚未回家的老梁头用眼角扫了一下大海就悄悄地走了出去，大海会意随即也轻轻地跟了出去。两个人一前一后来到了走廊尽头的一个角落停了下来。“大兄弟呀，我夫人这次恐怕挺不过去了，可怕的这一天就要到了。”老梁头用伤感的口吻首先开口说道。

大海听了心里一惊忙问道：“现在有这么严重吗？”

老梁头接着说：“有哟，到了最后的阶段了。现在几项指标都无法上去了，尤其是血小板都在十个单位以下，即使要维持到这个水平，还得间隔一天就要输一次血和血小板，但也只能坚持七至八个小时。鼻腔内开始出血了，全身也开始剧烈疼痛。连大夫们都说了，他们现在能为她做的就是减轻她的痛苦让她较为平静地离世。注射吗啡不顶用，现在注射杜冷丁了。医生说这种疼痛是任何人都无法体验和想象到的，真是遭大罪啊。他们见得多，有经验，判断也准确，并已暗示我们家属可以着手安排后事了。这不，女儿明天从国外就可以赶回来了，看来女儿为母亲送终是不会有问题的，这样也不枉母女一场。真没有想到，我比她大十来岁，可她却比我先走了。”

事情都到了这地步，大海也不好再说一些什么安慰之类的话语了。从他身上，大海似乎也看到了自己的影子，自己不也将面临同样的问题吗？他小声地问道：“大姐走了，你自己有什么打算？跟女儿在一起生活吗？”

老梁头叹口气说：“这个问题还没有想过。唉，大家都说：父母的家永远是儿女的家，而儿女的家就不一定是父母的家。我也不知道，是不是都这样。”这句土掉渣的话，我们暂且不去讨论它是否绝对化了，但却道白了天下大部分家庭亲情关系的现实和无奈。

曲雅琴老大姐不愧是一个坚强的女性，一位名副其实的坚强病人。在生命的弥留之际仍保持着知识女性那份优雅和从容，艺术家的那份气质和超然。大家从未看见过她的泪水和恐慌，也从未听到过她的哭喊声。实在难以忍受时也只会发出只有她自己才能听得见的呻吟。更令人敬佩的是她不仅忍受住了大病房难免的一些嘈杂，却从未表现出过怨气和不快。倒是怕自己这样一个垂死的病人给其他病人带来不便而感到自责和内疚。为此，她特地要求医生能否把自己调换到一个单独的小病房去，让自己一个人悄悄地离去。但终因客观条件所限并未满足，实在令人遗憾。要知道，这是一个被病痛折磨了三年的老太太，耗到了生命的最后时刻，竟还有这样一份宽容和理解的博大胸怀，不是一般人所能达到的高度。移居国外的女儿回来了，曾经的同事和同行闻讯前来探视，曾经的学生和弟子也来看望，她自己知道，大家也知道，这些亲朋好友是在向她做最后的诀别。

曲雅琴老大姐在大家的高度关注下又顽强地坚持了一个星期，病情又进一步恶化。上午医生查完病房后，她鼻腔内向外渗出的血越来越多，次数也更加频繁了，守护着她的两个妹妹轮流给她擦拭着，她的呼吸也越来越急促了。这时老梁头和女儿领着张主任及外科大夫匆匆地赶了过来。事实上大夫们都很清楚已到回天无术的地步了。张主任无奈地对家属说："我们最担心的就是内出血，那是没有办法止住的。要么打开鼻腔进行外科手术？"张主任说完看着外科大夫征求意见。外科大夫面显难色说："这个时候肯定有风险了，血小板这么低，不要说止血，恐怕一打开就会不行了，不敢保证能下得了手术台。那得看家属和病人本人的意见。"于是，老梁头俯身贴着夫人的耳朵重复了一遍医生的话，只见曲雅琴老大姐十分吃力地摇了摇头表示拒绝。外科大夫见状亲自附耳小声给她陈述着，最后她还是拒绝。正当张主任一行要离开时，又见曲雅琴老大姐示意丈夫过去，老梁头探身过去附耳听着她含糊不清的话语，同时她又用手艰难地做着欲要拔掉一切输液的管子的手势。老梁头泪花满脸地对护士说："她实在受不了了，请你们把这些东西全部撤走吧。"护士瞪大眼睛吃惊地说："那怎么行呢？我们不敢这样做呀！"

"你们不敢拔，那我们自己拔。"老梁头赌气地说完就伸手要去拔，吓得护士连忙上前阻止，并向张主任投去求助的目光。

"我看这样吧，撤就不要撤了，还是先把针头拔下，等病人感觉好一点再接上吧。"

下午，被拔去了针头的曲大姐看起来并没有更好受些。由于鼻腔涌血，气流受阻不畅，她只有张开嘴巴喘着粗气，这一张一合的嘴巴开始还比较急促，随后却慢慢缓了下来，入夜时分就更慢了。初一一下，十五一下，看上去就像是被人扔在干涸沙滩上濒临死亡的鱼。没过多久，护士们又搬来了几样测试生命体征的仪器设备，一阵忙碌之后又平静下来了。整个病房也寂静得连一点叹息声都听不到了。谁也没有睡去或者说都不敢睡去，大海不敢去揣摩其他病人和家属是怎样度过这个夜晚的，他只知道自己与马琴十指紧紧相扣，几乎一夜没有松开过。他们自己也说不清楚这是对死亡的恐惧还是为曲大姐加油所致。马琴闭着双眼，竖着耳朵听着对面的一切，而大海则微眯着眼静静地注视着对面。分别坐在曲大姐床尾的两个妹妹用手轻轻抚摸着姐姐的两条腿，似乎想给姐姐减轻一点痛苦。而分别坐在床头的老梁头和女儿则每人握住曲大姐的一只手不停地抚摸着。大海看着心里一阵惊悸，无独有偶，难道他们也是用这种方式来减轻对死亡的恐惧吗？曲大姐也有"路上有他（她），一生心安"的人生感悟吗？大海一直想着想着，不知什么时候也朦胧进入了梦乡。

不知是深夜，还是凌晨，大家又被一阵躁动惊醒了，大海睁眼看到值班医生和护士都赶到了，曲大姐的床边也拉上了隔离的屏风，仪器设备已开始撤离了，随即传来了亲属的抽泣和她信佛的大妹超度亡灵的呢喃。毫无疑问，曲大姐真真切切地走了。就这样，这位女钢琴家生命的谢幕并没有像生前弹奏完《生命交响曲》结束时那般壮丽辉煌和雷鸣般的掌声，只在少数几个身边最亲近的人的轻声哭泣和她大妹念诵佛经的呢喃中，生命的交响曲就这样戛然而止，并永远地寂静了。

第二天下午，原曲大姐的病床上又住进了一个人高马大、性格泼辣、心直口快且十分计较和挑剔的女人。看得出来她肯定来自滨海市本埠。她一放下自己的东西就用本地话大声问："住的啥人？啥辰光出的院？"她问了一个本不该问也是大家不好回答的尴尬问题。也许是外地病人没有听懂她的话，或许本地人又不知道怎么回答她才好，一时谁也没搭理她，使她感到十分难堪。大海曾在滨海市当过兵，也能听懂一些本埠话，他马上接上说："住的是一位本地的老大姐，治好了，昨天下午才出的院。"

她见大海替自己解了围，下了台阶，用十分感激的眼光对大海礼貌回复道："谢谢侬，阿拉只是随便问问。"

大海曾不止一次碰到这样的场景，偌大的一层病区有一百多张床位，每年进进出出、来来往往的病人和家属成千上万。让大家几乎每天都要这样赤裸裸面视着死亡的场景，虽说这是无奈的事，但毕竟不是令人心情愉悦的事。曲大姐的离去，对全病房的病人冲击和精神打击还是很大的，所有的病人那晚都目睹了曲大姐离去的全过程，尽管当时大家都没有什么反应和表示，并不代表她们都无动于衷和对病友冷漠，也不能说她们都统统坚强到视死如归般从容和超然。事实上她们绝大部分人都存在对死亡的恐惧，或者说对等待死亡的恐惧更确切些。所以，曲大姐离去后整个病房都笼罩着一种紧张不安、人人自危的恐惧气氛，压得大家几乎喘不过气来。

送人玫瑰，手有余香。刚刚住进院来的那位婀娜多姿的傣族姑娘，闻讯从其他病房赶了过来。她坐在马琴的床沿上，拉着马琴的手说：“阿姨，你还好吧？你鼓励我们要坚强，你自己也要坚强啊！”

马琴没有想到这丫头还这么有心惦记着自己，也很受感动，笑着说：“谢谢你，好姑娘，我们一起坚强，一定要挺过去。”说来也真巧，就在她们相互问候的时候，那个江南水乡的女大学生带着两个熟悉的病友也来到马琴这里问候，更让马琴喜出望外，不免有点兴奋起来了。说话的声音也高了起来。

“阿姨看到你们好好的真高兴，仿佛我自己也好了许多，也使我更有信心了。”在大家相互问候和夹带着少许调侃的话语中，病房又恢复了往日的温馨和祥和。然而，病房的欢乐是短暂的，大多数病人心里笼罩着的往往是对死亡恐惧的阴影。能一直欢乐下去且又能笑到最后的毕竟是少数幸运儿。

不言而喻，大海是多么希望马琴也能进入到少数幸运儿的行列。就在曲大姐走了大约半个月的时候，马琴病情开始恶化。其情形越来越像曲大姐临终的迹象，每天都得输血和血小板来维持，浑身也开始剧烈疼痛。马琴是从来都不轻易喊疼的人，此时也忍不住不停地呻吟。大海见夫人痛苦万分的样子心如刀绞，他多希望自己能为她分担或干脆能够替代啊！然而，大海不是神仙，死神并没有为此望而却步。

医生悄悄告诉大海说：“爷叔，阿姨已到了弥留之际，我们已无能为力，回天无术。你们家属可以开始考虑她的后事，我们现在唯一能做的就是减轻她的痛苦。先给她注射吗啡，最后再注射杜冷丁。绝大多数癌症病人最后都是疼死的，这也是没有办法的事，爷叔，你自己也要多保重，我们大家都尽力了。”医生的告知，无疑等于签发了死亡通知书。大海怎么也不敢想象一个鲜活的生命就这样在自己眼前消失。

大海呆呆地坐在马琴床前，痴痴望着被注射镇静药剂而安然入睡的马琴，一时百感交集。这曾经是一张多么俏丽的脸庞，一副多么匀称健美的身材啊！可如今却被病魔折磨得面容如此憔悴不堪，身体骨瘦如柴，只剩一副皮包骨的空架子。大海一边轻轻抚摸着马琴的手，一边揩拭自己的泪水。心里却一直想着，这样的抚摸也许今晚也许明天就会永远中止，他多想这样的抚摸能再坚持一年半载呀！

下午，医生巡房时马琴醒了过来。剧烈的疼痛暂时过去了，但对死亡的恐惧则更强烈。马琴似乎潜意识里知道自己大限将至，情绪十分沮丧，一双失神的眼睛望着大海说：“老公，这两年多来可把你累坏了，把你也拖垮了，看你的白发也多了不少。可我又不争气，病情越来越糟糕。既然这样，我还是想回老家去，你陪着我好好说说话。可是，我走了以后你可怎么办？我看你哪里也不要去，就待在老家好好陪伴两位老人吧。看来上苍是不会给我这个机会了。”马琴说完又流下了泪水。

大海自己噙着泪却拿着纸巾去给夫人擦泪，并安慰她说：“老婆，不要去想那么多了，我们一定要坚持到过年。到那时不管病情好坏，我们一定回老家过年，以后我们再也不出来了。”

“真的？那我们一言为定。”马琴一听情绪又好了许多，她用力抓住大海的手说，“那我们加油，一定坚持到底。”

大海为了最大限度激发马琴的求生欲，强忍住心中极大的悲伤，故作轻松状说：“我很有信心，你也一定能够坚持住，我们两个一个也不能少，一起回家过年。”

马琴听完也信心十足说：“那好！老公我们拉钩。”马琴真的像小孩似的伸出自己的小指，大海立即也伸出自己的小指和她紧紧钩在了一起。

不知是大海的鼓励起了作用，还是马琴生命即将耗尽的回光返照，她的精神真的发生了很大的变化，情绪也一下开朗了许多，竟然还有心情与邻床的病友搭讪说笑，大海心里暗暗称奇。于是，大海特别欣慰，兴致极好地去为马琴准备晚餐。大海为马琴准备的晚餐是熬制的小米粥，事实上和平时也没有什么两样。但感觉马琴却吃得特别香甜可口，兴致也很高，最后竟说服了邻床的一位中年病友也分享了一碗，让病友十分感动。

晚餐后，马琴拨通了老家婆婆的电话。“妈，你们两位老人家最近还好吗？”马琴亲切地问。

“我们都很好，没事，你自己安心养病，好了就回家过年，我们在家等着你们。”听筒里传来老太太熟悉而关切的声音。

马琴容易动感情，她哽咽道：“妈，我们商量好了，我的病不论好坏，都要回来陪你们过年。”

“琴琴呀，你首先就是要好好养病，其他的你什么都不要去考虑。你现在想吃老家什么东西，告诉妈，我们给你送过去。”老太太关心人从来就是很讲实在。

“谢谢妈！我现在什么也不想吃。想吃的时候再告诉你吧！没有其他事那就挂了。”

这是马琴多年来的习惯，不管有多忙，她每个星期都要给婆婆去个电话问候一下，有话则长，无话则短。即使自己患病两年多来也从未中断，这一点连大海都做不到，而儿媳妇马琴却做到了。由此可见，她们婆媳的关系与感情是多么融洽深厚。以致每当大海与马琴闹别扭和摩擦时，不管大海有理还是无理，老人家首先数落的一定是自己儿子，几十年来无一例外。有时，连大海都闹不清楚自己到底是她的儿子还是女婿。

入夜，和往常一样在就寝前大海为夫人擦洗了一遍身子。这是这次住院两个多月以来每天必要的程序，甚至连每晚大海为夫人接几次小解都很有规律。一切就绪后，马琴静静地仰卧在病床上，大海才把自己陪夜睡的行军床搁置在夫人病床边上并躺下。两张床虽然一高一低，但每天晚上睡觉时夫妇俩都必须是手拉着手，这并不是故意秀恩爱，而是已经成了习惯。一来彼此觉得很有安全感，踏实心安；二来有什么事情也方便彼此呼唤，避免影响其他病友的憩息。这晚马琴睡得还比较安稳，漫长的一夜，其间大海只为她接了三次小解。与平时的习惯一样，到早晨将近六点时，马琴醒了过来，并示意大海自己想去卫生间。马琴其他方面都能按照医生的嘱咐养成了危重病人的生活习惯，唯独养成不了躺在病床上大解的习惯，以致每次都在大海的搀扶下去卫生间，大海曾多次劝她。大海之所以一味迁就她，一是因为太了解马琴，她一向干净整洁，十分在意和讲究自己的形象；二是确实会使其他病友感到尴尬。于是，大海和往常一样搀扶着虚弱的马琴，一步一步艰难地挪进设置在病房一个角落的卫生间。此时，马琴已虚弱到极点，坐在马桶上连站起来的力气都没有。大海俯下身去，勾着头，让马琴双手合挽着自己的脖子，他用双手搂住马琴的腰才把她抱立起来并为她系上裤子。见此，大海说：“老婆，你现在这个样子，还是让我背你出去吧？”

“不要，你腰椎本就不好，不能再闪着腰，否则谁来照顾我呀？还是扶着我慢慢走吧。”马琴这时还在心疼丈夫。大海见固执的马琴不肯，只好把她的一只手挽在自己颈脖子上，自己一只手箍在她肩膀上，两人肩并肩，手拉着手，十分缓慢地迈出卫生间。谁知刚出了门，才挪到两步时，马琴突然两腿一软，一屁股就瘫在地上。大海猝不及防也被马琴拽倒在地，眼看马琴的头部即将碰到墙壁的一刹那间，大海眼疾手快迅速伸出一条胳膊垫在她的脑后，避免脑部直接与墙壁碰撞。这下，全病房的病人和陪夜的家属都被惊醒了。在这突如其来的慌乱中，大海在其他家属的全力帮助下，一下子就把马琴抱回到病床上。这场致命的惊吓使马琴惊恐万状，病重病人最忌讳跌撞的一幕出现了，大海从未见过夫人有过这般恐惧的神色，一时也慌了手脚，只知不停地询问夫人是否哪里感觉疼痛。

这时马琴瞪着惊恐的双眼问大海：“老公，这怎么办？”随即呼吸开始急促起来了。

大海只有不停地安慰她道：“老婆，不要紧张，没事的，没事的。”还是旁边的家属机灵，很快就叫来值班护士和医生，一时各种监控病情的设备和仪器搬了过来。然而，这一切都无济于事，天数已定。马琴的病情正在加速恶化，那双仍旧惊恐万状的眼睛望着大海，轻轻地呼唤着大海的小名说：“我想回家。”

这是马琴说的最后一句话。大海噙着大把的泪花附耳和她大声说：“老婆，你一定要坚持住，挺住，等到儿子他们来，我们一起回家。”当着马琴的面，大海拨通了儿子的电话。

不知马琴是否真听清了丈夫的话，还是说不出来，她只是紧紧抓住丈夫的手，眼睛直愣愣地望着大海。也许这个时候马琴才真正意识到生命走到了尽头，听见了死神的脚步，将要永远告别这个世界，这时她的眼角流出泪水，眼神又是那么复杂和无奈。这眼神只有大海才能够读懂，也只有相濡以沫几十年的夫妻才能读懂。那眼神分明带有对死神突然降临的恐惧和无奈，但更多的则是对丈夫还有千言万语竟未及说的悔恨和遗憾，是对晚辈嘱托交代的强烈渴求和愿望，尤其是对家、对人世间的一切美好眷恋与不舍。马琴的眼神让大海受到了深深的震撼，他不敢相信与夫人的生离死别、阴阳两隔就发生在眼前，他不知道为什么生者在这个时候会突然变得十分高尚和伟大起来。他恨自己太无能和束手无策，竟这样眼睁睁看着夫人在眼前死去。他甚至天真地想，如果能用自己的生命去换夫人的生命，他将会毫不犹豫、义无反顾做出抉择。同时，对她过去的一切，不论是对的还是错的，甚至是不可饶恕的错误，在这一刻，都会觉得是那么渺小和不屑一顾，任何一点怨恨和不满都会云消雾散，统统都能得到包容、宽容和释怀。大海只觉得自己一生为她做得太少，太不够，太差了。恨不能把时光再拉回来，以便弥补这一切。大海不停地对马琴大声喊着："老婆，你一定要挺住，挺住！"然而，不管大海怎么呼喊，对方再也没有任何响应了。她慢慢闭上了眼睛，松开了紧紧抓住丈夫的手，像是沉睡般地去了。"老婆，你怎么就这样走了呢？你怎么这样快就失约了呢？"大海悲痛欲绝地把马琴紧紧抱在怀里，亲吻着夫人的额头。

"妈，你怎么就不能等我们一下，就这样匆匆走了呢？"

"奶奶，你快醒来呀，宝宝来看你了。"

儿孙们的声声呼唤再也无法传递到她的耳膜，只能回荡在病房中。

马琴的永远离去，与曲大姐的离去相比，客观上显得更有尊严一些。因为刚好是早上八点钟医生、护士交接班的时间。主任来了，安慰大海说：“爷叔，您老节哀顺变，保重自己。这样也好，阿姨是没有什么痛苦走的，她是因为跌倒受到惊吓，导致大脑里毛细血管破裂，人很快就会进入昏迷状态，所以她走的时候不会觉得痛苦。”

护士长带着护士们来到床前对马琴行了注目礼，向这位资深美女做了最后的告别，这使大海十分感动和感激。更使大海永远也不会忘记的是那个绰号叫“毛毛”的护士，还有那个高个子大眼睛漂亮的护士，以及这个聪明伶俐的小个子护士，她们竟为这位可敬可亲的马琴阿姨流下了泪水，为她的离去感到万分惋惜和遗憾。这也是马琴两年来在这里有着良好的人际关系和医患关系，得到的珍贵友谊的回馈。马琴在天之灵应该感到欣慰。

第十章

翌日早晨，一轮秋阳从远处连绵不断的黛色山峦中升了起来。在瓦蓝瓦蓝天空的衬托下，仍旧使人感觉到有点炙热的中秋艳阳显得格外清亮。碧蓝如洗的晴空没有一丝云彩，苍茫大地犹如镶嵌上了一块巨大的蓝玻璃，似乎把群山和天空之间的距离又拉近了许多。早饭后，大海惜别了年迈的父母，驾着车徐徐地离开曾经是那么温馨祥和的家。他从倒车镜看着父母二老站在家门口不停地朝着自己的车影挥手，久久不肯离去。他不知道这次分离意味着什么，他甚至连想都不敢去想。人家是“少小离家老大回”，而今自己却……大海情不自禁地流下了一行热泪。

车很快就要驶出乡村小道进入返回省城的高速公路了，当行至即将离开山村的山坳时，大海不知为什么却停了下来。他走下车站在路口边翘首眺望着这个生于斯、长于斯的美丽小山村。白驹过隙，沧海桑田，几十年过去了，这个曾经贫穷落后的小山村也和全国农村一样发生了翻天覆地的变化。土坯房全部消失了，取而代之的是一幢幢设计新颖、风格各异的小楼房。处处呈现一派欣欣向荣社会主义现代化新农村的景象。袅袅炊烟不见，映入眼帘的是太阳能装置和大大小小的锅底及发射天线。道路硬化了，还破天荒地用上了自来水。昔日的小山村变得更漂亮了，也更清爽干净，更时尚摩登，下里巴人也过上了城里人的生活。如今，房也不是那栋房了，山也不是那座山了，湖也不是那个湖了（由于施行国家退耕还林和退耕还湖的政策好）。山也变大了，树木更茂密了，植被更厚了，森林覆盖率由原来的百分之六十多提高到了百分之七十以上。湖也扩大了，其面积竟比原面积增加三分之一。变化最大的还是那个与村相邻的五七干校，当年的牛棚一扫而光，几十栋现代化大楼拔地而起，那一溜溜望不到边的种植大棚和那一排排整齐的厂房竟成了一道观赏的风景。据说那里已成为集农、工、商、种、养（殖）的一家大型企业，还是全省的重要水产基地。当然，乡村的古老和传统文化正在渐渐退化消亡，而新的文化和思想也正在替代和生长。发展才是硬道理，变得越来越美的小山村诠释了她的全部意义。

大海一边望着，一边感叹着、赞美着。面对如此震撼又催人奋进的山乡巨变，大海没有当初离别时的惆怅和迷茫，一种欣慰和自豪感油然而生。这一切都要感谢这个伟大的时代，这是馈赠人们的一份福祉，值得千秋万代去讴歌传颂。唯一使他感到有点遗憾的是，从此，自己就要把这个美丽的家乡变成遥远的故乡了。大海深深地吸了几口清新的空气，嗅着弥漫在空气中的成熟果香，抬眼向小山村投去了深情的一瞥，随即跨上车徐徐地越过了山坳，小山村隐没了。

中午时分，大海驾驶路虎驶进了凤凰山庄，在刘管家的恭迎下停在了五号别墅的楼下。大海还未下车刘管家就迎上来为他开车门，笑容可掬地对风尘仆仆的大海说："先生，这几天够辛苦的，午饭在饭厅里请你自己慢慢用餐吧。车就交给我给你打理一下。"

"谢谢，那就劳驾你了。"

"不客气，应该的。"刘管家非常娴熟地跨进了车，一下子车就驶出院去了。

大海望着速去的车影感叹一声："有钱真好！"他自己做梦也不会想到，还有幸过着这样"有事伸手，有饭张口"的所谓上等人的生活。不知自己是不是生就一副穷苦劳碌命，还是不习惯像旧时的地主老财这样被人侍候着，大海反而觉得浑身不自在、不舒服。

午餐后，大海走进办公室拿出行程安排表勾画着已经完成的项目，他还是十分满意的，因为时间过半行程也过半了，很是匹配，一切行程都在按原计划进行着。他顿时觉得自己轻松了许多，随即一阵倦意袭了上来。他匆匆地洗了一个澡就躺在床上，也许是这几天确实太劳累了，大海很快就进入了梦乡。

大海这个午觉睡得很香，也睡得很沉。秋阳渐渐西沉，快要坠入远处的群山时，大海仍旧在鼾声中，甚至刘管家早已准备好了的晚餐都不忍心叫醒他。直到暮色朦胧，大海才被一阵很长的电话铃声惊醒。大海接通了手机，传来了袁通熟悉的声音："大哥，在干吗？这么长时间不接电话呀？"

"我现在能干吗，睡觉呗！不像你这个伟大的社会活动家，忙得很，日理万机！"大海又不由讥诮起他来了。

"嘿，大哥你还好意思说我呀，你才忙得天昏地暗，你这是午觉还是晚觉哟？你交办的那件事情我已落实好了，明天上午我先到朝阳农场等你。碰巧那个场长是一个很好的朋友的一个朋友。关系都已经疏通好了，按时到达就行了。好了，就这样吧。我现在要赶赴一个应酬，明天上午见。”

“我说小老弟，你这张网可不要织得太密了，也得剩下一点小鱼和小米虾让人家吃吃，行行好。”大海临了还没有忘记又调侃了他一句。

夜空下的凤凰山庄格外宁静。大海坐在窗前的大办公室着手整理属下赵平洋和李方明的简要材料。虽说是简要材料，但明天又必须拿给袁通留存，时间也是紧迫的。但不知为什么他却迟迟动不了笔，心情十分沉重和复杂。这两个人曾经是自己得力助手，如今一个被判了无期徒刑，另一个也被判处有期徒刑十二年。当年单位的翘楚和企业的精英，现却身陷囹圄失去了人身自由，不但自己成了人民和国家的罪人，还殃及几个家庭，酿成了家破人亡、妻离子散的悲惨结局，令人痛惜不已。教训惨痛，感触万分。属下犯罪虽然和自己没有直接的关系和关联，全是他们咎由自取。但作为他们的直接领导和兄长，大海总觉得自己的影响力还是不够，率先垂范的教育和苦口婆心的教诲在他们身上没有效果体现，所以才走上了人民的反面。自己对他们有着教失严、失之察、疏于管之责。说心里话，大海开始时也确有一股哀其不幸、怒其不争的怨气。他俩出事，从客观上讲等同于大海的脸被人狠狠地打了几下，一向被自己欣赏和器重的两个人，一时使大海威信扫地、无地自容，工作受到了严重的制约和阻碍。使他更难堪的是那些对大海历来有成见的人甚至扬言要揪出他俩幕后的老板，矛头直指大海。大有一股“黑云压城城欲摧”“山雨欲来风满楼”的阵势，大海也成了大家议论的焦点和中心。

作为这个事件的见证人，大海目睹了这两个曾经幸福家庭的支离破碎，亲情和爱情的毁灭，人生最大的不幸莫过于此。人的贪欲对家庭乃至整个家族的影响和危害是普通人无法体会到的。不幸能体会到的人都是悔之已晚的罪人。我们完全相信身囿牢笼里的罪人的所有忏悔都是发自内心的，那是血的甚至是生命的代价换来的教训和悔恨。没有什么比“在任官员”与“落马贪官”之间的距离更远，差距更大。官员落马前，应该是这个社会最强势的群体。可一旦落马，从官场到舆论，从同事到公众都会把他们当作奚落和讽刺的对象。今天，大海之所以为他们整理好一份简介，并不是为他俩自食其果的辩护，在任何社会和时代对这种贪污腐化都绝无可恕。但他又十分了解他们，认为他们不是天生的坏人，只是在复杂的社会现象中，逐步丧失了自己的信仰，人生观和价值观被扭曲了，没有履行好自己当初的誓言，一念之私坠入了违法犯罪的深渊，成了罪人。成了家庭破碎，亲情、爱情毁灭，家庭幸福被破坏的始作俑者和根源。成了“百身莫赎，万事无补”的家族不肖子孙。到了“万念俱灰”的地步，曾几次试图用自绝的方式谢罪，来解脱自己对家人的愧疚。大海作为他们曾经的直接领导，实在不愿意看到他们在罪恶的深渊里越滑越远，使本就难以支撑的家庭遭遇最后一击的灭顶之灾。而现在自己能做的只有用剩下的最后一点友情来唤回他们的理智，重新点燃他们继续生存下去的希望。事实上也正是有大海这一帮人的博大胸襟和情怀，经过孜孜不倦的思想教育和心理的交流疏导，才有今天这种稳定的局面。这一点大家都感到十分欣慰。可是，过几天大海就要远走他乡，能再为他们做什么恐怕就难了。为此，大海明天就想把袁通引荐给他们，委托好友替自己继续关注和关心他们，让他们安心接受改造，认真积极悔罪，争取立功，早日出去，重获新生和自由。并想叫袁通承诺，待他们出来后，根据他们各自的实际情况，考虑在自己的麾下安排一份差事，聊以生计。对此，大海对袁通是很有信心的。于是，大海重新拿起了笔。

这段回忆在大海脑海里翻滚，惊涛骇浪，虽说是一件十分痛苦的事，也是自己再次接受警示教育的一次机会。赵平洋是在“千里跃进”项目建设正处在酣战淋漓的关键时刻被检察机关带走的。事情也真是凑巧，那天上午指挥部正在举行“抗洪抢险”表彰大会。会议由万山主持，大海作总结报告，赵平洋宣读授予获奖单位（集体）和（包括他自己在内的）个人英模名单的决定。检察机关既给了大海的面子也可以说没有给大海面子，因为检察机关的同志早早就来到了会场并不动声色地坐在下面，开始大家还以为是哪个施工单位的与会代表。很显然他们实在不忍心在这欢庆的时刻扫大家的兴，所以一直默默地等待着表彰大会既定的所有流程结束，才匆匆走上主席台宣布对赵平洋实行立案侦查决定。并在几百双惊诧的眼光注视下，走到还坐在主席台上呆若木鸡的赵平洋面前，随即扯掉了他身上披着的英模绶带和红花。就这样，赵平洋在众目睽睽之下被带走了，从此，在如火如荼的建设工地上人们再也看不见他的身影了。

“千里跃进”项目常务副指挥长被抓了！这个重磅炸弹信息不胫而走，一下子似乎传遍了天下。大海还未来得及按程序报告上级有关领导和部门，就应接不暇接到了各方的询问电话，真是信息时代了。这个号称“天字第一号”工程建设项目曾在中西省创下历史上多个“第一”，是多么值得骄傲和自豪的事。可现在也创下中西省在建工程项目常务副指挥长第一个在现场被检察机关抓走的先例，在社会上其影响和震动是多大啊！尤其是反腐倡廉正处在如此高压的态势和社会舆论一边倒的情况下，他深知“一丑遮百俊”的常理。既然不该出的事出来了，就个人而言，其权力、地位和荣耀也不会再想去奢求了。关键是这样一个大的工程建设项目，因为此事件的出现，如果不能按时保质保量完成省委省政府所既定的目标任务，这不仅影响到省委省政府的战略部署和经济发展步伐，而且建设成本将要急剧增加，这样一个大规模的建设摊子，每延长一天施工工期那间接建设成本的增加就可想而知了。如果运作不当，稍有不慎，势必将会使项目工程建设资金进入突破概算的风险，要知道这是工程建设最为忌讳最不愿发生的事情。不但自己一世英名尽失，从另一个意义上来说，造成如此巨大的经济浪费和损失那也是对国家和人民的一种犯罪。大海不愧已成长为一名成熟的领导干部，他非常敏锐地意识到了这一点，顿时感觉压力山大。在这突如其来的事件面前，作为项目建设的第一责任人，必须沉着冷静应对这一切，千万不能自已乱了阵脚。他十分清楚在这关键时刻指挥系统不能乱，管理系统不能松，施工队伍不能散，施工进度不能慢，要尽最大的努力将事件对工程建设的影响降到最低限度甚至为零。于是，在大海的建议下，午饭后，万山主持召开了临时党委扩大会议。据此，会议作出了三项重大决定：第一，稳定施工现场压倒一切；第二，由临时党委纪委书记牵头，积极配合案件的查处，这也是应尽的职责和姿态；第三，借此契机，自上而下进行一次全面的（包括设计代表、监理单位和施工单位）反腐倡廉的警示教育。

风暴乍起，掀起的冲击波对人们的震撼是十分强烈的，威慑力是巨大的。大家虽然平常时间学习和接受了不少有关反腐倡廉的教育，也不断参加和观看了多次廉政会议与警示教育片，但却总觉得那是走走过场，履行一些上级所规定和要求的必要动作及程序而已，心里并没有更多在乎什么，总以为那是距自己十分遥远的事。然而，无情的现实把人们美好的愿望和侥幸心理击得粉碎，人们真正懂得了定时炸弹随时都有可能在自己身边爆炸。昨天还踌躇满志，指点江山，叱咤风云，谈笑风生，风光无限，今日却沦为阶下囚。天上人间，顷刻之间。像这样看得见摸得着的现场版的活话剧，不仅使人唏嘘不已，更是叫人震惊万分。大海心里十分明白，大家所受到的冲击和震荡远不止这些，接踵而来的社会舆论和公众视线以及那些不负责任的新闻八卦、途听道说甚至造谣诬陷，这股无形的巨大压力也不是一般人承受得了的。看来一场“舆论报应”已经在所难免，且来势是如此迅速而凶猛。曾经热血沸腾、士气昂扬的氛围没有了，上级有关领导和部门的关注及关心明显少了，原来络绎不绝的参观学习、观摩取经的人绝迹了，正面宣传报道的各方新闻媒体全面沉默了。总之，指挥部原本希望来的没来，不想和不愿来的却纷至沓来。什么“事情才开头呢，好戏还在后头”“拔出了萝卜，肯定还会带出泥”“恐怕这只是‘冰山一角’，说不定还是一个‘窝案’呢”……各种指责和抨击更是不绝于耳。大海这回真正领教了“一丑遮百俊”的委屈而又万般无奈的滋味。一时，这个中西省历史上最大的工程建设指挥部，犹如被人遗忘和抛弃，航行在茫茫大海同时又遭遇狂风暴雨袭击，面临随时都有可能倾覆或沉没的风险。作为一船之长的大海其压力之巨大就可想而知了。

“只要你不倒，一切都会好！因为你才是一面旗帜。”万山坚定地对大海说。万山坐在纳凉的石凳上，面容冷峻凝视着远处的夜空，在皎洁的月光下，犹如一尊雕塑，看起来一副神圣不可侵犯的样子。“小赵的事，毕竟是他个人的事，我们只能为他感到痛惜，无须为他背上沉重的思想包袱，他也抹煞不了我们集体所取得的成绩，更不能动摇我们的决心和信心。”

“万书记的话，一箭中的，完全正确。我表示赞同。”令狐南围着石桌来回踱步，接上话说，“小赵出事后，我也认真地反思了一下，虽然我们现在还不知道案情的具体情况，但经我反复揣摩和分析，他主要恐怕还是违规插手施工单位工程施工方面而引发的索贿受贿问题。人们普遍比较关注的最为敏感也最容易出事的招投标，事后，我又仔细地阅读了我们本项目的招投标文件、管理制度、办法和所制定的游戏规则，虽然不能说天衣无缝，但还是比较完善的，没有什么明显的纰漏。还有工程变更这一块，也是比较容易出问题。从我们制定的管理办法、程序流程来看也是很严谨的。尤其是我们把工程变更项目进行了实施（认定）、计量支付（决策）两权分离，多个部门相互制衡度高，想必他一个人也是不能做到的。所以说，他个人出事虽然使工程建设受到一些影响，但不会影响到根本。正如万书记所说的，只要你这个主帅不倒，一切从容。折了一员大将，固然可惜，那也是他咎由自取，没有办法的事。”

大海听了这两位既是自己曾经的老领导也是老搭档的话语，心里十分温暖和感动。他打心眼里感激他们这一路来的教育培养和栽培提携，感激他们的信任和拥戴，更要感激他们在这关键时刻的不弃和追随，仍一如既往，义无反顾地与自己共度时艰。这种友情大海一辈子都会镌刻铭心。

“你们俩还是先回宿舍休息吧，我想一个人再溜达溜达。”大海对万山和令狐南说。

“还是那句话，你不能倒！”万山带头先走了。

这时，令狐南走上前来拍了一下大海的肩膀说：“每临大事有静气，这是你的优点，我相信你能挺过去的。好了，我也先走，但你也不要熬得太晚了。”

大海目送万山和令狐南离去的背影，独自一人漫步在这条林荫大道上。他们三人都很喜欢这条长满高大挺拔雪松的大道。它坐落在指挥部山脚下的边坡上，外侧紧挨着北海西湖水库的溢洪渠道，由坝顶顺着山势向下延长大约一公里，尤其是在夏天的夜晚，成了大家茶余饭后乘凉散步的好去处。大海顶着一轮明亮的圆月，迈着稳健的步伐朝着坝顶方向走去。因为雨季刚过，水库早早就蓄满了水，越出高程的富水则从溢洪渠道缓缓流过，但水量不大，刚刚盖过渠底为减压消能所设置的凸起的石块，在皎洁的月光照射下，满河波光粼粼，伴着稀里哗啦的潺潺流水，远远望去犹如成千上万条争先恐后逆流而上的银鱼儿。真是好一派“明月松间照，清泉石上流”的幽境。然而这一切大海今晚都无暇去顾及和欣赏了。大海埋头径直来到坝顶，映入眼帘的是那一眼望不到边的巨大湖面。清澈平静的湖水像一片硕大无比的玻璃搁在那里，倒映着天上的流云、月亮和星光灿烂的夜空以及周边的朦胧群山。山风徐徐，林涛低吟，潺潺流水，更显野山静湖的神秘和虚幻。大海伫立在这静谧的湖岸，内心并不像湖水这般宁静，仍在翻腾着。大海当初把指挥部设在这里是有着深刻内涵和寓意的。北海西湖实际上并不是一个天然的大湖，严格来说这是一座土坝水库，或者更准确更专业来说，这是一个拦河建设起来的水利枢纽工程。别小看它是一个土坝工程，可其规模却好生了得。不仅是中西省最大的土坝水库，据说也是亚洲最大的土坝水库，竟形成库容量近 80 亿立方米，水域面积 3 万多公顷，面积达 300 多平方公里的人造湖。它集灌溉、排洪和发电于一身，也是一个重要的水利枢纽工程。这里地处亚热带季风气候区，森林覆盖率高，气候温暖湿润，一年四季分明，无霜期长，光照较充足，雨量充沛。湖水深邃纯净，平均水深近 50 米，能见度逾 10 米以上，属国家一级水体，大气负氧离子含量每立方厘米高达 15 万个以上，因地处中西省的北部偏西，所以人们给她取了一个很好听的名字叫北海西湖，现在已经成为中西省的著名旅游风景区。大海之所以把指挥部设在这里，其根本目的就是想把指挥决策机构与施工现场那种排山倒海、摧枯拉朽、大块吃肉、大碗喝酒、狂野悸动、放荡无束的环境形成一个较大的反差。远离尘世喧嚣、灯红酒绿、光怪陆离的都市。借此，给大家提供一个环境优美、宁静如水、行止坐禅般的工作和憩息环境，陶冶他们的情操、净化他们的心灵。看来当初的良苦用心、美好愿望就如面前这潭湖水将要付之东流了。想到这里，大海不免对自己当初的选择感到是那么天真幼稚和可笑，再好的环境和条件也无法阻断和抵制形形色色的诱惑和私欲。

山村的秋夜，是那么漫长和难挨，仿佛时间和空间都凝固起来了似的。月不走，星未移。流云不动，夜苍穹。天上地下，寂静如霜。大海只站了片刻就觉得两腿有些发麻。他在一棵雪松树下找了一张石凳坐了下来并点燃了一支香烟。大海又进入了沉思，这一明一暗的烟火闪烁，更添了几分惆怅的情绪。一会儿，大海的手机响了，这是建委刘主任打来的电话。

“兄弟，你还没有睡吧？我受陈新省长的委托打个电话给你，他已经知道项目上出的事，有关领导和部门向他通报了情况。为此，他指示我们：第一，要积极主动配合检察机关对案件的查处，做到不回避，不包庇，不护短，更不能推诿、搪塞和栽赃诬陷，坚持实事求是的原则。第二，借此契机，以案为例，吸取教训，进行一次全面的自查自纠，进一步完善管理制度和措施，举一反三，堵塞漏洞，防微杜渐。把坏事变为好事，从客观上来说，对进一步规范和净化我们的建设市场是不无裨益的。第三，要振奋精神，尽快走出阴影。一个成熟的革命者，不但要经得起赞扬，更应该经得起挫折和打击。无论出现什么情况，都不能以任何理由和借口来拖延建设工期，省委和省政府既定的工期目标与任务必须如期实现和完成，不折不扣，雷打不动。好了，为了更快更好地贯彻落实陈新省长的指示精神，我明天亲自带有关人员赶到你们那里去，与大家一起共商要事。”大海接完刘主任电话后，顿感轻松了许多，心里不再觉得自己孤独和无助了，因为领导和上级部门始终在关注和关心着他们，信任着他们，期待着他们。

贯彻落实省领导的指示会议开过了，思想认识也统一了，但工地上人们最不愿意看到的现象也开始显露了。随着案件查处的深入，案件的情况也渐渐地清晰。不出令狐南所料，赵平洋的问题主要就是违规插手工程，介绍了不少自己的亲戚和朋友分割或分包中标施工企业的工程，从中捞取所谓的中介、回扣和技术咨询费，且还听说得到的好处费巨大。以致中标施工企业不少的项目经理被传唤到省城专案组去“喝茶”了。接二连三，被传唤的相关人员像走马灯似的，说“川流不息”那肯定是过了，来回不停那也是事实。随即而来的更是强大的社会舆论和不同版本的新闻八卦。一时工地上人心惶惶，有为数不少的项目经理竟被吓得请病假和借故逃离了施工现场，导致很多工地处在停工和半停工状态。一日一小变，三天一大变的景象没有了，大干快上的激情熄灭了，热火朝天的场面不见了。工期形势一下子十分严峻起来了。大海怎么也没有想到一个领导干部的不廉洁行为会产生这么大的影响，对生产力的破坏会如此巨大。这下他才完全明白了万山那句“只要你不倒，一切都会好”的全部含义了，也使自己更加懂得了为什么我们党始终把反腐倡廉提到关乎党的生死存亡的高度来认识。尽管自己开始越来越怨恨起赵平洋来，但这一切都于事无补。看来稳住工地就是稳住一切这个工作还是十分艰难的，要恢复过来并要为之继续保持和发扬光大，还要由自己作出更大的政治担当和勇气，这才无愧于一个真正的共产党人的高尚情怀和无私品德。

大海冒着被人误解和承受八卦新闻的风险，找到了省反贪局负责案件查处的清民副局长。这是一位身材高大威武的中年男人，沉稳自信又不失冷峻刚毅的面容透出一副精明强干的样子，听说是个曾经上过战场的转业军人。清民也真不愧为党多年教育和培养出来的干部，体现出了很高的政治素养。当大海用十分简练的言语向清民做了自我介绍和汇报了当前工地所面临及存在的实际情况后，他没有摆出一副盛气凌人的样子，而是用平和又不失热情的语气对大海说：“总指挥，真不好意思，我们办案难免会给工程建设带来一些影响和干扰，但归根结底最终还是项目受益，通过案件的查处，对净化整个建设市场还是有很大的促进作用的。也请你放心，我们一定会秉公办案，实事求是，是谁查谁，是什么问题查什么问题，不搞人人过关，也不顺风搭车，尽量把这种影响和干扰降低到最小。我们也知道这个‘天字第一号’工程建设的地位和影响。”

大海见清民说得如此坦诚、直率和通情达理，心里固然踏实了许多。他试探性地问：“谢谢你们的理解和体谅，为了更好配合你们办案和把影响降到最低，做到办案和生产两不误，我有一个小小的设想和请求，你看行不？”

清民副局长一听似乎也来了兴趣，忙说：“唉，我们也正在琢磨着用什么方式更为妥当和方便呢！那你先说说看。”

大海见清民有允许自己继续说下去的意思，他努力抑制住那颗忐忑不安的心接着说：“你们专案组能不能派出一个小组进驻到我们指挥部来，成立一个分办案点。我们纪委全力配合你们。专案组要寻找的相关人员以指挥部的名义发出通知。这样可减轻相关人员的心理压力和抵触情绪。一来可以减少社会新闻八卦和那些不负责任的传说，二来也可以提高办案效率。更重要的是能更好地稳定人心、稳定现场，奠定整个工程建设能如期建成的基础。”

“好啊，难得你这个总指挥有这份自信和胸怀，我个人认为这个办法可行，但这毕竟还是第一次做这样的尝试，等我请示好上级领导再正式答复你。”清民副局长用肯定的口气表示赞同。

于是，案件查处工作进展非常顺利，曾一度寂静的工地又迅速沸腾起来了。检察机关对赵平洋违规插手工程的犯罪事实也进入到调查取证核实阶段。“一粒老鼠屎，弄糟一锅羹。”一个单位，一个团队，有人出事，尤其是领导出事，其负面影响和形象被人们抹黑和讥讽这是不容置疑的，善后的处理也是颇费精力的。但这毕竟有个组织，有集体的智慧和力量。而当这些出事者们突然从社会的最强势群体一下子沦为社会最弱群体的时候，对他们自己、家庭乃至家族的打击却是毁灭性的。在他们处在最无奈、最窘迫、最无助的时候，却得不到人们的同情和帮助，遭遇到的却是大家的唾弃和不屑一顾，还有冷嘲热讽。这也不难理解这种贪腐行为勾当是多么令人深恶痛绝和不可饶恕。早饭后，大海尚未到办公室，就接到了夫人马琴的电话，焦急告知道：“现在赵平洋的妻子和女儿在我们家，哭哭啼啼说要找你。我看她们母女俩也实在可怜，不忍心叫人家走，你还是回来一趟吧，接触一下人家，看能不能帮助她们一点什么。”

大海听得出来马琴也在一旁陪着掉泪。因为他知道自己夫人生就一副“刀子嘴、豆腐心”，平常最看不得人家流泪。大海接完电话，快步走到万山办公室，碰巧令狐南也在，他向他们俩说了一下情况，也算是打一声招呼吧。

“这样去妥吗？”万山像在问大海也是在问自己。

“我看是没问题，你毕竟是他的领导，又是老乡，再说，这个时候你都不敢上前，还有谁呢？也真是可怜呀。”令狐南还是赞同大海去的。

“那就难为你了。”万山又补充说了一句。

大海见他俩如是说，就随即告别了他俩，匆匆驱车赶回去省城了。

车在奔驰，大海在沉思。大海也是第一次碰到这样的事，自己能不能抚慰这个已经破碎了的家庭，有没有这个能耐为他们做点什么？他心里实在没有底。想到这里他又不由得开始有点怨恨起这个小老乡来了。说起这个小老乡，事实上大海与赵平洋也只是同一个县而已，两家相隔了几十公里。赵平洋老家地处全县最为偏远和闭塞的一个小山村，据说从乡政府进去还得走二十几公里的山路，且至今还没有通公路，是有名的贫困村落。而他们赵姓又是村里的一族大姓，赵平洋家族更是人丁兴旺，叔伯兄弟一大堆。他父亲是老大，可惜命运不济，在赵平洋很小的时候因生病而又无钱治疗，再加上交通不便耽误了时间，丢下一堆儿女撒手人寰。赵平洋兄弟姐妹六七个，他排行第六，乳名叫小六子。好在有精明能干的母亲，在自己的艰辛劳作和乡亲们的接济下，终于含辛茹苦把儿女们拉扯大了。自然，这位山区母亲的一生艰辛恐怕是城里的母亲永远也体验不到的。小六子天资聪慧，又刻苦耐劳，特别爱读书，也很会读书，在众多的兄弟姐妹中最为优秀和突出。因为家里实在太穷了，母亲在万般无奈的情况下，只好采用“丢卒保车”的办法，全家省吃俭用独保这个出类拔萃的小六子上学。从此，在这条崎岖的山路上只出现小六子的求学身影了。从初中到高中，漫长的六年时光里，又有多少个日日夜夜，留下了多少个这个山村少年艰辛求学的足迹。大海曾经听过这位比自己小十多岁的赵平洋的求学的经历。在这条弯弯曲曲的山道上，他曾经赤脚和穿过草鞋。在上大学前，他自己穿过最好的鞋子就是几双解放鞋了。这其间的艰辛和甘苦虽然谈不上悲壮，但足使人们能洒下同情的泪水。小六子很争气，那年高考他以全县理科第二名的好成绩考入了一所全国著名的大学。他没有辜负母亲和大家的希望以及兄弟姐妹的奉献和牺牲。就这样，这些年来，赵平洋凭着自己的聪明才干，刻苦耐劳、坚忍不拔的意志，顽强拼搏的精神，硬是从一个没有一点政治背景和社会关系的普通山村少年，突出重围，成长为一名正处级领导干部。从山村走出的第一个大学生的荣耀又蜕变成了历史上的第一个“七品芝麻官”。这个光环一直闪耀在这个曾经贫穷落后、交通不便、信息闭塞的小山村的上空。这是赵平洋母亲和乡亲们最为自豪和骄傲的地方。可世事难料，曾几何时，这颗明星很快又要坠落回去，创下另一个意义上的“第一”了。这既是赵平洋的不幸，也是小山村的不幸。

两个多小时过去了。大海跨进了家门，还没来得及坐下，赵平洋的妻子和女儿却“扑通”一声，双双跪在大海的脚下，口中大声叫道：“大哥，你可要救救赵平洋啊！”

“好大伯，我们已经走投无路了，请救救我们这个家吧！”这母女俩一跪一哭的弄得大海十分尴尬，他和马琴慌忙拉起了她们俩，让她们重新坐好平复一下情绪。

谁知这母女俩一见到大海仿佛见到救星，更是情绪失控，声泪俱下，恨不得满肚子的话同时蹦出来，可又话不连句，一时也听不明白她们究竟有什么诉求。

马琴只好根据事先接触她们交谈时得到和掌握的一些信息内容代为陈述。原来，赵平洋被带走以后，家里也适时受到了查抄，家里存的所有储蓄款和较贵重的物品被暂时冻结和收缴。几个兄弟和堂兄弟也因牵连涉案被带走协助调查，就连女儿正准备结婚的新房被疑似赃款所购也被查封了。更可憎的是那位准女婿竟当着查封人员的面将他们女儿的东西从窗户上扔到地面，当场宣布分道扬镳，各奔东西。刚出校门不久的女儿一下子哪经得住这样突如其来的打击，一时想不开，竟自寻绝路跳江，幸亏被人发现，被路人和警察及时救起，才死里逃生捡回了一条命。然而，这个家庭还有一件更令人棘手难办的事情，那就是赵平洋八十多岁高龄的母亲正生病卧床在老家，且到了弥留之际。也许是知道自己时日不多，思念这个最让自己骄傲的小六子更为心切，一天到晚念叨着他为什么不回家看自己一下，家族里的人心里都明白，老人家是多么期望这个儿子能为自己送终啊！家里其他的亲人为了不再使老人家遭受刺激和打击，使她毫无牵挂地安详离去，就一直瞒着她。在她面前总是编造善意的谎言说：小六子因为工作实在忙，一时无法抽身回家看望她。开始好在老人家没有一点文化，大字不识一个，其他信息也比较闭塞，一时也信以为真。随着病情的进一步恶化，她感觉有些不对劲，这个最为孝顺的儿子这次怎么啦？难道他出什么事了？即使她发出这样的疑虑，大家也同样知道，老人家所猜疑的事也绝不是这样的事。因为这位质朴、淳厚的老太太就像脚下这片红土地一样，在她的心里根本就不存在自己的儿女中会有贪官的概念。弄不好一旦听到这样的现实，会当场气绝身亡。

大海听到这里，心里又不禁怨恨道：好你一个赵平洋，好端端的一个家，硬是被你毁了。

这时，赵平洋妻子哭丧着脸对大海哀求说："老乡大哥，我们实在是没有一点办法了，才冒昧来难为你。求你出面以组织上的名义去说说看，请他们高抬贵手，通融一下，先把赵平洋放出来几天，让他们母子俩见过面，送个终。给他最后一个尽孝的机会吧。"

大海听完叹了口气对她说："大妹子，你说的这一切，都在情在理，想必大家也能理解。但是，据我了解这个可能性很小，几乎没有。因为法不容情，谁也没有这个权力把一个正在查处的人先放出来去处理好家事后再请进去。这也是办案纪律所不允许的，谁也不敢去冒这天下之大不韪的。"

赵平洋妻子听大海说得如此肯定，一时又涌出了一串串绝望的泪水。大海见状，心里也不好受，不免也涌出一股悲悯恻隐之心的情愫来。他接着说："我看这样吧，我代表单位明天陪你们去看望一下她老人家。我们继续编造善意的谎言来安慰她。由我这个直接领导给她说应该会更相信。至于能不能坚持到赵平洋有可能先放出来的时候，那就看她老人家的造化了。你们看这样行吗？"大海看似在征求意见，事实上也只能这样了，这是大海唯一可以做到的。

"那就要麻烦你这位老乡大哥了，真不好意思，谢谢你了。"赵平洋妻子仍旧十分感激这位老乡大哥。

晚饭后，大海草草洗漱完就上床躺下了。也许是这段时间太过劳累，一会儿就听见了他轻微的鼾声。马琴虽然体谅丈夫目前的处境，但她更关心丈夫的政治命运和社会影响。马琴一直认为大海是一个比较完美的男人，因此时时、处处、事事都非常注意维护大海的形象，容不得别人说丈夫的半点不是和非议，甚至为丈夫代为受过也在所不辞。她轻轻摇醒了大海，忧虑地问："乡下人，你这样做合适吗？要不要向有关上级领导和部门请示汇报一下？我担心人家会借机说你闲话，造成负面影响。"

"你所担心的这些问题我不是没有想过。但换位思考，也觉得没有什么大不了的。在这样敏感和尴尬的时候去请示汇报，你叫人家怎么表态？指示否可？这不是向人家踢皮球吗？这也是自己对事情不敢担当的表现。成心想要为难你的人，在现今这个社会，难道还会找不到狼吃羊的理由吗？至于其他什么保他、灭火、救他之类的闲话，那就更站不住脚了。那些出事的人，他们的政治背景不大吗？他们的社会关系还不广吗？最终谁也救不了！老婆，不要想得太多了，我们只要守住在政治上与党中央保持高度一致，在经济上杜绝贪欲的底线就是保护自己的最好盔甲。也是我们光明磊落，坦坦荡荡做人、做事的底气和保证。"大海坚定的话语打消了马琴的忧虑。

第二天下午，大海和工会的两位同志，在赵平洋妻子和女儿的引领下，驱车来到了乡政府。事情很凑巧，乡长正好在家，大海找到了他并向他说明了自己此行的目的。乡长是一位年轻的小伙子，姓高。虽然个子不高，却长得健壮敦实，这副身板倒也很配这个山区乡长的身份。通过交谈得知他和赵平洋有过几次交往，是相识的。为了修建这条乡里去村里的农村公路，就是在赵平洋的协调和撮合下，才争取到了有关部门的经费补贴，目前正在修建中。客观上赵平洋还是为家乡的建设作出了自己的努力。赵平洋出事，他们早已知道了，还是应验了那句老话："好事不出门，坏事传千里。"只是碍于当前这个敏感时刻，装作不知道而已。他见大海这位比自己大得多的领导都能这样开诚布公，坦荡自然说明此行的目的，让他深受触动和感动。他不仅敬佩大海的气度和胸襟，同时也为自己的狭隘感到有点不好意思。这小伙子到底是位情商极高的乡长，接下来知道自己该怎么做了。

"要么这样吧，我叫上乡里的民政干事，按乡里的敬老政策和惯例，我亲自陪你去看望一下她老人家。不过，要委屈一下你这个大领导了，路还没有修好，小车进不去，我们换乘两辆工程车进去吧。"

这下轮到大海吃惊了。他真佩服年轻人脑子转得就是快，办事就是利索，谈笑间就把事情办妥了。大海拍着他的肩膀对他由衷赞扬道："客从主便，随乡入俗。看来你会是一位好乡长。"

大海和高乡长一行的到来，整个小山村震动很大。所有人都没有想到在这个时候还会有人来看望这位即将离世的老人，而且还是一个罪犯的母亲。更让乡亲们不可思议的是，来的竟是罪犯单位的领导和乡政府的领导。有的乡亲竟把这次人道关怀上升到这样的高度：共产党就是伟大、英明、公道，功是功过是过，老人是老人，儿子是儿子。

大海和高乡长一行人来到了老太太的床边，老人家躺在那里一动也不动。饱经风霜的瘦弱脸庞犹如一枚雕刻的核桃搁在枕头上。她紧闭双眼，微微地喘着气。看来老太太是到了弥留之际，恐怕也就是这一两天的事了。大海望着这位比自己母亲还要大的老太太，不禁心中一阵酸楚，他握着老太太一只瘦枯如柴的小手大声对她说："大娘，我是小六子的领导，今天我和你们乡里的高乡长一起来看望你。真不好意思，我不知道您老病得这样厉害，要不我就不会派他去美国考察了，让他守在您身边尽孝。”

老太太听到喊声，微微睁开了眼，望着床前这群陌生的脸似乎想说什么。这时赵平洋妻子扑在她的耳边又重复说了一遍大海刚才说的话。老太太看来脑子还是清楚的，她听懂了儿媳妇翻译的话，艰难地向大家投来了感激的目光，嘴唇也在小六子媳妇耳朵边颤巍巍地呢喃。一会儿翻译出来了，她说谢谢大家这么有心来看望自己，还说能不能找到小六子叫他打个电话回来也行。

大海马上说：“美国考察行程安排很紧，一天一个地方。而且时间也相差很大，和我们这里正好相反，我们这里是白天，可那里就是晚上，所以很难找到他。这不，小六子临走前，委托我代他先拿两千块钱给您，叫在家的儿女们替您买点营养品和想吃的东西，还叫您一定要坚持到他回来。”大海立即掏出了装着两千元钱的红包塞到她那干瘪的手上。他实在没有勇气在这位善良朴实的母亲面前继续编织美丽善意的谎言，转身离开了。

后来听说，老太太当晚就咽下了最后一口气。勤劳一生，指甲缝里还残留着泥土的老人家，经邻里乡亲们的帮助，在缺少三个亲生儿子到场的情况下，被草草地埋葬在她一生从未走出过的小山村的荒山上。想想看，这就是不肖子孙由于贪欲而付出的悲惨代价，令人唏嘘不已。

赵平洋案子本就不复杂，再加上他自己主动配合，坦白交代清楚，检察机关查处工作进展顺利，只花了一个多月的时间就基本查清了他的犯罪事实，马上将要进入到起诉程序。案件查处是顺利的，但案子的性质却是严重的，涉案金额也是巨大的，当事人受贿和非法所得赃款竟高达五六百万元之多。

在指挥部召开的案件剖析会议上，大海拿着由省纪委转来的一叠通报材料，无比沉重地说：“同志们，掂在我们手上的这叠纸很轻，但压在我们心头却很重。谁能料到，大家原以为还是那么遥远的事，竟活生生地发生在我们身边，在我们眼皮子底下。党课教育上了多少？廉政材料学了多少？警示影像看了多少？廉政自律合同也签了，廉政保证金也交了。真是‘满街贴告示，有人不识字’，‘经诵千万遍，不往心里去’。悲乎！当初一纸‘修建好千里路，不倒一个干部’的承诺保证书如今却在‘路未完工，人倒先进’的讥讽中被扯得粉碎。我们大家的脸可被打得不轻啊！鼻青脸肿，貌以何堪？”

“事既于此，聊以无补。”令狐南接着说，“我也是百思不得其解，这小子他不是不懂这些道理，也不是不明白后果的严重性和危害。他有知识有文化且还是高学历（研究生），是个有理想有抱负的人，事业心责任心都很强，其敬业和拼搏精神更是让人无话可说，也不是一心往钱眼儿里面钻的人。可不知为什么，鬼使神差地却让自己走上了一条不归路。我真为他感到惋惜和悲哀。”

万山接上令狐南的话说：“可不，小赵出事我们都感到痛心。也许用不了多久，法院的几张纸就要宣告他的政治生命的终结。本该有很好的前程，却毁于一旦，令人痛惜。这不仅害了自己，也害了家庭和家族，我看至少要影响到三代人。这小子，他哪会不知道，正因为他自己违规插手工程，叫我们这些同事为他擦屁股有多难啊？我们马上就要着手解决违规分包（合作）、分割所涉及的标段，施工队伍的清场和新队伍的进场，这也是在施工过程中最为棘手和最为复杂的事情。涉及工程量的认定、质量的鉴定和责任的划分、间接费用的比例分摊和质保金的计提以及计量支付等一系列问题。尤其是现在整个工程都进入到了攻坚克难的重要时刻，施工阶段人们最忌讳的‘临阵换将’的砸锅现象出现了。如果新老施工队伍不能短时间内顺利交接，势必这几个标段将会拖整个工程目标工期的后腿。到时真是‘回天无术，欲哭无泪’。而且这一进一出并非简单的移位换子，其代价也不是一分为二或二一添作五了事，完全有可能是等于三或大于四的概念了。只要有一方不满足自认为有利的条件，那顺利交割的工作就无法进行。还有那永远都叫人无法捋清所谓的农民工工资问题，令谁都感到为难啊！可想而知，我们指挥部压力有多大了。这样一来，就会迫使业主为了确保整个工期目标的实现，采取相关妥协的办法和技术措施，要你放血买单，增加新的投入和费用。好家伙，这些新增的投入可不是几十万、几百万元就可以打发得了的，涉及的规模如此巨大，动不动却是以千万元计呀。说实在话，这样量大的真金白银要从概算外的支付，那也得有一个合理、合法的解释，更要有人去负这个责，所以从这个意义上来说，他把我们这些同事也害惨了。”

万山的发言不是危言耸听、言过其实，而是指挥部必须面对的事实。万山真不愧是个老工程，是一个具有长期实践经验和较强的洞察力、敏锐感以及忧患意识的领导。

万山的一番话，引起与会人员的很大震动。表面上看似乎是个相对独立的案子，并没有涉及和牵连其他同事和部门，但对工程项目建设所带来的影响还是相当严重，甚至决定项目建设的成败。大家还是第一次听到和亲身感触到身边发生的案件竟与实际工作联系得如此紧密，危害程度如此严重，更没有想到由此产生的连锁反应和多米诺骨牌坍塌效应会如此强烈。人们更加认识到，权力越大，地位越高，滥用权力越多，对生产力的破坏就越大。各种媒体屡屡报道和披露出来的，说某某地方、某某单位（部门）和某某系统，因主要领导的违法乱纪，大肆贪腐而搞乱一个地方，搞垮一个单位（部门），搞坏一个系统，现在看来并不是刻意抹黑和吸引人们猎奇的新闻“眼”，因为身边的事实证明了这一切。

剖析会议在接近尾声时，主持召开会议的纪委李康书记作了归纳性的发言。他用沉重而又十分平静的语气说道：“今天这个剖析会开得很好，大家发言踊跃，先后从各个不同角度去剖析，谈认识，谈体会，谈教训。身临其境、感同身受的现实版的教育引起大家的深刻反思，对我们大家走好今后的人生道路无疑是大有裨益的。我们没有把它开成声讨会、批判会。大家坚持实事求是的原则，通过摆事实、讲道理，既肯定他所作的努力，没有给他泼脏水、丑化和妖魔化，同时更指出了他的犯罪行为给我们的事业和工作所带来的严重影响与危害。我们谈论更多的是如何汲取教训，通过对案件的剖析怎样进一步完善我们的管理制度，规范权力运行机制，堵塞漏洞，尽最大能力和措施来杜绝犯罪分子的可乘之机。当务之急，就是要迅速肃清此次事件的流毒和影响。刚才万山书记已经说得很具体了，关键是必须尽快付诸实施，已经到了‘天时人事日相催’的重要阶段，不能再彷徨和徘徊了。我们经不起再来一次这样的折腾，从我这一块来说，同样要加强纪检部门的监督和监管力度，进一步健全和完善监督检查机制，防患于未然。今天，我们剖析案件，其根本目的，就是要找出我们这位曾经的领导和多年的同事是什么原因导致他滑向了犯罪的深渊，又是用什么手段和伎俩得逞的，给人们的教训和警示是什么。弄清这三个问题，我们召开这个剖析会的目的就达到了。”

好家伙，真不愧是工程建设单位长期从事纪检工作的领导干部。大海打心眼里佩服自己这位班子成员搭档，对事物的条理性、归纳性和逻辑性具有这样强的能力和水平。

李康书记接着说：“我们随着案情的脉络梳理下去，就不难发现赵平洋不是一个天生的坏人，坯子还是很好的，烙上了很深的优良基因，完全可以说根红苗正。也应该从小就树立起来了只有通过自己的刻苦努力，掌握知识再加上坚忍不拔的意志和顽强拼搏的精神才能改变命运，才能得到一切的意识。不存在有靠坑蒙拐骗、投机取巧、不劳而获去改变现实的思想，我们从他的成长轨迹也清晰印证了这一点：从他违规插手分包和分割工程的单位和承接人来看，被分包和分割单位都是他自己比较熟悉的中标单位而且绝大部分都是国有施工企业，其工程量的多寡和价款却从未参与，同时中标企业对分包、分割的承接人也有些附加条件反而要求更高或更苛刻，而承接人也绝大部分是自己的兄弟和他家那些亲戚朋友，并没有社会上的掮客参与。他所得的钱财也大多是这些承接人随心所欲给的，给多少收多少，既没有事先约定，也不谈分成比例。另外，至于给施工企业出的所谓的好点子，好的施工方案，新的技术措施，推荐的新的建筑材料和新工艺，收取的好处费、技术咨询费和回扣等也没有按社会上一贯的约定俗成标准，也是愿挨愿打，从未发生纠葛和不快。好了，我说了这么多，有些地方让人听起来似乎还觉得有褒的意思，认为他还是一个好的贪官。错！答案是否定的！贪官没有好坏之分，只有恶劣不恶劣之别。这些现象至少可以说明以下几个事实：第一，赵平洋只能说不是一个对金钱有着强烈贪婪欲望的人，不是那种为了贪欲采用强蛮的索拿卡要，巧取豪夺等卑鄙无耻手段的人，正如令总工刚才所说的不是一心钻进钱眼儿里的人；第二，他对党纪国法还是存有一丝敬畏之心，慑于法律的强大压力和高压的反腐态势他还是时时、处处和事事都留有他自己认为是退路的余地；第三，他存有很大侥幸心理，之所以把自己的贪腐行为仅限在一定的圈子范围内，以免东窗事发。但他忘了一句古训：‘若要人不知，除非己莫为。’”

“那究竟又是什么原因导致他成了罪犯呢？我们只有透过现象看本质才能找到答案。我认为其主要原因：一是思想认识没有到位；二是一个关口没有把握好；三是一个关系没有处理好。他总以为通过自己家的兄弟和亲戚朋友这样拐过弯收取钱物不构成受贿犯罪，只是觉得有些欠妥，充其量也不过踩踩线而已。收取的那些好处费、技术咨询费和回扣等，总认为这是自己知识、经验和技术专长所付出而应该得到的回报，甚至还有可能为自己这种所谓‘取财有道’而暗自窃喜。但他却忽视或者说模糊了自己的职务身份和这些关联交易的界线。我们有多少党风廉政建设方面的文件，又有多少党员干部廉洁从政、自律方面的规定和要求，还有更多的行为准则和相关的法律条文及解读。这些都贴在墙上，印在书本上，放在文件夹里，讲在会议上。可仍有少数同志就是视而不见，充耳不闻，束之高阁，置若罔闻。正如我们总指挥刚才一针见血所说的那句话：满街贴告示，就是有人不识字；佛经吟诵千万遍，就是不往心里去。他有一个关卡没有过去，就是人情关或者说亲情关更恰当。他自己有今天，诚然主要靠自己的努力，但也不乏兄弟姐妹们的牺牲和奉献、亲戚朋友的支持与帮助。现在自己好了，又有这个条件和能力，怀着一份感恩的心，对亲友们曾经的付出给予回报，这也是人之常情，也是应该的，无可非议。但他千不该万不该采用党纪国法所不允许的做法和手段，糊涂到不惜牺牲自己的政治前途和命运为代价的报恩方式和方法。最终把大家都坑了。讲到这里，我顺便给大家透露一个信息。”说到这里他停下来看着大海，分明是在征询他的意见看是否适宜讲。大海微微摆了一下头，但也未明确可否。李康书记却立刻心领神会，娓娓道来：“同样也是一位领导干部，而且是比赵平洋更大的领导，其家庭情况极其类似，也是一个大家族。在这个项目建设之初，兄弟姐妹们在一个掮客的唆使和鼓动下，也死缠烂打要承揽工程，还有一股不达目的不罢休的劲头儿。人家是怎么做的呢？为此，他郑重地召开了一个家庭会议，进行耐心的劝说。最后说了一句使大家再也不敢出声的话，那是一句什么样的话呢？‘请问，如果你们不曾有这个大哥，或者说你们这个大哥也不曾从事这个职业，那你们还活不活？还继续不继续生存下去？’今天我借此告诉大家，并不是要求你们要如法炮制，但他这种做法却值得我们去学习和借鉴。这也是我们工程建设领域最易碰到和最难应酬的一件事。大量的案例表明，也是最容易出问题、最伤家庭亲情的事。这种对亲情的‘无情’和‘绝情’也许一时间很难得到他们的体谅和理解，不明白这才是对亲情最大的爱护和保护。我敢说，现在感受最深和最悔恨的一定是赵平洋那帮兄弟姐妹们了。但悔之晚矣！”李康书记沉重地叹了一口气停顿下来了。

这时大家的目光都投向了大海，尽露满脸敬佩神色，心中感叹能做到这一点真不容易！李康书记接着说：“一个关系没有处理好，就是权力和自己的能力、水平之间的对应关系没有捋清楚。自己之所以能把这样违法乱纪和犯罪的事情弄得顺风顺水，几乎畅通无阻，总以为自己比别人更有能力和水平，更有本事和聪明，才得到人们的认同、跟随，才有这份‘众星拱月’的霸气和光环，然而事实并非如此。我可以很负责任地说，这一切都是奔着赵平洋手中的权力去的。权力这个魔杖才是他们顶礼膜拜的出发点和终点，都想从中分到一杯羹。我还可以断定，随着这根魔杖的断折，他那个所谓的圈子必定是树倒猢狲散的结局，别无他路。这恐怕也是权力魔杖的历史魔咒吧！通过案件的剖析，如果要说我们得到哪些教训，有哪些警示和启迪，我想最值得大家记住的是‘手莫伸，伸手必被捉’那句老话。”

李康书记的发言无疑是这次剖析会议最精彩的，大海认为这是一份结合实际、针对性最强的剖析材料，堪称经典，简直可以作为工程建设领域反腐倡廉的教科书了。

指挥长办公会议正在紧张进行中，今天的中心内容就是研究违规分包、分割施工队伍的清场和新施工队伍的进场问题。“千里跃进”工程项目建设却迎来了一场最为艰难棘手和复杂的会议。参加会议的人很多，指挥部的所有领导和有关部门的负责人，设计代表、监理代表以及所涉及的几个标段的项目经理，还有进退场施工队伍的负责人，最后省仲裁委员会也派出了代表列席会议。坐了满满的一屋子人，氛围并不和谐，甚为嘈杂，看来会议不会顺利。亏得大海早有预感和防备，这次他破天荒第一次诚恳邀请了检察机关专案组的同志与会，目的一是想借“钟馗打鬼”，起到现场的一点震慑作用；二是让他们感受一下此项工作的艰难，也为他们今后查处类似案件提供一点借鉴和帮助。我们姑且暂不去评判大海这种做法是否妥当，但出发点和动机还是没有错的。尽管如此，各方为了多争取一点自己的利益，仍然闹得不可开交，依旧“火药味”甚浓。经过一上午的激烈争吵，在有关方的斡旋下，终于在下班前制订了清场的基本方案。最后检察机关的同志感叹地对大海说：“总指挥，真没有想到，项目工程建设仅因个别领导干部的违法乱纪行为，竟带来这么大的影响，真难为你们了。看来，要进一步净化这个市场，我们的路还是很长的，还要靠我们的共同努力。”

“可不，这也是工程建设领域的一个特点吧。净化这个市场，也是我们建设管理者的迫切愿望，这会给我们这些工程建设管理带来多大的便利啊！”大海紧握着他的手表示谢意。

“多事之秋”这句古话不知为什么又应验到了大海头上。就在下午，大海又主持召开了办公会议部署具体的清场任务，当会议快要结束时，他突然接到了集团公司总部国政书记的电话。他一听到国政书记急促的声音，马上就意识到家里出了大事，他急忙走出会议室在过道的角落处接电话。一会儿神色沉重地又回到座位上，然后对参会人员说：“今天下午的会议就到此结束吧。领导们留下，其他人可以走了。”

于是，一阵窸窸窣窣过后，该走的全走了，该留的也全留下了。这时大海冷冷地对大家说：“刚才接到国政书记的电话，我们集团公司的李方明副总，在机场刚下飞机就被检察机关带走了。”

“啊！”所有人都张着嘴巴不约而同望着大海。这太突然，太意外了。大家这个嘴形许久也没有合拢上。

“这个王八羔子，他要那么多钱干什么嘛？”大海狠狠地骂了一声。

大海这一声骂，事实上喊出了大家的疑惑，因为这个李方明打从娘胎里出来就不缺钱。他出生在一个高级知识分子家庭，父母均是大学教授，况且他还是一个独生子，应该说是泡在蜜糖水里长大的。他的爱人出身书香门第、名门望族，自然从小受到家庭的千般疼爱，万般呵护，更被视为掌上明珠，她的父母亲据说是研究所的高级研究员。虽然李方明和爱人都拥有优越的家庭环境和宽裕的经济条件，但并没有沦陷为纨绔子弟和中看不中用的花瓶，也是相当努力拼搏。李方明天资很高，不仅刻苦好学，懂事乖巧，还不失机灵活泼。总之是一个父母喜欢、老师欣赏、邻居夸奖、同学羡慕的好少年。李方明大学研究生一毕业就分配来了集团公司，他在学校学业优秀，走上社会同样优秀。由于知识面广，兴趣广泛，博学多才又特别爱钻研，不仅精通一整套国家基本建设的有关文件和程序，对国家招投法、合同文件条款、菲迪克国际条款更是烂熟于心，无人能敌。他把公司的经营工作弄得风生水起，是公司里招投标工作的主要骨干，很快就脱颖而出，且成绩斐然，被外界称为“李不碰”。这个绰号意思是说，在招投标承揽工程业务时，千万不要和他碰在一个标段里，否则肯定就没有戏了，可见他在系统内名号有多响。他用不到十年的时间就坐到了由科员——科级——副处——正处的位置上，最后站在了分管集团公司的经营工作岗位上，也成了系统内最年轻的正处级干部之一。印证了当时人们一贯调侃的“三十七八，飞黄腾达”。而他爱人更不甘示弱。因为从小就聪明伶俐、天生丽质、能歌善舞、活泼可爱，也是家里的一块活宝。据说是某舞蹈艺术院校本科毕业生，专业还是跳芭蕾舞的，本来分配在省城某艺术团体，因为感到屈才，又个性孤傲，和领导同伴相处不好，一气之下竟辞了职，自己办起了一个舞蹈创作工作室。几年下来也是红红火火，挣钱不少，很早她就拥有当时只有“先富起来那部分人”才有的私家车。小两口儿把这个小家经营得有声有色，成了人们既羡慕又眼红的家庭。可是却不知什么原因，这小两口儿一直没有要小孩，成了丁克家庭。不知是女方不舍这副舞蹈家的好身段，还是其他原因就不得而知了。这也是双方父母亲对他们最不满意、怨恨最大的地方。

“唉，我也感到十分纳闷，这样的家庭怎么还要去贪腐呢？”万山沉默许久才接上大海的话。

“人的贪欲是无底洞呀！”“真是一念之差，悔恨一生！”“我看这是人生观和价值观有问题！”“是啊，他没有理由，也没有必要去贪嘛！”“这个人脑子有问题，进水了。”大家开始七嘴八舌议论起来了。

“这究竟是为什么，我看只有我们李康书记才能说得更透彻了。”万山见他还未开口又接着说。

李康书记苦笑了一下说：“万书记，您老高抬我了，现在案情还不了解，但我想比赵平洋恐怕要更复杂些。”

这时，令狐南慢悠悠地说：“这孩子，也就这样了。我更担心的是这四个老人怎么受得了啊！”老人到底还是更多地站在老人的角度去看问题。

令狐南的话又引发大海的感叹：“这前线的火还未熄，怎么后院又起火了？你们这是凑哪门子热闹嘛，还叫我活不活呀！”

大海的一声无奈的话，让万山心里一震，随即开导说：“是啊，小老弟，两边你都是法人代表，现在却成了救火队长，是够你喝一壶的了。我看这样吧，我和令总工分别帮你去处理好清场事情，也给你分担一点责任，也不枉我们同事多年。”

“那敢情好，谢谢你们的体谅。事情你们做，但责任我来担。你不要忘了上次在源江大桥抗洪抢险的那句话，这责任你想抢，也抢不过去的，这是职务所法定的职责。谢谢你们的好意！”大海诚恳地说。

“哦，你提起这事，又让我想起另外的一件事。算了，这个会上不宜讲，我们再另外找个时间聊吧。”万山又补充道。

“这样吧，老总，明天我陪你回去，家里肯定也地震了。我给你充当一个消防员。”李康书记建议说。

“好吧，路上有你，心则安矣。”大海接受了李康书记的建议。

晚饭后，也许是习惯使然，令狐南、万山和大海不约而同又来到这条林荫大道纳凉。时值深秋，说纳凉恐怕有点牵强，更大的成分是散散心，求得心灵上的一份宁静。令狐南首先来到林荫大道的中段，找了一张石桌坐下并摆上了一套非常精致的紫砂壶茶具，据说这套茶具还是他女儿特地为他二次“出山”准备的。她知道父亲移居香港多年，已养成了港澳人爱喝茶的习惯。也不知今晚怎么了，令狐南雅兴大发，在清香飘荡的夜晚竟吹起很长时间没有吹过的洞箫。令狐南能吹一手好洞箫这是集团公司老辈人都知道的，大海也曾聆听多次，其功力确实好生了得。他今晚吹奏的是一首名叫《碧涧流泉》的洞箫名曲。令狐南选择这首曲子倒也适合此时此刻的环境氛围。明月的清辉透过高大雪松的树梢裂缝抖落下来，地上斑驳陆离，伴着旁边溢洪道里秋水的轻轻流淌。低沉委婉、幽静典雅的曲调，清脆悦耳、明媚流畅的旋律，寄托了人们宁静悠远的遐思，领略到返璞归真质朴的美，绷紧的神经得到松弛，情绪随之安宁，思维意识随之升华，心灵得到一份慰藉和超然。一生只会喊“立正”“稍息”“齐步走，正步走”的万山，这个没有一点音乐细胞的老军人，此时也装模作样，微闭着双眼，背倚着粗壮的雪松树干，一派欣赏陶醉的样子。大海循着箫声悄悄走了过去，他没有立刻走上前去打扰他们，而是躲在一棵雪松树后静静地听着，他不忍为自己心中的压抑和不快去中断两位老兄这份难得的情趣。

又过了好大一会儿，箫声终于停了下来，大海才闪了出来，走上前去轻声说：“真没有想到，这个时候两位老哥却还有这份雅兴。不会是折煞我，讥讽我吧？”

令狐南放下洞箫，端起茶杯轻轻地呷了一口茶回答说："哪能呢，明天我们都要去'救火'，还是先压压自己的'火'吧！"三个人都有这个秉性，事业狂，工作狂，即使闲聊也是"三句话不离本行"。

"你们的'救火'任务，从某种意义上来说，比我的'救火'任务更重些，千万不能掉以轻心，这也是一场战争，而且这个项目我们输不起了。有劳两位，在此拜托拜托！"大海仍旧担心地说。

这时，万山放下茶杯说："难度肯定很大，但你放心，我们一定能够处理得了。我更担心的是你。这一连串的事情说你有责任又没有责任，没有责任又有责任。那几个人本来对你就有成见和不满，他们不会借题发挥和牵强附会找点你的岔子以及工作上的失误我才不信呢！凭我多年来对他们为人处世的了解，都不是省油的灯。"

"这也不奇怪，在新的形势下，一个政党出现这样和那样的问题恐怕也是难免的，这也许是一个政党所必须经历的一个磨难过程。但我相信我们党是决不容许这些现象长期存在的。"令狐南比万山说得更为坦荡些。

大家闲聊着，却不知道怎么把题目聊大了。见此，大海觉得该收场了，他说："这个题目太大了，不是我辈之人可以聊清楚的，再聊下去我们就要犯自由主义了。但最起码这一点我们要相信：我们党内虽然存在不少消极和负面影响，但正面的东西却始终占主流地位。否则我们党也不会走到今天。作为一个普通党员来说，就是自觉按照党的要求做好自己，这就是为净化党内政治生态环境作出的努力和贡献。"

"你的认识和境界就是比我们高，所以你能当一把手，我俩不行。”令狐南像是恭维也像自嘲笑着说。

“去去去，什么时候了，还把我往火炉子上烤，真是居心不良。”大海笑骂了一声，起身走了。

“好了，夜不早了，我也先回去休息了，你再坐一会儿吧！”万山随即也起身向令狐南告辞走了。

“好的，你们先回去吧，我想多坐一会儿。”令狐南朝着他俩离去的背影大声说。

过了不久，大海在回宿舍的路上，身后突然又传来悠扬的洞箫声。这次令狐南吹奏的却是《苏武牧羊》。这支曲调深沉悲壮、幽婉动听的古曲，不知是为共同的“救火”行为送行，还是为共同信仰的坚贞而歌。或许两者皆有。无论是哪一种，这份友情都青天可鉴。

大海在洞箫声中又走进了办公大楼。今晚的办公大楼似乎比以往要安静得多。自从赵平洋出事后，这栋大楼仿佛也蒙上一层薄薄的幕纱显得不再那么亮堂和耀眼。往日这种气吞山河、指点江山、号令千军万马的霸气和豪迈也逊色了几许。看来只有无私、无贪、无腐的清廉的地方才能形成人们心目中具有强大气场的殿堂。廉政公署即便是一间草房也会变得神圣和无畏，成为人们心目中敬仰的丰碑。大海就是这样认为和感慨的，也为自己虽经努力也未达到这样的高度而羞愧。

第十一章

大海坐在宽大的办公桌前，仔细翻阅着工程管理部刚编辑好的工程进度月报表。从报表来看，当前的施工进度和计划进度基本吻合，不但处在受控状态还略有余地。这下大海心里稍微踏实一些了。他心里十分明白，目前不但要排除外界对项目的干扰，还要注意领导班子的工作情绪和状态对项目的影响。尤其是一把手尤为关键。一个工程项目、一个部门乃至一个单位想要在如今竞争激烈的市场中取得成功或取得更大成绩，那是很难的，那是绝对要靠整个团队的共同努力。而要搞垮它，却很容易。往往由于一把手的一个错误决策或一个不妥的举措或一个情绪化的消极懈怠导致，真可谓"一着不慎，满盘皆输"，如果再要重来，那是何其难也。从此一蹶不振的比比皆是，屡见不鲜。这时，大海蓦然想起刚才万山所说的那几个人来。

万山所指的那几个人，主要是基建委的党委副书记兼纪委书记西门良和副主任司徒轩两人。大海与他俩年龄相差无几，但行为性格和为人处世方式方法却相去甚远。“物以类聚，人以群分。”大海和他俩就一直相处不好。大海心想，也许是自己和他俩出生地域和从小受到的文化环境影响与熏陶所致。他俩是真正意义上的老乡，同出生在一条大江边上的一个镇上。在当时陆路交通不便的时期，由于小镇临江，水上交通发达，对外交流十分便利，人力和物资的交流与交易独占优势，文化和经济相对其他区域也更为发达繁荣。因为自古以来就形成了以大江流域为特点的“码头”“圈子”帮派风气，从小耳濡目染，难免打上烙印。不知西门这个复姓在当地是否是小姓氏，还是这位老父亲也看不惯或厌恶这种风气，希望自己的下一代个个成为温文尔雅的君子。因此他以“温、良、恭、俭、让”五个字，为自己的五个儿子取了名字，也算这位老父亲用心良苦。他哪知道一个人的名字也不过是个符号而已，和他以后的命运前途并无关系。司徒轩的父亲据说是个小商贩，他为自己这个独子取了这个名字，与自己司徒复姓这个古老的姓氏倒也很匹配，看来这个小商贩还是读过几年私塾的。大海虽然不太喜欢这两个人，甚至还有点厌烦他们，但心里还是承认他们也很优秀，要不也不可能从一个没有任何政治背景和社会关系的普通家庭，硬是凭自己的努力走到了副厅级领导干部的行列，看来还是有点能耐的人。大海与他们合不来，走不到一块去，说来还是有点历史渊源和结下过梁子的。大海生性耿直坦荡，性格诚挚倔强，一直以自己的本色示人。他一直就看不惯西门良这种两面人。在台上以一副正人君子的面孔示人，说得比谁都正统和正确，口号喊得比谁都响亮，似乎只有他才是正义公平的化身；背地里却喜欢揣摩领导的心思，甚至还去离间同事之间的关系，拉帮结派，组合“圈子“和“码头”。不仅如此，他还是个虚荣心极强、心胸狭隘，没有一点体谅和容人气度的无耻小人。让人意想不到的是，若哪位部属多去了领导那里几趟他都会去计较，害怕人家不把自己当作“一盘菜”，可见他的虚荣和伪善到了什么程度。最让大海瞧不起的是他身为分管纪检工作的书记，却不是一个“打铁还须自身硬”的领导干部。虽然没有听到他直接收受人家财物的传言，但却从未拒绝过几乎所有下属单位的集资盖房内部指标，据说他名下有数套房屋，并且都是最好的领导照顾房。因为下属领导想要讨好和巴结这位处在特殊位置的“管领导的领导”，不敢对他有丝毫怠慢和不恭。大家深知这位“钦差大臣”的做派。只要你对其不恭，那他对你越“敬”；你不把他当一回事，他会特别把你当作一件“严肃的要务”；你怠慢他一次，他会一辈子都记住你。在这方面他倒是一个十分懂得“感恩”的人。然而，他也曾发生过几次打自己脸的事，使自己的“光辉形象”大受损害。那就是有几位平常在他身边溜须拍马、阿谀逢迎之流，他却引以为自豪，曾经在大会小会极力举荐赞扬并号召大家向其学习，树立的所谓榜样，却个个很不争气，均被检察机关带走，最终受到法律的严惩。即使这样，他却丝毫不露一点尴尬和难为情的神色，脸皮有如此之厚，让人瞠目结舌。

尽管这位仁兄如此德行，大海也并不是喜欢惹是生非之人。看不起或惹不起他，难道还躲不起吗？所以大海对他一直敬而远之。平时两人几乎没有交集，即使因工作关系非得在一起的话，也是“话不投机半句多”的状态。对大海不卑不亢、不冷不热的示弱态度，他却不领情和谅解，反而把它当作是对自己的不恭和蔑视，所以不管什么时候和场合，只要有机会就会对大海说三道四，进行毫无根据、毫无原则的诋毁和诽谤，甚至在大庭广众之下努力把大海描绘成他自己主观想象中的人物，直接把自己对大海的不满情绪毫无遮拦和顾忌地发泄于众。事情至此，在他的朋友圈里有几位也是大海的朋友，连他们也看不下去了，出于好意想从中斡旋协调，在征求大海意见时，大海的牛脾气上来了，断然拒绝并说了最不该说的话：“决不与这样的小人为伍！”在此期间，大海又做了两件使他很失领导权威和丢面子的事。第一件是“千里跃进”项目组建之初，西门良主动找大海推荐一个不知道是他家亲戚还是什么朋友的人到指挥部工作，并提出要求任某一部门的负责人。大海本来也想借此机会缓冲一下彼此的紧张关系，也非常爽快地答应了。可是，大海却没有做到“好人做到底，送佛送到西”皆大欢喜的圆滑境界，经了解，他推荐的人并不适合做那个部门的一把手，充其量也只能安排一个副职。当大海把这一想法反馈给他征求意见时，他尽管心里不愉快，但还是说了一句：“我理解你的难处，那就算了吧。”谁知，他的理解是“你这个家伙就是不买我的账”的潜台词。事后大海才得知，他曾向推荐人拍了胸脯保证了的。第二是西门良带队来单位考察和调研，在与大海单独交流意见时，他又喋喋不休，不怀善意，指责大海和单位的种种不是与不满，带有非常明显的导向企图。这时大海再也无法忍容了，当即“拍案而起”大声争辩说：“你西门良书记就是对我有成见，戴着有色眼镜来的。横挑鼻子竖挑眼，这也不是，那也不是……”大海这下大失涵养和君子风度，做了一生中在上级领导面前最不该做的一件事，千不该万不该当场发飙，弄得西门良在同事面前太丢面子了。从此以后，西门良更是变本加厉为难大海，就差点喊出“不扳倒大海誓不罢休”的口号了。由此，两个都具有鲜明个性特点的人，彼此间都已失去再和解的可能了。

说与司徒轩结下的梁子那更是滑稽可笑了，纯属被小人离间和他与主要领导相互不信任所造成的。事情的原委是这样的：由于“千里跃进”项目的特殊性，该项目工程建设直接由基建委对省政府负责，指挥部向基建委负责，基建委主要领导人为项目建设的总责任人。刘主任也许是完全从工程建设角度考虑，还是对分管领导司徒轩不怎么信任的原因（因为外界有很多传说说他热衷胡乱介绍施工队伍去跟中标企业分包和分割工程，同时也很喜欢去干涉指挥部的正常管理工作），大海不敢去妄自揣测，所以在确定指挥部领导班子时，就是他和大海两人商定的。当场就否定了司徒轩推荐的人选，同时告诉大海有关工程项目建设的事情均由他自己亲自指导和指示，不能让其他人插手。司徒轩见一把手不让自己染指自然心里不爽。大海到底是个耿直而没有心计的人，凡是有关项目工程建设方面的事却从未向他汇报过和请示过什么，只是集团公司方面涉及其分管的事才会有交流和沟通。司徒轩也曾尝试过几次想介绍和引荐施工队伍，插手项目工程建设来试探大海的深浅。大海这个人有一个最大的特点就是原则性特强，在大是大非面前，果敢而坚决。在重大原则问题上，知道“两利相权取其重，两害相权取其轻”的抉择原则，懂得孰重孰轻，何事可为不可为。决不会折中踩线和打擦边球来左右逢源，以讨好方方面面，博得大家满意，赢得自己的名声。也正因为有这样的为人处世做派，甚至连一把手指示要通融的地方在他这里都得不到执行，更何况他司徒轩了。

司徒轩见大海如此行为，甚为恼怒，大为不满，就趁机说大海狂妄自傲，目无上级组织和领导，不服从命令听指挥，把项目搞成了自己的“独立王国”等坏话。尤其是赵平洋出事后，两人的对立情绪更是迅速升级。因为赵平洋也曾经追随司徒轩多年，两人关系也是非常密切。出事后，就有小人在司徒轩面前挑拨离间说：“你要注意他，他想借机搞赵平洋，最终目的就是想搞倒你，想把你这个位置取而代之。”不知是司徒轩自己心虚，还是赵平洋违规插手工程的分包、分割的施工队伍中是不是真有他介绍和引荐，像这样的事，大海根本不可能会毫无根据去猜疑去举报。再说事情至此，究竟是怎么回事那自然检察机关会查清楚的，清者自清，浊者自浊，自己又为何紧张而迁怒于他人呢？遗憾的是司徒轩却听信谗言，对大海更是恨之入骨了。

为澄清此事的是非，一个平时与司徒轩和大海关系都处得不错的上级领导找到大海，传递了这个信息并想斡旋消除彼此的误会。大海怎么也不相信会有这样的传言，更气的是他司徒轩竟相信了这种谣言。他当着领导的面又一次大失涵养跳起来叫道：“他自己有没有脑子？他不去想一想？赵平洋能有今天这个位置，是他对赵平洋的帮助大还是我对他帮助大？老领导你是知道的，当初我是怎么极力向组织部门推荐赵平洋的？说一句没有水平的话，就个人感情而言，应该我对他有提携之恩。他出事我既感到惋惜又让我很失颜面。我怎么可能去整他？更不可能去抢夺司徒轩的位置！退一万步来说，我想往上爬为什么非要把他弄倒呢？他自己也是年轻的老干部了，还不清楚党内提拔干部的规矩吗？又不是像运动会击剑比赛，我把你刺倒了，我就胜利？你下来我就能坐上去？我坦坦荡荡，问心无愧，我才不去解释，越说越抹越黑。像他这样心胸狭隘的人，弄不好还会认为我在玩‘此地无银三百两’的把戏呢？”

老领导见大海这般态度，也只好叹道：“你这家伙什么都好，但就是在这方面差劲。你稍微圆融屈就一下，也不至于和他们两个把关系弄得这么僵啊！”

于是，大海这边自认心中无愧，而那边却认为大海心中有鬼。隔阂越来越深，积怨越来越多，已经到了无法调和的地步。大海为了他那一文不值的所谓“自尊”，却有意无意地促使他们两人自然地结成了“统一战线”，变成了“同盟军”，这一点大海是始料不及的。今晚，大海想到这里心里也很不是滋味，不知作何感想。也许同一件事，如果换成别人恐怕结局就不会是这样。如今怎么反思都不能改变结局，只剩下“早知今日，何必当初”的哀叹。

翌日早饭后，大海带着李康书记往省城赶回去所谓的“救火”，两人坐在车上自然又聊起了李方明贪腐的事情。李康首先发话问大海说：“老总，你说，像李方明这样根本不缺钱的人为什么还要去贪钱呢？”

“你提的这个问题说好回答也不好回答，说不好回答也好回答。”大海像是漫不经心又好像在寻找适当的语言来表述，给人只是一下子还没有找到的感觉。

于是李康书记又问：“听起来跟绕口令似的，有什么玄机？”

“你看过《三国演义》这部古典小说吗？”大海反问道。

“曾经浏览过，难道里面有现成的答案不成？我怎么没有一点印象呢？”李康一脸迷惑地看着大海。

大海没有马上正面回答他，而是给他讲起了一个自己的故事：小时候，我的父亲给我讲了这样一个故事。话说古时候有个年轻人，有一天正在田间辛劳耕作，这时走来一位云游四方不知是和尚还是道士的人，他站在旁边看了许久才开口问那年轻人的名姓和年龄。年轻人见老者骨骼清奇，一副仙风道骨样子，心里虽然有些纳闷，但还是如实回答了自己的名姓和年龄。谁知老者一听却大惊失色，口中念念有词道：“我看你眉宇间死气毕露，三日内你一定会死的。看你长得眉清目秀，只可惜你的寿命不长。”说罢就摇头晃脑走了。年轻人一听，顿时吓得魂飞魄散，哪还有什么心思继续耕作呀，他急忙赶回家去把此事告诉了老父亲。老父亲听罢二话不说，拉着儿子夺门而出，飞跑着终于追上那位老者。“扑通”一声双双跪在老者面前，哭求解救方法。老者叹气道：“这是天命，各有劫数，岂能逃脱呀！”显得一副无能为力的样子。这时老父亲却把头磕得犹如小鸡啄米似的，不停苦苦哀求道：“我就这么一个独子，他走了，你叫我还怎么活下去呀？”老者见这对父子情真意切，求生欲望强烈，顿时起了恻隐之心说：“这样吧，明天你们备好酒肉饭菜，赶去南山山中，见到一棵大松树底下的一块大石头上有两位仙人下棋，一个仙人穿红袍，另一个仙人穿白袍。在两位仙人专注下棋时，你们就献上酒肉饭菜供其享用。待他们吃完以后，你们就上前哭拜跪求改寿延命，这样就定能安然无恙了。第二天，父子俩备好酒肉杯盘急急赶去南山山中，大约走了好几里路，果然看见一棵虬枝苍劲的大松树底下一块巨大的石板上盘坐着两位仙人正在下棋。父子俩不动声色地献上了美味可口的酒肉饭菜。两位仙人沉迷下棋，也不问来由，就这样一边下棋一边吃着，不知不觉就把酒肉饭菜全都吃完了。于是，父子俩又一次跪拜在地，哭求两位仙人为其改寿。这时两位仙人才惊觉过来，但为时已晚。红袍仙人对白袍仙人说：“我们两人既然受用了人家的好处，那就得帮人家做事了。”“有什么办法？得人钱财，就得替人消灾。”白袍仙人无奈地回答道。随即从身边拿出一叠死簿子翻找出年轻人的名字，说：“你今年十九岁，命定该岁数终。现在我给你把‘十’字改为‘於’字，在‘九’的旁边再加个‘九’字，让你活到九十九岁。但不能再泄露天机了，否则会遭天谴。”尔后，红袍仙人也拿出生簿子把年轻人的岁数改成九十九岁。顷刻，一阵香气飘过，两位仙人化成仙鹤飞上了天。穿红袍的仙人叫南斗——管生，穿白袍的仙人叫北斗——管死。

“父亲给我讲的这个故事，我是过了好几年才弄清楚原来是《三国演义》里面第六十九回的‘卜周易管辂知机，讨汉贼五臣死节’篇章里记载的故事。你听了有何感想？”大海讲完故事问李康。

“哎，听你这么一说，我好像记得是有这么一则故事。但它也只是告诫人们‘吃人嘴软，拿人手短’的警示道理，并不契合我们今天所谈的主题呀？”李康不以为然地道。

大海这次同样没有正面回答他的问题，仍旧从容接着说：“一般来说，这则故事的本意或许就是你刚才所说的警示告诫作用。但如果从另外一个角度去看的话，恐怕还会有其他方面的哲理给人启迪和昭示。所以，我因此很是佩服我这个文化水平并不高的父亲，他当时给我讲这个故事的目的，不仅告诉我要懂得这个显而易见的通俗道理，还要我悟出是什么因果关系产生这样的现象以及自己今后应该怎样去面对。我父亲说，世上有很多诱惑人的东西，不光是金钱和财帛，还有美色和酒肉佳肴等，连不食人间烟火的神仙都无法抗拒，更何况普天下我们这些凡夫俗子？如果换成现代语言来表述的话应该是这样的：人的欲望是无止境的，尤其是在当今物欲横流的现实世界，各种诱惑可以说是无处不在，无时不有。人的一生都要去面对，怎样去面对？这不仅是个现实问题，也是一个思想问题，一个哲学问题。所以说人性的贪欲是一种社会现象，与人类社会伴生而来。这种贪欲现象的发生，与人的出身、宗教、信仰、学识、名誉、地位和职务没有关系。我们就不难理解为什么有那么多的贪腐现象。纵观世界，古今中外，无不例外。随着社会物质的不断丰富，这种现象会表现得越来越明显和剧烈，要消除和杜绝贪腐只能靠社会更大的文明和进步。怎么样，小老弟，你要佩服我这个大老粗的父亲吧？早在几十年前就能把本不具有因果关系警示道理的这样一则小故事，硬是悟出了这样时代高度的追问，可见父亲的参禅悟道能力远在我之上，真让我汗颜呀！罗贯中老先生当年杜撰这则小故事时，如果知道后人竟能据此省悟出这般见地，他一定会感到羞愧；如果想到了或者说就是这样埋下的玄机伏笔，那么我们就要给他再戴上伟大的思想家和哲学家的桂冠。当然话又要说回来，父亲虽然发出了这样的追问，但我可以断定他却一直没有找到答案，哪怕只是他自己认定的答案。因为他毕竟是一个山村野夫，也不敢苛求他去掌握寻找知识答案——那是一门多么高深的学问和一件多么难以企及的事呀！”

听完大海讲的故事，李康由衷赞扬道：“嘿，你这个老爹看来还真是不简单，一个乡下老人愣是通过这则小故事想找出其间的因果，虽然他说不清楚，道不明白，但能产生这种因果辩证关系的意识就已经很了不起了。如果他老人家有文化的话，兴许还有可能成为一名农民哲学家呢。”

“既然谈到这个份上，我们不妨再展开讨论一下。”大海谈兴上来了，“依此看来，人性中的无止境的贪欲和自私是事物发展变化的主因，即人们通常从哲学范畴所说的内因。首先我们先从哲学角度去捋清内因和外因间的辩证关系，然后再结合我们单位已经发生的案例剖析，也许这样我们的逻辑思维会更加清晰些，更加方便寻找两者间的因果关系，制定更加有效的防范措施和办法。

“我们知道内因是事物发展的源泉，是事物发展的根据，是事物发展的根本原因，决定着事物的性质和发展方向。外因是事物变化发展的条件。外因对于事物的变化发展，能够起加速或延缓的作用，任何事物的发展，仅有内因是不够的。外因在事物的发展过程中，不仅是不可缺少的，有时甚至起非常重要的作用。但外因的作用再大，也是第二位的原因，它不能撇开内因独立起作用。要理解和掌握事物的发展过程，必须把握事物的内因。事物的存在又不是孤立毫无联系的，它每时每刻都与外部的其他事物互相联系、互相作用着，从而构成外部条件，这是事物存在和发展的必要条件，它通过影响事物的内部矛盾关系进而加速或延缓事物的发展。唯物辩证法认为，内因和外因是辩证统一、互相联系、互相转化的。一方面，无内因也就无外因，无外因也无所谓内因。另一方面，由于物质世界的范围无限广大、复杂以及发展的无限性，内因和外因在一定条件下可以互相转化。在一定场合、一种联系中是内因，在另一种场合和联系中则可以是外因，反之亦然；现代系统论丰富了内因和外因的辩证思想，它认为系统作为整体而言，其内部的各个子系统都是内部因素，而从子系统来说，一个子系统对另一个子系统的影响和作用，则是一种外部的因素或条件。系统的运动与其环境因素紧密相连，彼此处在能量信息的交换中，这说明内因和外因是不可分割的，二者具有相对性。形而上学割裂内因和外因的辩证关系，否认事物因内部矛盾引起发展的学说，简单地从事物外部去寻找发展原因，因而不能说明事物何以有性质上的千差万别及相互转化，无法确认事物的运动和发展。好了，我得就此打住了，否则再说下去就是玩概念游戏了。我们结合赵平洋和李方明的案子来分析，再清楚不过地表明，导致他们犯罪行为的发生就是贪欲。他们脑子里本质上就存在贪欲的思想意识。这就是事物发展变化的源泉，是事物发展变化的根据，是事物发展变化的根本原因，这就是所谓的内因，一切贪腐案件都可归于此类。而促使事物发展变化的外因就是权力——掌控社会资源的公众权力。我们知道这种公共权力，是一种依法授受、行使、运行、回收职责范围内公共职能（决策职能、执行职能、监督职能）的权位和势力，且这种权位和势力必须接受全过程的监督和制约，以保持权力子系统间的适应、耦合、协调和平衡。本质上是指主体对客体的强制性作用。所以说没有权力就形成不了贪腐。权力运行不当就会催生腐败，是诱发和产生腐败的因子和温床。权力，犹如人类社会发展的一条历史长河，又有多少人徜徉和跋涉在这条河边上，其中不乏英雄豪杰和帝王将相，曾演出过多少威武雄壮的历史话剧，受人敬仰，流芳千古。然而，由于权力运行不当，又有多少英雄好汉和翘楚魁俊，在此折戟沉沙，身败名裂，遗臭万年。‘常在河边走，哪能不湿鞋’是民间的一句流传甚广的俗语。这句话非常形象地道白了环境对人的影响，与‘近朱者赤，近墨者黑’的道理相似。但是环境对一个人来说只是外因，内因才是事物变化发展的根据，外因只是事物变化的条件，外因通过内因才能起作用。其实，‘常在河边走，哪能不湿鞋’作为民间俗语，虽具有一定哲理，但并不完全对。它所体现出的哲理也应该是两个方面：一、常在河边走，所以会湿鞋，这体现了事物联系的普遍性，或者说是事物因果联系，因为你经常在河边行走的原因，才会导致鞋子湿的结果。此外，这也体现了事物内外因的关系，即外因（河边等环境）对人的影响。二、这是对这个俗语的反向思维，因为常在河边走，我们也可以不湿鞋。这就体现了事物联系的条件性。另外，也体现了事物发展变化内因的决定作用，因为靠我们自己的努力（小心走路、注意河水）和一系列防护措施与办法是可以不湿鞋的。因为外因毕竟是通过内因起作用的，内因才是根本。现在，我们看到党和国家为了让更多掌握权力的人不湿鞋，制定了多少清规戒律、制度设计和预防措施、办法，把权力放进‘制度的笼子里’，避免权力的滥用，加大惩治腐败的力度，等等。这一切，其根本目的就是要切断内因与外因的纽带，遏制由外因（权力）运行不当而发生腐败的蔓延之势。但这也仅仅是治标（外因）而已，要真正做到标（外因）本（内因）兼治那就更难了。要使人们都消除贪欲这个内因那就不是一朝一夕的事，因为这个‘本’涉及更为深层次和更复杂的问题，所以党中央一再告诫我们全党：反腐败是一项长期而艰巨的斗争，任重而道远！”

李康书记听完大海的长篇大论着实吃惊不小，他怎么也没有想到这位朝夕相处多年的老领导，只知道他的专业知识和业务水平很是了得，且工作报告也作得很好，殊不知这方面也同样有这么高的水准。他不禁敬佩地夸赞道：“老领导，你可真行！刚才我等于听了两堂课。一堂哲学辩证法课，一堂廉政教育课。我一直在琢磨你是怎么做到能把这两个方面的问题结合得那样紧密和自然，把这样深奥的哲学思想和严峻的廉政反腐现实问题，通过借代、比喻和穿插等修辞手法表述得那样清楚和明了。让人听了受益匪浅，真长知识。看来叫你当企业老总是有点屈才了，你应该去当哲学家、思想家和教育家。”

“去你的，甭给我戴高帽子了！我不过多读了一点书，平时爱学习，爱思考罢了。我刚才讲了一大堆，事实也只讲了外因这个‘标’的一点皮毛。至于内因这个‘本’恐怕一时我也说不清楚。有什么良方好药治这个‘本’你知道吗？”大海笑着问他。

“我认为要治好人们贪欲这个思想意识心魔，只有树立起正确的人生观和价值观，可那是多么遥远的事啊！”李康消极地回应道。

大海却满意地对他说：“你小子进步了，也爱思考了。坚持下去，必受裨益。”

“算了吧，我看这是一道永远也解不了的方程式。”李康仍坚持自己的观点。

“存在决定思想意识，反之思想意识又影响着存在。要求我们全体党员干部消除贪欲的思想意识，道路固然漫长和艰巨，但我坚信：即使我们看不到这一天，但人民一定会看到。”大海坚定地说。

两个小时的车程在他们的讨论中很快就过去了。上午十点钟的铃声刚过，车子就驶进了集团公司的机关大院。大海和李康匆匆地走进了办公大楼。

大海和李康走进了会议室时立刻引起了一阵骚动。原来国政书记正在主持召开本部在家的领导班子会议。从大家严峻的面部表情可以判断李方明的出事确实在机关大院引起极大的“地震”。为了打破这种沉闷压抑的氛围，大海却爽朗地笑问大家说：“你们这是怎么啦？都哭丧着脸干吗？我们是领导呀，这样下去可要影响机关同志们的工作情绪。”

这时，国政书记苦笑着对大海说：“伙计，我没有给你看好这个家，‘后院’起火了，不好意思。我正担心集团今年的经营任务完成不了。”

大海仍轻声说：“这也不能怨谁，没有办法的事。毕竟是他一个人出事，我们整个经营团队还是好的嘛。把影响降至最低限度，让我们大家共同努力，力争完成今年的经营目标任务。”大海在宽慰着在家主持全面工作的国政书记。

会议在继续，但过了不久办公室主任刘维悄悄地走进了会场溜到大海身边在他耳朵边咕哝了一阵又急忙出去了。大海略一沉思，起身走到国政书记身边也耳语了一番，而后用眼光扫了一下李康就出去了。李康会意也起身跟了出去。大海带着李康走进了位于走廊尽头的接待室，里面坐着李方明的父母亲和他的岳父母以及他的妻子。刘维主任做了相互介绍后就出去了。

李方明父亲首先开口说：“犬子方明不争气，给你们添麻烦了，作为他的父母向你们表示歉意。我们今天来的目的，就是想通过组织出面，先保他出来，他受贿的钱，我们替他退赃。这样行吗？”看来这对老夫妇不仅是书呆子，而且是两个法盲。毫无疑问肯定又是两耳不闻窗外事，一心只读圣贤书。大海听了也不知道用什么话来宽慰这对爱子心切的老夫妇。

看到四位老人紧张和慌乱的神色，大海心中不忍把话说得太直白，尽量想拣一些中性词汇来回答他们。“方明恐怕也是一时糊涂而铸成如此大错，我想他自己现在肯定也是悔恨万分。同样，我们也为这样一个优秀人才的失足感到惋惜。但是，法不容情。刚才老先生说的这些，是办案纪律不允许的，我们组织上怎么能去影响检察机关办案呢？我们只有配合好他们，尽快查清他的错误事实，争取早点结案才是。至于说到退赃，那也是下一步的事情。现在案情还不明了，不知数额有多大，但有一点可以肯定，积极退赃，减少国家财产损失，在量刑时会从轻处罚。大家都不愿看到的事情既已发生，那你们家属就要放好心态，平和情绪。尤其是你们四位老人更要保重身体。听说方明还是一个大孝子，平时对你们四位老人都很孝顺。如果你们身体欠安，那不叫他在里面还要担心和牵挂着你们吗？”

“哎，领导，能不能单位出面把案子交给你们纪委来办理？这样我们也会心更安一点。”李方明岳父又提了令人不知如何作答的问题。看来这位老先生对法律知识也是了解甚少，这恐怕也是高级知识分子在法律方面知识贫乏的普遍现象。

不等大海作答，李康书记开口说道："大叔，这恐怕不行。因为我们纪委不是具有法律办案权力的机构，只是单位党内纪律检查的部门。即使他先到我们单位纪委坦白交代说清楚犯错事实，我们党委可根据他的实际情况，给予他相应的纪律处分。但涉及犯罪，我们也无权免除他的刑事责任，也必须移交给司法机关。"李康准确、正确的解释，一时也使他们不知怎么开口了。

到底女人心软，母亲慈悲。方明的妈妈和岳母还在窃窃私语好像商量着什么似的，方明妈妈正欲开口时却被李方明妻子制止住了。她大声说道："妈，你们不要再说了，不要求他们了。李方明又不是他们家什么亲人，他们怎么可能搏命去给你'捞'人，不落井下石就不错了。亏了我们方明在这里卖命快二十年了。走！我们自己想办法，不求他们了！"

大海和李康怎么也没有想到这个高学历又在社会上闯荡了多年的女子竟不顾最起码的做人礼貌，反而对求助人讥讽、奚落和蔑视，可见她对大海和李康是有多么失望和愤懑。大海和李康被她这顿突如其来的抢白呛得面面相觑，呆若木鸡坐在那里。当李方明妻子气呼呼地带着四个怏怏不快的老人即将离去时，大海突然猛醒过来，似乎下意识想起了什么，他马上追上去对她的背影大声说："姑娘，我们不与你一般见识，请你送老人家回去后，再回来一趟，我们还有话跟你说。"

李方明妻子不置可否，不知是恼怒还是骄傲，头也不回地自顾走了。

"这个女人真不懂事，太无礼了。书香门第的高知家庭竟是这般家教吗？”李康愤愤不平地对大海说。

“我们不跟她一般见识，也许是救夫心切导致一时失态吧。我理解，但是……”大海欲言又止重新坐了下来，“你相信她还会回来吗？”

李康表示怀疑。

大海肯定地说：“她一定会回来的。我们还是耐心等她一下吧！”

“哼！你拉倒吧，她以为刚才的发飙激将法会改变我们的态度和想法吗？也未免太幼稚天真了吧？我们就等着她放鸽子吧！”李康仍然不信。

大海并没有立刻反驳，而是漫不经心地说：“你没有看出来吗？这是一个非常自信而又极度自负的女人。同时也是一个聪明绝顶、很有主见、很善交际和揣摩的人，而且是个很能赚钱和很会花钱的角儿。从她的举止言谈可以看出，她积累了丰富的社会历练和经验，就是人们常说的那‘久经沙场，笑傲江湖，亦正亦邪，黑白两道通吃’式的人物。”

“你也太高抬她了吧？就这样短短几分钟的接触，你能看出这么多？”李康硬是不服。

大海仍旧不急不恼地说：“康子，这方面你就不如我了，观察事物没有我仔细和透彻。自打我看见他们一行，从每个人的神情表现我就感觉到她没有四位老人那份紧张慌乱的神情，反而十分淡定和自然。她不是没有认识到丈夫问题的严重性和后果，反而是一副胸有成竹能把丈夫‘捞’出来的样子。之所以还来单位求助我们，完全是迫于四位老人的亲情压力，走走形式过场，做给外人看而已。你还真以为她不知道你说的那些吗？她压根儿就没有指望单位和组织，你真当她不清楚这样的事情单位和组织无能为力吗？她甚至比我们更懂。我不知道能不能说她这是在蔑视我们国家法律的神圣和尊严，还是看出了什么漏洞，还有什么可乘之机？否则怎么会冒出‘捞’人的想法呢？她今天能陪着四位老人来这里，其根本目的就是来告诉我们对李方明不要‘落井下石’‘泼脏水’借机进一步抹黑李方明，担心生出其他事端来，增加‘捞’人的难度和代价。况且，刚才她竟能用这种‘先入为主’的手法向我们表达自己的请求，你不得不佩服她的机智和聪明。这是一个很有心机的女人，真不简单哟！你相信我的分析判断吗？”

这回轮到李康瞪大眼睛看着大海，惊叹得许久说不出话来。“既然她已经达到所要的目的，那你又凭什么断定她还会回来？”李康不解问道。

“我敢与你打赌，她不但会回来，而且首先是向我们道歉，然后还会说一大堆恭维话和感谢话，却只字也不会再提‘捞’人的事情了。”大海仍很有把握地说道。

“难道我们还会稀罕她的道歉吗？你也不会是为了这一点可怜的自尊和虚荣而叫她回来的吧？”李康更是不解。

“肯定不是，亏你想得出来，你当我是小学生呀！”大海沉着脸回答。

“那到底为什么？”李康穷追不舍。大海端起茶杯喝了一口水，开口道：“好了，不卖关子了，我给你解这个谜吧！她一定会回来并不是为了道歉和说恭维和感谢之类的话，根本目的是再次坐实我们真的不会对李方明‘落井下石’‘墙倒众人推’。因为自己刚才毕竟说了不该说的话，她‘以小人之心，度君子之腹’的心态在揣摩我们。她认为自己说错话，得罪了我们，反使我们会为了泄怨恨报复她，转而迁怒李方明，错误认为我们会做出不利于她自己

‘捞’人的举动。我要她回来的目的是想给她一点忠告，提醒她不要去相信社会上那些传闻八卦，更不能去做那些不着边际的蠢事，这不仅加大了对李方明的损害，弄不好反而害了自己，以免重蹈聪明反被聪明误的悲剧。”

“哦，原来是这样！领导真是用心良苦。李方明也不愧为是你的属下，从这个意义上说，他们一家子还真得要好好谢谢你才是。”李康感叹地赞道。

大海与李康谈兴正酣时，李方明妻子急匆匆地赶了回来。尚未落座就开口道：“两位领导，真不好意思，让你们久等了。首先我为刚才的失礼和不敬表示道歉，作为方明的爱人，小女子在情急之下难免有过激和失态的地方，希望能得到你们的理解和谅解，看得出来你们领导有海量，大人不计小人过……”

“我们当然不会跟你计较这些，要不我们老总也不会请你再回来的。”李康没好气地打断了她的话。

这时，大海才开始仔细打量这位还站立着说话的人。她确实是个美人坯子，这分明是上帝偏爱的结果，精致的五官恰到好处地布置在这张白净秀美的脸庞上。一米七几的个子，又拥有一头浓密乌黑闪亮的长发。也许是芭蕾舞演员出身和一直没有生育的缘故，身材保持得像少女一般，充满了朝气与活力，丰满而矫健，修长而均匀，婀娜曼妙，亭亭玉立。听说她曾经还得过某选美比赛的季军和拍摄过广告，不知真假。但看这真材实料摆在这里，恐怕并非浪得虚名。她保养和修饰得很好，看上去要比实际年龄年轻很多。这就不难理解同样长得英俊潇洒、风流倜傥的李方明多年来几乎还没有听说过他的绯闻，原来家里藏着这么个如花似玉的活宝。

大海说：“你先坐下吧，哦，你叫什么名字？方便告诉我们吗？”

这下她倒很有礼貌了，微微一笑，随即坐下轻声说："谢谢领导，我叫徐菲菲。双人徐，草头菲，就叫我菲菲好了。"菲菲见大海适时让自己下了台阶，接上被李康打断的话继续说，"方明在你们单位也干了这么多年，在你们的教育培养下，进步也很快，能到这个位子上全靠领导的栽培和提携。这次出事怪他自己不争气，自毁前程，也怨不得谁。还给单位添麻烦，抹黑，造成了不小的负面影响，在此我代表他向你们说声对不起了。即使这样，你们还是没有完全抛弃他，还专门为他的问题召开会议研究，我很受感动，不管以后方明的结局怎样，我还是要谢谢你们，同时还想得到领导的指示和教诲。"

这下李康不得不佩服菲菲这张伶牙俐齿的嘴了，但他心里更佩服自己老总这份料事如神的本领。

大海听了她这番滴水不漏的话，觉得她是一个相当成熟的女人，这也就意味着她是一个很世故的人。虽然与她的年龄相比有点过于成熟，但也许和她的阅历和事业顺当成功有关。大海心里是这样想的。"菲菲，听了你刚才那番话，我认为在对待方明这件事情上，难得你有这样的认识。案情和受贿数额究竟有多大虽然现在不是很明了，但我根据对方明的了解和你们整个家族的经济情况来看，我个人猜测方明受贿的数额或许不会很大。你们家到底多有钱我不知道，但我知道你们家就是不缺钱。我还知道你是一个精明能干、很有经济头脑、特别会赚钱的人。还听说你的创作室经营有方，规模越来越大，事业风生水起，方兴未艾。据说你早就开上保时捷跑车了，是真的，还是一个美丽的传说？"大海故意把话说得诙谐些，为下面的重话作铺垫。

菲菲见问，只是"嗯"了一声，不置可否。大海接着说："如果非要说你们家还缺点什么，我看现在唯一缺的就是一个孩子。当然，这是你们的隐私，作为他人自然不便多问。我之所以说这些，目的就是告诉你们，在对待方明的问题上要放好心态，既来之，则安之。事情也就这么大，该会有怎样的结局，就认怎样的结局，去坦然面对，超然一点，洒脱一点，把它当作人生的一次历练和磨难。说挫折也行，失败也罢，也就这么一回事了。要看到这一点，自己还那么年轻，一切都还来得及，还有机会，跌倒了不就是从头再来一次那么大点的事吗？祸福相依这个道理你总该懂吧，通过这件事，汲取了惨重的教训，把坏事变成好事，说不准还能来个‘凤凰涅槃，浴火重生’呢！所以从这个意义上来说未必不是一件好事。同时你还要明白，世界上任何事情都难以做到完美无缺，有得就有失，失去的已经失去了，珍惜当下所剩下和拥有的才是根本。但我也不完全否认在社会上确有你听到和亲眼看到的某些所谓‘神通广大’的人和奉行‘只要有钱，什么事都能摆平’的拜金主义者，把‘失去了’的东西夺回来的人和事。但我可以很负责任地告诉你，这是极个别极个别的现象，决不会是社会的主流。与其相信那些具有巨大欺骗性质的谣言还不如相信法律的神圣尊严和社会的公平正义更实在。难道我们真有必要抛下当下的拥有，去赌那些虚幻渺茫的所有吗？孰重孰轻好好掂量掂量。小徐，我说的这些你都听懂了吗？”

菲菲看起来听得很认真，可嘴里还是一声不置可否的“嗯”。

李康见此生气地说：“大美女，领导这番语重心长的话，就是提醒你，再不能有‘捞’人的想法和举动。弄不好会鸡飞蛋打，竹篮打水一场空，明白吗？”

这时，菲菲才较为正式地回答道：“知道了，没有其他事我就先走了。”她随即起身，向大海和李康略微点了一下头就向外走去。

大海冲着她的背影又一次轻声问：“小徐，这些你真的都听懂了吗？”

菲菲回头对大海莞尔一笑，回答说：“谢谢你的好意。”又急匆匆地走出了门。

“她听懂了个屁，榆木脑袋。”李康还在生气。

大海接上说：“听是听懂了，但未必听得进去。智商低还能把事业做到这种规模吗？”

“我看她是瞎猫碰到死耗子，她有这个好命。”李康仍不服气。

“不，我是担心她聪明过头了。聪明过了头，不是智慧，而是‘蠢’。”大海仍是一副心事沉沉的样子。

李康见状，不禁打趣道：“好了，大菩萨，我们尽到了责任。你再这样下去，法华寺就要聘你去当方丈了，去那里普度众生或许更合适。”大海听罢只是苦笑了一下，并没有去计较李康的讥诮。

送走了徐菲菲，时间已到了中午吃饭时间。大海和班子成员一道在机关食堂用完餐后，大家并没有午休又接着上午的会继续进行。李方明出事虽然对整个集团公司的运行没有造成很大影响，但却给经营工作造成很大的压力，因为出事的毕竟是负责这项工作的主要领导。对此，有好些合作伙伴都作出强烈的反应，也有不少曾经有意向合作的单位也不那么积极主动了，甚至有几家竟联系不上了，曾经的香饽饽瞬时竟成了人们弃之可惜、食之无味的“鸡肋”。况且经营这个板块始终是集团公司的重头戏，具有举足轻重的地位。让在家主持全面工作的国政书记几乎一夜愁白了头。如何稳住阵脚，调整经营策略，采取相应的补救措施，力争完成和实现全年的经营任务和目标，大海作为集团公司的法人代表都有着责无旁贷的责任和义务。于是，他和国政书记一道又开了一下午的马拉松会议，直到下班铃声响过好久会议才宣告结束。

天黑时分，大海拖着十分疲惫的身子终于踏进了将近一个月没有回来的家。一进家门，万事不管就躺在沙发上再也不想起来了，甚至连夫人准备好了的饭菜都不想吃。马琴见状，急忙走上前去又是给他捶背又是给他揉肩，嘴上不停地埋怨道："乡下人，你已不是那么年轻了，还这样拼命，拼命首先得有命呀，你懂不懂?"

"老婆，我何尝不想这样，也是没有办法的事。我也不知怎么啦?在外面还不感到怎么累，可是一回到家里就感到浑身散了架似的。"大海无可奈何地叹道。

马琴见丈夫又黑又瘦的模样又不禁心疼起来。"这还不知道?因为家里有依赖，在外面哪有谁像老婆那样侍候你呀?你也真背，前方出事未了，现在后院又起火。你可要坚持住呀，否则叫人看笑话。"这是一个把丈夫的名誉看得比自己生命还重要的女人发自肺腑的呼唤和勉励，只有大海才能读懂它的全部内涵。也许正是有这么一位好妻子，才使自己这般坦荡走到今天。

大海动情地抓住马琴的手说："你放心，我不会让你失望的。"随着年龄的增长，又值这多事之秋，大海越来越懂得了"家是人生的港湾和归宿""家是人生旅途上憩息的驿站"这两句话的真谛。

"好了，'人是铁，饭是钢'，我们先吃饭吧。今晚你把手机关掉，早点睡觉，好好休息一下。"马琴停止了对大海的揉捏，催促丈夫赶紧吃饭。

"遵命!"大海顺从地坐在了饭桌前。

第十二章

大约在通车前的三个月赵平洋的案子开庭了。大海不好意思去，他不忍心看见自己的部下那副失魂落魄的样子，他只好安排李康书记带着指挥部有关部门的负责人参加了庭审，目的也是叫大家再次接受警示教育。据同志们回来以后普遍反映说，这比以往任何一次警示教育更为深刻和震慑。目睹赵平洋在庭上痛哭流涕、捶胸顿足、万分悔恨的痛苦表情大家也溢出了惋惜的泪花，毕竟是朝夕相处这么多年的同人同事，却因一念之私而坠入了万丈深渊。听说赵平洋这样一个颇大的家族只有他妻子到庭了，当审判长宣读完判决书时她随即昏了过去。就这样，赵平洋开创了这个家族有史以来第一个身陷牢狱的先河。但愿这是这个不幸家族的最后一个，大海默默为他们祈祷着。

一个月过后，李方明的案子也开庭了。大海与国政书记商定将由国政带着集团公司有关同志去参加庭审，指挥部还是由李康书记带着纪委一帮人去参加。一周后，大海带着万山、令狐南和指挥有关部门的负责人正在巡视工地的途中接到李康的电话，告知今天早晨有人发现李方明妻子徐菲菲在自己开办的舞蹈室里自缢身亡。大海长叹一声：“聪明反被聪明误啊！社会不良风气害了卿卿性命！”

“犯得着走这种极端？这至于吗？”万山也感到十分惋惜地说道。

令狐南摇摇头接上说：“是啊，真让人费解，方明的罪比赵平洋轻多了呀？再说一点也不冤枉啊？我猜肯定还有其他什么隐情。否则还不至于以死相搏！”

“你们还是按原计划继续吧，我现在要赶回省城一趟。”大海向万山和令狐南作了简短交代就急急地走了。

人命关天的大事谁也不敢怠慢和敷衍了事，更何况是在这样的情况下发生的，这也是极为特殊和罕见的，自然引起各级部门的极为重视。为此，由市政法委一位副书记主持召开了由市检察院、反贪局、公安局、派出所和法院领导以及集团公司有关负责同志列席的紧急会议。大海匆匆赶到时，会议正在进行，集团公司国政书记和李康正在里面列席会议。李康见大海进来马上迎了上去，随即把大海引导出了会议室而来到接待室，把已经掌握的情况先向他作了介绍。事情原来是这样的：李方明被带走一个礼拜左右，他的案子就基本明了。大约距他被带走的前半年的时间，他带着经营工作的团队去南方某省参加一条高速公路建设的施工招投标，其中有一个标段被当地的一个掮客违规组织了围标。不知这位掮客是何方神圣，很有能耐，据说参加这个标段竞争的十二家施工企业他竟掌控了十一家，唯独只剩下集团公司一家了。开始那个掮客就与李方明联系提出合作投这个标的意图，而当时李方明基于以下两点考虑予以拒绝：一是考虑这是违法违规，况且自己从未做过这样的事；二是根本不相信此君有如此大的本事。

直到开标的前一天晚上，这人提了一个大的旅行袋悄悄地溜进了李方明下榻的宾馆房间。这家伙胆也忒大，直截了当对李方明说：“李总，到了这个份上我就明给你说清楚，这个标段我已控制了十一家，就差你一家了。标无论怎样投，我有十二分之十一的把握，而你只有十二分之一的机会。你是行家，这中标概率还要我说吗？你选择不与我合作的话，那你也是陪陪我们而已。”

李方明听了还是表示怀疑问道：“你不会是忽悠我吧？”

那人一听急了，忙从另一个公文包拿出一大沓档案袋递给李方明：“李总，你自己亲自看看，这些就是他们单位的报价单。这个标段哪些单位参加投段你不会不清楚吧？”

李方明仔细看了一下也不由大吃一惊，这小子还真没有说谎呢，不禁道：“看来你还真有这个能耐。”

“怎么样？事情既然到了这个地步，你何不做个顺水人情，交个朋友，说不定我们下次还可以直接合作，互惠互利嘛。再说，你还投了其他几个标，放弃这个毫无希望的标段，回去也好向单位和你的老板交代。即使这样，我也不会白让你们单位帮我这个忙，这里有一百万元现金，同意合作我就留下，而且不打任何条子，不行我就带走。”

李方明瞄了一下鼓鼓囊囊的旅行袋稍微沉思了一下说：“你在我房间稍等一下，我去跟其他同志商量商量再答复你。”

“好的，不急，我就在这里静候佳音了。”那人望着李方明离去的背影很客气地回答说。

过了片刻，李方明回来对那人说：“我把情况给大家说了一下

（就是没有说钱的事情），既然已到了这一步，对我们也没有什么实质性影响，就算是交个朋友们，今后还方便我们进行合作。这次就算我们的见面礼吧。”

“痛快，李总你这个朋友我交定了。”那人说完就向李方明递上了名片，李方明也掏出了自己名片和报价单给了对方。

第二天，业主的招投标工作按时开标了。由于招投标文件做得扎实严谨规范再加上运气，集团公司共投了三个标段竟非常幸运地中了两个标段。其中标率高达近百分之七十，在全线属于少有的几家施工企业之一。看来“李不碰”还真不是虚名，李方明和同行的几位同事都沉浸在一片亢奋之中，那天中午李方明还特地在酒店设宴犒劳了大家一番，好一派春风得意胜利凯旋的样子。然而李方明做贼心虚，他不敢和同事们一道乘傍晚的航班回家，而是找了一个借口，自己第二天单独乘了一个航班次回家。就这样，李方明带着既紧张兴奋而又担心害怕的心情把这一百万元据为己有了。说心里话，他并不是现在才看出现今招投标市场管理上存在这样和那样的漏洞，确有可乘之机。只是因为自己这样的家庭并不缺钱花，完全没有必要去冒这个风险。那又为什么导致他酿下悔恨一生的大事呢？我们从他的悔过书里可以看到主要有三点：一是这次招投标工作取得了傲人成绩，客观上并没有侵害集团公司的利益，所以这一百万元全是凭着自己个人的影响和本事弄来的，他认为占为己有是心安理得和顺理成章的事。二是存在侥幸心理，错误认为这是天知地知你知我知极为隐匿的事，况且手法上几乎达到了天衣无缝的地步，不可能会被人发现。哪想到人算不如天算，他忘记了“法网恢恢，疏而不漏”的天理。那个标段终因先天不足、分赃不均、内讧起乱导致东窗事发，李方明自然被牵出。三是为讨好妻子想早点结束丁克家庭的现状。从内心里李方明是不愿意的，但聪明能干又十分会赚钱的妻子却一再坚持，所以处在家庭弱势的李方明只能迁就。好在半年前经李方明轻磨硬缠，妻子终于有了松动的迹象。刚好那时徐菲菲正在紧张操办想把现有的舞蹈室再次扩大规模，并已看中了一处房子正打算把它盘下来。由于扩张太大和过快，一时手上的资金周转不过来，形成了骑虎难下的尴尬局面。李方明也看在眼里急在心上，想在这关键时刻助老婆一臂之力，借机讨好一下老婆，恳求老婆尽早结束丁克现状。徐菲菲也许是出于打闹好玩，随口调侃了一句："急什么急？等弄好新的舞蹈室再考虑吧！"事情坏就坏在恰在此时，李方明却具有"天时、地利、人和"的条件，终于铸成了犯罪的事实，从此改变了自己乃至整个家族的人生和命运。

案子本来就这么简单明了，李方明在里面也坦白交代得十分清楚，认罪态度也很好。按理说作为犯罪人的家属为其积极退出赃款，减轻其罪行，为法院量刑作为考虑因素也不失是个好办法。剩下就是耐心等待法律的公正判决，否则哪会又生出这么多事端来呢？那天开庭，不仅徐菲菲到了场，连四位老人也到了场。但令人费解的是他们五个人并没有显露出当初那番紧张慌乱的神态，反而显得非常轻松和淡定，甚至还露出了一丝不易被人察觉出来的期盼。国政书记和李康都看出了一些端倪。

国政小声问李康："我感觉有点不对劲，难道真的被她摆平了吗？"

李康更是纳闷："是啊，这怎么可能呢？"

鉴于此，李康多了一个心眼儿，开始静静地观察徐菲菲的细微情绪变化。当检察机关的两位公诉人落座就位后，徐菲菲见是两位女同志时，脸马上沉了下来，露出了紧张迷惑的神色，很显然不是她所期待的人，李康又明白了几分。开庭了，李方明被带进来了，他人稍微有点憔悴，但却十分平静和坦诚。也许他心里就是这样想的：反正就是这么一件事，也就是这么大的事，所以心情反而更淡定些。他用愧疚的目光与家人对视并略点了点头，算是打了一下招呼。接下来是公诉人提起公诉，庭审举证等程序。不知什么原因，徐菲菲并没有为丈夫聘请律师，自然也就省去了法庭辩论这个环节。再则李方明对公诉人也未提出过任何质疑，全部供认不讳。案子本来就简单明了，整个庭审进行得很顺利也没花费很长时间。李康注意到徐菲菲完全不在状态上，呆若木鸡，仿佛这是一件与己无关的事。但从她紧咬的嘴唇上可以看出她处在极度气愤中。当审判长宣读完判决书时，四位老人不约而同地“啊”了一声，并一起把目光齐刷刷看向徐菲菲。错愕的眼神分明是在问她：“怎么会是这个结果呢？”这时，徐菲菲根本不敢去迎接四位老人满腹疑虑的目光，只有沮丧地低下头。这下李康和国政书记全明白了。徐菲菲所谓“捞人”和“营救”计划彻底失败了，留下的恐怕只是人们茶余饭后和街头巷议的谈资与笑料了。最后当审判长问李方明是否上诉时，李方明坚定地摇了一下头说了“不上诉”三个字，说完看向家人流下了一串泪水。四位老人也含着满眶泪花目送他被法警带下去。可不知为什么，徐菲菲却一反常态没有流泪，只是用深情的目光望着李方明离去的背影。李康见了不禁打了个寒战，不知她还想干出点啥事来，心里叹道：这真是一个爱折腾能折腾的女人。

庭审结束后，国政书记和李康正欲上车离开法院时，只见徐菲菲铁青着脸，气呼呼地跑过来说：“领导，你们能不能陪我去一下检察院和反贪局？”

国政书记听了一怔，反问道：“为什么？不服判决或对事实有质疑在法庭上就该表达出来呀。再说，你这样去也不符合法定程序嘛，人家怎样接待你？”

“不是的，我找一个人，他们敢不接待，我就死在他们面前。”徐菲菲恶狠狠地说道。

李康此时清楚她要去的目的，回答说：“小徐，我可以肯定，你上当受骗了。当初我们老总对你说的话，你就是听不进去。现在后悔了吧？”

“这个王八蛋，即使挖地三尺我也要把他找出来。”徐菲菲仍旧一脸杀气。

李康见状不禁有所警觉，他对国政书记说：“这样吧，我带纪委的陈丽一起陪她走一趟吧。刚巧我和反贪局周局长面熟，这样也许会方便些。”

“好吧，但要注意方式方法，不要引起人家对我们的误会。”国政书记再三叮嘱道。

李康和陈丽带着徐菲菲很快就来到市反贪局。因李康与周局长本就有几次接触，自然受到他的热情接待。开始他以为李康只是一般礼节性的拜访就开起了玩笑说：“李书记，是刮什么风把你吹到这里？一般人是不敢到我这里来的呀，你不会是陪人来投案自首来的吧？”

“你这下可把我问糊涂了，我也不知道这样算什么。”李康接过递来的茶杯轻声说。

周局长纳闷又反问道：“噢，怎么说？”

于是，李康小声说出了此番来意。

周局长一听，大惊失色道：“啊，还会有这等事？是不是弄错了，让我们无端背黑锅，这还了得！事关重大，我得向领导报告一下。”他说完立即拨通了座机并按下免提，“郑副检察长，我是老周，现向你报告一个情况，省建设集团公司纪委李书记就李方明案子的事，反映我们检察机关在办案过程中有人徇私枉法，索要当事人家属的钱财。现在李书记和受害人就在我办公室，受害人提出要当场认人对质。你看这咋办？”

对方立即作出指示说：“会发生这样的事？如果反映的情况属实的话，那问题可就严重了，我们岂能允许这样的‘内鬼’存在？这不是亵渎和玷污我们这份神圣的职责吗？这样，你稍等一下，我和院纪委张书记马上过来。”

片刻，郑副检察长和张书记进来了。郑副检察长问李康：“哪位是受害人？”

李康立即把徐菲菲介绍给了他。郑副检察长很严肃地对徐菲菲说：“你这位女同志，我本不该一见面就批评你。你怎么就不相信我们国家法律的公正？你要知道我们执法部门是一级组织，有着严格的法定程序和办案纪律，任何人都不能左右秉公办案的人员，也包括我这个检察长在内。不能轻信社会上那些极端不负责任的传说和八卦谣言，我想你到现在也不会相信我们，还认为我们家丑不敢外扬，会官官相护，推诿搪塞。我不敢保证我们队伍百分之百的纯洁，但我可以负责地告诉你，我们决不会允许有一个这样的败类在我们的队伍，发现一个清除一个，决不姑息养奸。我们要你在事实面前再接受一次教育。我和张书记已商量好，看今天你有没有这个机会。为了不再引起你的误会，现在我们不问你被骗了多少钱财，也不问你这个骗子的姓名、性别、年龄和职务，等下由周局长、张书记陪着你去辨认。”

郑副检察长说完又问周局长：“人都在吗?”

周局长答：“人都在，我刚给他们开了一个会。”

“那好，不动声色，不要打扰大家，当平常检察工作或闲聊带她去吧。如果认到的话，直接把人带到这里。”

“好的！”周局长回答非常干脆。

周局长和张书记带着徐菲菲走了。李康十分敬佩郑副检察长这种办事风格，同时也十分感激他的重视。“郑副检察长，真不好意思，我们单位又出这样的事，又给你们添麻烦了，影响你的工作，在此向您表示歉意。”李康由衷地说道。

“李书记哪里话，这也同样是份工作嘛，不用客气。”郑副检察长谦逊地回道。

“领导，工作是工作，但这却是一份额外的工作。本来我们劝她不要来的，一看就知道肯定是遇上了骗子，自受其辱，也怨不得谁了。我们老总和我曾经提醒过她，可她就是一意孤行，没有办法。”不知怎么李康竟诉起苦来了。

“这样也好，让她在事实面前接受沉痛的教训，其感受会更为深刻，对她今后的路也不无益处，未尝不是件好事。”

领导就是领导，站得高看得远，李康感叹道。

半小时过去了，周局长和张书记带着徐菲菲回来了。看着周局长和张书记一脸轻松的表情以及徐菲菲一脸的沮丧，不用问，结果肯定是否定的。

“没有她要找的人。”周局长首先开口向郑副检察长报告说。

“这家伙真是胆大妄为，竟敢冒充我们的人招摇撞骗，一定要想办法抓到这个人。”郑副检察长坚定地说。

“李书记，我看你们还是赶快先去公安部门报案吧。”

张书记说完又转身对徐菲菲说：“尽管这样，你如果还有什么新的线索和怀疑的话，只要涉及我们这里，你可随时直接来找我。同时我也会组织人员在我们内部作进一步的调查。说心里话，我们的心情和你一样，希望尽早尽快抓住那个人，使事情真相大白于天下，也还我们检察机关一个公道。”

张书记一番在情在理的话使徐菲菲很感动，她含着泪水连声说：“谢谢你们，我相信你们，怪我自己相信得太晚了。”

“李书记，看来全民的法制宣传教育还有很多工作要做，路还很长啊！”郑副检察长最后说了一句意味深长的话。

李康带着陈丽和徐菲菲匆匆离开了检察院，驱车急赶驻地派出所。可在半道上徐菲菲却提出先到几家银行的营业大厅去办事，无奈李康只好先满足她的要求。

陈丽看徐菲菲慌乱和紧张的样子非常不解，问李康道：“她这是怎么回事？都这个时候还分不清主次吗？”

李康说：“她呀，还存在侥幸心理，既然鸡已飞了，难道蛋还会在吗？”

“什么意思？不明白。”陈丽还是迷惑。

“不明白？以后你就会明白，世上哪会有守信的骗子呀！”李康仍没有正面回答陈丽的疑问。

“哎，领导，你怎么也跟老总学会了卖关子呀？”

李康一听笑了，说：“你过誉了，我哪有老总这本事。你知道吗？他那卖关子是建立在对事物具有超强的洞察力，具有透过现象看本质的分析和判断能力，同时还积累了丰富的社会阅历，具备了很强的逻辑思维和唯物辩证以及心理学等方面的知识基础。只有这样才能准确把握住事物发展的方向和预测出最后的结局。而我只是根据一些现象作猜测而已。实话告诉你，徐菲菲今天这个结局事实上老总几个月前就料到了，还提醒过她。说心里话，当时我也有点不以为然，更何况是她。鉴于现在这种情况，我倒希望老总那次料事如神的本领来一次‘老道失算’，也许这样才是他更希望要的结局。好了，不要扯远了，等到了公安局由你陪她进去，都是女同胞，方便她报告案情时解除涉及隐私的顾虑和忌讳。”

陈丽听了不仅乐意这样的安排反而夸起了自己的顶头上司：“领导，看来你学艺很精，再接再厉，坚持下去，定能成为老总的高徒。”

李康叹气回答道：“哪有这么简单，他能做到这样，真正的关键是什么，至今我都没有悟出来呀！”

陈丽听了不满地叫道：“你算了吧，刚刚说完不要卖关子，转身又卖出去了。”

“真的没有。”李康一本正经答道。

下午，李康一上班就到国政书记办公室汇报上午在检察院和反贪局以及后来的一些详细情况。刚汇报完，陈丽就急匆匆地到办公室门口找李康，说要汇报陪同徐菲菲一道去报案的情况。

“进来吧，小陈，我也想听听究竟是怎么一回事。”

“徐菲菲她同意吗？不管怎样，我们还是要尊重人家的个人隐私。”李康问道。

“她同意，但要求只限于领导层面。”陈丽如实回答。

“那好，我们知情人都要遵守这份承诺，一个女人家现在也怪可怜的。不能雪上加霜。”国政书记正色道。

“是啊，这个虚荣心强、性格又极其倔强、争强好胜、永不服输的女人，能做到这一点已经很不容易了。现在这个时候我们单位不帮她，还有谁愿意帮她，真是可怜又可悲。”李康补充道。

陈丽深吸了口气，平静了一下紧张的心情开始讲述：事情的经过是这样的，早在李方明案子逐渐明朗的时候，徐菲菲就在她那个所谓的圈子里私下打听谁有办法能帮丈夫免于刑事惩罚，哪怕是缓刑也行，只要能把人救出来就可以，并放出有重谢的口风。起初，朋友们只是碍于情面，多以诿延以示同情和安慰她，并没有什么实质性回应。大约过了一个星期左右，那天晚上她在从舞蹈室下课回家的路上，突然接到了一个神秘电话。她本来就是个聪明绝顶的人，也较早踏上社会，多年混迹在这万花筒般的所谓江湖上，也算是个见多识广，人情世故、世间百态无所不览的人。她一看就知道这是一个用磁卡打来的公用电话，她本想不接，以为是骚扰电话，但她脑子太好使了，立即感觉到这个蹊跷电话不寻常，潜意识地猜到了几分。她马上接了起来，电话里传来一个沉稳的中年男子的声音：

“你好！请问你是徐菲菲女士吗？”

徐菲菲故意说：“不是，你打错了。”

“哦，打错了，那对不起。”

徐菲菲见对方没有纠缠的意思又接着问：“你是谁啊？”

“既然打错了，你再问谁还有必要吗？”对方又反问了一句。

依此，徐菲菲迅速判断这绝不是社会上的小混混，所以马上接着说：“我是，请问你有什么事吗？”

“嘿，你警惕性很高嘛，有什么事还要我说吗？你自己不知道？”对方来了个不置可否的试探。

“哼，还想套我的话，讹诈老娘，你还嫩了点吧！”徐菲菲想进一步激怒他。

“好吧，你既然是这个态度，那就让你丈夫等着把牢底坐穿吧！再见，不好意思打扰了。”对方欲擒故纵装着要放电话的样子。

“你慢点挂，你是从我的招聘广告、招生广告知道我的电话号码还是哪位朋友告诉你的？”徐菲菲想旁敲侧击弄清他的身份。

“这与办事有关系吗？”对方巧妙地回避这个问题。

“哼，你也未免把我想得太天真了吧？当我是小孩？你还真以为我会相信你这个不明身份的不速之客吗？”徐菲菲直截了当说明了对他的不信任。

“世界上只有你最聪明了，懂得保护自己；我们这些人都是傻瓜不懂得保护自己？亏你想得出来，干这样的事还能登广告，商店卖东西明码标价吗？好了，不与你啰唆了，给你三天时间考虑吧，三天后我会再联系你一次。”对方不等徐菲菲回话就主动挂了电话。

徐菲菲毕竟是个成熟女人，也不会像刚踏上社会的少女那么轻易上当。她接完电话后也在仔细推敲此人的身份和背景，掂量着这个人靠谱不靠谱。经过综合考虑，她作出以下三个初步判断：第一，这个人一定是个捞外快的工薪阶层，可能有正当职业，否则不会那么注意隐蔽自己的身份；第二，这个人可能与检察机关有一定的联系，否则不会对案情有所了解；第三，这个人肯定不会是新手，似乎有过类似的经历和经验，否则不会那么从容不迫和有招有式的套路。所以得出结论，此人有点靠谱，可以先接触一下，作进一步的试探和观察，徐菲菲是这样想的。从她这个判断来看，徐菲菲的逻辑思维和推理应该说还是不错的，更难得的是还有那份冷静和机智，是一个不太容易上当受骗的人。不过，这场狩猎还真难分出谁是猎人谁是狐狸。

三天后，那个中年男人果然在相同的时间段打来电话，只是用了另一张磁卡公用电话。徐菲菲一接通电话，就立即传来了对方低沉的声音："徐女士，你好！这个事你想好了吗？这种事不能勉强，要是觉得为难就算了。"对方倒是一副很豁达的样子。

徐菲菲回答说："那就先接触一下吧，先生，怎么称呼你？能留个联系方式吗？"

"我姓王，三横王。这样吧，电话里也不好说，一下子也说不清楚，还是找个地方见面谈怎么样？"对方十分得体地拒绝了徐菲菲的要求。

"我一个女人家，又不认识你，单独见面不合适吧？"她又把球踢了回去。

对方轻松笑着说："你谨慎我理解，按理说害怕的应该是我，我才是冒着风险来的。初次见面也不可能向你要钱，要不，你可不带一分钱来，如果还不放心的话，你再叫上一个朋友陪你来。当然，首先要你认为方便的话。可我不一样，弄不好我这身'皮'都会被扒掉的。你看这样行不，明天晚上我先订好一间茶室见面聊一下怎么样？"对方提出了建议。

"那好吧。"徐菲菲冷冷地表示同意。

"我订好以后，再通知你。哦，对了，你还可准备一下，如果还有什么疑虑和不清楚的问题，见面时向我提出。你认为我的解答能胜任做这个事，那我们就谈合作。认为不行，我们就各走各的，谁也不认识谁。好吗？明晚见。"不等徐菲菲回应，对方就挂掉了电话。

第二天晚上，相约见面的地方是月亮湾茶楼。茶楼虽然地处偏僻但并不寂静，来往的人很多，也是省城几个比较有名气的规模较大的茶楼之一。徐菲菲并没有叫上其他朋友，一个人只身前往。不知对方出于什么考虑，他并没有选择相对封闭的单房间茶室，反而选择有几十张茶座的硕大敞开式的大厅。徐菲菲在昏暗幽幽的灯光下，穿过有点嘈杂的人群找到了那张位处一个角落的小型茶座。这时早已坐在那里等候的男子见徐菲菲过来，很有礼貌地站起来迎接客人。看上去这人个头足有一米八以上，戴着一顶黑色棒球帽，上身穿了件宽松浅色的 T 恤衫，下身是一条深色的牛仔裤。身材修长，健壮匀称，看得出这是一个经过形体训练过的男人。唯一令人感到有点别扭的地方就是鼻梁上架着一副黑色宽边的浅色太阳墨镜，很容易使人联想到影视作品中国民党军统特务的形象。他似乎看出徐菲菲的心思，讪笑一下首先开口道："徐女士，请理解，这毕竟是初次见面，还是注意一点为好，尽量控制在一定的范围，世界之大，世界之小，免得碰到熟人尴尬，你说是吧？"

徐菲菲见有空子马上反问道："王先生，你既然知道这些，为什么要选择在大庭广众之下见面呢？况且要谈这样的事？"

王先生听了并不感到窘迫，仍不紧不慢地说："你呀，只知其一，不知其二。虽然我们做这样的事是不能拿到桌面上，但事实上也没有什么见不得人的事，也只是像生意场上的一场交易而已。我们得人钱财，替人消灾也算天经地义，并不是什么偷鸡摸狗的事，也没有必要躲躲藏藏，神秘兮兮，欲盖弥彰反显得我们没有底气了。再说我们也是相互认识一下，摸摸底，仅此而已。"

"我总不能就凭这样见个面就相信你能办这样的事吧？"徐菲菲想逼他说出自己的身份。

"这样吧，妹子，我只能笼统告诉你我是检察院的，具体哪个单位和部门你也不要去打听过问了，我也不会告诉你的。我不可能为了这事而毁了自己的前程，如果你去举报我一下咋办？我才不会上这个当，狐狸没打着，反惹一身臊，弄个身败名裂的下场。与其这样，还不如过回自己的苦日子，还有必要去冒这个风险吗？”

徐菲菲又问：“你既知道后果严重为什么还要这样干？再说你们现在过得好好的要这么多钱干吗？”

“你当我们傻呀，什么案子都敢去碰？我们也是有选择性的，要具备可操作性和可行性的基本条件。有些案子不要说我们办不了，就是请神仙来也是没有用的。我们之所以选择一些我们可以摆平的案子，也只是利用我们自身能掌控的社会资源，踩踩边线，得点小钱贴补一点家用。像我们这样清水衙门的地方仅靠这点工资怎么活呀？我们虽然不具备像那些贪官那样贪污受贿大肆侵吞国家财产的条件和机会，我们仅从贪官嘴里想法弄点残汤剩饭总可以吧？也是人之常情，我们认为绝不为过。再说，我们也只是选择那些家境条件比较好的，否则那也是白谈。”对方仍旧说得在情在理。

“王先生，你们是因为什么而选择这个案子的？又有多少把握可以办成这件事？”徐菲菲又接着反问。

“妹子，实话告诉你，因为这个案子是个简单明了的案子，受贿手法直接，情节不严重，受贿的动机也是一念之差，其后果也没有直接损害国家利益，只是被动参与扰乱国家建设市场的活动和行为，再加上受贿人主动配合，坦白交代，认罪态度较好。所以我们认为有从轻惩罚操作的空间和可能。”对方显得很有耐心。

“既然这样，我们退回赃款不就行了？剩下的就是耐心等走程序罢了。你不妨做个顺水人情，事成之后我私下再给你一笔钱，也算交个朋友，何必弄那么复杂？”很显然徐菲菲并不是一无所知。

“你说得一点没错，但有两个问题你要弄清楚：第一，退赃和构成受贿事实是两个概念，你不主动退赃，我们可以采取强制手段查封和收缴你们的财产，所以从这个意义上来说，你退不退赃款与其构成的犯罪事实并没有关联，退赃只是在量刑上作为考虑；第二，量刑也不是我们检察院说了算，而是由法院根据检察机关提出的公诉，经过庭审依法作出判决。还有一个问题你不要误解，我们帮你忙并不是免除受贿人应负的法律责任，免予刑事惩罚，只是减轻到最低限度，至于其他的，说心里话我们没有本事做到，即使这样我们也只能建立在刚才所说的基础上方可为之。说到酬金，我个人并不十分在意，你知道办这样的事并不是某一个人就能摆平，其他同志未必放心和相信，按照这行的潜规则是一事一议，口头君子协定，一槌子买卖，事情过后谁也不认识谁。谁都知道与检察机关的人是处不亲的，倒不是说我们都是冷血动物，没有七情六欲，更多的是因为这份特殊的职业，使大家只好‘敬而远之’。”

徐菲菲没有想到他能说得这般坦诚和实在。她故意装作恍然大悟的样子说：“哦，是这样，那我聘请一个律师不就得了？”

谁知对方一听，不仅没有辩解，反而顺着她的话说下去：“这也是一个办法和途径，关键也在这里。一般情况下，像这类案件聘请律师更多的是走走法律程序而已，充其量也就是对一些事实存疑、不同看法和要求，代表当事人在庭审上陈述和辩论。从你先生这个案子来看，这些问题似乎都不存在。退一万步讲，如果你们走这条途径，也找人去疏通关系，花钱去打通关节也是很难操作的，也同样存在和找我们一样的风险。因为，一是即使你舍得花钱也未必能找到‘收款人’；二是如果法院判得太轻，我们检察机关到时还可以抗诉，这是法律赋予我们的权力。而我们不同，首先我们在公诉书上可以做点文章，其次我们在开庭前会相互沟通好，总不至于出现我们抗诉的尴尬局面。说句错误的话，我们给他们一点好处总比你们直接给方便吧？相比之下他们更相信谁？你们花一样的钱，谁的效果大？你自己考虑清楚。同时，我还奉劝你，千万不能走两条路，这样反而会把事情搞砸。事情成否，也说不清楚谁帮忙谁失信，因为这毕竟是暗箱操作。”

时间不知不觉过去了一个多小时，徐菲菲自己也没有料到，虽然是第一次碰到这样的事，只知道里面有玄机，但今晚自己却不仅知其然而且知其所以然了，从这个意义上来说还真的要感谢这位王先生。她佩服这人的口才、表达能力和分析问题的能力。唯一使她不解的是为什么初次见面对方竟敢把怎样操作的方法步骤和目的全盘托出。与其说是教你如何做，倒不如是他自己在介绍经验更准确。尤其是他满口的法律知识术语、清晰的办案程序流程、准确的词汇运用，使人不再怀疑他的职业身份和办事能力了。更令人感到意外的是，像这种被社会上调侃的“冷面杀手”，竟能站在当事人的角度去考虑问题并替你出谋划策，这使徐菲菲感到意外，更有难能可贵的感动。甚至还瞬时冒出为什么当初没有交上这样的朋友而感叹。兴许，当初有他的指点和帮助，恐怕事情就不至于到现在这种地步了。

徐菲菲立马打定主意，以一个生意人的口气说：“王大哥，既然是一场交易，那你就开个价吧！”

男子见问，随即伸出一个手指，问：“这个价，怎么样？”

徐菲菲故作大惊失色状说：“还要那么多呀？”

“妹子，不多。办这个事也是一个小团队，分到每个人手上也是少得可怜，还要扣除交易成本，你不是不知道，现在物价这么贵，请人喝一杯咖啡都要一百多，吃一顿饭都得好几千，档次稍好一点就得上万，你还真以为我们靠这个发财呀？再说，你还会在乎这几个钱吗？我们都知道你是一个非常能干的人，已经挣了好多钱，事业也做得相当成功，在圈内也是一个颇有名气的女强人。你们不是因为特殊情况，根本不需要铤而走险走这着棋。抛开这些不说，就拿你先生来讲，你这笔经济账也划得来。”

男子这番话让徐菲菲很受用。女人虚荣心更强，天生爱听赞美诗这话一点不假，徐菲菲明明感觉这顶帽子戴着很舒服，却故意装傻问道：“王大哥，你最后那句话怎么讲？”

“嘿，大妹子，你是真不懂还是装不懂？刑法上的受贿罪其量刑标准是十万以上至百万，甚至千万仍属一个档次。你的目的不就是希望先生少判几年，早点出来吗？谁不知道你先生是有名的‘李不碰’，是经营的高手、专家。他出来给人家聘请做个咨询或自己开办一个咨询公司，不就是一两单业务的事情吗？何况是这么点小钱呢？说不准今后会发展很好，到时恐怕我们可真要仰仗你们的关照。‘三十年河东，三十年河西’不是完全没有可能，如果你们真能这样想，未必不是件好事。”

天哪！徐菲菲万般没有想到，眼前这个男人简直就是自己肚子里的蛔虫，这一切不就是自己想要的吗？她除了佩服这个男人的洞察力，同时又感到十分恐惧，这个智商和情商都高于自己的男人，是不是在设陷阱引诱自己往下跳呢？

徐菲菲的警觉反而使自己变得更精明起来了，她心里盘算着经济账，既然退赃与是罪非罪没有必然联系，何必积极主动去退呢？减轻一年刑也说考虑了，减去两年也说是量刑作了考虑，甚至根本没有减轻还可以忽悠说考虑了。再说，你退不退他们都可以采用强制手段，是福不是祸，是祸躲不过。与其这样，还不如把这些钱去打发他们更划算，赌一把，兴许也就躲过去了。

想到这里，她更坚定了自己的想法，但却故意露出还是不信任的神色说：“既然你说得那样复杂和艰难，你们不会让我花了这么多钱事情又没有办好，最后用几句话来敷衍和搪塞我吧？如果你们不履行承诺，失信于我怎么办？我们口说无凭，无根无据，到时我岂不是哑巴吃黄连吗？你们总得提供一点我可以验证你们确实帮到忙的东西嘛！否则……”

对方不等她说完，好像早有准备似的打断她的话说：“你有这样的担心和忧虑我表示理解，既然我们都谈到这个份上，我就不妨直说了吧，我不会让你口说无凭和无根无据的。我们不进行现金交易，到时钱打在银行卡上，我们也不要你一次性付清，可分两个阶段。案子进入到公诉阶段到时我给你提供银行卡号，你先支付一半，开庭前一个礼拜我们提供给你判决书纸质样本后，你再支付剩下的另一半。这样你总可以接受吧？说句实在话，没有这个金刚钻，我们哪敢揽这个瓷器活儿？退一万步讲，如果事情真出了意外，我们将如数奉还。你从哪个账号打出，我们就打回哪个账户，做到一清二楚、明明白白，我们哪有胆量去吞这份不义之财？”

徐菲菲见对方说得如此诚恳干脆，倒觉得自己有点小气和难为情，只好讪笑了一下说：“王大哥，就这样吧！”

“好吧，今晚应该说清楚了，你回去以后再与家里人商量一下，这毕竟是件大事，但最好不要让外人知道，弄得满城风雨影响不好。好了，大妹子，那我先走一步。哦，对了，茶水费我已付过了。”说完，他站了起来转身就走向出口。

徐菲菲看着他在人群中迅速摘下了帽子和眼镜，一下子他的背影就闪出了门外。徐菲菲见了一怔，心里暗想：这是个老手，庆幸自己找对了人。

徐菲菲目送王先生离去的背影，不知怎么心里却引起了一阵感动，按理说这种情况下应该是求助方买单，可对方却事先买好单。由此可见对方是一个不拘小节、性格粗犷随和、落落大方的人，不像是唯利是图、计较蝇头小利之辈。从他的举止言辞也可以看出对方是位有知识有文化而且还具有一定涵养和品位的男人。她很满意今晚的这席长谈，使自己弄明白了以前那些似懂非懂的一些疑惑，特别庆幸的是，自己从未涉及过的领域在今晚的不经意交谈中，知道了其间的人情世故。自己本以为这个神圣不可侵犯的行业居然也存在江湖上这种肮脏交易，自己有点茅塞顿开、大开眼界的感觉，真是大长见识，也丰富了自己的社会阅历。退一万步讲，就是自己不办这件事，也不枉今晚这番长谈，这是一堂免费的教育课啊！想到这，她还突发一股感激之情呢！徐菲菲一看表，两个多小时过去了，已经晚上十点，她匆匆离开了茶楼，急急赶着回家。她要把今晚的新发现通报给家人，让大家一起与她分享这份欣慰。

那位王先生在取得了徐菲菲的初步信任后却一下子消失了，过了很长时间也没有以任何方式与她联系。徐菲菲不免有点焦虑起来，她担心对方是不是遇到了难度，自动放弃了这场交易，弄得自己到现在已骑虎难下，她曾一度怀疑自己当初的选择。与其说焦虑，还不如说自己多么渴望这天早点到来。这段日子也是徐菲菲最难熬的时光，整天心里十五只吊桶打水——七上八下，一副惶惶不可终日的样子，因为自己已经到了被逼得无路可走和无计可施的地步。一个周六的傍晚，她终于等来他的电话，联系方式固然和以前一样如法炮制，但见面地点却更加隐蔽，也许是到了实际操作的关口，对方不得不有所顾忌，徐菲菲就是这样想的。这次见面的地点是月亮湾码头上水林荫大道旁樟树林里的一张座椅。虽然地处偏僻，人迹稀少，但毕竟不是现金交易，而且也不是很晚，所以徐菲菲还是决定自己一人前往。

晚上七点过后，徐菲菲把车停在月亮湾茶楼门前。她故意跑去茶楼大厅装着找人的样子，在宽敞和人头攒动的大厅巡视了一番，而后匆匆出来，随即踏上林荫大道朝相约地点走去。茶楼位于码头的下水，距上水的樟树林大约三四百米的距离。徐菲菲迈着沉稳的步子，一会儿就来到了樟树林，通过林荫大道路灯的微弱光亮，只见林子深处相约的那张座椅上早就坐着一位中年男子。林荫大道有少许的人在走动，在樟树林里溜达的人就更少了。周围不远处可以看见稀稀拉拉的几对情侣依偎坐在其他座椅上。

徐菲菲壮着胆子悄悄来到他跟前。徐菲菲感到有些不解，虽然相约的地点更为隐蔽，但他却去掉了所有的刻意伪装。清亮的月光透过茂密的叶隙照射在他的身上，虽然有些模糊和朦胧，但整个脸庞轮廓面容凹凸有致、棱角分明，分明是一个英俊健硕的中年美男子。一下子使徐菲菲怀疑起前后是不是同一个人。

对方见徐菲菲走过来，立马站了起来，很有礼貌地轻声说：“大妹子，你还是很准时嘛！请坐。”徐菲菲抬眼望着他，只见他今晚的着装和上次大不一样，一头浓密的头发虽然很随意但却很有型，显得成熟不浮躁。上身穿了件很合身的长袖圆领深色T恤，强壮的胸肌显得非常健美，下面穿着一条更为深色的休闲西裤，脚上也是一双深色的休闲皮鞋。徐菲菲心里遗憾道：“他要是不做这样的事该多好呀，说不定还能成为很好的异性朋友呢！”徐菲菲很矜持地坐在了另一头，对仍然站着的他说了句客气话：“王大哥，你也坐下吧！”

他好像根本就没觉察到她今晚的细微变化似的，坐下后再也不客套，随即从公文包里拿出一沓稿纸递给徐菲菲说：“这是昨天下午才赶出来的起诉书初稿，你回家先浏览一下，事实上也没有什么机密，在开庭前当事人也会被送达的。里面主要是受贿事实查清的内容描述，与正式开庭的公诉书可能会有些不同，但主要内容不会有出入，只是有些措辞不一样而已。这些都不是关键，关键是法院的判决。这份材料你看完后最好销毁，因为毕竟不是从正规渠道得来的。”

徐菲菲接过稿子借着微亮的月光看得很是吃力。对方见状关切地说道：“你还是回家去看吧，你再仔细核对一下你先生受贿的一些细节，看有没有什么出入。如果认为可以，就请你按这个银行卡号打钱。”他说完，又从裤子口袋掏出一张小纸条递给徐菲菲。

徐菲菲接过纸条瞄了一眼，这是一张用打字机打出来的纸条。“好的，我会尽快打给你的。”

“不急，你可再考虑一下，反悔还来得及，这样大家也没有什么损失，权当是一次没有成功的交友。”

徐菲菲这回真为对方的大度大为感动，连忙答谢道：“这怎么可以呢？”

“那你先走吧，我看着你走过码头就放心了，晚上你自己也要注意安全。”徐菲菲没想到这个男人还这么设身处地为自己着想，心里又是一阵感动。

她站起来说：“那我就先走了。”说完她不知为什么自己却先伸出手欲与他作个握手告别。

他见状也连忙伸出自己的大手紧紧握住徐菲菲纤细的小手。瞬时，她觉得有一股强大的力量传到了自己身上，立即感到脸红，迅速松开手对他莞尔一笑说：“再见！”

对方笑望着她随即也说了一声：“保重。”

徐菲菲快步走出樟树林，习惯性回头一望，那个男人一直站在朦胧的月光下，一动不动专注看着自己。回想刚才两人对视的刹那，凭着女人的直觉，分明看出他对自己的一片深情。她的心被吓得“怦怦”乱跳，再也不敢回头，急匆匆走向茶楼。

徐菲菲回到家后，马上拿出那一沓稿纸仔细阅读起来。她虽然从未看到过什么起诉书类的文稿，但从整个文件格式、内容的条理和层次结构以及法律言语措辞来看是没什么破绽和纰漏的，应该是一份标准式样。她还是不放心，又核对了家庭住宅地址等较为隐秘的几处，最后还回想丈夫那段出差受贿的一些细节，经反复比对，连日期、时间、地点、下榻的宾馆和房号都准确无误，甚至连受贿装钱的旅行箱颜色、大小和形状都是吻合的。这下她相信了这是真的，但她还是多了个心眼儿：一是没有销毁这份原件，倒不是她有什么先见之明，只是想和后面所得到的正式文本作个比较，看究竟有哪些不同之处；二是她想分两个账户相隔时间分别打出钱去，以考验对方的耐心和态势；三是均以舞蹈创作室师资和技术咨询费的名义打出，以免万一东窗事发，好有个托词来搪塞和敷衍。她想好这一切，终于露出了大半年来的第一次舒心的笑容。

徐菲菲作为李方明的委托人，在开庭前大约十天接到了起诉书副本和开庭通知。慎重起见，她将留存的底稿和送达的副本又进行了仔细核对，她发现格式完全一样，主要内容和查实的细节描述也基本相同。所不同就是习惯用语和叙述的顺序有所调整，同时还增加了每条查实叙述后括号里有举证材料附录编号等字样（事实上这才是最重要的，这是判别真假的最好依据）。作为外行人的徐菲菲根本就不懂这其中的奥妙，总认为这些都是无关紧要的东西而被忽略。如果说在这之前她还存在一丝怀疑的话，现在经这样一比较她则完全相信了对方。她甚至为自己当初的选择而自鸣得意起来，庆幸自己遇到了贵人。

三天后，徐菲菲终于等来了对方的电话，告诉她今晚老时间、老地方见。是夜，依旧那个时刻，两人如期而约又坐在一起进行最后一次交易。“徐女士，谢谢你遵守诺言，钱我们收到了，想必起诉书副本送到了吧？”对方客气地问。

“收是收到了，但也没有什么实际意义，方明的受贿事实我们也从来没有异议，关键是不知道法院会怎么判。”徐菲菲仍忧心忡忡。

“事到如今，又有什么办法呢？尽人事，听天命，大家尽力了就行。”对方一边安慰她一边从公文包里又拿出一叠稿纸，“这是检察院和法院两家沟通好了的判决书草稿你先看一下吧，看还有什么意见？但要告诉你很大的改动是不可能的，你要有这个思想准备。”

徐菲菲接过了稿子，在微弱的月光下看得非常吃力。对方见状立刻打开手机里的电筒凑上前去，于是两个人的头就很自然地靠在一起了。徐菲菲顿时感到一股强烈的雄性阳刚气息袭上身来，同样自己身上一股少妇的馨香直冲对方的鼻腔，对方潜意识地深深吸了几下。这是徐菲菲除丈夫外第一次这么近距离与异性接触，可不知为什么她却没有感到厌烦，反而十分享受另一个男人带给自己不一样的舒坦和欢悦。但出于女性矜持和羞涩的本能，她还是有点局促不安。对方也马上意识到了这一点，十分知趣地找台阶下说：“前面的基本上是起诉书内容的重复，回家再看吧！主要看一下后面的判决。”他说完就很得体地退坐在一旁。

这时，徐菲菲对他歉意地笑着说：“还缓刑三年，不能弄到一年吗？”事实上她是很满意这个结果的，只是想给对方再施一点压力。

对方听罢，虽露一脸难色，但仍一本正经地说：“我的好妹子，你要知足。缓刑一年的只适应判处有期徒刑三年以下的。能做到现在这个地步已是烧高香，这已是最低的，你知道缓刑意味着什么吗？就是不要收监，马上就可以出来，还可保留公职，你想回去就回去，不想回去就自己干，这样多自由自在啊！提醒你一下要注意保密，千万不能让外人知道，人家会不服气，不能再节外生枝了。再说事情还没最后敲定下来，也许到最后还会有变数。”

“还会有变数？”徐菲菲惊恐地问。

“一般情况下是没有问题的，可有的人是不见兔子不撒鹰的。”对方十分巧妙地点明了问题所在。

徐菲菲是何等聪明的人，她何尝不懂呢？她连忙说：“你们放心，我明天就打过去。”

“那不好意思了，明天打这张卡号吧！”对方说完立即从口袋里拿出了另一张纸条递给徐菲菲。

徐菲菲接过纸条，这回却毫不羞涩大胆地盯着他：“开庭前，我们还要见面吗？”她仿佛想要把这张面孔牢牢记住似的。

对方也不回避她的眼神，略一迟疑回答说：“这样吧，免得你担惊受怕，如果有更好的结果，我在开庭前一天或两天再与你联系。

“好了，今晚我先走。”他说完就转身走了。徐菲菲望着他突然离去的背影，心里倒有一点惆怅起来。

只见他走出樟树林那一刻却不知为什么又戴上了棒球帽和眼镜，徐菲菲心里咕哝了一下：“这用得着吗？未免太神秘兮兮了。”

徐菲菲把最后一笔钱打出去后如释重负，感觉身上轻松了许多。现在在她看来，钱打出去就意味着事情办妥了，有钱就好办事，甚至还错误地认为世界上没有什么不能用钱摆平的事，她为自己信奉“金钱万能”的拜金主义思想得到了验证而沾沾自喜。唯一使她感到有点不快的是，这么精明透顶的她花这么大的成本而收益却有点失衡，光从投资这个角度来看，还不算十分成功和圆满，还没有值得自己骄傲和自豪的地方。所以说在开庭前的几天，她既没有忐忑不安和心神不宁，也没有欣喜激动与迫不及待，情绪一直比较淡定和平静，因为她事先知道了大致的结果。虽说她渴望还有更好的信息，但并不十分指望，她多少还是懂点法律严肃和尊严，她相信那位王大哥的话，事情真的不会那么简单，相信这样的结果是最好的结果，不可能还会有更好的事情发生。自己那天的问话，只是出于对对方的礼貌、尊重和谢意而随口说说罢了，并没有真正放在心上。以致开庭前一天下午，她接到了对方相约的电话，简直不敢相信，她怎么也想不出有什么好事，一时又使她满腹狐疑，不停地问自己会是什么好事呢？

这次相约，徐菲菲更是心急，比约定时间先来到这个老地方。时令进入到初冬，天黑得更早一些，林荫大道上人更显稀少，樟树林里的小径小道上很少看到游人身影，一大片林子十分幽静。如果是一对恋人相约倒是很契合时境，想到这里她不由一阵脸红，哑然失笑。她随即把头靠在座椅靠背上，望向林荫大道进入樟树林里的小径，静静地等着他到来。片刻，光亮灰暗交错的小径上闪出了个修长的身影，徐菲菲看出是他向自己轻轻走来。

今晚站在她面前的他换了一副行头，白色花格衬衫上套了一件薄薄的深色休闲西装，西装敞开式未系扣，透过贴身的衬衫微凸着厚实的胸脯。下身一条笔挺的薄西裤，显得既庄重又洒脱，很像一个领导干部的样子，只是在这种场景下显得不太协调。他见徐菲菲先到，有点不好意思说："对不起，让你等我了。"说完就坐在她身边，但还是拉开一点距离。

徐菲菲见他落座，问道："王大哥，还有什么好事情吗？"

他看了她一眼说："我是怕你担心，今天上午我们两家又进行了最后一次沟通，明天我们检察院安排公诉的是两位男同胞，不过这也是初步拟定的。其实也没有什么实质性的变化，你就放心吧！哎，对了，通过这件事你有什么体会，说说看？"

徐菲菲绝对算得上一个聪明人，尤其是揣摩人的心理特强，她知道后面还有好事，只是对方想卖一下关子而已，她心里不由一阵窃喜。她笑着对他说："体会最深的有二点：第一，人要交方方面面的朋友，说不定什么时候要找谁，多个朋友多条路，这话千真万确；第二，人不要有贪欲，像我家方明，丢开其他不去说，光算经济账也是吃大亏的。为了这点钱，转了一圈还得花这么多钱去摆平。七筐倒回三担半，这不是白费劲吗？想想连肠子都悔青了。"

"精辟，想不到你的感悟还是很高的嘛！"对方夸奖道。

徐菲菲有点不好意思说："这倒谈不上，这是现实。"

"是啊，世上也没有后悔药，权当接受一次教训吧。我知道你挣钱也不容易，所以我想把钱退回给你。"对方认真地说。

"什么？不会事情办砸了吧？"徐菲菲大惊失色，吓得一把搂住对方的一条胳膊。

对方并不慌乱仍沉稳地说："不是这样的，你不要说话。"

只见他另一只手掏出手机并很快拨通一个电话，瞄了一眼徐菲菲小声说："小张吗？你把最后的那笔钱打回原来的账号上。"

“为什么？对方不会反悔了吧？她还能做过河拆桥的事吗？”

“不是，我不忍心收人家的钱。”

“哦，处长，你不能为了做人情把我的那份也搭上呀！”

“好了，不要啰唆，你那份我自己给你贴上，小气鬼。”

“那你说话要兑现哟！”

“我哪次说话没有算数。明天上午就打回给人家。挂了！”

手机对话声音虽然很小，但徐菲菲却听得真切。她想也没有想到自己等来的竟是这等好事。徐菲菲不是那种占了便宜又卖乖的女人，她觉得不可思议，急忙说道：“王处长，不可以这样，既然钱已出去了，就没有必要再打回来了，再说这也是事先说好你们应得的酬金。”

“好妹子，我是真心想帮你，你就当是好朋友帮忙不就行了吗？”王处长笑着对她说。听他的口气，看他的神情，徐菲菲感觉他是真诚的。只是自己还找不到理由来解释这件听起来似乎有点天方夜谭的事。

“就算是朋友帮忙，也不值这个份上呀，这不是理由，这不是理由。”徐菲菲喃喃自语道。

“傻妹子，这还需要理由吗？”王处长仍旧用一双深情的眼睛笑看着她。

是啊，还要找什么理由吗？理由不是明摆在这里吗？作为过来人的菲菲哪会读不懂对方那双几乎要喷出欲火的眼睛？他真的喜欢上自己了，想到这里，她心一阵怦怦地乱跳。她抬眼望着他，他也正注视着自己。这时她才发现自己仍搂住他一条胳膊，顿时脸红了。慌乱中她把他的胳膊绕过自己的头，而他也就顺势把胳膊搁在她的肩膀上。

徐菲菲还没有从慌乱中解脱出来，她被这个男人突然的伟大举动弄蒙了。原来只是佩服他办事有条理章法、逻辑思维缜密、谈吐沉稳敏捷以及善解人意替他人着想的好品行，也曾经想过交上这样一个朋友对自己是有益的。而如今他在自己心目中的形象却迅速高大起来，变成自己敬重和崇拜的领导干部，觉得他能给自己带来安全和依靠，陡然生出那种说不清道不明的情愫来。想走又迈不动腿，想拒绝又张不开口。憋了半天却冒出了一句天下人都会认为最愚蠢的话："领导，你这样帮我，真的是因为喜欢上我了吗？"

也许天下女人到了这个时候都会变成弱智。谁知对方并不觉尴尬，小声说："说实话，这个占很大的成分，从一见到你就开始喜欢上了你，经过几次交谈，我还很欣赏你的聪明机智，很佩服你的处事决断能力，尤其欣赏你的自信和傲气。当然还包括你那份特有的风姿韵味、美丽脸蛋和魔鬼身材。你不会认为我下流好色吧？"

可是这样直率和赤裸裸的表白并没引起徐菲菲的反感和恼怒，反而心平气和顺着说："谢谢领导的赞美和厚爱，我哪有领导说的那样好。爱美之心，人皆有之。只是感到太突然了，第一次碰到，弄得我有点手足无措。"

"傻丫头，我能在电视台做广告说开始喜欢你吗？再说，什么事不要经过第一次呀？"对方的话开始暧昧起来了。

"这倒也是。"徐菲菲"扑哧"一声自己笑了起来。

对方见她笑得羞涩妩媚，紧盯着她俏丽脸庞的眼神充满冲动，他小声请求道："我能亲你一下吗？"

"别，别，不好，不好。"徐菲菲吓得连忙摆手表示拒绝。

但为时已晚，对方胳膊肘一弯就把她搂到自己胸前，一张热烈的大嘴不由分说含住她那张小嘴。她似乎还没有反应过来，大脑一片空白，只是本能地咬着嘴唇，一双小手往外推着，然而却是那样无力。不知什么时候，一条坚挺又柔软的舌头终于撬开了她紧咬的双唇，并任其在里面剧烈地游弋。她一双小手再也无力举起，她依偎在他那厚实的胸怀里温顺得像只羔羊。不知是因为太紧张羞涩害怕的原因，还是渴望另一个男人不一样的刺激，她感到自己快要窒息，不禁发出轻微的喘息。心里明明知道这是一件不能做的事，是一桩肮脏的交易，可就是没有抗拒的勇气和力量。随着对方更加猛烈和肆无忌惮的爱抚，听着对方粗沉的挑逗、挠心的言辞，不知为什么她不再觉得反感和刺耳，慢慢变成了心安理得似的。也许是第一次和不一样的男人在野外这样的苟合更叫人刺激和欢悦，还是这大半年来没有得到男人的温存和爱抚，想借此缓解生理的饥渴，她想分清楚，可却分不清楚。她大脑再一次出现空白。什么羞涩、廉耻、龌龊、肮脏、伦理道德全没有了，所有的一切防线全面崩溃。有的则是怎么尽情享受当下的美妙时刻和渴望更为猛烈的抚摸与欢悦。于是，她渐渐对对方一番比一番更猛烈的攻势有了响应和配合，她闭着眼睛主动去寻找那张热烈的大嘴，轻轻撕咬对方的双唇和舌尖，两只小手也不停地抓捏对方坚韧的胸肌，同时还扭动着身子想找合适的体位。对方看得真切，用手扒开了她的一条大腿，一把把她捋起，索性让她两腿分叉坐在自己的大腿上，由原来的侧位干脆来了个正对面。这时，徐菲菲没有一点羞涩和顾忌，她双手紧紧搂住对方的颈脖子，一张小嘴再也不想离开对方的嘴唇，一对丰满而柔软的乳房紧紧贴在对方宽阔的胸脯上并不停地磨蹭，看得出她太渴望男人的抚摸。对方自然心领神会，抚摸她后背的双手马上移在了她那饱满富有弹性的双乳上，不断用力揉搓着，她情不自禁发出了轻轻的呻吟。她开始不停地扭动腰身，牙齿在啃咬着对方的乳头，一双小手也往对方的下体摸去。对方也乘势从她的乳房上抽出了一只大手往下伸去，滑过腹部，再下去……两个人疯狂了，干柴烈火在熊熊燃烧，一次次时而急速时而缓缓的撞击声，一阵阵销魂蚀骨的呻吟声和重重的粗气喘息声交错在一起，在寂静的夜幕下轻轻地飘荡。从树叶缝隙射下来的稀疏月光也拉下羞涩的帷幕，树林显得更加幽暗。两个精力旺盛的中年男女仍不知疲倦继续沉浸在这巨大欢愉中，尽管是一次又一次重复，他们仍然觉得是那么新鲜和渴望，犹如两台被人忘记关闭的机器引擎一直在轰鸣着。不知又过了多长时间，直到海关大楼传来晚上十点的钟声，他们才好不容易停了下来，脸上一副意犹未尽和相互欣赏赞美的状态。徐菲菲迅速整理好衣服欲转身离去，可刚走几步却又踅回身来走到他跟前，倏地一下掀起衬衫，把对方的头埋在自己丰腴的胸脯上。她还想要，她太好强了，她要战胜对方，她想取得圆满的胜利。对方示弱了，他捧着她的头，在她唇上轻轻一吻说："真没想到你会这样投入，我太幸福了。"

徐菲菲骄傲地扬着头说："是啊，我也没有想到为办这件事，却引发了一场刻骨铭心的爱恋。"说完她站了起来，重新整理好衣服，立马转身头也不回地走了。她终于胜了，只是胜得过了头，胜得有点神魂颠倒了。殊不知，为了赢得这场交易，她却为此付出生命的代价。

当大海和李康再次回到会议室时，会议正在听公安部门关于案件侦查情况归纳性的介绍。"……根据我们侦查结果，案件可归纳出以下几点：第一，这是一起比较特殊和罕见的具有团伙性质的诈骗案，是有预谋、有计划、有组织但又是一件随机流窜的作案。从当事人提供的犯罪分子联系的电话号码都是用磁卡电话由火车站附近外置式公用电话打出的，每张卡只打一次且都是监控摄像的死角。月亮湾茶楼门口的出入监控经核查没有发现有价值的东西，林荫大道上没有安装监控摄像设施，因此无法查证。作案人具有很强的反侦查能力，银行卡也是临时开设的，且身份证也是假的，当事人的钱到账后也立即从互联网上转到邻近沿海省份，在兄弟省的协助下查清了身份证也是假的，钱已转出去了境外。另外，从当事人提供的所谓起诉书原稿和判决书也都是伪造的，用的都是标准的A4纸张，是直接从电脑上一次性打印出来的。为什么两份文件一些细节的描述吻合度很高呢？这是因为与这个案子有关联的邻省比我们早开庭了两个多月，涉及李方明的这个案子也是一个团伙，违规参与的也有几家国有企业，所以有关这方面的相关信息在当地早已公开化和社会化了。甚至地方报刊和新闻媒体都有大量披露，要获得这样的信息很方便，所以我们判断犯罪分子就是从这些方面获取了相关信息，开始策划和实施这起诈骗。第二，这是一起针对性和选择性很强的诈骗案件。诈骗之所以得逞，除了犯罪分子具有较高水平的诈骗伎俩和一定法律知识外，主要还是选择了像受害人这种对法律知识似懂非懂同时又不相信法律的尊严和公正，相信社会上流传的谣言和信奉有钱就能摆平所有事的不良风气影响的人。正如大家通常所说的'苍蝇不叮无缝的蛋'道理是一样的，犯罪分子就是针对当事人这种心理，制造神秘氛围、气场和耍狡猾的花招。尤其值得我们注意的是，犯罪分子为什么不叫受害人把钱直接打到邻省的账号上，却拐个弯，而是要在当地新开账户，使人看起来多此一举。事实上正是因为这多此一举，才让当事人彻底放松了对这个说话不带一点当地口音的所谓王处长的警惕，确信他就是我们检察院的人，正所谓跑得了和尚跑不了庙，这下可以放心了。从整个案件看，我们不能说受害人没有一点防范意识，到底对方技高一筹，狐狸反倒成了猎手，令人叹息。第三，经我们现场勘查和法医鉴定，当事人确系自缢身亡，排除了他杀的可能。这和她留下的遗书也是吻合的。”

如果光从案子侦查情况来看，大海和国政书记及李康还是很满意的，对方是重视和认真负责的，遗憾的是没有发现新的线索。这时检察院的张书记发言说：“经我们反复摸底核查，没有发现线索说明我们检察院有人涉及这起诈骗案，但我个人认为该犯罪分子不排除曾经在检察机关待过，否则不会有这么专业的技能和熟悉业务的水准，说不准也许正是被检查部门清除出去的败类。”

“很显然，这份所谓的判决书初稿绝不是我们法院传出来的，分明是从其他类似案件的判决书移植过来的，所以很专业，格式标准和规范，具有很大的欺骗性。我也同意刚才检察院张书记的意见。”法院一位分管审判工作的副院长接着说。

最后，政法委副书记作总结说：“这是一起蓄谋已久、针对和选择特定人群的一起诈骗案。犯罪分子具有较高的专业知识和业务技能，具有很强的反侦查能力。诈骗的手法很值得我们去重视去研究。可以说这是一个有文化有知识有智能又十分狡猾的犯罪分子。我和大家有同感，极有可能是我们公检法系统清除出去的且死不悔改仍没有收手的败类。这类犯罪分子在特定的人群中往往更具有欺骗性和蒙蔽性。很容易使当事人放松警惕和防范。通过这起案子我想我们公检法应该从以下几个方面去反思。犯罪分子越来越猖獗，竟胆敢往这个领域渗透、染指竟还得逞。这个动向应该引起我们的高度重视，这是对我们国家法制建设的极大挑战，蔑视国家法律的神圣和尊严。直接抹黑和损害我们公检法系统广大干群的良好形象，尤其是犯罪分子没有及时抓获的情况下，更会引起公众对我们的猜疑和误解，以致造成恶劣的社会负面影响。这是在耗蚀广大人民群众建设法制社会的信心。所以我要求你们只要有线索，就必须穷追不舍，将其捉拿归案，绳之以法，还社会一个朗朗乾坤。其次也反映出我们现今实施的刑法有待进一步的完善和修订，尤其是受贿罪的量刑标准还应作更为详尽的细化，更便于具体操作和掌握。比方说，李方明这个案子受贿金额从最低限以上这个额度范围很大，如果能科学合理再划出几个档次，就比较容易找出相应的惩罚法律条款，有效防止那些居心不良的人对当事人家属的讹诈和欺骗，堵塞他们的可乘之机。另一方面，我们的审判工作还得更加开放和透明。我个人认为，只要不涉及国家安全机密和一些不宜公开的重大隐私，都应以积极的态度欢迎社会舆论监督。本来就是一件履行公平、正义的职责，是一件扬法于公庭，堂堂正正的事情，完全没有必要弄得神秘兮兮。反之，让当事人家属对一些法律条文有疑惑不清和理解不透的地方，失去了学习、咨询、交流沟通的渠道，转而轻信骗子的蛊惑之言，难免上当受骗。另外，也暴露出了我们在侦查工作上许多不足和有待加强提高的地方。比如，我们的监控设施和布防布控方面，与金融机构的联防联控的配合支持，尤其是如何防范和应对电信和网络越来越多的诈骗，这也是我们的软肋。恐怕今后的重点都要放在研究如何防范和对付高智能犯罪这个方向上来，制定出切实有效可行的措施，为构建一个安全、祥和、和谐的社会环境做出我们公检法系统应尽的责任和奉献。最后我再说几句题外话，首先请公安部门的同志不要介意，这也是我个人的一点想法而已。今后如碰到有这样类似和相近的案子，在侦查期间要注意与当事人取得良好的交流和沟通，要学会对他们察言观色，掌握他们的思想情绪动态和承压能力限度。我们不妨设想一下，假如我们在与徐菲菲通报侦查情况时，注意一下我们的态度、口气，更不能有讥讽嘲谑言辞或再做一些规劝、开导思想工作以及不要把侦查结果说死，哪怕留有一丝的破获希望，我猜她不至于完全绝望，走上这条毫无价值和意义的黄泉路。同志们，这可是一条年轻的生命啊。虽说责任主要是她自己负，但好好的三个家庭，一个死了，一个在牢里，剩下四位老人咋办？而且还有一对成了失独家庭，这将会成为社会的一大问题，这怎么不叫人感到惋惜？为此，我建议我们司法部门要做好李方明的安抚工作，以免再发生意外。尽管是罪犯，但还是要给予人道上的帮助和支持。还有李方明单位的领导都来了，也请你们做好四位老人的安抚工作，使他们尽早走出阴影，这不仅是替他们做工作，也是替社会做了一份有益的工作。”

大海听了他的总结讲话，对李康由衷地赞叹说：“这位领导水平很高，很值得我们学习。”

“是的，我也有同感，没有官腔味，敢说，也说得实在，很有人情味。听了这个讲话改变了不少我以前对他们的一些偏见和看法。”李康也发出感叹。

会议结束后，在大海的建议下，大海、国政书记和李康代表单位又去看望了一下四位老人。这次国政书记和李康做得很好，最大限度尽到了人道意义上的帮助和安抚。在事发后除及时派出了有关人员去进行劝慰和疏导，还从工会安排了富有经验的同志去帮助和协助处理徐菲菲的后事。面对四位悲痛欲绝的老人，想到他们今后的晚年将会怎样度过这些现实问题时，他们三人坐在回来路上的车上又不免一阵唏嘘和叹息。

“这是我们单位最深刻的一次反腐倡廉的警示教育，遗憾的是我们当事人却付出了家破人亡的惨痛代价啊！”国政书记首先开口叹息道。

“是啊，那个丧心病狂的骗子固然可恶，可这个聪明绝顶、精明能干的徐菲菲不是没有防范呀？可到头来还是被骗了。退一万步讲，事情既已这样了，骗就骗了吧，现在又是什么年代了，为什么还要看得这么重呢？犯得着以死相搏吗？我一直想不通。”李康接着说。

大海仍旧在沉思没有搭话。国政书记又接上说：“我看这孩子一生走得太顺畅，没有经受过一点磨难和挫折，更谈不上失败。一次次的成功助长了她的自信和傲气，从来都是自己算计人家、赢人家，以天生一副强者自居。这次突然反被人算计，而且输得如此惨重和彻底，她哪能甘心呢？她怎么能接受这个现实呢？况且不是输在对方的智商上，而是输在自己的窝囊和浅薄。与其说她为输掉钱财和肉体而搏命，还不如说她为输掉了自己所谓的人格自尊而搏命。”

“国政书记分析得很对，我赞成。”大海终于开口了。

可李康还是不怎么认可，反驳道：“结果显然摆在这里了，是不错，可原因呢，我又想起了那句古话：‘自古红颜多薄命’，要不是人家见她长得漂亮，也许就光劫财不劫色，这下好了，让人家顺手牵羊一块儿做了，你们说是不是这个理？”

“听你这样一说，或许也有这个因素吧！”国政书记也表示赞同，可大海还是保持沉默没有发表看法。

又过了好一阵子，李康忍不住问大海：“教育家，你怎么不发表高见呢？”

大海见问接上说：“所谓劫色得有姿色，这只是必要条件但不是充分条件。心正身子才正，身正影子才不会歪。这是内因和外因的辩证关系……”

“好了好了，你甭讲了，怎么又讲起了哲学，什么事扯上哲学就复杂了。”李康打断了他的话，接着转移话题说，“老总，听说徐菲菲那份遗书还有一段是专门写给你的感谢话，说悔恨自己当初没有听进你对她的忠告。”

大海听了接着说：“说到这里，我又想起刚才会上政法委书记最后对公安部门说的那些话，触类旁通嘛，假如我们当初对徐菲菲的工作做得再深入点的话，也许就不会发生这样的事情，总不至于害了卿卿性命。”

“这倒也是。我们已尽到了责任，你也不要过于自责了。如果这么假如都能成立的话，自然也就不会发生什么事情，那就是天下无贼的清平世界。”李康感叹回答道。

李康这句话像做了总结，大家谁也没有再说话，一路沉默到了家。

第十三章

事情虽然过去将近三年时间，但每当大海回忆起来却仿佛还是昨天的事，依旧感到震撼和惋惜。当大海把他们的资料整理好时夜已经很深了，凤凰山庄更加静谧无声。深沉的夜幕仿佛把整个大地山川都紧紧裹住了，似乎山风吹拂下的竹枝尾扫的沙沙声和潺潺的泉流也听不见，一切都睡着了，一切都正在悄悄地等待迎接黎明的曙光。大海感到一阵倦意袭来，再也支撑不住，便和衣躺下，一会儿就响起鼾声。

第二天早晨，太阳刚爬上山脊大海就起来了。在管家老刘的陪同下匆匆吃好了早点，带上昨晚整理好的材料，又驾着那台路虎越野车赶去劳改农场看望赵平洋和李方明。由于袁通事先的沟通协调工作做得扎实，这次看望很顺利方便，大海没想到这次竟能在管教干警的办公室会见他们。不仅大海感到意外，连赵平洋和李方明也欣喜得不得了。这场景这氛围仿佛又回到了当初的工作交流和沟通、汇报会议上。当大海把袁通介绍给他们并说明来意时，他们两人竟流下激动和感动的泪水。

也许人落入人生最低谷的时候，更能体验到这份友情的珍贵和不易。赵平洋情不自禁拉着大海的手说："领导，如果人有来生，我希望下辈子还能当你的属下。"

"是啊，也许我这辈子最大的幸运就是当你的属下，遗憾的是我没有为你争气。"

"好了好了，还这么庸俗，看还有没有要交代的事要办，抓紧时间。"大海一辈子都不喜欢听恭维话。这时，李方明把大海拉至一边，在他耳边悄悄说了好一阵子。

大海频频点头说："好吧，我去试试看。"

规定的会见结束时间到了，大海和袁通与他们握别，他们两人一步三回头地被狱警带走了。

望着他俩离去的背影，袁通感叹道："他们比我们更懂得自由的可贵。"

"是啊，人生最大的悲哀莫过于此。"大海补充说道。

午饭时分，大海回到凤凰山庄。饭后他本想休息一下午的，因为按照原定的行程计划，只剩下去拜访早已退休的陈新副省长最后一个行程了。谁知今天上午却半路杀出个程咬金。受人之托，忠人之事。不知是出于对大海的高度信任，还是认为大海去办更为合适的考虑，李方明恳请大海帮他去找一个绰号叫"茜茜公主"的女士。当时大海一听，心里惊诧了一下，暗怔，这会是一位什么样的女人呢?

大海根据李方明的简单描述，在脑海里逐渐构成了一个大致轮廓。这个在圈内被称为"茜茜公主"的女人，是李方明的中学同学，也是李方明从初中到高中这六年时间里关系相处最好的同学之一，而在女同学中却没有之一。她出生在一个高干家庭，天生丽质，漂亮如画，在家里的众多姐妹中也是最美的一位高傲公主，由于得父母的宠爱，姐妹们都让她三分。姐妹们对她的谦让，倒使她从小就养成了独立思考、我行我素、发号施令的秉性，也练就了她的组织能力和领导能力。更让姐妹们服气和所不及的是她很有担当责任的精神，不论家里是大的还是小的，只要受到外人的欺负和委屈，她竟敢毫不犹豫帮她们出头出气，这样，她很自然就成了家里的中心和领袖。所以父母私下早就预言说，在众多姐妹中她将是最有出息、最成功的一位。在学校里，从初中到高中的六年时间，在这女大十八变的现实环境中，她始终保持在校花之一的行列，从未被人挤出过。她虽属校花之一，却从未进入过学校的学霸之一，甚至连班级一样的级别也相去甚远。学习很一般，没有显示出超人的学习天赋和出色的本领。即使这样，她仍然很受同学们的欢迎和喜欢，很多作业自己还没有动手，同学却给她做好了。一时老师都给弄糊涂了，平时作业完成那么好，可考试成绩就是上不来，开始老师还以为她是怯场，临场发挥不好呢。还在上初中的时候，她就经常收到很多情书和小诗，最后她自己也觉得烦了，竟把这些东西全部交给了老师，出尽了那些同学的洋相，这样才使那些受到难堪的同学收敛了。可李方明不一样，始终如一围着她转，关系越来越密切，成了无话不谈的知心朋友，可不知为什么就是没有成为恋人。六年来他们几乎形影不离，甚至李方明到她家里也如同寻常，方便自由。直到高考结束，李方明考取了外省的一所名校，而她自然只能屈就省城的一所普通大专学校，从此两人才分开了。虽然不经常在一起，偶尔联系问候一下对方，却从未中断。又是一个六年过去了，仍为校花的她被自己的学长摘去了，而李方明回到省城后娶了如花似玉的徐菲菲为妻。虽然两人都有各自的幸福家庭，但彼此间的关系并未疏远。成了既不是亲戚，也不是情侣的所谓红颜知己。

大海此时也弄不清这世界上到底有没有这样的关系存在，依稀记得只是在书里、诗里以及在影视作品里好像有这方面的描述和展现，大海担心这样玄奥的关系，会不会也像人们探讨世界上存不存在真正的爱情那样：爱情像鬼，听的人很多，信的人也很多，就是没有人看见过。今天下午不正是有这个机会去拜访一下李方明所说的那个红颜知己，也好去探究一下这种关系是否真正存在于现实生活中。想到这里，大海决定下午上班时间去完成李方明所托的事。

下午，大海驱车来到市区一处高楼林立的写字楼群，其中有座外墙轮廓四方四正，线条流畅挺拔的高楼，外饰从上到下通体呈银白色，在阳光的照射下折射出耀眼的光芒，在旁边深色的楼群中犹如从天上倒挂着的一条河带，显得特别与众不同，也许正是依此而冠名为银河大厦。大海把车停在楼下，拾级登上了一段很长的台阶终于进入了大楼。按索引他好不容易才选择到一架相应停靠楼层的电梯，一下子就到了二十八层，大海估摸着应该是这座大楼的中上部或快接近顶层的位置。

这是一层大概有一千多平方米建筑面积的办公场所，前大半部是敞开分格式办公室区域，放眼望去都是清一色流行风格的办公设施。大海想，能在这个地段环境拥有一处这么大建筑体量的办公区域，应该是一家颇具一定规模的公司。看来能坐在这里指点江山、运筹帷幄的主人确不是等闲之辈、庸碌之流，看来她父母的预言得到了印证。

大海开始后悔自己不该这么着急为李方明找后路，弄不好人家李方明还可能讥讽自己自作多情。殊不知人家还有这么一位事业如此成功的红颜知己，这岂不是狗拿耗子多管闲事？真是瞎操心，他暗骂自己一声。既然到了，还是去拜访一下吧，见识一下这位女强人也无妨，于是他摁下门铃。随即宽大厚重的透明玻璃门自动闪开了，大海跨了进去，迎来一位身上挂着胸牌的年轻姑娘。她笑容可掬地问道："先生，你找哪个部门？"

"我找你们老总。"大海说。

"有预约吗？"小姑娘又问。

"没有。"大海有点不耐烦，心想我去找省领导也没有这样麻烦，你算哪根葱呀？可如今……大海见小姑娘一脸为难的样子也理解，接着小声地向她说明了自己的来意。

"那好，你先稍等一下，我去通告一声再带你过去。"小姑娘转身往后面走去。

公司的纪律和敬业氛围看来还是不错的，几十个人竟没有一个人抬头看一下大海，全部都在埋头干自己的事，这从侧面也反映出女老板的霸道和威严。

又过了一会儿，小姑娘回来带着大海来到后面最边上的一扇大门口，说："先生，请进。"说完自顾走开了。

大海推门进去，着实吃惊不小。这间办公室足有六十平方米，比自己这个指挥千军万马的指挥长办公室还要大一半多。装修之豪华奢侈，令人羡慕和惊叹。家具和办公桌椅则是清一色的高档红木，光这张宽大的办公桌估计二十万元都拿不下来，还有墙上挂着的那几幅名人字画看来也价值不菲，尤其是办公桌后面那满墙一溜的书柜更使大海看了眼红和妒忌。房间整个布局还是蛮有品位的，充满了书卷气和浓郁的传统文化的韵味，与其说是企业老总的办公室，还不如说更像一个饱学之士的书斋。不敢说这是一间镇楼之室，但这是一间镇层之室绝非夸张。民营企业家就是牛，就是霸气，尽显王者之风，这让多少国企老总看了要羞愧和汗颜。

唯一使人感到不协调的就是坐在这张宽大办公椅上的主人。这位摩登女郎纤纤身材，披着一头染色瀑布般的长发，身穿时尚服饰。她明知道来者的身份和地位，却很矜持和冷漠，她坐在那里慢腾腾地从境内还没有上市的苹果笔记本电脑的屏幕前移开眼睛，朝大海淡淡一笑，但很快就收敛并说了一句“请坐”，而她自己并没有想要离开座位的意思。

这时大海感到十分狼狈，不知自己是坐在旁边的沙发上还是坐在她办公桌对面的椅子上合适。大海见她仍旧不想从自己的座位上下来，也就只好坐在她对面的椅子上。这样大海就成了她的属下或是求助于她的人，而不是她要尊重的客户和客人。她这样的怠慢和不屑使大海心里很不是滋味。他由此断定这是一位地地道道的势利眼，是一个只认权和钱的角儿。大海隐隐约约记得好像李方明曾经跟自己说过多次，他的这位朋友要其把大海介绍与她认识，可今非昔比，换了人间啊，如今自己是既无权也无钱的落魄之人，谁还有心思巴结呢？再说，你有权有势的时候，她在你面前都未能做到不势利，那现在怎么能要求人家做到呢？在这物欲横流的世界，又有多少人能走出有奶就是娘，有钱就是爹，人走茶凉这个怪圈呢？

想到这里，大海还是压住自己心里的不快说：“我是今天上午从方明那里出来的，受他的委托下午特地来拜访你。”

“他怎么样，还好吗？”对方冷冷地反问道。

“你们很久没有联系过？”大海也惊诧反问。

对方一点也不觉得难堪，直率地说道：“没有，从来没有。还是刚判决完去劳改农场不长时间看过一次。唉，朋友一场，还是去看了一下。”真不知李方明听了他认为的“红颜知己”这句话会作何感想。

大海本想不再待下去，但他还是不甘心，因为李方明对大海说得很清楚，她这个公司之所以有今天，虽不能说李方明起到了决定性作用，但如果没有李方明决不会有现在这个公司是肯定的。原来，公司是这样办起来的：茜茜公主从学校毕业后，分配在她老爸麾下的机关里工作，由于得天独厚的条件，工作自然是最轻松而自由的，也活得潇洒自在。随着结婚生子和有权势父母亲的退休，一些不该有的特权和待遇也渐渐地失去了，茜茜公主习惯了的自由散漫做派也开始遭人非议，手头开始紧巴起来，与先富起来的那一帮人相比，差距越拉越大，仅靠手头的一点工资维持过惯了的优越生活早已捉襟见肘。就在这时，李方明又出现了。看来发财是要有天命，李方明很有经济头脑，市场意识很强，同时又很会结合自己所学知识和拥有掌握的社会资源，他看准了国家基础建设正处方兴未艾，城镇化建设大力推进这个时机，向她提出建议要其停薪留职开办一个与工程建设有关的私营公司，自己当老板。于是就办起一家与高速公路建设相关的附属工程施工工程公司，集设计与施工一条龙，集市政建设和交通建设为一体的综合性实体。公司开办之初，从资金的筹措、招兵买马到工商税务登记注册、相应资质的申请办理等，几乎都是李方明操办的。由于李方明选对了方向，找准了市场，一开张就风生水起，干得风风火火，发展势头很猛。这些都可以不算，更难能可贵的是李方明对这一切的付出不仅没有索取一点报酬，十多年来一如既往为她提供工程招（投）标信息，介绍或引（推）荐工程业务，使她获得更多的竞争机会，有时甚至帮她编写招投标文件，可谓殚精竭虑而又无怨无悔。我们知道，帮助一个人不一定会喜欢上或爱上这个人；但一旦喜欢上或爱上这个人就一定会帮助这个人。无可置疑，李方明肯定是属于后者。也许正是基于这一点，李方明才有这份自信叫大海来找她。

大海见对方仍旧装聋作哑，不问自己的来意，于是想用迂回的办法逼她主动开口。大海漫不经心地问："看来你这个公司经营发展得还很不错嘛，有一定的规模和实力呀！"

对方听了微微一笑说："哪里，也就这个样。这十多年来经历了多少艰辛和拼搏才有今天的地步，期间的辛酸苦辣恐怕很少有人能体会到的。现在做企业也是越来越难了，竞争太激烈和残酷，想要继续生存下去确实是不容易。"

"你怕什么呀，听方明说你是一个特别能干的女强人，经营管理很有一套。尤其是你那三招更是叫同行佩服得五体投地、望尘莫及。想必背后定有高人指点。"大海故意提起她经常引以自豪的成功经验和颇为得意的手笔。说实话，公司有今天，也确实离不开她的精明能干、独特的思路和管理之道，她很会利用社会的公共资源，尤其是工程成本控制方面几乎运用到了极致。第一招，她公司从来不养工程机械设备，而是租赁社会上大量闲置的机械设备，不但价格便宜，且省下大批维修保养和闲置费用，方式灵活机动，视承揽工程的大小和工期的长短而决定租赁设备的多寡与时限；第二招，公司从不养着固定劳务人员，只留少数几个技术管理人员，方式也同样灵活机动，也视承揽的工程业务情况，掌握临时聘任的劳务人员数量，这样又省下了一大笔工程施工的间接费用，很契合当今劳务市场；同时针对这些工程项目所固有的在荒郊野外、点多面广线长等特点，因地制宜、就地取"材"，雇用大量廉价的当地农民，使人工工资成本大为降低；第三招，联合乡下的农民共建苗木基地，实现共享受益，这样又节省不少从外地外省购进苗木的运输费用，苗木的成本也可压至最低。所以同样一个规模的工程项目，她就比人家的成本低得多，而利润和效益自然也要比人家高得多。她这几招不得不叫人佩服，堪称工程成本控制专家。

对方是何等机警，岂会上套呢？只听她轻描淡写地说：“我那算什么呀，在你们面前就是小巫见大巫罢了，还能得到什么高人指点，我这点雕虫小技不就是自己瞎折腾出来的嘛！”

大海心里明白，她就是想在外人面前不承认李方明在公司所起的作用和影响。她像天下所有的暴发户一样，自己成功了，热衷于在人前津津乐道自己在创业时如何艰难，如何装儿子、装孙子的窘相和屈辱，然后再讲自己又是如何“过五关，斩六将”的英雄壮举，最后大言不惭来炫耀自己所取得的成就和辉煌业绩。不论男女老少，基本上都是这个套路，一个版本的三部曲。几乎没有人会去谈在这创业期间得到过张三、李四、赵五和王麻子那些帮助、支持和关照。好像唯有这样才能显示出自己超人的聪明才智来。所以眼前这个女人缄口不谈李方明那也是很自然的事，其境界也不过如此，大海开始对她嗤之以鼻地蔑视，哪是什么素养高的女强人，简直是个俗不可耐的戏子。

大海再也不想跟她啰唆和纠缠下去，就直截了当对她说：“我这次是受李方明的委托才来拜访你的。方明说你是他最好的知心朋友，也是中学时代最好的同学。他目前的情况你也很清楚，我就不再多说了。他的意思是要我转告你，他没有出来前这段时间，看你能不能偶尔过去看望一下这四位老人，适时给予关照。如有什么困难也请你接济和帮助一下。他对你充满了希望，这也难怪为什么他平时最喜欢唱臧天朔那首《朋友》，原来他还有你这个交往了几十年的知心好朋友。”大海不敢提红颜知己这个词，而后面那句话则是大海临时加编的。

对方听了没有及时回应，而是一阵很长时间的沉默。看她神色既不恐慌也不尴尬，好像这个问题在她意料之中似的。

“同学、朋友间相互照应一下也是人之常情，再说你也具备这样的条件，应该不会有什么难处吧？”

对方见大海又一次追问，才慢慢开口说道：“我和李方明是交往了几十年的好朋友，这是大家都知道的，甚至包括我的先生，他也是很清楚的。但我俩在经济方面却没有一丝一毫的牵连和瓜葛。”

“这是肯定的，否则，案子怎么没有涉及你呢？”大海在肯定和鼓励她。

“正因为这样，才使我有了顾虑。社会这么复杂，人心叵测。我可不能干‘烧香引鬼’的蠢事，本来就没有一毛钱的关系，如果我这样做了，人家不会误解我这是玩‘此地无银三百两’的把戏吗？事实上，我也不存在要为他承担经济上的责任和义务。你想想看，我能去做这种引火烧身、自找烦恼的事吗？”对方终于说出了第一理由，也是一个很现实的理由。

“这个也不要太在意，清者自清，浊者自浊。心地坦荡也没什么。”大海还想打消她的顾虑。

对方还是无奈地接着说：“话是这样说，但社会舆论可不是这样的，我才不会傻到去蹚这浑水。再说从伦理道义上我这样做也不好向家人交代，尤其是我的先生。不瞒你说，我唯一一次去看他还是我先生陪着去的。本来外界就有传言说我俩有暧昧，那不正好被人家抓住了话柄吗？我这样一个好好的家庭不就祸起萧墙了吗？为此而葬送已拥有的当下，值吗？”

对方最后一连三个问号把大海弄得瞠目结舌，半天说不出话来。大海万万没有想到世界上竟有这样的高人，能把拒绝人的理由说得那么在情在理而不露一丝一厘破绽，甚至连一隙牵强附会的痕迹都被抹得干净平整，简直就是天衣无缝。更让大海感到匪夷所思的是，她能有让被拒绝人反过来去体谅她的苦衷和无奈的本事，真是事情未办成，她好人却做到了家。这忽悠人的境界恐怕是很多人都无法企及的。大海自诩能言善辩、思维缜密、条理清晰、反应敏捷的演讲者，这回算是真的碰上师父了。尽管这样，大海还想作最后的努力，他故意用漫不经心的口吻说：“你这样做，不知李方明到底能不能理解和体谅你的苦衷与无奈呢？你不担心他会误解你全盘忽视和否认了他曾经为你所做的一切吗？他不会认为你是一个忘恩负义的无耻小人和寡情薄义的朋友吗？”大海也用了一连三个问号反击她。

对方听了并不感到难为情和脸红，仍平静说道：“我想他能理解和体谅。朋友间的相互帮助，共享各种社会资源，本来就是朋友之间应有的担当和风范，谁还能去计较和分清楚谁重谁轻谁多谁少的问题吗？真正的好朋友还讲究感恩和报答吗？这不显得太庸俗和势利吗？朋友之间的帮助都应该是心甘情愿和无怨无悔的，否则就亵渎了‘好朋友’这个称谓。你说是不是？”

“是，对的，对的，完全正确。”大海连忙反话正说表示赞同她的说法。这是大海有生以来第一次听人这样解读和定义“朋友”一词，它颠覆了人们对“朋友”一词的传统理解，看来只有冠她为“捋清了‘朋友’一词的实质内涵第一人”的称谓，这才足以对她高见的肯定，对她真知灼见的褒扬。也许只有她才真正概括和提炼出了“朋友”一词的真谛，所以使大家再也不敢开口了。大海本来还想举她在现实生活中几个实例——她为朋友间牵线搭桥还理直气壮收取咨询费、中介费、好处费的事，来讥讽这个只顾索取、只会利用他人而不讲奉献的女人。但转而一想，人都到了这个份上再说其他还有意义吗？哪怕把李方明血淋淋的心提到这里也是无济于事的。大海觉得自己江郎才尽、无计可施，心情不免沉重起来。不知是为自己黔驴技穷而羞愧，还是为李方明感到悲哀和不平，大海就是不死心，又重新振作起来，他想换一个方式，另辟蹊径为自己也为李方明挣回一点面子和尊严，同时也减轻一下好朋友袁通的压力。于是他头脑飞快地闪出一个新的方案。大海和声和气地对她说：“既然这样做使你感到不便和为难，你看能不能待方明出来后，让他在你手下找个工作，混一碗饭吃这样总可以吧？收留他也比找外人强，因为方明手上掌握的资源毕竟比较多嘛！”

“那更不行！”大海话音刚落，对方却用不假思索的口气否认了。

“为什么？”大海瞪着眼质问道。

对方根本不惧大海有点恼怒的眼神，平静回答道：“如果我接受他的话，那我不是自己打自己的脸吗？其影响和效应不是和我刚才所说的一样吗？对公司只有害哪有利？人都到了这个地步，人家见了躲避都来不及，还有什么资源可讲。再说以我对他的了解，这么聪明能干，在社会上找份事做还是不成问题的，说不准还会比在我这里混得更好呢！”

我的天啊，这个如此绝情的女人竟认为自己所做的一切都是对的，并没有觉得有什么不妥之处。大海这回真的到了黄河，面对这个无耻又贪婪的女人，望着那张冷漠无情的脸庞他真想送上一大巴掌。这可是一张曾经上过画报封面的漂亮美丽的脸蛋啊，如今却那么丑陋和不堪，叫人再也不愿多看她一眼。这时大海蓦地想起不知是哪位名人说过的一句话：“女人是因为可爱而美丽。”大海感觉在此多待一秒都如坐针毡，他倏地一下子站了起来说道：“不好意思，打扰了。”转身就走了。

“小丽，送一下这位客人。”身后传来那个女人的叫声。

“不用！”大海大声答道，头也不回大步流星走了出去。

大海十分沮丧地走出了这栋大楼。他恨这个女人，从而也恨这栋大楼。大海站在车旁，抬头翘望着黄昏照耀下的这座大楼，她显得是那样柔顺和妩媚，通体乳白的躯体显得那样洁净明亮和圣洁，那方方正正的轮廓棱角和那挺拔流畅的线条无不显示出雍容大气的风范。大海一时感到愤懑不平，这么好的大楼，这么好的地段，这么好的环境，为什么让刚才碰到的这些人在这里占有一席之地呢？他们又凭什么在这里能占上一席之地呢？但反过来一想，也许正是这样的赚钱不要脸，为了钱不顾一切的人和公司，才能有资格和能力在这里雄霸一方。尽管他们的所作所为玷污了这栋圣洁的大楼，但却丝毫不影响他们已经占有和拥有的。而里面又有多少这样的人，这样的公司呢？大海不敢妄自揣测。从大楼进进出出、川流不息的人流中，肯定还有为数不少是穿着草鞋、布鞋和解放鞋进城的人士以及混迹于世的魔王、女巫之辈，但更多的恐怕是原来生活窘迫和挣扎在生活底层的平民百姓了。但曾几何时，他们鸟枪换炮，个个西装革履，大腹便便，手上晃荡着名表，颈上挂着比牛绳还粗的金项链，好车名车更是替换不绝。他们之所以有今天，有这样的资本，主要还是得益于改革开放政策，为发挥他们的聪明才智提供了广阔的天地，为他们展开拳脚、大显身手建立了坚实的平台，当然也靠他们自己艰难创业、顽强拼搏、吃苦耐劳的精神。这批先富起来的人，客观上说也有极少数人和企业，他们不是那样遵纪守法，钻国家法律的空子，觊觎制度和体制上的漏洞和不完善，也会干一些偷鸡摸狗和坑蒙拐骗的勾当，有的甚至官商勾结、同流合污挖国家的墙脚，侵吞和损害人民群众的根本利益。这些暴发户，他们的巨大财富里，可以说每一分钱都滴着肮脏的血，也渗透着少数贪官污吏们惨痛的悔恨泪水。其中也不乏像李方明这样“毫不利己，专门利人”的傻瓜，在这些人中绝不可能有过去意义上的劳动模范、生产标兵和雷锋。大海怀着十分复杂的心情久久凝视这栋夕阳下的大楼，直到被夜晚的暮色笼罩才驱车离开。

大海怏怏不乐回到了凤凰山庄。他匆匆吃过晚饭后，就坐在院子的石桌前开始慢慢品尝刘管家为他沏好的金骏眉茶。好茶就是好茶，金骏眉特有的香味沁入心脾，使人特感心畅舒坦。今晚的夜色幽暗，因为高远的夜空下悬挂的不是一轮饱满的圆月，而是弯弯小船似的月牙。大海望着时隐时现的弯月，心情又开始凝重起来，也许待到下次月满时，自己已在异国他乡了。往后这样独坐独酌品茗的机会就少了，恐怕取而代之的更多是什么猫屎咖啡之类的西方饮品了。他弄不清楚这是更文明还是更进步？弄不明白这两种文化到底有什么不同？不知道自己是坚守还是接纳，是拒绝还是妥协？但有一点他坚信，他血管里、骨子里流淌着的血液和骨髓，永远是任何东西都无法稀释和溶解的。有志儿女志在四方固然没错，但落叶归根的传统意念却从未在自己心中泯灭过，并还在慢慢生长着。尽管这里还存在着千般不是、万般不足，但真正要割舍它，做到了无牵挂，可就是过不了心灵深处那道坎。也许正是因为有这些东西存在，才使人更加在乎，更加不舍，从而激发出应有的更多责任和担当，为之去斗争、去改变，觉得这是一项神圣的任务和使命。就拿今天下午这场遭遇来说，大海心里总是挥之不去，他怎么也弄不懂社会文明进步了，物质条件更丰富了，可是在某些方面却下滑了，倒退了，沦丧了。甚至连“人之初，性本善”和人类与生俱来的同情心都丧失殆尽。他反复问自己，他和她怎么就建立不起自己与令狐南、万山和袁通等这样的情谊？交往了几十年，换来的却是这般结局。大海为她的无情、绝情和冷漠感到愤懑，为李方明的“无私”奉献遭到对方的漠视而不平，为李方明在人生最低谷时受到对方的麻木而痛心，更为李方明交上这样的朋友感到羞愧和悲哀。大海想象不到，人一旦自私起来，竟会吝啬到自己赚得盆满钵盈，却不肯匀出半匙残羹予人的地步。大海通过亲身体验得到了这个结果，但他更想找到原因。

大海苦苦思索了很久也没有找出这个原因。怎么能找到其原因呢？大海事实上也是在做一道无解的方程，即使是专门研究人类情感问题的专家也未必能作出令大家信服的解释。人为什么会活得这么累和艰难，也许正是这些亲情、友情和爱情这类情感成为了我们的原罪。坚持维系和建立这类情感其根本目的就是使自己的生活更美好、更幸福，使社会更和谐与安宁。而绝大多数人为了获得这种裨益都是以奉献的方式居多，且在他们获得了这种裨益后则会用更加博大的胸怀去反馈，去培育和建立新的关系。然而社会是复杂诡谲的，在这万花筒似的现实生活中，却有少部分人是利用他人的方式去获取的，且在获取后完全把它据为私有，只供自己享受，再用同样的方式继续去获取新的更多的索有。这些自私而无耻的人根本不用去担心这样会断自己的路，因为他们的人生信条是：能利用一个是一个，能利用一次是一次，全国十多亿人，如果都能碰上一人一次的话，那还得了？自己这点寿命那是远远不够的，还怕什么呢？也正因为有这些人的存在，所以使许多人的奉献得不到反哺和馈赠，有时甚至像块落石，增加了你下坠的砝码。因此，我们就不难理解人们经常会说的那句抱怨和叹息的话："伤你最重的也许就是你身边最亲近的人。"这句话虽然不能说是真理，但也道白了现实生活中的残酷和无奈。大海想到这里也就释怀了，再不为今天下午自己像个化缘求斋的僧人，最后连口水也乞讨不到喝的结局而悔恨。夜深了，人倦了，回房睡觉吧，明天还得早点去履行最后一项行程呢。大海收拾好茶具，很快就离开了有点凉意的院子回到了卧房。

大海第二天起得很早，没来得及吃早餐就驾车往市区驶去。按照原计划行程是去拜别一下老领导陈新常务副省长。这位老领导是"千里跃进"项目建设还未通车，从省委副书记的岗位上退下来的，享受正省级待遇。半个多小时过去了，大海驶进市区的湖河公园门口停放好。由于来得有点早，他想在公园旁边的一个小饭馆吃好早点再去拜访住在附近的老领导。这是一个规模较小的餐饮店，大概也就是一二十平方米的样子，看得出来这是一个夫妻店。大海推门进去，早餐生意还不错，几乎每张小桌都坐满了人，大海找了一张靠角落的小桌坐了下来。因为大海几乎没来过这样的小店用过餐，或许是因为这里的早点花样品种多的原因，一时兴起点了很多，有点像乡下人第一次进自助餐厅时眼大肚小的感觉。于是，大海一边漫不经心咀嚼，一边盘想着接下来的最后一点时间如何再做一些什么。不知不觉却也吃了半个多小时，一看时针早已过了八点。大海觉得时间差不多该去老领导家里话别，连忙站了起来随即低着头匆匆地走出了店门。谁知刚出店门，他被一个中年妇女一把拉住说："你这位领导，还没有付钱呢，怎么就想走吗？"这时，大海才猛然想起自己尚未付钱，他的脸霎时红了，忙不迭道歉说：“老板娘，真对不起，刚才一时忘了，多少钱？”“不多，也就四十七块钱。”对方有点不耐烦。

大海连忙去掏口袋找钱，殊不知，这下更抓瞎了，他搜遍所有口袋竟没找出一分钱来。“不好意思，早上出来时忘记带了，等下我再给你补上怎么样？”大海诚恳地向她商量道。

对方也是一个不好说话的人，故意大声说道：“哎哟，我看你也像是个当官的，小民这点辛苦钱你也想赖吗？”

大海见对方这样说有点不高兴了，说：“看你说哪里去了，这点钱我还能赖你的账吗？让人听了真是羞死人。”

对方仍抓住不放说：“既然你知道这个理，那你为什么不付呀？”

“我不是跟你讲过了吗，忘记带嘛，你怎么就不能通融一下呢？”大海耐着性子还在恳求她说。

这时却围上来一些看热闹和起哄的人，有人说：“这个人一看就是一个从来不用自己买单光吃喝别人的人。”

“我看这个当官的就是吃惯了打白条的人。”

“没错，肯定也是一个平时吃惯了公家的人，而且还是一个不小的官，从来就有部下和别人抢着买单，自己只是吃喝完了后抹抹嘴拍拍屁股走人的人。”

“对，对这种当官的人就是要出出他们的洋相，倒倒丑。”大家七嘴八舌都在奚落大海，大海真想找个地缝钻进去逃之夭夭。

大海见脱不了身，不知如何是好。他突然想起车上还放着准备送给老领导的两盒上等的金骏眉茶叶，就说：“这样吧，老板娘，我把车上一盒好茶叶押在你这里总可以吧？”

这时有人大声叫道：“老板娘，不要相信他，到时他跑了怎么办？不能让他走。”

“我看他手上戴的表不错，要不叫他把手表先押在你这里还更放心。”又有人向老板娘建议。

“这个主意很好，到时不怕他不回来。”还有人在附和。

大海也别无选择了，只好想去捋下自己的手表。

这时只见边上闪出一个头戴棒球帽、身穿一件白衬衫的胖乎乎的老者，他把老板娘叫在一旁问：“他欠你多少钱？弄得兴师动众的，这样影响不好。”

老板娘见有人解围竟也有点不好意思起来说：“也就四十七块钱，事实上也没什么，我就是看不惯。”

老者二话不说立即从皮夹里拿了一张五十元的钱给她并说：“我帮他付，不用找了，赶快散了，这影响多不好。”

老板娘拿了钱说了声“谢谢”转身进店去了，围观的人也立即散去了。

世界上有些事真是无巧不成书。替大海解围的老者不是别人，正是大海要去拜访的老领导陈新书记。“老小子，今天怎么弄得如此狼狈呀？”陈新书记爽朗地笑问道。

大海在这种使人十分难堪的情况下突然看到老领导不禁喜出望外，更是感激万分。大海摇晃着头苦笑着回答说：“老领导，真是择日不如撞日，今天要是不碰到你，我真不敢再去你们家拜访您老，这不给你抹黑吗？”大海如实向他作了说明造成刚才狼狈的原因和来意。

“既然这样，那就陪我去公园坐一下聊聊天，正好你阿姨去老年大学书画班上课了，我们就聊个上午吧！”

陈新书记的提议，大海自然遵命。他陪着陈新书记一会儿就来到了公园门口，又从车上拿出了另一盒已开封的金骏眉，跟着陈新走到靠近湖水边的一处装饰很雅致的茶室。也许是陈新经常光顾这个地方，和这里的员工很熟悉，一进门就受到了他们的热情迎领。“老爷子，今天来得可早呀，还是老地方吧？”

“对的，老地方习惯了，也有感情，舍不得换地方。我这个老头子要从一而终，可不能见异思迁、喜新厌旧啊！”陈新打着爽朗的哈哈诙谐地说。

在服务生的引领下，他俩来到二楼靠角上的一间小茶间坐了下来。大海举目远眺，这确实是一个品茗休闲的好去处，与月亮湾茶楼相比，却有另一番情趣。这个湖河公园位于市区，湖面面积颇大，林木茂密，绿草茵茵，平整如毡，湖的三边临市街且有宽阔的绿荫带相隔；一边是条约三十米宽的河流一直延至中西省的母亲河——源江，并与之相通，湖水与江水几乎清一色，清澈而明亮。湖水的高程控制则由通过相连处的闸门进行调节。由于源江活水的适时有期的涌入和调节，使湖河公园里的湖水一年四季都保持洁净和天然的水质色调，几乎不受气候恶劣变化的影响，大有一股处乱不惊的王者之气。沿湖岸堤水边砌起一条宽五六米且高出湖面少许的观光人行道，道杆护栏和路面则是清一色的汉白玉，远远望去，游人犹如水中走。平静如镜的湖面倒映着周边高大雄伟建筑清晰的轮廓，内侧靠岸的却是一坡宽阔顺溜的马尼拉草，被修整得像高尔夫球场那般整洁和圆润。湖与河的交界处被高明的设计师修建了一座中承式拱桥，很自然和巧妙地把沿湖观光大道串连在一起，形成了一个颇大的白色的环湖圈，与垂柳婆娑的河流两侧同是一样材质的观光大道做到了无缝对接。俯瞰下去，犹如一个雍容端庄的贵夫人脖子上围了一条长长的洁白纱巾，而这座中承式拱桥恰是纱巾上扎扣的花瓣。这真是一座闹中取静、令人心旷神怡的休闲好去处。

“好了，看什么看，老小子，再过几年有你看的，像我一样都看腻了。来喝茶吧，你的金骏眉还真不错。”陈新的叫声把大海从遐想中拉了回来。

“老领导，今天真不好意思，几年没有亲聆您的教诲，这不，还让你替我解围脱困，惭愧丢人。”大海深表歉意笑着说。

陈新看着大海一本正经的样子，说道：“这也没什么，我理解，这是领导干部的通病，官当得太久惯出来的毛病。”大海还是第一次听到把问题提到这样的高度，一时不解，用迷惑的目光望着他。

陈新端起茶杯喝了一口，也不看大海，像是自言自语：“回想一下，自从当了领导后，有几样事情自己亲力亲为过？开会讲话稿由秘书写好，出差买张票，住个宿什么的，哪样不是别人给你弄好？去参加一个什么活动，不都是前呼后拥吗？甚至连个公文包、茶杯什么的都是别人帮你拿着。还有现在这么频繁的吃喝迎送应酬还能轮到自己去买单结账吗？在饭桌上，只要你不想喝，连喝酒都有人替你代劳，只有饭菜自己咽，甚至盛饭和夹菜都有人为你服务。说句骂人的话，只有解大手小手之类的事自己才亲力亲为。在外是这样，在家里呢？你去菜场买过菜吗？你为家人做过饭吗？你去过银行取过一分钱吗？甚至连洗澡水和洗脚水都由家人给你弄好。你身上什么时候带过钱包？长期以来饭来张口，衣来伸手，养尊处优惯了，你哪还会有这个概念和意识呢？这一切都麻木了，愚钝了，变得自然习惯了，理所当然，心安理得。最后退下来了，自己就成一个‘五谷不分，四体不勤’的阿呆，我自己就有这样深切的体会。”

大海听老领导这样一说，觉得还真是那么个理。扪心自问，如果自己是个一般机关干部、普通员工和平民百姓，有这样养尊处优的条件和环境吗？答案无疑是否定的。“看来优越的条件和环境反而会使人变得懒惰和无能。”大海叹道。

“可不，不仅懒惰和无能，简直可以说是‘弱智’。不瞒你说，那天我陪老伴去银行办事，我看到几个服务窗口没有人站着排队，就大声催着老伴赶紧挤过去，谁知被老伴抢白：‘老头子，那是要先在打号机上取号按顺序来的，不是像从前那样排队了，懂不懂？’我羞愧得无地自容，赶紧出来都不好意思再站在那里。造成这样诸如此类的‘落伍’是什么原因？”

大海为老领导依旧如此坦荡，敢揭自己出丑洋相的豁达而敬佩。“我刚才不是说了吗？不对？”大海不解反问道。

陈新对大海的回答不以为然，摇摇头说：“这些都是表面现象，实质上说到底这是一种脱离广大人民群众的严重行为，与我们党一贯倡导的密切联系人民群众的工作作风是背道而驰的，再不及时纠正会影响和阻碍进一步的改革开放。”

“不会吧，老领导，有这么严重吗？还能升到上纲上线的高度吗？”大海不仅觉得他言过其实，还觉得有点牵强，心想，老领导真是老了，不由使人发出“廉颇能饭否？”的疑问。

“你不相信？我这不是故弄玄虚，危言耸听，更不是哗众取宠，故作大陆新发现。我也是退下来以后才慢慢感觉出来的。以前也许自己同样陷入其中，充耳不闻，视而不见，以致造成了‘不知庐山真面目，只缘身在此山中’的缘故。”

听得出来陈新说的是心里话、实在话。“有些事情往往从另一角度去看，或从一个旁观者角度去观察，就会更客观去看待这些问题，感受更深刻、更直接，这就是所谓的旁观者清吧。”陈新接着说，“今天我只举一个简单的例子就足以说明这个问题，那是我刚退下来不久的一个早晨，我第一次陪老伴去菜市场买菜。这是一个地处较为偏僻的一条小街尽头，听老伴说这是一处自然形成的设施非常简陋的菜市场。不看不知道，一看吓一跳。真是个典型的脏、乱、差，完全无序且混杂，人头攒动，拥挤不堪，地面泥泞，臭气熏天，货架和案板污垢重重，血渍斑斑，讨价还价声，争执辱骂声和吆喝声不绝于耳。我陪着老伴好不容易转了一圈出来，却呕吐不止，就差一点没有把黄胆吐出来，一双洁白的休闲鞋早已变成了非洲的斑马色。我心里想，这些年老伴可真不容易啊！我第一次知道了猪肉和鱼是多少钱一斤，鸡鸭蛋多少钱一个，青菜萝卜多少钱一斤。以前只知道饭桌上的好酒多少钱一瓶，山珍海鲜多少钱一盘。我不知道整个省城有多少类似这样的菜市场，更不知道又有多少个家庭几乎每天都不得不光顾这样的地方。这就是我们曾经治理下的省城，而全省各个地、市和县城乃至乡镇的状况究竟如何更是一无所知。我猜其现状也不会好到哪里去，恐怕也只会有过之而无不及。这个涉及千家万户、千百万人日常生活的民生大事，我们在位时却浑然不觉，因为我们从来就不需要为此操心。经过这次亲身体验，对我的思想震动极大。我们在位时也经常讲要关心人民群众的生活，但这仅限于在会上，在文件里。没有深入基层的实践，没有深入到社会底层的第一线，没有深入到广大的人民群众的生活中去，只满足于一般的宣传、倡导和号召中。嘴上有群众，心里却没有真正装着群众。高高在上、发号施令，这不是地地道道的脱离群众、脱离基层、脱离实践吗？为此，我花了整整两个月的时间，跑遍省城几乎所有的菜市场，进行了一番认真细致的实地调查，然后向省委和省政府有关领导以及有关部门提交了一份详尽的调研报告。不用问，他们和我在位时的认识是一样的，当然反映这些实际存在的问题我也不是第一人，只是人家人微言轻，根本没有引起足够的重视罢了。你知道吗，如果不是我的这个调研报告使他们震惊，认识到问题的严重性和迫切性，就不会有今天农贸市场良好基础设施的交易场所和安全有序、管理规范的环境氛围。这是我一生中自己感到最满意的一份调研报告之一。我为自己退休后还能为建设这样大的民生工程做出了一点努力感到十分欣慰。”

大海听完老领导这段话感慨良多，为自己刚才的错误认识感到羞愧，为老领导退休后仍还在为党的事业和人民群众的切身利益出谋划策、乐此不疲、鞠躬尽瘁的崇高精神而感动，更佩服老领导还具有这样的敏锐的思想和继续保持理论联系实际的工作作风。这就是高度，这就是层次，这就是水平，这就是差距和境界。

“老领导，今天我等于听了你的一堂党课教育，受益匪浅呀！”大海由衷赞扬道。

陈新摇摇头苦笑了一下接上说：“言过其实了，我这个恐怕也算是‘屁股指挥脑袋”吧！地位变了，身份变了，才有机会感受到平民百姓生活的艰辛和不易，也理解他们对社会不公、不平现象的抱怨和牢骚。就拿你刚才发生的事来说吧，围观的那些群众并不是成心要恶心你，让你难堪出洋相。这是群众在发泄对我们这些当官做老爷的工作作风一种不满情绪。正因为在我们的工作中存在这样和那样的问题，没有真正做到与人民群众共命运、同呼吸，想他们所想，急他们所急。一切以人民群众的利益为出发点和归宿，我们做得还远远不够，才导致今天的干群关系疏远，有时甚至还产生对立情绪。这也是我们党风建设亟待加强和改进的地方。人民群众是多么希望和渴望回归到过去我们各级领导干部能和他们一起同甘共苦、风雨同舟、吃苦在前、享受在后，大家和衷共济的局面。这不仅是人民群众对我们党的一种感情上的心灵呼唤，更是我们共产党人一份沉甸甸的责任和应有的担当。然而，在现实生活中经常会发生很多不尽如人意的事，损害了我们党在人民群众心目中的良好形象。从发生过的这些人和事当中，你仔细去观察一下，就不难发现为什么那么多公共安全和生产事故等，其伤亡人员几乎没有一个是当官的领导干部？（消防救灾例外）为什么？因为他们有专车，不屑去乘拥挤不堪的地铁和公交车以及长途大巴；因为我们没有建立领导干部跟班作业的制度。反之，虽说不能完全杜绝所有的安全生产事故，但最起码其安全防护设施和措施会更加完善和加强，因为里面也有自己的生命。他们就不会漠视别人的生命与存在，才能真正体验到宝贵的生命是用多少钱也无法换取的，才能真正树立起对别人生命本质意义上的尊重和责任意识担当。甚至连不可抗拒的自然灾害大地震，他们都比较容易躲过劫难，为什么？因为其居住条件比别人优越，庆幸自己有'富贵命'活着，别的死者都是'贱命'。还有，为什么在烈日炎炎的酷暑下，在寒风凛冽的风雨中，官员们坐在遮荫棚下，有专人给自己撑伞下，还兴致勃勃观看天真无邪的孩子们挥汗如雨与全身落汤鸡似的表演呢？因为里面没有他们自己的孩子，他们的孩子在贵族学校，有装饰华丽漂亮的演出厅。自己的孩子是个宝，别人的孩子则是根草。同时，又有多少脑满肠肥的官员们还在惦记着几千万人还没有脱贫，甚至还没有解决温饱的人群呢？改革开放几十年过去了，在党的正确领导下，经全国人民的共同努力，经济发展取得了巨大的成就，物质基础有了迅速的壮大，人民生活水平发生了翻天覆地的变化和提高。改革开放结出的丰硕成果理应大家共享，惠及全民，恩泽社会。我们党决不允许把它变成少数人享有的特权和奴役他人的资本，也不能把它变成包括我们在内的既得利益者不思进取、甘于现状的思想包袱，成为阻碍进一步深化改革的绊脚石。当然，在改革开放汹涌浪潮的冲击下，正所谓‘大浪淘沙，泥沙俱下’，一些腐朽的东西会沉渣泛起，一些错误的思潮和观念也会乘机而入，我们党的肌体不可避免受到严重侵蚀也是很自然的事。关键是在新的形势下，我们党对此有没有保持住清醒的头脑和认识。我们党能不能继续成为深化改革的领导核心力量，能不能真实体现是广大人民群众根本利益的代表，其根本问题要从我们党和人民群众所处的密切联系来判断。我们党是在同人民群众密切联系中产生、发展、壮大起来的，没有人民群众的支持，党一天也生存不了，这是我们党的生存之基、执政之本。人民群众之所以选择共产党，正是因为共产党全心全意为人民服务，是广大人民群众利益最忠实的代表。在现阶段，我们党所处的条件和环境都发生了新的巨大变化，党和广大人民群众的关系问题也面临着新的严峻考验。其核心问题是我们执政党如何正确运用权力，如何正确对待广大人民群众。坚持为广大人民群众谋利益，就能得到人民的支持和拥戴，反之，就会最终为人民所唾弃。东欧社会主义阵营的剧变和苏联第一个社会主义国家的解体都值得我们去深思和借鉴。这些问题如果处理不好，亡党亡国的结局绝不是危言耸听、骇人听闻。所以，我们就不难理解为什么广大人民群众对我们的不廉政、不廉洁行为和不良社会风气反应会如此强烈与不满，对那些贪官污吏是那么深恶痛绝，对猖獗的腐败现象没有得到根本的遏制表现出极大的忧虑和担心。这不仅是个认识问题，而是人心、民心向背的大问题。‘得民心者，得天下！’这是一条古训，更是一条历史的经验总结。以史为鉴，不得不防啊。

“我的同志哥，我虽然早已退下来了，现在也是一个无权无地位的老人。但‘位卑未敢忘忧国’呀！我毕竟是一位有六十多年党龄的党员，在党的教育和培养下，从一个普通的小青年逐步走上了领导岗位。是党给了我们知识、给了我们事业、给了我们才干和智慧。这份党恩我们是没齿难忘，我们是多么希望我们党能继续伟大下去，光荣下去，正确下去。我们的忧虑和担心，不是也完全没有必要在这里矫情，也不是一时心血来潮在这里慷慨悲歌，更不是在这里忸怩作态，而是源自我们当初选择的信仰所使，这就是我，作为一名普通的老共产党员发自肺腑的心声。”

大海听完老领导这番长篇大论，犹如醍醐灌顶，敬佩不已。这是一位真正的革命者、优秀的共产党人、杰出的领导干部。有着扎实的理论功底和丰富的实践经验，掌握了党的理论精髓，是党的三大作风建设的坚定执行者。最让大海感到惊叹和触心的是：这么大的年纪竟还保持着这般深邃的思想高度，透过现象看本质的锐敏洞察力和那颗对信仰、对党始终如一的赤诚之心，如果不是亲身见证，真不敢相信世上还会有这样的人，这就是信仰的力量，是他们人生长河中的一枚定海神针。以前从书籍中、从影视作品与报刊中所介绍和宣传的那么多的老一辈革命家和科学家们不论遇到任何艰难险阻，身处怎样的逆境中却仍然顽强地抗争着，斗争着。为祖国、为理想、为信仰舍生忘死，义无反顾战斗到生命的最后一刻的光辉事迹时，往往不由使人产生这是作者因为要达到某种效果，而不免有点拔高和掺杂了一丝虚假的东西在里面的嫌疑，这次大海完全消除了错误看法，真正读懂了眼前这位老领导。在这片古老而神奇的大地上，不知还有多少这样的仁人志士、社会精英、能工巧匠一直在默默耕耘着，奉献着。还有自己身边的令狐南和万山他们的再度“出山”，恐怕仅用友情来解释那也是远远不够的，这是对他们的亵渎。也正因为有了这千千万万人的奋斗和牺牲，才换来了今天的幸福美好生活和祖国逐渐强大繁荣的良好局面。大海觉得用世上最好的溢美之词献给他们都显不足，他们的丰功伟绩值得人们去讴歌，去颂扬。这是一份宝贵的精神财富，值得后来人永远去继承、珍藏和珍惜。这就是中华民族的脊梁、中华民族的灵魂。

“老领导，你有深厚的理论知识，有坚定的政治信仰，积累了丰富的领导经验和有高瞻远瞩的见解，这些教诲早就得到了大家的认同和折服，你也一直是我们学习的楷模和榜样。但今天让我意想不到的是，您都到了这般岁数，怎么还能有如此‘壮心’和旺盛的思想力？有大海般虚怀若谷的宽阔胸襟以及对未来充满豁达乐观自信美好憧憬的精神？我也曾接触过不少退下来的各级领导干部，有不少人只是感叹岁月的无情和人生的苦短，牢骚满腹抱怨社会的不公、不平、世态炎凉，好像自己未退下来之前这些现象不存在似的。甚至还有极个别人不负责任妄议时政，对后来人指指点点，这也不是，那也不对。但他们都有一个共同的特点，都喜欢回首往事，不厌其烦向人津津乐道自己曾经的辉煌业绩，而极少谈及自己的‘走麦城和滑铁卢’，更谈不上勇于解剖自己。老领导，我不是恭维你，你是我听过这么有深度讲话的第一人。告诉我，你是怎么做到的？因为我也即将要跨入到这个行列来，对我们这些后来人无疑将会大受裨益。”大海带着十分崇敬的心情对陈新说道。

“嘿！老小子，你观察还是很仔细的嘛！我是一个坚定的革命者这点不假，这顶高帽子我自己先把它戴上。但我也是一个普通人、凡人，不是圣者，更不是神。和千千千万万的退休人员一样，刚退下来那阵子失落感特强，且失落感的严重程度因不同的阶层而异。据我了解，处在社会最底层的人群他们的失落感最轻，因为他们本身从来得到的就很少，有的甚至没有得到过，所以也就不存在失去什么，他们很容易度过这个阶段。其次就是那些既得利益阶层，权力没有了，特权消失了，仰视他、围着他转的人离开了，被求助者变成了求助者，他们很难适应这个新的环境和氛围。最难过的就是领导干部了，官愈大失落感愈大。曾经呼风唤雨、指点江山的霸气没有了，掌握芸芸众生命运的权力消失了，感恩戴德的声音没有了，曾经在自己鞍前马后的追随者都争先恐后去拥戴新的主子了，人来人往的家宅顿时门可罗雀，留下的只是一片暗淡的灯光。这时，他们想得最多的也许就是渴望退休制度的改革——延长退休年龄。即使这样，到头来还不是像社会上调侃的那样吗？正处、副处，最后不知落在何处；正局、副局，最后一样出局；正部、副部，最后一样散步……虽然知道这是自然规律，也是一种社会常态，但要真正做到完全放下还是需要一些时日的，要有一个慢慢适应的过程的。不瞒你说，我刚退下来不久，老伴给我讲了一个不知她从哪里听来的故事。

“据说一位领导干部退下来以后，失落感特别巨大，心态极不平衡，看什么都不顺眼，心里经常会冒出一股无名火来，而且又无处发泄，情绪相当糟糕，身体上出现的小毛病明显增多，身心健康受到了严重的影响。甚至连老伴每天买菜的日常小事也甚为不满而加以训斥，抱怨这个菜买得不对，那个菜买得不好，或贵或贱，或多或少；有些菜明明征求过他的意见，可事后却又死不认账，出尔反尔，弄得老伴无所适从，因而老两口儿时而发生口角，闹得彼此心里很不愉快。事实上，老伴基本上还是按照丈夫退休之前的习惯进行采购的，并无多少改变。老伴心里明白，丈夫情绪波动，完全是他自己心态失衡造成的。于是她就想出一个办法，即每天早上买菜前就向丈夫递上了一份《关于今天买菜的请示报告》。内容表述也是相当正式和规范，开始是领导冒号，接着陈述因身体缺少了某种必需的生活元素等原因，提出为补充和加强哪些方面营养的根据与理由，为此，特拟定以下采购菜单，最后请领导批示妥否？听说这位仁兄还真的大笔一挥，写下这样一行字：此报告甚好，原则上同意，但请根据市场实际情况可作适当调整，灵活掌握。最后还对老伴说：这就对了，什么事情都得先请示报告，这样才会少犯错误，即使错了也是有据可查，能分清责任，我们要养成这样的好习惯。还听说，从此以后老两口儿再也没有为这样的事情发生过矛盾。故事听起来也许是则笑话，但它却道出了领导干部退下来后一种普遍存在的心态和现象。我们姑且不去讨论这位老太太的做法是否真实，但她的思路绝对是正确的，为老头子找出一个情绪宣泄口无疑是很值得借鉴的。就像众多的退休人群中有人去上老年大学，学绘画、书法和音乐、舞蹈等道理是一样的，转移视线，培育新的兴趣和爱好，把自己从以前的工作与生活状态中解放出来，从不良的情绪中解脱出来，建立起新的追求和向往。我听完这则故事很受启发，我们虽然退下来了，不参政议政，也不去干扰和影响后来人，但我们可以身体力行去进行一些有利于民生和有益于社会的调研工作，作为一个普通公民向有关部门反映民情和提交合理化建议还是可以的。一方面可为“活到老、学到老”赋予新的时代内涵，另一方面也可以说又找到了一份新的工作，有了新的目标追求，这样心里会更加充实而不觉得空虚和失落。心态好了，身体自然也会随之舒坦而健康起来，既然这样，那我们又何乐而不为呢？怎么样，我这样回答你感到满意吗？”

陈新把话说得太实在、太在理了。大海心想，只有把自己完全融入这类人群中的人才能有这般感悟和见识，这是任何一个外界人都无法达到的真知灼见。“老领导，岂止是满意呀！简直太精辟、太到位，我看这是值得天下退休老人学习效仿的地方，更是退休领导干部的一部教科书。您老真行，在位时是我们的学习榜样，退下来又是退休人员的楷模。台上台下，风光均被您老占尽，我们真为你感到骄傲和光荣。”大海情不自禁大声赞美道。

陈新听了大海的赞扬连忙摆手说：“老小子，甭夸我了。我看你也修炼得够可以了，大有青出于蓝而胜于蓝之势。我也没想到你这么快就走出了阴影，你也够呛，既要承受丧偶之痛还得背负一身情债。命运如此安排，就勇敢去面对吧！”

大海向陈新投去感激的一瞥，无可奈何地说：“上苍就会欺负好人。”

“那也不尽然，自嘲一下可以，可千万别当真，更不能把它当作人生信条。”陈新纠正说，“唉，老小子，你这大半生也确实不容易，这些坎坷和磨难权把它当作人生的一种历练，既然不能享受一个满意的结局，那就好好回味一下过程也不失是桩好事，从这个意义上来说，也算是一笔丰富的精神财富。因为你已做到了，仰不愧于天，俯不怍于人。”

“老领导，事情早已过去了，我也坦然了，但心里始终有一口不甘、不服的气咽不下去。”大海事到如今还是完全不能释怀。

陈新见状关切地问：“老小子，我说句马后炮的话，当初受这么大的委屈为什么不来找我一下呢？”尽管老领导说的是一句过时的话，但大海听了仍感到十分温暖和感激，同时也勾起他那段受委屈的日子。

第十四章

菩提本无树，明境亦非台。本来无一物，何处惹尘埃。这本是佛家一首偈诗，人生顿悟的最高境界。然而，在当今社会却成了人们心目中永远也无法达到的一种奢望。尤其是党内政治生态环境趋于滑向不正常的方向的情况下，某些人受到不公正的“待遇”和委屈也是不可避免的事。据说那次基建委党组会开得很沉闷，各个圈子的博弈颇为敏感，谁也不能也不可能占有绝对的优势和便宜，事实上大家也只是找到了新的平衡点而已。你提拔了你想要的人，我保住了我想要留的人；你提拔的人多了一点，但我的人岗位重要一点。真是应了古时官场流传甚远的那句话：“朝中无人不做官。”这样一来可就苦了大海，一向欣赏和器重他的刘主任早在半年前就退休了，可见这个行政一把手兼党组书记在单位的分量，尤其是在人事安排和调整上，无疑起着决定作用。如今却是另一个系统的领导来接替了刘主任，新主任不仅对大海不了解，对整个系统都很陌生，所以一时也很难说出他到底对谁亲对谁疏的问题来。问题就出在西门良和司徒轩两人身上，他们早就对大海积怨甚久，恨不得早点除之而后快，他们两人沆瀣一气，明里暗里都搜集了大海不少负面影响的材料。社会不是封闭的，大海哪会不知道他们在干着不可告人的勾当，这完全是一场有预谋、有计划、有组织的一场围猎，只不过是打着各种冠冕堂皇的幌子来掩盖他们自己的心虚罢了。他们越是这样反而越激起了大海的倔强脾气和不屑一顾，事实上大海一生中虽然自视清高，但并不是把能力和水平比自己差的人看成豆腐渣，而是用自己的短处去比别人的长处，有时往往还会表现出大智若愚的憨态以凸显他人的智慧和能耐。因此他与大家相处十分融洽，只是少些拉拉扯扯、吃吃喝喝的庸俗关系而已。令他最看不起的就是像西门良和司徒轩那种外方内圆的伪君子。在会上首先对大海发难的是司徒轩，他唠叨不休地历数大海的诸多不是，并不是泛泛而谈，而是谈得很具体和详尽，可见他为了整倒大海平常的功课做得有多足啊！据此，他再三建议党组立即把大海调离出去。接着便是西门良发言，他更是变本加厉，甚至不惜诽谤和造谣散布很多毫无根据和极不负责任的传言和信息。他的话比司徒轩更有分量，因为他同时兼了纪委书记，他的话更蛊惑人心和具有权威，更能引起其他领导成员的误解和猜疑，为此，他竟直接向党组建议必须立即罢免大海。新主任最后发话说："这位同志我了解不多，也不全面。有些同志对他有很大的意见，认为不适合继续留任在原单位，这些意见也属正常，从工作角度考虑我同意把他的工作岗位调整一下，但不能据此作免职处理，刚才你们列举的几件事我看大多是工作上的欠缺，甚至有些错误。但要处理一位同志，就必须要全面去看待和评价。这位同志长期掌管我们系统内一家规模最大、人员最多、情况最为复杂、管理最为困难、生存压力最大的企业，多年来一直比较稳定，发展也很快，也取得了很大的成绩，在竞争如此激烈和残酷的市场中能站稳脚跟实属不易，这不是一般人可以驾驭得了的。再说，谁的工作没有失误？扪心自问，谁是神人？谁是圣人？只要没有原则上的错误，组织上都应善待这些同志。”

新主任的讲话得到了班子大多数人的赞同。但西门良和司徒轩却仍然不甘心，明确表示反对。尤其是西门良阴阳怪气地对新主任说：“领导，我这里收到他的告状信就有一尺多厚，我看也许里面会有问题的。现在这个形势下，我们宁可信其有，不可信其无。否则我们将来可要负‘带病提拔’的责任。丑话说在前，我算是提醒过大家，到时我可不负这个责任。”谁也没有料到这个卑鄙无耻的家伙竟不惜用中伤、诬陷他人的手段要挟和绑架新主任和大家。

经他这么一咋呼，其他人则吓得不敢作声了。但新主任却有点不快。他严肃地说：“请你不要混淆概念，我们只是给人家调整岗位，不是提拔。再说你搞了人家这么多个调研，也没有发现什么实质性的东西嘛！我们总不能凭你这么一比画，就给人家处分吧？你可以这样在会上提出自己的看法，但我不能凭‘莫须有’给人家处分，我还能糊涂到去做当代的秦桧吗？我说这番话，并不是要袒护、纵容和包庇他的错误。待你组织人查实了，拿出了他更为严重错误的事实依据或犯罪行为，我们不但要给他党内纪律处分还得把他移交到司法机关追究刑事责任，这是谁也保不了的。”

这下大家以为他俩再也无话可说了，可是他俩仍旧不罢休。司徒轩接着说：“把他平调到我这里，我同意，没有意见，但不能进入到我这里的领导核心层，我可领导不了这个人，否则，你们就另请高明吧，他来我走！”

“是呀，这个家伙从来就目无领导，不服管，不好管，如果他进入到领导核心层，我们司徒就没有办法开展工作了，这个问题是得考虑清楚，我这样说完全是从工作出发，别无他意。”西门良立即从旁给司徒轩帮腔。

可叹，造物主竟能造就做了坏事比做了好事还要体面的人出来。这样，他们两人又把新的皮球踢给了新主任。主任见他们仍穷追不舍，也只有妥协和折中了。分析其原因，也不外乎两个：其一，大海到底不属于他的人，在感情上不可能做到像老主任那样护着自己，宁愿得罪跌入低谷的大海，也不会去跟同一个班子共事的人闹个不快；其二，西门良那一个比画还是引起了他的警觉，他哪会不知道，如果要刻意去整一个人，在现今这种形势下和环境中去鸡蛋里挑骨头总会找到刺的，不要说“欲加之罪，何患无辞”和找到“狼吃羊”的理由，但要找到一个让人栽跟斗的错误恐怕绝不是什么难事。与其这样，还不如留有余地。殊不知，由于个别人的偏见和轻率以及决策者的妥协，使大海永远失去了为党为人民作出更大努力的机会。

“老领导，在那种情形下，我怎么去找你呀？人家既不打你、骂你，也没有整你，只是不重用你，把你晾起来又怎么啦？一级组织这点权力都没有吗？况且，你又凭什么去干预？凭地位你早已下台了，凭权力你早已退休了。再说人家会给你面子吗？面子是附衬在里子上的，而里子就是地位和权力，这些都没有了你还能指望什么呢？我怎么敢叫老领导去自找没趣？我又凭什么要求您老为我做这求人的事情啊！”大海尽量把话说得轻淡些，表示自己并不十分在意似的样子，不想给老领导添上新的不快和烦恼。

谁知陈新听了却又激动和愤慨起来，他认真严肃地说：“老小子，你说得对，也不对。即使我出面恐怕也改变不了这个结果。要是真能改变，反而说明这级组织的软弱和涣散，这不是一个真正革命者和共产党人愿意看到的现象。我也是过来人，自己也曾经有过类似的经历。一个人失去了组织的重用并不要十分在意，要正确理解和对待，这是组织对你水平和能力的综合考量，无可厚非。但是，当一个人失去了组织的信任那是十分可怕和可悲的，因为它会导致一个人对自己当初所选择的信仰产生动摇和疑虑，会疏远同志与组织的关系，会起到同志与组织的离心作用，这是一种削弱和侵蚀我们党的健康肌体的错误行为。在我党的发展历史上也曾发生过多次这种伤害自己同志的事件，使不少同志蒙冤受难，有的甚至遭到残酷的杀害，给革命事业造成无可挽回的损失。在某种特定条件下，个人难免会受到一点委屈和一些不公正的待遇，但和整个党的事业相比，影响是次要的。然而，叫我们痛心的是，有少数人混进了我们党内，入党动机不纯，是名副其实的假共产党员或成了蜕化变质分子。他们忘了当初的誓言，忘记了党的全心全意为人民服务的宗旨，失去自己的信仰，在新的复杂形势下迷失了方向。更可恶的是这些人往往以正派面貌出现于人前，在台上说得比谁都革命，比谁都正统，比谁都廉政，口号比谁都喊得都响，口气比谁都硬，而暗地里却贪污腐化比谁都厉害，私欲比谁都严重。台前一套，台下另一套。人前满口仁义道德，党纪国法，一副道貌岸然的样子；人后结党营私，男盗女娼，一副猥琐不堪的嘴脸。党风不正，影响民风，影响着人们的人生观和价值观的取向。我就想从这方面入手，进行一次全面的调研，向上级党组织提出自己的建议，为党的建设作出最后一点努力。”

领导就是领导，看问题的高度和深刻就是不一样。这是区分真党员和假党员的一道分水岭，也是衡量是个彻底的革命者、与党是同路人的一块试金石。大海敬佩老领导在烈士暮年还有这般忧国忧民的博大胸怀和矢志不渝的初心，不免担心地说道：“老领导，‘冰冻三尺，非一日之寒’，要彻底解决这些问题难啊！”

“难，固然是难，但也不致难于上青天。我相信我们党有能力、有智慧来医治自身肌体的毒瘤，更加强壮自己的体魄。我们中国自古以来，不管是盛世还是乱世，也不管环境是多么荒谬，总是有悬壶济世的良医出现，总会有‘邑有流亡愧俸钱’的良吏出现。这就是我们中华民族能够生存绵延至今的脊梁所在。尤其是到了历史的转折时期和紧要关头，总能涌现出扭转乾坤的仁人志士。因为我们中华民族是一个具有悠久历史和灿烂文化的伟大民族，上下五千年的历史沧桑、风云变幻，能造就出叱咤风云、扭转乾坤的伟大人物。远的不说，就说当代吧，我们伟大的毛泽东和邓小平同志，他们既有深谋远虑、雄才大略，又能锐意改革、举贤任能，他们用自己的才能和智慧，为中华文明的进步和民族发展做出了不可磨灭的贡献。他们用高超的治国谋略和深邃的政治智慧，率领中国人民战胜了一切困难险阻，不断拨正前进的航向，从胜利走向新的胜利。历史不仅选择了他们，而且也选对了他们。这是中华民族的幸甚、中国人民的幸甚，更是中国共产党人的幸甚。我坚信，在新的历史转折时期，我们党一定能够顺应历史潮流，坚定自己的信仰，牢记自己的宗旨，在中国人民为实现伟大的民族复兴的征途上，形成更加牢固的领导核心力量和地位。在不远的将来，中国人民在伟大的中国共产党的领导下，一个雄立于世界民族之林的中华民族必将傲然东方。这不仅是中国共产党人的胜利，更是中华文化的胜利、中华文明的胜利。也许这一天，我们看不到，但人民一定会看到。”陈新铿锵有力地大声说道。

大海激动地望着眼前这位几乎完全谢顶的老同志，感动得快要流泪了。这是大海一生中影响最为深刻的一次拜会，见证了信仰的伟大和力量，感受到人格品行的崇高和精神的不朽，领略到了信仰者这份最高夙愿的情怀与坚守。大海不知道像他这样级别的领导可不可以冠以“革命家”的称谓，但称他为一个彻底的革命者、真正的共产党人绝不为过。愿他永葆革命青春，长命百岁！大海在默默为他祈祷着。

时间过得飞快，两个人在酣谈中大半个上午过去了。陈新不好意思地对大海说：“老小子，本来是你向我话别的，你看，我这老头子一时兴起，竟反客为主说得太多了。怎么样，这次出去还打算回来吗？”

“谢谢老领导的关心，先过去看看再说吧，我想恐怕很难适应那里的环境和氛围，尤其是像我们这样年龄段的人就更难待下去。你看，我们既看不懂，也听不懂，更说不出，如同是个瞎子、聋子和哑巴，没法与人交流和沟通，我看连日常生活最起码的语言交流都不具备，又怎么可能去奢望融入别样的社会群体中去呢？想想看这是一件多么痛苦的事呀！我是绝对受不了的。说心里话，我真担心和害怕，好好的一个人过去了，却变成疯子回来了，我这也是没有办法啊！”大海如实向陈新说出了自己的苦衷和无奈。

陈新听了笑道：“这倒不至于吧，一下子不适应和不习惯这是肯定的，因为毕竟是两个根本不同文化背景的社会，总得有个相碰相融的过程吧。但我想，像我们这样的人去，要接纳他们的文化也许比排斥更难，因为我们很难认同他们的一些观念和价值观。尽管那里有很多高、精、尖的现代科技，有丰富的物质基础，但我们骨子里烙下的中华民族固有的独有的文化特质和传统文明是永远也无法割舍和摒弃的。这就是我们炎黄子孙与生俱来的‘通病’。”

“老领导，你说得真对。每当想到要离开这里，心里就十分空虚，没有一点力量和底气，曾几次真想打消这个念头。”大海又不免诉起苦来说。

“这也大可不必，先去那边待上一阵子再说，适应就待下去，不适应就连她一起带回来不就得了。不也正好借机学习人家的一些先进的东西和知识？‘他山之石，可以攻玉”嘛！也可借鉴到我们国家经济建设中来，也不枉一趟他国之行啊！”这个老革命还真是“三句话不离本行”。大海感叹，这又是一个职业习惯使然吧，否则没有他释。

中午时间到了，大海不敢请他吃饭，该送老领导回家了。“老领导真不好意思，本来应该请你吃顿饭的，今天只有免了，我送你回家吧！”大海表示了歉意。

陈新并不见外说：“好嘞，老小子吃什么饭，今天上午我感觉比吃什么都强。再说，我们俩同当干部多年，吃得还少嘛？我们现在最需要的就是这种交流的氛围。走吧！”于是，大海和陈新离开了茶室。

大海把陈新送回家后，因身无分文再也不敢在市区逗留，就匆匆赶回了凤凰山庄。在饭桌上他不敢把今天早上的狼狈事给刘管家说，而刘管家只是纳闷，大海先生今天中午怎么没有在外面请老领导吃顿饭呢？大海可不是一个吝啬鬼呀，难道他们会见时闹了不愉快？还是因为其他什么原因呢？但看大海先生的兴奋神情又好像什么都不是。刘管家不敢妄自猜测，待大海用好餐后，他轻声问：

“大海先生，下午您还出去吗？”

大海说：“今天下午不出去了，明天再出去一下。”

“好的，那你下午在家好好休息一下，我去把车整一下。”刘管家恭敬地说完就出去整车了。

按原计划的行程安排，今天上午就算全部圆满完成了，大海也感到一阵轻松。剩下要做的就是找一个时间，把在省城的嫡系亲属召集在一起，请大家吃个饭作个辞行。于是，他逐个向小龙、小凤和马啸打了个电话相约好了时间地点。为远行人践行，这既是一项传统，也是亲情相互关心和祝福的一次情感交流，是维系亲情的惯用载体，时间宜早不宜迟。大海刚放下手机，子柏在北京的朋友就来了电话，告知签证已审批下来了，近期可购机票出境，这下大海更惊叹自己的感知和直觉。大海没有料到近段时间所有事情竟会这般顺利，心里感到十分欣慰和愉悦，想早日见到子涵的心情也更加迫切。

由于心情的愉悦和放松，大海今天的午休睡得特别安稳与踏实，一直睡到晚霞满天时分。深秋的晚霞比早晨的朝霞更为绚丽多彩，霞光更为厚重和浓烈，半边天际的厚云犹如被烤成了炭火般的彤红。一块块、一团团、一朵朵红云背后和边际闪出一束束耀眼的火焰，仿佛想把整个天际点燃。凤凰山庄那如黛的山上高大挺拔的枫树也正在尽情燃烧，远远望去就像一堆堆熊熊的篝火与晚霞遥遥相望和呼应，使本就苍翠的广袤大地浸染出一片金闪闪的光亮，宛如披上一件灿烂辉煌的巨大金缕衣。造物主这神来之笔，使站在二楼阳台上极目远眺的大海惊叹不已，心里暗怔：他乡也有这般美景吗？

今晚的晚餐，大海一反常态吃得特别慢，他一边漫不经心地咀嚼着，一边又好像有重重心事似的。老刘见状不解问道：“大海先生，今晚的饭菜不合口味吗？”

大海恍然一笑说道：“没有呀，那边和这里的时差是多少？”

刘管家心里明白了，便笑着回答道：“大概十三四个小时吧，那边现在还没有起床呢！”

“哦，知道了。”大海应了一声，随即加快了用餐速度。又过了一会儿大海终于用餐完毕，然后轻声对还候在一旁的刘管家说：“刘先生，请帮我在院子里先沏好一壶茶吧，我先去洗个澡。”

“好的。”刘管家应声走出了餐厅。

当大海披着睡袍再次来到庭院时，夜幕早已笼罩着整个凤凰山庄。浩瀚深邃的夜空下早已繁星密布，倒挂的银河轮廓清晰明亮，更显出它的高远和神秘。那轮半残的明月，就像半片银灰色的钢镍币孤零零地悬挂在天幕下，在群星灿烂的夜空下更使她显得有些羞涩和不安，今晚她可比往常逊色多了，光亮也黯淡了许多。夜里的凤凰山庄格外静谧和朦胧，仿佛一切都处在静态中。虽说身上感觉也有徐徐的山风掠过，可秋风无力，婀娜多姿且妩媚的竹林仍旧肃穆挺立，就是不愿舞步弄影、鞠躬致意，就连那满墙的爬山虎细头嫩叶也纹丝不动，不见摇曳一下，像一块硕大的黛色绒毯紧裹着带有凉意的躯体上。大地犹如搁置着的一幅巨大的水墨山水画，好像唯有从竹林深处房屋里射出的微弱灯光和那永远也流不尽的泉水低吟，方能表明山庄在现实中存在似的。这块风水宝地，在一年四季当中最美和最舒服的就是秋天，而最使人惬意的是秋天的夜晚。大海一边品茗，一边点着烟，在静静地等待着大洋彼岸的电话，直觉告诉他也许很快了。

时间一分一秒在寂静的夜晚流逝过去了。当指针到了十点时大海的手机响了，不用看肯定是大洋彼岸打来的。

“大海哥，还没睡吧？”这是子柏的声音。

“还没呢，这不正等着你的电话吗。”大海小声回答。

子柏接着说：“我和姐商量好了，再给你一个星期的准备，我们给你预订好了下周六下午的机票，第二天上午就可到这里，到时我和姐去机场接你。我安排好了人这一两天会把机票和护照送到你手里……”

子柏话还未说完却传来了子涵的声音：“哥，我们没有事先与你商量就给你预订好了机票，我就怕你到时犹豫不决，会找出理由和借口一拖再拖。为了让你舒适一点，这次给你购了一张头等舱，但你也不要带什么东西过来，我什么都给你准备好了。记住你这不是搬家，你听懂了我的话吗？还有，你这个老夫子，不能再有其他乱七八糟的想法，你既不是探亲访友，更不是什么寄人篱下、仰人鼻息，而是开始我们新的生活知道吗？”

“我怎么会……”

大海正欲说点什么，谁知子涵却立即封住了他的口：“哥，你不要再解释了，我还不了解你这个老夫子呀，我可不听你啰嗦，好了，就这样吧，挂了！”

大海无奈放下手机，苦笑地摇了摇头，自言自语地说了一句：“这个丫头片子，几十年过去了怎么一点也没有变啊，还是那副老样子。”

大海接完电话，心情却变得复杂起来了，不但没有激动和喜悦，反而徒有几分惆怅。眼望着西斜的半月，心里不停地问自己，待那半月全圆时难道自己真的就在异国他乡了吗？他真说不清楚这到底是喜还是悲？自己真的做好开始新生活的准备了吗？大海脑海里翻腾着，一边闪现出与子涵那边一家人相处在一起的音容笑貌画面，一边又呈现自己这边与家人和朋友同事在一起的日日夜夜。时而分开又时而重叠，反反复复，一时也无法分清哪一头孰重孰轻、孰亲孰疏。既然事情都这样了，那就听从命运的安排吧，一切顺其自然罢了。大海瞥了一下腕表，时间还不到十点半，他突然想起了什么似的，随即拿起手机依次拨通了万山、袁通和令狐南的号码，告诉对方下周五的晚上，在凤凰山庄宴请他们作离境的告别。直到这时，大海才感到一阵倦意袭上身来，他顾不上收拾茶具就匆匆地回卧室就寝去了。

子涵武断地挂了大海的电话，这引起了欧阳和墨予夫妇的大为不满。“死丫头，你不能这样，让人家把话说完嘛！”墨予首先埋怨她说。

接着欧阳也批评她说：“子涵，你妈说得对，你这样做是对大海的不尊重，明显流露出了一股强势，这是一个男人最受不了的，懂吗？都几十年了还改不过来，以后可得注意这个问题。”

“老爸，你又不懂了，这就叫‘江山易改，本性难移’知道不？”子柏这个弟弟始终是站在姐姐这一边的。

“去去去，你们姐弟俩从来就是沆瀣一气。实话告诉你们，我和你爸为什么不同意子涵搬出去住，就是怕你姐欺负你大海哥，到时人家受了委屈不知道去跟谁倾诉。住在家里我们两个老的还可以帮护着点他。”

墨予今天终于说出了当初为什么极力反对子涵在外另购置住宅的原因。谁知子涵听了却不以为然地说：“哎哟，妈！你想得可真周到细致，大海哥听了一定会感动得热泪盈眶，也许真有可能他会长期待在这里呢。但是真正了解大海哥的恐怕只有我了，你们大家真以为他会踏踏实实待在这里吗？错了！”

大家听了她的话都吃惊地望着子涵。欧阳迷惑地问：“何以见得？他总不至于当作散散心而已吧？”

“我看不会的，所以我们大家更要好好善待善待人家，使他有回家的感觉，事实上这里也可以算是他的一个家呀！”墨予是多么希望回到从前那段朝夕相处的时光。

“大海哥和我们不一样，他的根还在那里，他放不下那里的一切。这次我一切全听他的，我何尝不想他一直待在这里呢？他愿意待多久我就陪他多久，他如果想回去，那我也陪他回去，总之，我再也不会离开他的。这边我已经陪伴了你们几十年，剩下的时间我想过去陪陪他们。”子涵说得有点伤感，眼睛开始红了。

子柏受到感染，动情地说：“姐，我支持你，这些年太难为大海哥了。”

欧阳也红着眼说：“闺女，你也委屈了几十年，也不容易啊！爸爸尊重你的选择，完全赞成和支持你。”

这时，墨予早已泪花闪闪，对子涵说：“丫头，以前妈急着赶你走，这是妈的不对，可如今你想离开我们，我又舍不得了。但我也不能太自私，妈不会再犯第二次错误，妈也支持你。你跟大海哥回到那边去，也算了结我和你爸的一桩心愿。”

“谢谢你们。”子涵流着泪水向家人致谢，一时家里又笼罩着一股伤感的氛围。

“姑姑，你不要哭，带着我去吧？我可不会惹你生气的，我给你唱歌、跳舞和讲故事。”在一旁玩耍的小侄女扑闪着一双大眼睛，跑过来为子涵拭揩泪水。

子涵被这个漂亮懂事的侄女一下子逗乐了，破涕一笑说：“小乖乖，还是你跟姑姑亲，可是带你去的话，爷爷奶奶和爸爸妈妈他们舍不得呀，他们会哭的。但带你去那边玩一玩还是可以的，好吗？姑姑答应你。”

小姑娘一听高兴得跳了起来，大声嚷嚷：“姑姑，你可不能骗人，我们拉钩。”说完她伸出了小指。

子涵高兴地一把把她抱在怀里狠狠亲了几下说：“拉钩就拉钩，说话不算是小狗。”顿时家里又响起了一阵笑声。

子涵和子柏姐弟给大海的准备时间说充裕也充裕，说急促也急促，因为毕竟念叨了很长时间，但突然接到通知却又显得有点手忙脚乱。他似乎听懂了子涵说的那句“这不是搬家”的含义，但又不敢确切认定。最后他抱着“宁可信其有，不可信其无”的态度着手安排处理好有关事务。他把待处理的事情分成了三个类型：第一，把家里所有的照片相册和影像以及多媒体资料全部寄存到儿子家里；其二，把马琴的遗物全部寄存到小凤和马啸处；剩下自己不带的东西和书籍以及有关的技术资料则全部存放到小龙处。大海家境本就不是十分宽裕，经马琴这样一折腾就更是捉襟见肘。但毕竟还是一个家，俗话说“船烂还有三筐钉”呢！所以大海要把这些事务在这两三天处理好是很紧张的。无奈，大海只好去请小妹小凤过来帮忙拾掇。于是，早餐刚放下碗筷，大海就匆匆驱车去接小凤。

就这样，两天过去了，大海在小妹的帮助下终于把该处理的事务都处理完了。第三天中午，大海把马啸和小凤、小龙夫妇全部接到了凤凰山庄。大海准备了一桌家宴，借此机会在此和家人作个话别。家宴尽管是丰盛的，但大家却没有太多食欲和欢悦。因为这不是一次平常的家宴和聚会，而是一场漂洋过海，又不知要等到何年何月才能再次相聚。马啸更是触景生情，父母亲早走了，剩下唯一的姐姐也走了。

“姐夫，以前姐姐照顾你惯了，你在那边自己多保重。”马啸伤感劝导着大海。

小凤见大哥两鬓已露出几缕白丝，也心痛不已宽慰道：“大哥，你就放心走吧，我想子涵姐也会像大嫂一样照顾好你的。其他人我不敢说，但子涵姐我是绝对相信的。”

“小姐说得对，大哥就安心走吧，家里老人我们会照顾好的，恐怕我们做不到你那样，但我们会尽最大努力做好。”小龙代表家里的男子汉拍着胸脯说。

大海望着从小看着长大的两个最小的妹妹和弟弟，一时也感叹交加。曾几何时，从黄毛丫头和懵懂少年，转眼也到了中年，真是岁月如流、沧海桑田。离别之际，纵然有千言万语，却又不知从哪说起。

“大哥走了，也不知什么时候再回来。家里的两位老人你们四个人要多担当些，因为你们毕竟有一份工作和事业，经济条件比其他姐姐们要好些。当然，两位老人也许根本不会去在乎这些，他们最需要的是问候和陪伴，要多回家看看他们。大哥在这方面也没有做得很好，这个缺憾希望你们替大哥补上。”大海含着泪，算是对弟妹们最后的叮嘱。

周五的傍晚，夕阳下的凤凰山庄格外清丽和安详。首先来到这里的是刘管家接来的令狐南和万山，他们两个也是第一次到凤凰山庄。万山一下车就惊呼道：“我的天呀，百闻不如一见，真是一个好地方。老小子，还去那里干吗，就待这里不是很好吗？”

令狐南曾在香港待了多年，什么样的豪宅没见过？他说：“你这个土包子，你没有听说过山外青山楼外楼吗？兴许外面有比这更好的，你真是少见多怪。”两位老大哥在相互调侃打趣中被大海引进了客厅。

大海今天宴请他们却一反常规，从头至尾来了一个西式化的接待。刚落座不久，刘管家端上来三杯热咖啡。

“小老弟，你这咖啡可是上等货，味道真是醇厚香浓。”令狐南先喝了一口由衷地赞美道。

万山却不服，说道：“你算了吧，老夫子，闻起来是蛮香的，可喝起来总是感觉有点苦涩，就是不如我们的茶水顺溜。”

“你真是个乡巴佬，它就是这个味，就是这个特色，懂吗？”令狐南又讥讽了万山一句。

“嘿，闻这香味，这可是上等的猫屎咖啡呀，大哥，看来我今天有口福了。”袁通人未进门声音却先传了过来。真正品尝咖啡的高手进来了。

令狐南颇感吃惊地笑问道：“你这个小老弟，功夫了得，闻香识货，这可不是一朝一夕方能有此本领。”

袁通连忙摆手笑答：“老先生，过誉了，只是喝得多一点而已。就像我们抽烟喝酒道理是一样的，不足挂齿。”

“活动家，最近在忙些啥？”大海望着正在喝咖啡的袁通问。

“我还能忙啥，不就忙着赚钱吗？”袁通毫不忌讳大大咧咧回答说。

“小老弟，据说我们中西省富豪榜你的排名又向前跃了好几位，你可真不简单。现在有钱就是好办事，你们活得最潇洒。”万山一本正经地夸奖着袁通。

“是啊，外面人看我们表面上是很风光，但其中的甘苦也是一般人体会不到的。再说，为钱所累、所烦，那也是人生中另外一种痛苦，有时还真想解脱。”

“是吗？小老弟，我听过好多有钱人都好像说过类似的话，这恐怕是你们这些有钱人的通病吧。有些人是故作清高，装出一副超凡脱俗的样子，还有些人是‘身在江湖，身不由己’。真正能超脱出来的人，那要有很高深的修行。”令狐南对袁通说了这番不褒不贬的话，但也分明听得出你袁通恐怕也还没有修行到这个地步。

袁通哪会听不出令狐南对自己的怀疑，只是一时无法向他解释清楚，只好讪笑着说：“老先生说得极是，晚辈还须努力。”

这时，大海说：“我不完全苟同老夫子的观点，赚多钱并不是坏事，关键是赚的钱怎么花？我看回报社会这就是最大的修行，人生修行的最高境界，同意否？老夫子。”

令狐南见大海想挑事论战，只好岔开说：“今天是为你送行，不是来讨论问题的。再说，这样的话题永远也说不清楚。而那些濒临死亡对人生感悟最深的人，却永远无法说出来了。这就是为什么谁也不能给人生作出确切定义的根本原因所在。”

袁通第一次听到这样不同凡响的见解，不禁惊呼道：“老先生，你乃世上高人也！小生敬佩！”

大海在一旁打趣道：“小老弟，这老家伙货色多着呢，往后多跟他学着点。”

令狐南故意沉着脸说：“去去去，都什么时候了还要折煞老夫。”

万山见状大笑一声说：“我们几个人这就叫‘不是冤家不聚头’，只要在一起就免不了要互掐一下。”

袁通真是羡慕大海有这帮亲如弟兄的朋友，这在商场上是很难碰到的事。

在大家的谈笑声中，夕阳早已坠入了远处的群山，燃烧的晚霞也匆匆地熄灭了，苍茫的大地拉上了黑色的帷幕。华灯初上，凤凰山庄的夜晚已来临。大家在大海的引领下走进了饭厅，呈现在大家眼前的却出人意料是一桌由香港厨师做的正宗西式菜肴和洋酒。

“大哥，你今天怎么弄一桌西餐请大家呀？”袁通有点不解问大海。

大海笑着说：“换换口味也未尝不可呀？”

令狐南倒没有觉得有什么不妥，说道：“客随主便吧，我是无所谓。”

可万山却有意见，说道：“这西餐的摆设和规矩看起来是很绅士和斯文，可就是这刀刀叉叉真麻烦，弄得两手忙个不停；还有这么大的一个玻璃杯就倒那么丁点酒还抿来抿去的，一点也不过瘾。甭管怎么吃，就是吃不出我们中餐那股大块吃肉、大碗喝酒的豪情和氛围来。”耿直人说的是心里话、实在话，从来就不会藏着和掖着。

“大哥，你不会从现在就开始做预习功课吧？至于吗？”袁通还是有点迷惑，又问大海。

大海瞄着令狐南和万山，却笑着对袁通说：“也许有这个成分吧，但也不完全是这个因素。”大海这个话袁通肯定听不懂，只有他们“铁三角”心里才明白。

万山动情地说：“小老弟，你真是用心良苦，哪怕今天喝水我也高兴。”

令狐南说：“可不是吗？这老小子，从来就是心里先装着别人，这是让我们最敬佩的地方。我们也不枉交了你这个生死弟兄。”

袁通这下终于读懂了他们相互间的对话：大海怕两位老大哥一时兴起喝高了，担心出意外，所以宴请大家时从内容和形式以及方式上都来了个彻底的改变。民谚说："七十不留宿，八十不留餐，九十不留坐。"看来大海在这方面了解很透，对这两位年近八旬的老者考虑够细致的，从这一细微的小事可以看出大海的胸襟和对他人的关怀。

袁通这时想起不知哪位贤者说过的一句话："大事讲原则，小事看品格。"这句话放在大海身上再贴切不过了。袁通为大海这般高尚的人格所折服，要知道这是多少人都无法企及的品行高度。

与朋友们的话别和家人的话别就是不一样，它显得更加轻松和自由，不像家人那般沉重和拘束。席间，大家神采飞扬，思想自由纵横。当然，老者聚会总是回首往事，感慨万千。不知是洋酒的作用，还是氛围营造适宜，这两位顽童的精神劲头和兴致丝毫不逊于年轻人，仿佛又回到了当年叱咤风云、横刀立马的光辉岁月。

万山竟情不自禁地哼了一段当年酣战川藏公路建设的歌曲，而令狐南则用他那浑厚带有磁性的嗓音声情并茂朗诵了毛泽东主席那首《沁园春·长沙》：

独立寒秋，湘江北去，橘子洲头。看万山红遍，层林尽染；漫江碧透，百舸争流。鹰击长空，鱼翔浅底，万类霜天竞自由。怅寥廓，问苍茫大地，谁主沉浮？

携来百侣曾游，忆往昔峥嵘岁月稠。恰同学少年，风华正茂；书生意气，挥斥方遒。指点江山，激扬文字，粪土当年万户侯。曾记否，到中流击水，浪遏飞舟？

袁通不是第一次参加这样的宴请，但却是第一次看到这样为漂洋过海的朋友的饯行。说是饯行，这哪像饯行，这分明就是一部《激情燃烧的岁月》私家珍藏版。袁通不仅惊叹同时又感到不可理解，他们都已到了人生暮年，为什么还能保持这么强盛的生命热情，生活得如此踏实和豁达，对未来依旧充满美好的向往，心态似乎永远年轻不老。袁通对自己很惭愧，扪心自问，自己到了他们这个年纪也能有这般心境吗？尽管自己比他们有钱和富有，但答案是否定的。

大海见这两位老哥还沉浸在过去一时难以出来，便大声诵吟了一句："俱往矣，数风流人物，还看今朝。"并接着说，"今天我们也仿央视一个节目：畅谈昨天、今天和明天。昨天，我们已谈得差不多，剩下就多谈点今天和未来吧。怎么样？"

大海的提议无疑得到了大家的热烈响应。为此，大海特地将那天与陈新老领导的会面情况向大家说了一遍。听罢，令狐南首先说："这位老领导可真是高风亮节，是我们大家学习的楷模。他那种忧国忧民的精神与情怀倒也十分贴切他的身份和地位。至于我嘛，作为一个普通的工程建设者，现在我正在着手编写一部《工程设计和施工中常见问题的处置方法与建议》，希望有生之年能够出版，将一生的经验和教训传授于后，能使后人有所借鉴和受一点裨益，老夫平生就心安足矣。"

"你呢，老领导？"大海转眼看着万山问道。

"我嘛，文化水平没有你们高，写不出什么书来，我现在倒喜欢起书法来了，小山子帮我报了个老年大学书法培训班。说来也真怪，写起字来心里特别宁静，虽然进步不是很快，可我这急性子却改了不少。我要求不高，只要能练到你这种能把字挂出去的水平，我就心满意足了。"

"老伙计，别吹牛，你有没有这么长的命，你知道吗？字是最难练的。”冷不防令狐南抖出这样一句。

万山一听，对令狐南瞪着眼说：“你别小瞧人，你能写厚厚的一本书，我还不能练好那几个字吗？”

大海见他俩又想抬杠，只好当和事佬说：“我看你们都行，只要有梦想，就一定会梦想成真。”接着他转向袁通问道，“小老弟，你呢？”

“你这还用问吗？他不就是要为挣到多少个亿为目标而奋斗呗！”万山代袁通作了回答。

袁通摇了摇头苦笑了一下说：“对这些我已经没有兴趣了，我真想能像你们一样活得那么充实。说了你们也许不会相信，我曾几次想‘金盆洗手’，不再混迹商场，只求少几分烦躁，得一分安宁就心满意足了。”

大海没有想到袁通会如此消极和超脱，便随口问道：“那我求你的那件事不就泡汤了吗？”

大海这一问袁通确实没有想到，在这个时候大海心里还惦记着别人，着实使他十分感动。眼前这位大哥确如令狐南老先生所说的是一个“心里先装着别人”的人。大海的形象一下子又在他的面前高大了许多。“大哥，你放心，‘受人之托，忠人之事’，何况还有你这个榜样在这里呢！即使我会走到这一步，也一定要把这件事处理好，你就安心去吧！”袁通和大海这段对白其他人不甚了解，只有他们自己心里明白。

“好了，老小子，我们都说完了，这下该轮到你了。”令狐南紧追不放。

大海见推托不了只好开口说道：“我就讲现实一点吧，我当前和今后一段时期的任务目标就是把子涵给你们带回来怎么样？”

大家万般没有想到大海会说得这样现实和具体，同时也是最难做到的，不敢相信他是从哪里来的这般底气和把握。

大海望着大家惊骇的眼神，平静说道："有人这样说，'人生一世，亲情、爱情和友情，三者缺一已为遗憾；三者缺二，实为可怜；三者皆失，活而如亡。体验了亲情的深度，领略了友情的广度，拥有了爱情的纯度，这样的人生才是真正的人生。'你们想想看，我到那面去，寡多寡少不是很明白吗？我能不为真正的人生而努力奋斗吗？"

"小老弟，你说得倒是很在理。可你也别先唱高调，如果你真能把子涵忽悠回来的话，那就在此约定，我们三个人，一个人也不能少，一起到机场去迎接你们，我做东为你们接风洗尘。"万山高声拍手叫道。

令狐南更来劲了，也大声附和道："老小子，如果你真能带子涵回来，这不仅是你的福分和胜利，更是我们中华文明的胜利、中国传统文化的胜利。归来之日，就是我们再相聚之时。我们期待着。"令狐南高兴得一下子给大海戴了几顶高帽子。

"大哥，你不会失信于我们吧？如果你不给我们大家机会的话，那我一定出家做和尚去！"袁通说得更是坚决和坚定。

话别的氛围已进入了高潮，马上就要接近尾声了。这时，袁通突然站起来对大海说："大哥，你今后一段时期是个什么时间概念我们大家也不清楚，我想在你临走之前先给我们留下一副墨宝再说，怎么样？"

令狐南立刻赞同道："此议妙哉，善哉！以字为凭。"

"对呀，白纸黑字，铁证如山，免得今后耍赖。"万山更是拍手叫好。

大海也许兴致上来了，并没有推托，只是轻轻地说："我可从来没有写字送过人呀，就破例一次吧。"随即就交代刘管家去书房准备笔墨。

少顷，大海一行来到书房，面对铺好的洁白宣纸和一支硕大的斗笔，多少往事一时涌上心怀。他提笔凝神，略一沉思，一挥而就用行草写下了"路上有你"四个苍劲大字。

第十五章

大洋彼岸某海滨大都市的某机场接机大厅，人头攒动，熙熙攘攘。子柏和子涵早早就来到这里，静静等候着大海的到来。按照两地时差的推算，应该在当地时间上午九点钟左右到达。可现在快十点钟了，怎么显示屏上还是显示“延误”字样呢？姐弟俩不免有点焦急起来。整个接机大厅也开始相互询问和打听该航班的相关信息，一时大厅声音嘈杂一片。

子涵和子柏不停地拨打机场和航空公司的咨询电话，可一直是忙音打不通，姐弟俩急得团团转不知如何是好。时间到了十点半，这时接机大厅一下子拥进来了好多警察和医务人员。子涵和子柏一看，知道情况不妙，一脸煞白，天哪！难道……姐弟俩顿时大脑一片空白。

这时接机大厅响起播音员沉重的声音，告知该航班在早晨八点左右在东经某度北纬某度，即太平洋距海岸某海里处区域上空失去与地面的一切联系，目前正在进一步搜索中。还未播完，尖叫声、哭喊声、唏嘘声、呼唤声充斥着机场每一个角落。

子涵泪如泉涌，眼睛死死盯着显示屏上的失联字样，撕心裂肺大喊了一声：“哥，是我把你给害了啊！”随即喷了满嘴的鲜血出来，一下子就晕厥过去，倒在子柏怀里。“姐！姐！”子柏大声哭喊。医生和警察立即围了上来把子涵抬上救护车送往医院。

半月后，中西省某媒体报道：中西省富豪榜排名某位的袁通，突然宣布将自己名下的几千万资产全部捐赠慈善机构，并辞去董事长职务，公司一切将由他弟弟掌控。他本人则剃度出家皈依佛门。具体在哪座寺院修行未知。据家人透露，袁通离家之际分文未取，一物未带，唯一带走的就是朋友赠送的一幅书法作品。

一月后，大洋彼岸海滨大都市某媒体又讯：今天上午有一私家游艇在飞机失联海域兜游很长时间，在中午时分，据目击者称，有一位全身素裹的白衣中年女子只身跳入波涛汹涌的大海。当救援人员赶到时，为时已晚，一切未果。纵海女子的身份警方正在进一步调查中。

令狐南和万山合撰了一对挽联送到凤凰山庄寄托哀思，曰：路上有你，缘渊情殇；路上有你，悲情大海。

（下部完）

图书在版编目（CIP）数据

路上有你　二 / 凌宏亿著．　-- 北京 ：作家出版社，2019.12

ISBN　978-7-5212-0791-0

Ⅰ．①路…　Ⅱ．①凌…　Ⅲ．①长篇小说 - 中国 - 当代　Ⅳ．①I247.5

中国版本图书馆CIP数据核字（2019）第267190号

路上有你　二

作　　者：凌宏亿
责任编辑：翟婧婧
装帧设计：曹全弘
出版发行：作家出版社有限公司
社　　址：北京农展馆南里10号　　　**邮　　编：**100125
电话传真：86-10-65067186（发行中心及邮购部）
86-10-65004079（总编室）
E-mail:zuojia@zuojia.net.cn
http://www.zuojiachubanshe.com
印　　刷：北京盛通印刷股份有限公司
成品尺寸：152×230
字　　数：258千
印　　张：22.5
版　　次：2020年1月第1版
印　　次：2020年1月第1次印刷
ISBN　978-7-5212-0791-0
定　　价：68.00元